徐建平　著

黄庭坚散文研究

华东师范大学出版社
·上海·

图书在版编目（CIP）数据

黄庭坚散文研究 / 徐建平著. —上海：华东师范大学
出版社,2021
（华东师范大学新世纪学术出版基金）
ISBN 978 - 7 - 5760 - 2138 - 7

Ⅰ.①黄… Ⅱ.①徐… Ⅲ.①黄庭坚(1045-1105)—
古典散文—古典文学研究 Ⅳ.①I207.62

中国版本图书馆 CIP 数据核字(2021)第 204526 号

华东师大新世纪学术基金资助出版

黄庭坚散文研究

著　　者	徐建平
组稿编辑	孔繁荣
项目编辑	夏　玮
特约审读	李　莎
责任校对	林文君　时东明
装帧设计	高　山

出版发行　**华东师范大学出版社**
社　　址　上海市中山北路 3663 号　邮编 200062
网　　址　www.ecnupress.com.cn
电　　话　021 - 60821666　行政传真 021 - 62572105
客服电话　021 - 62865537　门市(邮购)电话 021 - 62869887
地　　址　上海市中山北路 3663 号华东师范大学校内先锋路口
网　　店　http://hdsdcbs.tmall.com/

印 刷 者　常熟高专印刷有限公司
开　　本　787×1092　16 开
印　　张　19.25
字　　数　311 千字
版　　次　2021 年 10 月第 1 版
印　　次　2021 年 10 月第 1 次
书　　号　ISBN 978 - 7 - 5760 - 2138 - 7
定　　价　86.00 元

出 版 人　王　焰

（如发现本版图书有印订质量问题,请寄回本社客服中心调换或电话 021 - 62865537 联系）

2009年王水照教授（中立者）主持徐建平（右一）博士论文答辩留影。孙琴安（左三）、陈晓芬（左一）、赵山林（右三）、朱惠国（右二）、导师洪本健（左二）参与答辩。

目　录

序

徐建平的专著《黄庭坚散文研究》将由华东师范大学出版社出版，我自然十分高兴，这是他多年来对博士学位论文反复修改的成果，是那样的来之不易。建平在职攻读博士学位，因病住院化疗，论文推迟至 2009 年答辩，且获得好评。被授予博士学位后，他又与病魔作了顽强不懈的抗争，十余年来，一边接受各种治疗，一边继续修改，并抽出若干成熟的章节在刊物上发表。每次我前往与师大园相邻的海鑫公寓看望他的时候，他总是讲病情和治疗的少，谈购书和做学问的多。没想到去年因多次放疗的缘故，颌骨受损严重，半边牙齿不存，身体十分虚弱，但他仍坚持对论文加以必要的补充，把电子文本发到我的邮箱。待我再去他家时，他又把装订好的纸质文本交给我，便于我阅读和加注修改意见。这种对学术始终不渝的挚爱和身为著者的高度责任心令我感动。

黄庭坚是继欧阳修为首的宋文六大家之后出现的又一位杰出的文学家。他在"苏门四学士"中排名第一，与苏轼并称"苏黄"，山谷词历代备受关注，诗歌更是他的强项，身为江西诗派的领袖，在文学史上享有盛名。其实，他在散文创作方面，虽不如诗歌那样成就辉煌，仍堪称成绩卓著的名家，有自成体系的文论思想，精通各种文体，内容还涉及书法、绘画等艺术领域。其文不仅独具精悍、警炼、雅健、洒脱的特色，数量更是惊人，有近二千九百篇之多，与唐宋八大家相比，仅次于苏轼。遗憾的是，他的散文创作由北宋末直至 20 世纪 80 年代前，不大为研究者们所重视。究其原因，一是宋文名家如群星璀璨，难免看点分散；二是其诗名如雷贯耳，词亦扬名四海，难免遮掩了其散文的成就。建平在论文开题阶段，将关注点从"苏门四学士"散文缩小至黄庭坚散文，不失为明智的选择，因为前者范围太广，内容太多，而对黄庭坚一家散文深入地加以探究，则是非常需要且合适的课题。

建平十分重视黄庭坚散文研究的基础性工作，他阅读了黄庭坚散文原著和相关的大量资料，在郑永晓先生整理的《黄庭坚全集》已对黄庭坚各体散文进行系年考证之后，又对尚未编年的五十余篇散文通过考证加以系年，诸多作品的情况得以了然于胸。于是，将黄氏散文创作分为游学、下僚、馆阁、贬谪四个时期，分阶段加以考察。又从散文理论、艺术特征、分体作品三个方面展开重点研究，引用了历代学者的不少评价，较准确地呈现了黄庭坚散文的整体面貌、主要特点及其在中国文学史上的地位和影响。

　　宋代散文理论建树之有力者，首推欧、苏。欧阳修认为道与文密切相关，"道纯，则充于中者实；中充实，则发为文者辉光"①。他指出"文章如精金美玉，市有定价"②，极力肯定散文艺术的美学价值；又要求作家直面社会现实，不能"弃百事不关于心"③；且力主为文须平易自然，奠定了有宋一代的文风。苏轼是欧阳修的门生，青出于蓝而胜于蓝。他提出作者需秉持"有为而作，精悍确苦，言必中当世之过"④ 的使命；"求物之妙"，他做到不仅"了然于心"，而且"了然于口与手"的"辞达"。他追求"如行云流水"，"常行于所当行，常止于所不可不止，文理自然，姿态横生"的创作境界。⑤ 其文论与创作都达到无与伦比的高度。他提出的"自出新意，不践古人"⑥；"言有尽而意无穷者，天下之至言也"⑦；"渐老渐熟，乃造平淡。其实不是平淡，绚烂之极也"⑧ 等观点以及身与物化，神与物交，胸有成竹，意在笔先，传神为重，不在形似等创作经验，都对后世的散文创作产生巨大的影响。黄庭坚是继欧、苏之后成功的散文理论探索者，建平在本书中对此专用一章作了论述。他先是据黄庭坚《答洪驹父书》，抓住治心养性、师古独创、讲究作文三个要点，见黄庭坚对欧、苏的文论既有继承，又有自己的创见。他又从具体创作的角度，阐述黄庭坚散文常先体制、以理为主、必谨布置的特点。

---

① 欧阳修：《答祖择之书》，载《欧阳修全集·居士外集》卷十八，北京：中国书店，1986，第 499 页。
② 苏轼：《与谢民师推官书》引欧阳修语，见《苏轼文集》卷四十九，北京：中华书局，1986，第 1419 页。
③ 欧阳修：《答吴充秀才书》，载《欧阳修全集·居士集》卷四十七，第 321 页。
④ 苏轼：《凫绎先生诗集叙》，载《苏轼文集》卷十，第 313 页。
⑤ 苏轼：《与谢民师推官书》，载《苏轼文集》卷四十九，第 1418 页。
⑥ 苏轼：《评草书》，载《苏轼文集》卷六十九，第 2183 页。
⑦ 姜夔：《白石道人诗说》引苏轼语，见何文焕辑：《历代诗话》，北京：中华书局，1981，第 681 页。
⑧ 苏轼：《与二郎侄一首》，载《苏轼文集·佚文汇编》卷四，第 2523 页。

黄庭坚散文具有鲜明的艺术个性，建平以"本以新意"突出其创新，并言及苏轼的追求新变"无不尽意"对黄庭坚的影响和后人对这种创新的好评；以"有意于奇"展现黄庭坚文崇尚奇崛的特色，并认为此种特色为黄庭坚之诗文所共有；以"禅理为文"标示黄庭坚与众不同的个体特征，称他的禅学根柢要比苏轼深厚，对提升散文创作意境和审美价值颇有助益；以"平淡老成"彰显黄庭坚的文风与北宋诗文革新所倡导的平易自然相契合，认为这也跟黄庭坚后期涉及忧患和磨难的经历，具有思辩的功力与平和的心境密切相关；以"工于语辞"凸显黄庭坚学养深厚，潜心钻研，锤炼文句，且擅于多种修辞手法的运用。

建平引周作人关于现代散文小品经由郑板桥、晚明文人，可上溯至东坡、山谷之语，对黄庭坚的各体散文有颇高的评价。他从古今学者的评论中得到启发，称黄庭坚的辞赋最得其妙，获评甚佳；序跋皆有趣味，影响深远；杂记多有拓展，值得称道；书简修辞立诚，内容丰富；碑志简明有法，关注下层；铭文近于诗者，率入妙品；字说量质兼胜，得窥藩篱；颂赞拓展颇多，常见变体。他对黄庭坚的各种文体既有结合佳作的细致分析，又能从文体古今演变中肯定其承前启后的历史地位。他认为黄庭坚对上述古代文体发展做出了拓展性的贡献，其精心构撰的各体佳作是宋代古文运动后期的优秀成果，他一再强调这个观点，应该说是颇有见地的。

不管是做工作，还是做学问，建平始终踏踏实实。读大学时，他担任年级干部，为同学服务，毕业后留校，在校部工作，都是一如既往的认认真真，勤勤恳恳，任劳任怨。众多同窗和教过他的老师，对他宽厚热情的为人和虚心好学的态度都有很好的印象。他是在职攻读博士学位的，虽工作繁忙，双休日和寒暑假里有时也有任务，但他总是能挤出时间孜孜不倦地读书，饶有兴致地钻研。孰料博士学位论文尚未答辩即罹患恶疾，正常的工作和学习受到影响。他以顽强的毅力与疾病斗争已十载有余，这本身已是了不起的成绩。当然，建平的学术探讨是初步的，许多论题的研究还有待于深入和拓展，全书引文过多，在论与述的结合，以及文笔的简洁和流畅上，尚有不足。幸运的是，建平博士论文的开题报告得到南开大学张毅教授和中国人民大学诸葛忆兵教授的审阅与指导。博士论文答辩，又请到著名的宋代文学专家、复旦大学资深教授王水照先生前来主持，得到热情的指教和鼓励。参加论文答辩的各位先生对建平也多有指导和帮助，他们是华东师范大学中文系的陈晓芬、赵山林、朱惠国教授和上海社会科学院文学所的孙琴安研究员。对以上各位尊敬的师长和朋友，谨在此表达我衷心的谢意。

建平希望我为他的著作写序，我也很高兴能写下一些感想，对他勤奋学习和刻苦钻研的精神表达自己由衷的欣慰和赞许之情。去年12月下旬，我去海鑫公寓看望他时，还交谈甚多。今年1月中旬，我作好此序即发给他，告诉他现在最重要的是身体，其他等身体好转后再说。没想到不久他就入院，住进重症病房。我想去看他，他说自己在医院不会有危险的，老师年纪大了，天气不好，来去不便，等天气温暖再说吧。我说等过些天你转到普通病房，我来看你。他说可能直接出院的，我说那就到家里看你，我们保持微信联系。这段时间，我抓紧看他文稿。1月底，他告诉我医疗效果不大，手术有风险，待指标正常了，可出院吃药慢慢治疗。2月初，我还告诉他外地一起读博的同窗发来微信，祝他治疗顺利，早日康复。孰料仅过三日，他因出现呼吸障碍而骤然离世。回想数十年的师生情谊，尤其是他在微信中与我的文字交流，无限的伤感和痛惜涌上我的心头。

建平走后，他的专著尽快出版自然是他的亲人和我的共同愿望。原在华东师范大学出版社工作时我的同事和朋友、现杭州师范大学教授钟明奇先生亦甚关心此事，我把自己对建平文稿尤其是增补内容的修改意见告诉他，他的想法与我完全一致。由于此后我学术活动较多，极其繁忙。直到6月中旬，赶紧对建平书稿中大量引述的山谷散文，查阅四册《黄庭坚全集》，进行核对，加以订正，并对书稿的增补内容仔细斟酌，加以适当的整理，于7月中旬发给钟明奇先生。在钟先生十分认真细致审阅，帮助核查不少相关资料并认真修正后，我即将此定稿发给出版社编辑。谨在此向付出不少辛劳的钟先生致以衷心的谢意。与建平同年级、远在澳洲悉尼工作的梅佳音同学，与我有微信联系，几个月前，当我把建平大年初一不幸辞世的消息告诉她时，她说："这么突然，尤其在这个特殊的日子，我转告年级群了，一片哀悼声。"我回复说："让我们大家都心里想着这样一位同窗好人吧！"建平，你不仅有为大家所称赞的品德，而且你的著作即将问世，我们大家都永远记着你。

洪本健

2019年7月26日于上海浦东亲和源

前　言

黄庭坚(1045—1105)字鲁直，北宋洪州分宁(今江西修水)人，自号山谷道人，晚号涪翁、涪皤、黔安居士等，人称黄太史、豫章先生、黄文节公。年少时以神童见称。宋英宗治平四年(1067)进士及第，调汝州叶县(今河南叶县西南)尉。元丰三年(1080)改官知江西吉州太和县(今江西泰和县)，三年后转监德州德平镇(今属山东德州临邑县)。哲宗立，召为校书郎、《神宗实录》检讨官，迁著作佐郎，加集贤校理，擢起居舍人。母丧服除，为秘书丞。绍圣二年(1095)正月，以元祐党人贬往蜀地，为涪州(今重庆涪陵)别驾、黔州(今重庆彭水)安置，后避亲嫌移戎州(今四川宜宾)。徽宗即位后召还，又以文字罪除名，羁管宜州(今广西宜山)，卒于贬所，终年六十一岁。

黄庭坚是宋诗代表人物，也是宋代江西诗派的领袖。黄庭坚的各体散文创作也很突出，留存近2 900篇散文，远远超出其1 900多首诗歌和190多首词。与享有盛誉的唐宋八大家相比较，黄庭坚的散文数量仅次于亦师亦友的苏轼，在散文史上也留下了弥足珍贵的篇章。但是，与黄庭坚的诗歌研究的繁荣相比，其散文研究在相当长的时间显得相当冷落。

在唐宋八大家中，宋占六家。宋仁宗庆历后，欧阳修主盟文坛，与浮靡文风进行了不懈的斗争，培养了大批人才，在理论和创作上成果丰硕。欧阳修之后，散文名家大多出于苏门，黄庭坚居"苏门四学士"之首，学术渊博，勇于创新，散文别具特色，富于文学性和思辩性。

北宋文坛的重要特点在于作家群体的交替演进，从而推动古文运动的不断发展直至最终的胜利。本书从分析黄庭坚散文研究的现状入手，以黄庭坚散文作品编年为线索，围绕黄庭坚的散文理论和创作活动，阐述并论证其散文研究的价值、历史地位和意义；探讨苏轼等文学大家对黄庭坚散文创作的影响，以揭示北宋后期散文发展和繁荣的轨迹；通过对黄庭坚散文作品的全面研究，论述其散文创作的分期、散文理论、艺术特征和各体散文创作，以充分展示黄庭坚对蓬勃发展的北宋散文的贡献。宋代古文运动促进了体裁样式的发展、表现技巧的丰富完善和平易自然、明白晓畅风格的形成，黄庭坚在其中作出了当之无愧的贡献。

第一章　黄庭坚散文研究综述

中国现代散文理论家周作人指出："我常常说现今的散文小篇并非五四以后的新出产品，实在是'古已有之'，不过现今重新发达起来罢了。由板桥、冬心、随园溯而上之这班明朝文人再上连东坡、山谷等，似可以编出一古文选，也即为散文小品的源流材料，此件事似大可以做，于教课者亦有便利。现在的小文与宋明诸人之作在文字上固然有点不同，但风致全是一路，或者又加上了一点西洋影响，使它有一种新气而已。"① 作为"五四"新文学运动的理论家，周作人认为宋代苏轼、黄庭坚的散文对现代散文小品有着直接的重要影响。

郁达夫认为："中国古来的文章，一向就以散文为主要的文体，韵文系情感满溢时之偶一发挥，不可多得，不能强求的东西。"② 日人佐藤一郎说："中国古典文学的中心是文章。所谓诗文这个惯用词是有的，但这是后世的称呼，传统上认为文比诗更优越。文除了有韵文与散文合称的文章这一意义外，还与学问、礼乐制度、条理、礼仪等社会秩序的根本方面都有关系，几乎是囊括了所有的意义。"③ 金人王若虚说："散文至宋人始是真文字。"④ 明人宋濂说："自秦以下，文莫盛于宋。"⑤

---

① 周作人、俞平伯著：《周作人俞平伯往来通信集（修订版）》，孙玉蓉编注，上海：上海译文出版社，2014，第 23 页。

② 郁达夫：《〈中国新文学大系·散文二集〉导言》，载俞元桂主编《中国现代散文理论》，南宁：广西人民出版社，1984，第 441 页。

③ 佐藤一郎：《中国文章论》，上海：上海古籍出版社，1996，第 1 页。

④ 王若虚：《文辨》卷四，载王水照编《历代文话》，上海：复旦大学出版社，2007，第 1153 页。

⑤ 宋濂：《苏平仲文集序》，载《文宪集》卷七，《景印文渊阁四库全书》1223 册，台北：台湾商务印书馆，1975，第 424 页。

李渔云："历朝文字之盛，其名各有所归，汉史、唐诗、宋文、元曲，此世人口头语也。"① 清人刘大櫆《论文偶记》云："唐人之体，校之汉人，微露圭角，少浑噩之象，然陆离璀璨，犹似夏、商鼎彝。宋人文虽佳，而奇怪惶惑处少矣。"②

北宋古文运动奠定了散文繁荣昌盛的基础。《宋史·文苑传》曰："自古创业垂统之君，即其一时之好尚，而一代之规模，可以豫知矣。艺祖革命，首用文吏而夺武臣之权，宋之尚文，端本乎此。太宗、真宗其在藩邸，已有好学之名，及其即位，弥文日增。自时厥后，子孙相承，上之为人君者，无不典学；下之为人臣者，自宰相以至令录，无不擢科，海内文士彬彬辈出焉。国初，杨亿、刘筠犹袭唐人声律之体，柳开、穆修志欲变古而力弗逮。庐陵欧阳修出，以古文倡，临川王安石、眉山苏轼、南丰曾巩起而和之，宋文日趋于古矣。南渡文气不及东都，岂不足以观世变欤！"③ 欧阳修、王安石、苏轼和曾巩都是宋文大家。

"元祐文章，世称苏、黄。"④ 元祐时期是继嘉祐之后，北宋散文的又一个繁荣期。苏门成为元祐文坛的主角。继欧阳修之后，苏轼为盟主，在其周围形成了一个享有盛誉的作家群体，代表了北宋后期文学创作的主流，创作风格各具特色。苏轼大力培养和扶持年青的作家，门生中以"苏门四学士"最为著名，其散文创作代表了北宋后期的最高水平，是古文运动的丰硕成果。

黄庭坚散文为北宋后期散文的优秀代表之一，自成一家。现存最早的宋人编选本朝文集总集《宋文选》，不著编辑者名氏，所选皆为北宋之文，收录欧阳修、司马光、范仲淹、王禹偁、孙复、王安石、余靖、曾巩、石介、李清臣、唐庚、张耒、黄庭坚、陈瓘等 14 家，共 32 卷。三苏文字不收，时苏文之禁最严。

南宋古文家吕祖谦所编《宋文鉴》，宋孝宗赐名为《皇朝文鉴》，为最有影响的宋代诗文总集，收北宋时期诗文 2 500 余篇，作者 200 余人，分赋、各体诗、各体文共 60 多个小类，系历代研究北宋诗文的重要书籍。所选收的黄庭

① 李渔：《闲情偶寄·词曲部》，北京：作家出版社，1995，第 10 页。
② 刘大櫆：《论文偶记》，载《历代文话》，第 4114 页。
③ 脱脱等撰：《宋史》卷四百三十九《文苑一》，北京：中华书局，1985，第 12997—12998 页。
④ 胡仔：《苕溪渔隐丛话前集》卷四十九《山谷（下）》，北京：人民文学出版社，1981，第 334 页。

坚散文与苏辙、张耒同为 19 篇，位居宋文大家欧阳修（66 篇）、苏轼（83 篇）、王安石（42 篇）、曾巩（33 篇）、刘敞（32 篇），以及司马光（22 篇）之后。[①] 由此足以看出黄庭坚散文在北宋时的地位和影响。

第一节　黄庭坚散文的流传

宋人王明清《挥麈录》云："公诗文一出，即日传播。"[②] 黄庭坚在世时，其诗文就广为流传。黄庭坚开创了"江西诗派"，书法被誉为"宋四家"之一，词作也受到好评。黄庭坚居"苏门四学士"之首，散文创作成绩斐然。《宋史·文苑传六》云："苏轼尝见其诗文，以为超轶绝尘，独立万物之表，世久无此作，由是声名始震。……庭坚学问文章，天成性得，陈师道谓其诗得法杜甫，学甫而不为者。善行、草书，楷法亦自成一家。与张耒、晁补之、秦观俱游苏轼门，天下称为四学士，而庭坚于文章尤长于诗，蜀、江西君子以庭坚配轼，故称'苏、黄'。轼为侍从时，举以自代，其词有'瑰玮之文，妙绝当世，孝友之行，追配古人'之语，其重之也如此。"[③]

"苏门四学士"之称在宋人惠洪《石门文字禅》中就有记载，《跋三学士帖》云："秦少游、张文潜、晁无咎，元祐间俱在馆中，与黄鲁直居四学士，而东坡方为翰林，一时文物之盛，自汉唐已来未有也。"[④] 此前，苏轼已有意招贤纳士，其《答李昭玘书》云："轼蒙庇粗遣，每念处世穷困，所向辄值墙谷，无一遂者。独于文人胜士，多获所欲，如黄庭坚鲁直、晁补之无咎、秦观太虚、张耒文潜之流，皆世未之知，而轼独先知之。今足下又不见鄙，欲相从

---

① 洪本健：《从〈宋文鉴〉的编选看有关北宋散文繁荣的若干问题》，载孙以昭、陶新民主编：《中国古代散文研究》，合肥：安徽大学出版社，2001，第 199 页。

② 王明清：《黄鲁直浯溪碑，曾公衮不欲书姓名》，载《挥麈录·后录》卷七，上海：上海书店出版社，2001，第 134 页。

③ 脱脱等：《宋史》卷四百四十四《文苑六》，第 13109—13111 页。

④ 惠洪：《跋三学士帖》，载《石门文字禅》卷二十七，《景印文渊阁四库全书》1116 册，台北：台湾商务印书馆，1975，第 523 页。

游。岂造物者专欲以此乐见厚也耶？然此数子者，挟其有余之资，而骛于无涯之知，必极其所如往而后已，则亦将安所归宿哉。惟明者念有以反之。鲁直既丧妻，绝嗜好，蔬食饮水，此最勇决。"①

黄庭坚早年就享有声誉。张耒《与鲁直书》云："某再拜学士足下：仆年十八九时，居陈学，同舍生有自江南来者，藉藉能道鲁直名。后数年，礼部苏公在钱塘始称鲁直文章，士之慕苏公皆喜道足下。"② 张耒出生于仁宗至和元年（1054），"年十八九时"当为熙宁间。元丰三年（1080）十一月十五日，秦观在《李得叟简》中赞叹道："鲁直过此为留两日，虽匆遽不尽所怀，然有益于人多矣。其《敝帚》《焦尾》两编，文章高古，邈然有二汉之风。今时交游中以文墨自业者，未见其比。所谓珠玉在旁，觉人形秽，信此言也。"③《敝帚》和《焦尾》为黄庭坚自编的诗文集，编于元丰三年（1080）前。宋人叶梦得《避暑录话》卷上引黄庭坚兄黄大临之语，云："鲁直旧有诗千余篇，中岁焚三之二，存者无几，故自名《焦尾集》。其后稍自喜，以为可传，故复名《敝帚集》。晚岁复刊定，止三百八篇，而不克成。今传于世者尚几千篇也。"④《敝帚》、《焦尾》两编所收为黄庭坚早期诗文创作的精华部分。宋人史容《山谷外集诗注引》曰："赴太和，盖元丰庚申岁，而《焦尾》、《敝帚》即《外集》诗文也。其为时辈所推如此。建炎间，山谷之甥洪玉父为胡少汲编《豫章集》，独取元祐入馆后所作，盖必有谓，未可据依，此续注之所不得已也。"⑤

黄庭坚在馆阁时还自编了《退听堂录》。黄庭坚外甥洪炎于宋高宗建炎二年（1128）作《豫章黄先生退听堂录序》，云："炎元祐戊辰、辛未岁两试礼部，皆寓舅氏鲁直廨中。鲁直出诗一编，曰《退听堂录》，云：'余作诗至多，不足传；所可传者，仅百余篇而已。'……初，鲁直为叶县尉、北京教授、知太和县、监德平镇，诗文已无虑千数。《退听》所录，太和止数篇，德平十得四五，

① 苏轼：《答李昭玘书》，载《苏轼文集》卷四十九，孔凡礼点校，北京：中华书局，1990，第1439页。
② 张耒撰：《张耒集》卷五十五，李逸安、孙通海、傅信点校，北京：中华书局，1990，第827页。
③ 秦观撰：《淮海集笺注》卷三十，徐培均笺注，上海古籍出版社，1994，第1004页。
④ 程毅中主编：《宋人诗话外编》，北京：国际文化出版公司，1996，第304页。
⑤ 黄庭坚著：《黄庭坚全集·附录三 历代序跋》，刘琳、李勇先、王蓉贵校点，成都：四川大学出版社，2001，第2412页。

入馆之后不合者盖鲜。窃意少时所作虽或好诗传播尚多，不若入馆之后为全粹也。今断自《退听》而后，杂以他文，得一千三百四十有三首，为赋十，楚词五，诗七百，铭、赞、颂二百四十，序、记、书八十，表状文、杂著四十九，墓志碑碣四十一，题跋一百一十八，合为三十帙，分别部类，各以伦类。呜呼，亦可谓富矣。凡诗断自《退听》始，《退听》以前盖不复取，独取古风二篇，冠诗之首，以见鲁直受知于苏公有所自也。他文杂前后十取八九，独去其可疑与不合者，亦鲁直之本意也。"①

元祐期间受黄庭坚教诲的王直方，曾提及此书稿。《王直方诗话》云："有学者问文潜模范，曰：'看《退听稿》。'盖山谷在馆中时，自号所居曰退听堂。"②当洪炎作此序时，所改定的《退听堂录》不仅以入馆后所作诗为主，而且还收录了大量的散文，他惊叹黄庭坚优秀诗文的丰富多彩。洪炎以《退听堂录》为基础，改编为《豫章集》。但是，这不是流传至今的《内集》，传世的《内集》为李彤根据洪炎所编《豫章集》改编而定，即四部丛刊影印宋乾道刊本《豫章黄先生文集》。李彤系黄庭坚舅李常兄李布之孙。《苕溪渔隐丛话》云："山谷亦有两三集行于世，惟大字《豫章集》并《外集》诗文最多，其间不无真伪。其后洪玉父别编《豫章集》，李彤、朱敦儒正是，诗文虽少，皆择其精深者，最为善本也。"③

除了黄庭坚自编外，更多的是他人所编诗文集，有其家族中后人，有慕黄庭坚文才者，也有坊间编刻出售的。黄庭坚《题王子飞所编文后》云："建中靖国元年冬，观此书于沙市舟中。鄙文不足传，世既多传者。因欲以所作诗文为《内篇》，其不合周孔者为《外篇》，然未暇也。他日合平生杂草，搜狝去半，而别为二篇，乃能终此意云。"④黄庭坚在世时，其诗文早已广泛流传。但他并不满意流传甚广的诗文集。绍圣二年(1095)，黄庭坚贬谪黔州后，泸州知州王献可关怀有加。黄庭坚给予其子王子飞以学习指导，看到了王子飞为他所收集并编定的诗文，庭坚想再加上其他作品，按照儒家的文学观念分为内、外

① 黄庭坚著：《黄庭坚全集·附录三 历代序跋》，第2379—2380页。
② 郭绍虞辑：《宋诗话辑佚》，北京：中华书局，1980，第94页。
③ 胡仔：《苕溪渔隐丛话·后集》卷二十八《东坡三》，北京：人民文学出版社，1981，第212页。
④ 黄庭坚：《宋黄文节公全集·正集》卷二十七，载《黄庭坚全集(二)》，第725页。

篇。但崇宁四年(1105)，黄庭坚病故，最终未能完成自己的心愿。

在"党禁"中所采取的焚毁黄庭坚诗文的措施，致使其作品散失不少，但不能阻止其诗文的传播。宋人王明清《挥麈录》云："崇宁三年，黄太史鲁直窜宜州，携家南行，泊于零陵，独赴贬所。是时外祖曾空青坐钩党，先徙是郡。太史留连逾月，极其欢洽，相予酬唱，如《江槛书事》之类是也。帅游浯溪，观《中兴碑》。太史赋诗，书姓名于诗左，外祖急止之云：'公诗文一出，即日传播。某方为流人，岂可出邪？公又远徙，蔡元长当轴，岂可不过为之防邪？'太史从之，但诗中云'亦有文士相追随'，盖为外祖而设。"① 王明清为后人记下了外祖之语"公诗文一出，即日传播"，可见黄庭坚诗文以及书法受欢迎的程度。《挥麈录》亦载："九江有碑工李仲宁，刻字甚工，黄太史题其居曰'琭玉坊'。崇宁初，诏郡国刊元祐党籍姓名，太守呼仲宁使劚之，仲宁曰：'小人家旧贫窭，止因开苏内翰、黄学士词翰，遂至饱暖。今日以奸人为名，诚不忍下手。'守义之曰：'贤哉！士大夫之所不及也。'馈以酒而从其请。"②

黄庭坚曾审定他人所编诗文集《南昌集》。李彤《豫章外集跋》云："彤曩闻先生自巴陵取道通城，入黄龙山，盘礴云窗，为清禅师编阅《南昌集》，自有去取，仍改定旧句。彤后得此本于交游间，用以是正。其言'非予诗'者五十余篇，彤亦尝见于他人集中，辄已除去。其称'不用'者，后学安敢弃遗？今《外集》十一卷至十四卷是也。"③ 崇宁元年(1102)，黄庭坚自通城(今湖北通城)入黄龙山，奉谒清禅师，并为清禅师编阅《南昌集》。此后，李彤以改定本为依据，经过加工编为《豫章外集》，即《内集》未收之诗文。

黄庭坚诗文的流传有赖其家族后人的重要贡献。宋孝宗淳熙九年(1182)，黄庭坚诸孙黄𥫂(字子耕)作《豫章别集跋》，云："右先太史《别集》，皆今《豫章》前、后集未载。盖李氏所编，多循洪氏定次旧本，故《毁璧序》所以不录，而《承天院塔记》实兆晚年之祸者亦复逸遗。又曾大父《行状》虽已上之史官，未著于世。𥫂不肖，窃闻先训，用是类次家所传集，博求散亡，得八

① 王明清：《挥麈录·后录》卷七，载《四库笔记小说丛书》之《唐语林(外十一种)》，上海：上海古籍出版社，1991，第490页。
② 王明清：《挥麈录·三录》卷二，同上，第547页。
③ 黄庭坚著：《黄庭坚全集·附录三 历代序跋》，刘琳、李勇先、王蓉贵校点，第2381页。

百六十八首，为诗七十六，铭、赞、颂六十九，序、说、记四十二，律赋、策问五，笺注二，书、表、奏状、启二十八，杂著六十五，疏、词、文三十四，行状、墓铭、表二十四，题跋二百有三，书简三百二十，合为十九卷。凡真迹藏于士大夫家及见诸石刻者，咸疏于左。一时裒集，尚惧遗阙，嗣是有得，当附益之。"① 至此，有《内集》三十卷、《外集》十四卷、《别集》二十卷。宋宁宗庆元五年(1199)，黄𫿧编成《山谷先生年谱》三十卷，其中包括一些佚诗佚文。此外，蜀人任渊、史容、史季温三家的黄庭坚诗集注本，影响较大。

　　黄庭坚诗文集见于宋人目录的较多。晁公武《郡斋读书志》记载"黄鲁直《豫章集》三十卷《外集》十四卷"。② 又，赵希弁《读书附志》条目有"豫章先生《别集》二十卷《黄文纂异》一卷"，云："右豫章先生《别集》，乃《前集》、《外集》之未载者，淳熙壬寅先生诸孙黄𫿧所编也。"③ 陈振孙《直斋书录解题》云"《豫章集》五十卷、《外集》十四卷"，"《豫章别集》二十卷"。④ 另有诗集"《山谷集三十卷》、《外集》十一卷、《别集》二卷"，"《山谷编年诗集》三十卷、《年谱》二卷"，"《注黄山谷诗》二十卷"，以及"《山谷词》一卷"。还有合集本，"蜀刊本，号《苏门六君子集》"，其中有《豫章集》四十四卷。"《江西诗派》一百三十七卷，《续派》十三卷"等。

　　曾传为黄庭坚诗文的有《修水集》和《豫章先生遗文》。任渊作注的黄庭坚《又借答送蟹韵并戏小何》，有题注"三首皆见《修水集》"⑤。宋人周辉《清波杂志》云："公(徐俯)视山谷为外家，晚年欲自立名世，客有赞见，盛称渊源所自，公读之不乐，答以小启曰：'涪翁之妙天下，君其问诸水滨；斯道之大域中，我独知之濠上。'及观序《修水集》'造车合辙'之语，则知持此论旧矣。"⑥《修水集》影响不大，已失传。⑦ 黄庭坚诸孙黄铢于宁宗嘉定戊辰年

---

① 黄庭坚：《黄庭坚全集·附录三　历代序跋》，刘琳、李勇先、王蓉贵校点，第2381页。
② 晁公武撰：《郡斋读书志校证》卷十九，孙猛校证，上海：上海古籍出版社，1990，第1013页。
③ 赵希弁：《读书附志》别集类三，见上书第1189页。
④ 陈振孙：《直斋书录解题》卷十七，上海：上海古籍出版社，1987，第509页。
⑤ 黄庭坚：《黄庭坚诗集注》卷十七，刘尚荣校点，北京：中华书局，2003，第615页。
⑥ 周辉撰：《清波杂志校注》卷五，刘永翔校注，北京：中华书局，1994，第194页。
⑦ 刘永翔撰：《黄庭坚的〈修水集〉》，载《蓬山舟影》，北京：汉语大词典出版社，2004，第253页。

（1208）八月作《豫章先生遗文跋》，云："铢龆龀时，先祖训之曰：'吾七世祖仕南唐为著作郎、知分宁县，因家焉。……凡残编断简，皆子孙所宜宝藏。但以今所传《豫章文集》考之，往往有老师宿儒口所传授者，尚多遗阙，世以为惜。顷吾持节东蜀，访诸耆耋，得之黔夷间，凡若干纸。别而为二，遂刊于梓，诗曰《遗文》，简为《刀笔》。是时好事者争欲传诵，未暇定舛谬，即以授工。汝辈他日当求善本以订正之，成吾志也。'呜呼，言犹在耳，其忍负之！铢来宰三山，公事之余，得与二三文士校勘朱黄，修剔旧版，上以奉承先大父之志，下以传之子孙。其有未尽，敬以俟之。故特以先训著于编末，以告来者。"① 但此《遗文》、《刀笔》并非如今尚存的《豫章先生遗文》与《山谷老人刀笔》。宋人所编的黄庭坚书简留存至今的有《山谷老人刀笔》、《山谷简尺》。宋乾道坊刻《类编增广黄先生大全文集》五十卷，留存至今，但宋元间书目均未见有著录。

　　元人对黄庭坚诗文集也有记载。马端临《文献通考·经籍考》条目有"《伐檀集》一卷""《黄鲁直豫章集》三十卷、《别集》十四卷"和"《豫章别集》一卷"，② 以及"《山谷集》十一卷、《外集》十一卷、《别集》二卷"和"《山谷编年诗集》三十卷、《年谱》二卷"，"《注黄山谷诗》二十卷"。③ 元人脱脱等所编撰《宋史·艺文志》云："《黄庭坚集》三十卷、《乐府》二卷、《外集》十四卷、《书尺》十五卷。"④ 此外，也有不少合集选用了黄庭坚诗文，如《宋史·艺文志》所载《四学士文集》五卷、邵波《坡门酬唱》二十三卷和吕祖谦《宋文鉴》一百五十卷等。

　　明朝弘治、嘉靖、万历年间，宁州（治分宁）因为有黄庭坚这位先贤大家，相续有其刻本问世。这是首次将黄庭坚作品辑在一起予以刊刻，在黄庭坚作品传播史上具有重大意义。明嘉靖丙戌（1526），徐岱《嘉靖刊本黄先生全书序》云："薄游以来，见夫刻者，若《诗集》、若《刀笔》、若《精华》，病其散漫弗具。叨按兹土，访《全书》于宁，得故刻之半。时建昌郡丞余子载仕摄宁事，

---

① 黄庭坚：《黄庭坚全集·附录三　历代序跋》，第 2431—2432 页。
② 马端临撰：《文献通考》卷二百三十六，北京：中华书局，1986，第 1882 页。
③ 同上书，卷二百四十四，第 1932 页。
④ 脱脱等：《宋史》卷二百八，第 5369 页。

购元本补之。新守乔子迁至，乃竟厥工。书凡若干卷，请为序。"① 周季凤《嘉靖刊本黄先生全书序》云："初，与先兄南山先生求之琼山阁老丘公，得《豫章集》三十有六卷，讹脱未慊也。最后因亡友潘南屏时用抄之内阁，有正集、外集、别集、词、简、年谱诸集，凡九十七卷，乃宋蜀人所献者，或者其全而无遗也哉，于是属之前守叶君天爵梓行。"② 除《四部丛刊初编》的宋乾道本《豫章黄先生文集》外，我们所能见到的最早全集刻印本就是弘治、嘉靖间的《黄先生全书》。万历年间，又有《黄庭坚全集》刻印之事。万历癸卯(1603)春，方沆《万历重刻黄文节山谷先生文集序》云："顾遗集，郡有镂板，异时掌故匦人，主藏不戒，漫漶，亥豕传讹，十有其八九。"③ 李友梅《万历重刻黄文节山谷先生外集序》云："盖郡故有嘉靖丙戌全本在，去今九十年，漫裂而更完以鲜。其时守为某郡乔公，而乡司寇周公实序其首，云前后得之内阁，蜀人所献，庶几备而无遗者。……予得以兹役不辱周太史之命，不揣序其由来与志，其幸耳。《外集》十四卷，《别集》二十卷，合《正集》三十卷。"④

到了清朝，对《黄庭坚全集》的重刻和整理更为全面和系统。乾隆三十年(1765)秋，知宁州事宋调元《乾隆重刻黄文节公全书序》云："复得嘉靖原刻，而书又不全。最后经崇胜寺，宿老僧然石榻下，见其几案卷帙鳞次，抽视之，乃先生古本也，合前凡九十七卷。……磨研编削，别类分门，汰《年谱》之冗长，校鱼鲁之舛讹，自前明两刻以来，未有若斯之美善者。"⑤ 此重刻本即为宁州缉香堂刻本，共八十一卷，与明朝弘治、嘉靖和万历本不同之处，在于编者和当地缉香堂后学一起作了整理和改动，还进行了辑佚工作。此后，还有同治七年(1868)的义宁州《重刻黄山谷先生全集》，以及光绪二十年(1894)的义宁州《光绪重刻黄文节公全集》。知义宁州事黄寿英《光绪重刻黄文节公全集跋》云："规模体制，一以缉香堂为准，惟将行世《刀笔》及墨迹、石刻，凡全书中所未收者，悉为补刊，名曰《续集》。"⑥ 此跋系光绪义宁州署重刊本《山谷

---

① 黄庭坚：《黄庭坚全集·附录三　历代序跋》，第2385页。
② 同上书，第2386页。
③ 同上书，第2389页。
④ 同上书，第2389—2390页。
⑤ 同上书，第2395—2396页。
⑥ 同上书，第2406页。

全书》卷首末附。

清朝四库馆臣厘定了黄庭坚诗文。《四库全书总目》集部条目有"山谷《内集》三十卷、《外集》十四卷、《别集》二十卷、《词》一卷、《简尺》二卷、《年谱》三卷",云:"此本刻于明嘉靖中,前有蜀人徐岱序,尚为不失其宋本之遗。非外间他刻所及焉。"① 另有条目"山谷《内集注》二十卷、《外集注》十七卷、《别集注》二卷"。《四部丛刊初编》收入影印的民国时嘉兴沈氏所藏宋乾道刊本《豫章黄先生文集》三十卷,有赋10首,楚辞7首,挽词33首,铭88首,赞80首,颂90首,序35首,记28首,书35首,表、表状、杂著27首,文28首,墓志铭26首,碑铭碣15首,题跋222首。

祝尚书《宋人别集叙录》云:"明、清两代所传黄庭坚全集,同源于明内阁所藏宋蜀人所献本。宋蜀人所献本,一般说来应即蜀刻本,而该本既有《年谱》,必刻于庆元五年黄𦎉编谱之后,疑即前引魏了翁序所谓'江、浙、闽、蜀间亦多善本'之'蜀'本。弘治至嘉靖本犹存宋面貌,在黄集传本中堪称佳椠;然光绪本收文最全,又是其所长,故《全宋文》选作底本。"②

刘琳、李勇先、王蓉贵整理、校点的《黄庭坚全集》(四川大学出版社,2001年)分为四册,219万字,尽管存在不少的错讹之处③,仍不失为目前有权威性的别集。《黄庭坚全集》前言:"光绪二十年,知义宁州事黄寿英(字菊秋,湘西人)又主持增订重刻缉香堂本《山谷全书》,是为光绪义宁州署本。黄寿英跋称:此本'规模体制一以缉香堂为准,惟将行世《刀笔》及墨迹、石刻,凡《全书》中所未收者,悉为补刊,名曰《续集》'。其《续集》十卷,加上缉香堂原有的八十一卷,为九十一卷。此本的特点主要在于多了一个《续集》。《续集》之卷一至卷九据《山谷老人刀笔》补入了嘉靖、万历、乾隆三本所未收的刀笔四百四十余篇……从而成为迄今为止最全的黄庭坚诗文集。……本书以光绪义宁州署刻本《宋黄文节公全集》(又名《山谷全书》,简称光绪本)为底本。凡此本《正集》、《外集》、《别集》、《续集》之总题、门类、编序、篇题等一仍

---

① 永瑢等:《四库全书总目》,北京:中华书局,1965,第1328页。

② 祝尚书:《宋人别集叙录》,北京:中华书局,1999,第522页。

③ 陈志平、陈莉:《〈黄庭坚全集〉综考》,《图书馆论坛》2006年第6期,第365—366页。

其旧，正文文字一般也以底本为准。"① 除此光绪本外，《黄庭坚全集》整理者"又从《山谷简尺》、《豫章先生遗文》、《山谷年谱》、《宝真斋法书赞》等书中辑得诗五十三首、词十一首、文四百二十二篇（其中书简三百〇七篇），总计四百八十六篇，编为《补遗》十一卷。其中诗文之分体及编次仍仿光绪本"②。尽管如此，黄庭坚诗文收集仍未全尽，如陈志平《黄庭坚书学研究》③ 即辑佚《黄庭坚全集》所未收书帖十多篇。《苏轼文集》收有《跋鲁直李氏传》④，而《黄庭坚全集》中"传"仅有《董隐子传》⑤ 一篇，无《李氏传》。《西山先生真文忠公文集》四部丛刊初编本有《跋山谷黄檗字序》，而《黄庭坚全集》中无《黄檗字序》一文。

黄庭坚学兼百家，各体兼善，皆有传世之作。《黄庭坚全集》的整理出版为进一步深入研究黄庭坚文学艺术的创作奠定了基础。现以《黄庭坚全集》中《正集》《外集》《别集》《续集》和《补遗》的编排为序，依次统计各集中的分体散文文本，按照数量多寡排列如下：

表 1-1　黄庭坚各体散文统计

文体	正集	外集	别集	续集	补遗	合计
书简	75	31	326	460	308	1 200
序跋	323	47	207	0	64	641
日记	0	0	0	0	230	230
颂	90	0	30	0	7	127
杂著	8	54	50	0	10	122
铭	80	0	22	0	2	104
赞	79	0	17	0	6	102
碑志	41	22	22	0	2	87

① 黄庭坚：《宋黄文节公全集·正集》，载《黄庭坚全集（一）》，第 15 页。
② 同上，第 18 页。
③ 参见陈志平：《黄庭坚书帖考》，载《黄庭坚书学研究》，北京：中华书局，2006，第 264 页。
④ 苏轼：《苏轼文集》卷六十六，第 2068 页。
⑤ 黄庭坚：《宋黄文节公全集·正集》卷二十，载《黄庭坚全集（二）》，第 518 页。

文体	正集	外集	别集	续集	补遗	合计
杂记	28	0	18	1	23	70
字说	27	0	23	0	0	50
祭文	23	0	16	0	0	39
辞赋	17	10	2	0	0	29
表状	12	0	14	0	1	27
疏	0	0	18	0	3	21
论说	3	0	0	5	4	12
启	0	0	15	0	0	15
策	0	0	3	0	0	3
笺注	0	2	0	0	0	2
传	1	0	0	0	0	1
合计	807	166	783	466	660	2 882

黄庭坚散文创作涉及的散文体裁有十九种之多，留存至今的散文总计为2 882篇，其中书简有1 200篇，序跋有641篇，居各体散文的前两位。黄庭坚的散文"是其现存诗歌总量(1 900多首)的1.5倍。这个数字虽然比不上苏轼传世的散文数量(4 349篇)，但却比唐宋八大家的其他七家都多得多"①。

黄庭坚各体散文统计按照北宋散文文体的历史发展，考虑黄庭坚各体散文创作的实际情况，以清人姚鼐《古文辞类纂》所分十三类文体为参照，进行了适当调整，将"题跋"和"序"合并为"序跋"，其中"序"有15篇，"赠序"有4篇；"碑""墓志铭""墓碣""墓表"组成为"碑志"；"记"改为"杂记"；"论"改为"论说"；"表状"由"表""奏状""行状"和"申状"组成；"婚简"4篇归入"启"；"杂著"类有论说、序跋、字序(说)和杂记等。

《宋黄文节公全集·正集》卷第二十七"题跋"的《书小宗香》与《续集》卷第一《与潘邠老》之一内容相同，仍然计入。《外集》卷第二十三"题跋"

---

① 杨庆存：《山谷散文及其人文精神》，载《黄庭坚与宋代文化》，开封：河南大学出版社，2002，第240页。

的《书王右军兰亭草后》与《正集》卷第二十七的《跋兰亭》内容大致相同，前者结尾处多了两句评语，仍计入。"日记"实为230篇。《补遗》卷第十一"杂文"中《杂论》实为6篇，题释也注明为"六则杂记"，《碾建溪茶》一篇与《正集》卷第十二《煎茶赋》中一段相似，仍然计入。"祭文"类为39篇，《别集》卷第十三的《祭司马温公文》与《正集》卷第二十九的一篇同名，但内容不同，仍计入。"论说"类有12篇，其中《续集》卷第十"说"类中的《杂说》为四篇，题注为"四则"。此外，可单独成篇的诗词序散文，未分列的不予以计入，如《溪上吟并序》。

郑永晓整理的《黄庭坚全集：辑校编年》(江西人民出版社，2011年)分上中下三册，180万字，系首次将黄庭坚作品按创作年月和时期编排，打破了以往《黄庭坚全集》编纂按体裁划分的传统，将黄庭坚的生平与作品紧密地结合起来，并将繁体字改为简体字。在前贤时彦相关黄庭坚作品整理成果的基础上，进一步搜集历代黄庭坚文集、碑刻、书法、方志、笔记、诗话、谱录、类书、杂著等有关资料，对黄庭坚作品进行了较为细致的整理，包括辑录、校勘、编年等，并对有关黄庭坚存疑作品、历代序跋、历代书目著录情况等进行了详细梳理。

《黄庭坚全集：辑校编年》所用的底本中，《内集》以《四部丛刊初编》影印宋乾道本《豫章黄先生文集》为底本，《外集》和《别集》以清乾隆三十年缉香堂刻本《宋黄山谷先生全集》中的《外集》和《别集》为底本，而《续集》则以清光绪二十年义宁州署刻本《宋黄文节公全集》中的《续集》为底本。此全集辑佚的黄庭坚作品还包括了宋孝宗乾道间坊刻《类编增广黄先生大全文集》。整理者认为，此坊刻本收录有三集系统中所没有的若干作品，在没有确凿证据之前，很难怀疑其真实性；其次可用来弥补三集合刻本文字的缺失，对作品辑佚有无可替代的价值。此外，将《黄庭坚年谱》中所收的黄庭坚作品也作为辑佚收入。同时，还将近年来黄庭坚诗文、书法等作品的辑佚和考证成果也及时地收入。与此前《黄庭坚全集》相比较，《黄庭坚全集：辑校编年》无疑有更大的进步，所收作品更为准确和全面。这对黄庭坚文学和艺术创作分期、历史发展和全貌的研究有着重要的意义。

辞赋是我国古代富有民族特色的一种文学体裁，我国现存的第一部诗文总集《文选》把赋列于各体作品之首。《宋文鉴》将赋体文分为赋、律赋和骚三类。《黄庭坚全集：辑校编年》并未将辞赋全部划归散文之中，有些归入了诗歌一类。

《黄庭坚全集：辑校编年》不足之处是缺少人名和篇目索引，这为研究者和读者带来不便。其所收录的各体散文为2 837篇，其中包含了划入诗歌类的辞赋，有编年的散文作品为1 843篇，未编年的有近1 000篇之多。与刘琳等校点的《黄庭坚全集》所收散文2 882篇比较，《黄庭坚全集：辑校编年》少了45篇。两《全集》的各体散文标题和篇目有些是不尽相同的，如《黄庭坚全集：辑校编年》收《与秦少章书》一篇，而《黄庭坚全集》中《秦少章觏书》有两篇，两者的第一篇内容是相同的。《黄庭坚全集》并未穷尽所存作品。马梅玉《苏黄佚札六则辑考》中有黄庭坚佚札四则[①]。此外，宋人王明清《投辖录》所收黄庭坚《李氏女》《尼法悟》，可收录进《黄庭坚全集》。

第二节　黄庭坚散文研究概况

宋文大家苏轼说："鲁直诗文，如蝤蛑、江瑶柱，格韵高绝。"[②]"蝤蛑"系生活在海里的一种螃蟹，也叫梭子蟹，甲壳略呈梭形，肉味鲜美。"江瑶柱"属蚌类，壳薄肉厚，肉质鲜嫩，美味可口，干制品叫干贝。作为美食家的苏轼以此为喻，称赞黄庭坚诗文为"格韵高绝"，可谓是最高的评价。黄庭坚是影响深远的江西诗派领袖。历朝历代对江西诗派和黄庭坚诗歌研究绵绵不息，黄庭坚的诗名遮盖了文名。

黄庭坚所创作的各体散文近2 900篇，远远超出其1 900多首诗和190多首词。黄庭坚书简和题跋曾被后人单独编印，或者合印。日记《宜州乙酉家乘》也具有拓展性的意义。与唐宋八大家相比较，黄庭坚散文数量仅次于苏轼，而

---

① 马梅玉：《苏黄佚札六则辑考》，载《文献》2014年第4期，第142—145页。
② 苏轼：《书黄鲁直诗后二首》，载《苏轼文集》卷六十七，第2122页。

高于其他七人。据杨庆存《山谷散文及其人文精神》统计①，唐宋八大家第一人韩愈留存散文为361篇，柳宗元留存散文为522篇；宋文六大家的苏洵有106篇，曾巩有799篇，苏辙有1 220篇，王安石有1 332篇，欧阳修有2 416篇，苏轼则有惊人的4 349篇。此外，"苏门四学士"之一的秦观散文有300多篇②，晁补之有600多篇③，张耒有300多篇④。不难看出，黄庭坚散文创作的数量在北宋也是非常突出的。

一、黄庭坚自评散文创作

黄庭坚生前对自己的散文创作有过中肯的评价，这在一定程度上影响了后人对其散文的看法。黄庭坚《写真自赞五首》之三云："吏能不如赵、张、三王，文章不如司马、班、扬。"⑤《与秦少章觏书》之一云："庭坚心醉于诗与楚词，似若有得，然终在古人后。至于论议文字，今日乃当付之少游及晁、张、无己，足下可从此四君子一二问之。"⑥《答洪驹父书》之二云："老夫绍圣以前，不知作文章斧斤，取旧所作读之，皆可笑。绍圣以后，始知作文章，但以老病，惰懒不能下笔也。"⑦《论作诗文》之五云："余自谓作诗颇有自悟处，若诸文亦无长处可过人。予尝对人言：'作诗在东坡下，文潜、少游上。至于杂文，与无咎等耳。'"⑧黄庭坚所说的"文章""论议文字""杂文"明确指的是"散文"。

在自评中，黄庭坚对自己所作的诗歌和辞赋显得很有信心，但对自己的"论议文字""杂文"，谦称为不如同门中的秦观、晁补之、张耒和陈师道。检阅北宋以降对黄庭坚散文的主要评价，可看到不同的评述。

① 杨庆存：《山谷散文及其人文精神》，载《黄庭坚与宋代文化》，第240页。
② 秦观撰，徐培均笺注：《淮海集笺注》，上海：上海古籍出版社，1994。
③ 晁补之：《鸡肋集》，《景印文渊阁四库全书》1118册，台北：台湾商务印书馆，1975。
④ 张耒著，李逸安、孙通海、傅信点校：《张耒集（上、下册）》，北京：中华书局，2000年。
⑤ 黄庭坚：《宋黄文节公全集·正集》卷二十二，载《黄庭坚全集（一）》，第560页。
⑥ 同上，卷十九，第483页。
⑦ 同上，卷十八，第474页。
⑧ 黄庭坚：《宋黄文节公全集·别集》卷十一，载《黄庭坚全集（三）》，第1686页。

二、历代对黄庭坚散文的评价

（一）宋代

苏轼《答黄鲁直五首》之一云："轼始见足下诗文于孙莘老之坐上，耸然异之，以为非今世之人也。莘老言：'此人，人知之者尚少，子可为称扬其名。'轼笑曰：'此人如精金美玉，不即人而人即之，将逃名而不可得，何以我称扬为？'……其后过李公择于济南，则见足下之诗文愈多，而得其为人益详，意其超逸绝尘，独立万物之表，驭风骑气，以与造物者游，非独今世之君子所不能用，虽如轼之放浪自弃，与世阔疏者，亦莫得而友也。'"① 《举黄庭坚自代状》云："伏见某官黄某，孝友之行，追配古人；瑰玮之文，妙绝当世。举以自代，实允公议。"②

苏辙《答黄庭坚书》云："读君之文，诵其诗，愿一见者久矣。"③

李之仪《跋山谷晋州学铭》云："是犹鲁直之文见挤于今之学者，可胜叹耶！"④

秦观《与黄鲁直简》云："每览《焦尾》、《敝帚》两编，辄怅然终日，殆忘食事。"⑤ 《与苏公先生简》之四云："黄鲁直去年（元丰三年）过此，出所为文，尤非昔时所见，其为人亦称，是真所谓豪杰间出之士也！"⑥

晁补之《书鲁直题高求父扬清亭诗后》云："鲁直于治心养气，能为人所不为，故用于读书、为文字，致思高远，亦似其为人。"⑦

张耒《鲁直惠洮河绿石研冰壶次韵》云："黄子文章妙天下，独有八马森幢旒。"⑧

---

① 苏轼：《答黄鲁直五首》，载《苏轼文集》卷五十三，第 1531—1532 页。
② 同上书，卷二十四，第 714 页。
③ 苏辙著，陈宏天、高秀芳点校：《苏辙集》卷二十二，北京：中华书局，1990，第 391 页。
④ 李之仪：《姑溪居士前集》卷三十九，《景印文渊阁四库全书》1120 册，第 575 页。
⑤ 秦观撰，张培筠笺注：《淮海集笺注》卷三十，第 999 页。
⑥ 同上书，第 993 页。
⑦ 晁补之：《鸡肋集》卷三十三，《景印文渊阁四库全书》1118 册，第 649 页。
⑧ 张耒：《张耒集》卷十三，第 221 页。

陈师道《后山诗话》云："曾子固短于韵语，黄鲁直短于散语。"①

王直方《黄鲁直楚词律诗》云："龟父云：'朋见张文潜，言鲁直楚词诚不可及。'晁无咎言鲁直楚词固不可及，而律诗补之终身不敢近也。"②

张孝祥《跋山谷帖》云："豫章先生孝友文章，师表一世，咳唾之余，闻者兴起，况其书又入神品，宜其传宝百世。"③

朱熹《朱子语类》卷一百三十九云："江西欧阳永叔、王介甫、曾子固文章如此好，至黄鲁直一向求巧，反累正气。"④

罗大经《文章有体》云："山谷诗骚妙天下，而散文颇觉琐碎局促。"⑤

陈模《怀古录》云："诚斋云：'小简本朝惟山谷一人'。今观《刀笔集》，不特是语言好，多是理致药石有用之言，他人所以不及。"⑥

（二）金代

赵秉文《跋山谷草圣》云："文章不蹈袭前人，最是不传之妙。"⑦

王若虚《滹南遗老集》卷三十九《诗话》云："宋之文章至鲁直已是偏仄处，陈后山而后不胜其弊矣。"⑧

（三）元代

刘壎《诗文工拙》云："山谷诗律精深，是其所长，故凡近于诗者无不工，如古赋与夫赞、铭有韵者率入妙品；他如记序散文，则殊不及也。"⑨

李淦《文章精义》云："学《楚辞》者多矣，若黄鲁直最得其妙。鲁直诸赋，如《休亭赋》、《苏□□□画道士赋》⑩之类。他文愈小者愈工，如《跋奚

---

① 何文焕：《历代诗话》，第 312 页。

② 郭绍虞：《宋诗话辑佚》，第 53 页。

③ 张孝祥：《于湖集》卷二八，《景印文渊阁四库全书》1140 册，第 691 页。

④ 黎德靖编，王星贤点校：《朱子语类》，北京：中华书局，1994，第 3315 页。

⑤ 罗大经：《鹤林玉露》卷二，北京：中华书局，1983，第 264 页。

⑥ 陈模：《怀古录校注》，郑必应校注，北京：中华书局，1993，第 90 页。

⑦ 赵秉文：《滏水集》卷二十，《景印文渊阁四库全书》1190 册，第 264 页。

⑧ 王若虚：《滹南集》卷三十九，《景印文渊阁四库全书》1190 册，第 475—476 页。

⑨ 刘壎：《隐居通议》卷十八，《景印文渊阁四库全书》866 册，第 162 页。

⑩ 应为《苏李画枯木道士赋》。

移文》之类，但作长篇，苦于气短，又且句句要用事，此其所以不能长江大河也。"①

徐明善《送黄景章序》云："中州士大夫文章翰墨颇宗苏、黄，盖唐有李、杜，宋有二公，遒笔快句，雄文高节，今古罕俪，宗之宜矣。"②

（四）明代

何良俊《四友斋丛说》云："黄山谷之文，蕴藉有趣味，时出魏晋人语，便可与坡老并驾。而其所论读书作文，又诸公所未到。余时出其妙语以示知者。……山谷之文，只是蕴藉有理趣，但小文章甚佳。"③

胡应麟《诗薮》外编卷五云："山谷以楚辞自许，当时亦盛归之，今读《毁璧》《殒珠》等作，殊未见超。"④

毛晋《东坡题跋》跋云："元祐大家，世称苏黄二老。……凡人物书画，一经二老题跋，非雷非霆，而千载震惊，似乎莫可伯仲。"⑤

张有德《宋黄太史公集选序》云："鲁直文故稍逊子瞻，而清举拔俗，亦自论坛矗矗。书尺题赞，大言小语，韵致特超。禅臻悟境，词著胜情，诗昂藏突兀，广博敷与，要之不能不宋。"⑥

（五）清代

李调元《赋话》卷一〇云："黄山谷诸赋中，惟《悼往赋》犹有意味，他如《江西道院》《休宁煎茶》等赋，不似赋体，只是有韵之赞铭。"⑦

方东树《昭昧詹言》卷一云："杜、韩、苏、黄所以不肯随人作计，必自成一家，诚百世师也。大约古人读书深，胸襟高，皆各有自家英旨，而非徒

① 李淦：《文章精义》，载《历代文话》，第1181页。
② 徐明善：《芳谷集》卷上，《景印文渊阁四库全书》1202册，第554页。
③ 何良俊：《四友斋丛说》卷二十三，北京：中华书局，1959，第206页。
④ 胡应麟：《诗薮·外编》卷五，载《续修四库全书》集部1696册，上海：上海古籍出版社，2002，第170页。
⑤ 毛晋：《东坡题跋》跋，载苏轼著、屠友祥校注：《东坡题跋》，上海：上海远东出版社，1996，第374页。
⑥ 黄庭坚：《黄庭坚全集·附录三　历代序跋》，第2407页。
⑦ 李调元：《赋话》卷一〇，载《续修四库全书》集部1715册，第716页。

取诸人。"①

三、20 世纪 90 年代以前黄庭坚散文研究空白之原委

晚清和民国对黄庭坚散文的评价少见，主要还是集中在其诗词和书法研究方面。尤其值得指出的是，对黄庭坚诗歌的研究和评价，黄庭坚在世时就已开始，一直保持到晚清宋诗派和民国同光派。金元明时期，诗坛尊唐贬宋，尊苏贬黄。到了清朝，由晚明上升的宗宋思潮，开始推尊宋诗，重新认识黄庭坚诗歌。"清代后期（道光、咸丰以后）宋诗派再度复兴，其源盖出桐城派之宗宋诗，后经曾国藩之大力鼓吹，竟蔚为风气；及至同治、光绪间形成了一个以宗尚黄庭坚为主的创作群体，即所谓的'同光派'，其影响一直绵延至近代。"②"方东树在《昭昧詹言》中继承姚鼐以文法论诗的传统，以桐城派古文家的眼光评断诗歌，比较集中地体现了桐城派对诗歌的见解。……以文法论诗，这种'诗与古文为一'的认识是方东树诗学观的反映，也是对宋人'以文为诗'创作特点的肯定，基于此，《昭昧詹言》对黄庭坚诗歌颇多推许，集中论评了其学杜诗的成就、拗奇矫健的句法，及大开大合的篇章结构，深深影响到后来的'同光体'诗人。"③

对黄庭坚散文创作的评价，宋代以降逐渐减少。这与诗名盖过文名有关。对黄庭坚散文的评价中，也有不同的看法。由此可见，与黄庭坚同时代的北宋文人，尤其是苏门同仁，对黄庭坚的散文评价较高，而后人则有不同的看法。

除了宋文六大家外，宋代散文研究历来受到冷落，遑论黄庭坚的散文研究。20 世纪初的文学运动倡导白话文，痛斥"桐城谬种"，批判"文以载道"的唐宋古文传统，宋代散文研究不受重视。与此形成鲜明对照的是，20 世纪 30 年代初，现代散文创作呈现出一派生机勃勃的景象，这主要是与现代报刊杂志的兴旺发达有关。中国现代散文理论始于周作人《美文》，称散文源出于晚

---

① 方东树：《昭昧詹言》卷一，汪绍楹校点，北京：人民文学出版社，1961，第 12 页。
② 黄宝华：《黄庭坚评传》，南京：南京大学出版社，1998，第 481 页。
③ 邱美琼：《黄庭坚诗歌传播与接受研究》，南昌：江西人民出版社，2009，第 257 页。

明公安派性灵小品。中国现代文学的奠基人鲁迅说："到五四运动的时候，才又来了一个展开，散文小品的成功，几乎在小说戏曲和诗歌之上。"① 这就是说"五四"新文学第一个十年散文的成就高于小说、戏曲和诗歌。

在汉语世界里，从民国初到 1949 年，专门的宋文论著极为罕见，有关宋代散文的论述，多见于文学史、分体文学史和文学批评史著作里，大多比较简略。从 20 世纪的 50 年代初到 70 年代末，对宋文的研究主要集中于个别大家和少数名篇。较为全面、具体和深入的研究，是自 20 世纪 80 年代以后才真正展开的。

综观 20 世纪百年来的散文研究，黄庭坚散文的整体研究仍是空白点。据《20 世纪中国文学研究·宋代文学研究》，北宋中期文学研究列有"欧阳修、苏轼和黄庭坚研究"，"黄庭坚研究"② 集中于"生平与思想""黄庭坚的诗歌艺术""山谷词评说""黄庭坚的诗论和文艺观"四个方面。黄庭坚散文研究成为空白，这与其成就是不相符的。以黄庭坚诗歌艺术研究为主的除了学术论文外，还有黄庭坚为领袖的江西诗派研究的论文，代表性的学术著作有莫砺锋《江西诗派研究》③，系由其博士学位论文修改而成，分析了江西诗派的诗论、历史影响和评价，研究了江西诗派三宗黄庭坚、陈师道和陈与义的诗歌。该书将黄庭坚诗歌按题材内容分为三部分：一是思想感情比较苍白，在内容上没有多少价值的作品；二是反映时事政治和民生疾苦的；三是包括思亲怀友、对羁旅行役和生活遭遇的描绘，以及部分题咏书画和轩亭等建筑物的诗。黄庭坚的诗歌在句法、章法、意境、风格等各个方面都夐夐独造，呈现了与唐诗迥然不同的特色。吴晟《黄庭坚诗歌创作论》④ 分为诗论、感受、构思、传达、风格、趣味和文化篇，较全面系统地对黄庭坚诗歌艺术进行研讨。白政民《黄庭坚诗歌研究》⑤、钱志熙《黄庭坚诗学体系研究》⑥、韦海英《江西诗派诸家考论》⑦、

① 鲁迅：《小品文的危机》，载《鲁迅杂文选》，上海：上海人民出版社，1973，第 79 页。
② 参见张毅编：《宋代文学研究》，北京：北京出版社，2002，第 768—807 页。
③ 莫砺锋：《江西诗派研究》，济南：齐鲁书社，1986。
④ 吴晟：《黄庭坚诗歌创作论》，南昌：江西人民出版社，1998。
⑤ 白政民：《黄庭坚诗歌研究》，银川：宁夏人民出版社，2001。
⑥ 钱志熙：《黄庭坚诗学体系研究》，北京：北京大学出版社，2003。
⑦ 韦海英：《江西诗派诸家考论》，北京：北京大学出版社，2005。

伍晓蔓《江西宗派研究》①、王琦珍《黄庭坚与江西诗派》②，邱美琼《黄庭坚诗歌传播与接受研究》③ 等都有独到之处。刘青《黄庭坚诗歌自注研究》④ 则探讨了诗歌自注中所体现出的黄庭坚诗学思想。宋元诗歌自注达到极盛，黄庭坚的诗序、题注和长题呈现小序化或者小品文化，体现的是"以文为诗"的倾向。

作为宋代四大书法家之一，黄庭坚书学研究也是日渐兴旺，在作品、书论和书事研究方面成果显著。水赉佑编有《黄庭坚书法史料集》⑤。陈志平《黄庭坚书学研究》系由其博士学位论文修改而成，上篇是黄庭坚书论研究，中篇是黄庭坚书法研究，下篇是黄庭坚书事、交游和作品考证，"重点是揭示黄庭坚书学与禅学的关系，并在此基础上对黄庭坚书学的其他相关方面进行探讨"⑥。黄君《千年书史第一家——黄庭坚书法评传》⑦ 是学术史上首部关于黄庭坚书法的评传，其中详细阐述了黄庭坚早、中、晚期的书风特色以及形成的原因，还有行楷书、草书和书法美学思想、历史命运的研究等，提出黄庭坚是近千年书法史最伟大书法家。

黄庭坚的词流传下来的近两百首，北宋诗人陈师道将秦观与他并称秦七、黄九。1980 年代后，黄庭坚词研究论文增多，对其词的评价普遍提高。研究论文大多围绕黄庭坚独特多样的创作风格，其次是在艳词创作中的大胆尝试。马兴荣、祝振玉《山谷词》⑧ 在校订勘误和笺注作品本事、交游、故实、词语以及年谱编写、搜集有关资料方面作了大量工作。胡丽媛《宋代词题序研究》⑨ 以为黄庭坚词序和词作都位于苏轼之后。宋词题序的独立文本价值也是"以诗为词""以文为词"等苏轼、辛弃疾一脉的词学思想影响所致。朱惠国、石佳彦《〈山谷词〉的用调特色》⑩ 认为黄庭坚词的用调对柳永、苏轼有承袭的一

---

① 伍晓蔓：《江西宗派研究》，成都：巴蜀书社，2005。

② 王琦珍：《黄庭坚与江西诗派》，南昌：江西高校出版社，2006。

③ 邱美琼：《黄庭坚诗歌传播与接受研究》，南昌：江西人民出版社，2009。

④ 刘青：《黄庭坚诗歌自注研究》，广州：暨南大学，2016。

⑤ 水赉佑编：《黄庭坚书法史料集》，上海：上海书画出版社，1993。

⑥ 陈志平：《黄庭坚书学研究》，第 5 页。

⑦ 黄君：《千年书史第一家——黄庭坚书法评传》，北京：中国人民大学出版社，2014。

⑧ 马兴荣、祝振玉编著：《山谷词》，上海：上海古籍出版社，2001。

⑨ 胡丽媛：《宋代词题序研究》，长沙：中南大学，2010。

⑩ 朱惠国、石佳彦：《〈山谷词〉的用调特色》，《长江学术》2017 年第 4 期，第 53—62 页。

面，也不乏自己的创见。词人不仅在词调中引入了佛禅、俚语、咏茶等新颖的内容，也开发了不少僻调。

四、20世纪90年代以来的黄庭坚散文研究

近年来，黄庭坚的散文研究得到了重视并逐步展开。王水照主编的《宋代文学通论》列有"宋文流派绎述"一章，将黄庭坚为代表的苏门六君子列为苏门后学派，认为："在散文方面参差不齐地高扬了其座师的文艺思想或创作特点，一是都十分注意领悟、体验和总结座师为文妙谛，并运用于创作中，形成自己的特色。比如黄、秦、张都多次说文章当'以理为主'，实际上就是对苏文立意与境界的共识。……二是都保持并弘扬了座师为文自然平易的特点，尤善题跋和书札。三是兼古文与骈文。"① 郭预衡《中国散文史》在第八章"北宋之末"中，将黄庭坚列于"苏门后学之文"的首位，评价道："庭坚学问文章，甚得时誉"，"庭坚文章成就虽不及诗，但他平生论文，颇多见解"，"庭坚文章之最可称者，在于叙、记诸篇"。② 杨庆存《宋代散文研究》列有一节"苏门派"，对黄庭坚散文进行了点评。③《黄庭坚与宋代文化》第九章"山谷散文及其人文精神"统计黄庭坚散文数量达2 800多篇，仅次于唐宋八大家中的苏轼。该书考察了黄庭坚的赋、序、书简、题，认为黄庭坚散文的人文精神表现在其作品"具有广博的文化底蕴和努力创新的进取精神"，"精于意而得于体，既具有较高的思想境界，又能充分发挥文体的优势"，"笃于情而深于理、博于识而巧于辞"。④ 另对《宜州乙酉家乘》进行了专门分析，认为这是中国古代传世的第一部私人日记，体现了黄庭坚在散文创作方面所达到的艺术高度。祝尚书《北宋古文运动发展史》专列一节"苏门古文家论略"⑤，高度评价黄庭坚散文创作。

---

① 王水照主编：《宋代文学通论》，郑州：河南大学出版社，1997，第206页。
② 参见郭预衡：《中国散文史》，上海：上海古籍出版社，2000，第544—549页。
③ 杨庆存：《宋代散文研究》，北京：人民文学出版社，2002。
④ 杨庆存：《黄庭坚与宋代文化》，第266—270页。
⑤ 祝尚书：《北宋古文运动发展史》，北京：北京大学出版社，2012，第226—229页。

除了文学史、散文史专著外，黄庭坚散文研究发表的单篇论文也有十多篇，王诃鲁有《山谷散文立意的思维方法简识》①和《论〈山谷题跋〉的审美魅力》②。金振华《黄庭坚散文特征论》③认为"谈艺说文、评诗论画，是其散文创作的主调，但也不无反映社会现实之作；洁净简放，纵横疏朗，是其艺术特征，但更饱含深情而发出的激愤之旨、缠绵之音"。邱美琼、胡建次有《论黄庭坚的记、序、题跋及其对宋文文体的拓展》④。王以宪《黄庭坚辞赋平议》认为"他以高古之文，改变了六朝赋体的艳丽之格，成为宋代文赋典雅派的代表人物"⑤。孙海燕有《黄庭坚的〈发愿文〉与〈华严经〉》⑥。周广璜、刘培《论黄庭坚的辞赋创作》认为黄庭坚"散体赋或表现道德情怀，或探索艺术人生，见解深刻，情韵悠远，语言精警。他的骚体赋继承并发展了骚体传统，充分展示了对高洁人格的向往和对道德完善的追求"⑦。笔者有《黄庭坚散文理论管窥——以〈答洪驹父书〉为中心》《论黄庭坚铭的特色》《黄庭坚"字说"散文论》《黄庭坚散文创作方法论》《黄庭坚散文理念与创作分期试探》《黄庭坚两篇小说考》等。

近年还有相关的硕士学位论文。毛雪《苏轼、黄庭坚题跋文研究》论述了苏轼、黄庭坚题跋在题材、体式、表达、趣味上的拓展创新，并对二者的共同趋向与相异风貌作了对比研究。赖琳《黄庭坚题跋文研究》论述黄庭坚题跋的开拓意义、创作的文化背景和艺术价值、历史地位。赖士贤《黄庭坚贬谪时期尺牍研究》指出黄庭坚贬谪时期尺牍谈艺论道，在文学理论上颇有贡献，指导

① 王诃鲁：《山谷散文立意的思维方法简识》，载《九江师专学报(哲学社会科学版)》1988 年第 2 期，第 11—14 页。
② 王诃鲁：《论〈山谷题跋〉的审美魅力》，载《九江师专学报(哲学社会科学版)》1995 年第 3 期，第 53—57 页。
③ 金振华：《黄庭坚散文特征论》，载《苏州大学学报(哲学社会科学版)》2001 年第 4 期，第 63—66 页。
④ 邱美琼、胡建次：《论黄庭坚的记、序、题跋及其对宋文文体的拓展》，载《江西教育学院学报(社会科学版)》2003 年第 4 期，第 77—79 页。
⑤ 王以宪：《黄庭坚辞赋平议》，载《江西师范大学学报(哲学社会科学版)》2005 年第 6 期，第 54—58 页。
⑥ 孙海燕：《黄庭坚的〈发愿文〉与〈华严经〉》，载《文学遗产》2007 年第 3 期，第 141—144 页。
⑦ 周广璜、刘培：《论黄庭坚的辞赋创作》，载《山西大学学报(哲学社会科学版)》2008 年第 6 期，第 33 页。

文人促进江西诗派的形成，开启禅意入世俗的风气，对明代小品产生了一定的影响。吕锦有《黄庭坚入蜀及题跋美学思想研究》。谭心悦有《黄庭坚尺牍研究》。张晓婷《宋代"名字说"研究》单列一节"黄庭坚名字说"，指出"黄庭坚虽不足以彻底改变其应用性的特点，但进一步推动了这一新兴文学样式的成熟"。

另有相关的博士学位论文。金传道《北宋书信研究》中第九章是"苏黄尺牍的比较研究"。笔者《黄庭坚散文研究》系首次对黄庭坚散文进行全面、深入和系统的研究。在近2 900篇散文编年基础上，首次对其散文创作进行分期，揭示了黄庭坚具有开拓性的散文理论，分析其蕴藉有味的散文艺术特征，对其拓展性的辞赋、序跋、杂记、书简、碑志、铭文和字说创作均加以研究。朱晓青《苏门六弟子散文研究》不仅研究苏门六弟子散文创作的个性差异与共性追求，还研究苏轼与弟子文学思想观念的碰撞和散文创作的影响，其中对黄庭坚的文论和散文创作进行了研究和分析，认为其文论重道固本，强化主体道德修养，讲究文章作法，指点具体的学习对象，法度之上讲浑成。该书还对黄庭坚的书信、论说文和杂记文等分别作了研究。赵文焕《黄庭坚贬谪文学研究》（南京师范大学，2016年）则探讨了黄庭坚贬谪后的文学创作、思想和人格，比较分析了贬谪前后艺术风貌的转变。

盖琦纾著《黄庭坚的散文艺术》是已出版的第一部黄庭坚散文研究专著，其绪论谓本书"以'文体'、'美学'、'文学史'为主轴，有系统论述黄庭坚的散文艺术，以专题研究方式呈现山谷散文的整体面貌，发掘其文学意义与价值。……首先全面考察黄庭坚散文的辞赋、书牍、序跋、杂记、赠序、箴铭、赞颂、碑志、哀祭等文体特色与创新之处；其次，深入探讨山谷散文中数量最多、推崇甚高的'尺牍'作品，超越前人的'字说'书写，具有文体革新意义的'杂著'篇章，最后综论山谷散文的'小品'特质，确立其在文学史上的地位"[①]。黄庭坚的综合研究和专题研究成果亦引人瞩目。黄宝华《黄庭坚评传》深入探讨了黄庭坚融合儒佛道的哲学伦理思想，揭示了他以心性论为核心重扬儒学，从而促进新儒学形成的历史贡献；详尽论述了他的诗学理论与诗歌艺

---

① 盖琦纾：《黄庭坚的散文艺术》，新北：花木兰文化出版社，2010，第7—8页。

术，以及其他的艺术理论与创作。黄启方《黄庭坚研究论集》由黄庭坚的人生抉择、《乙酉宜州家乘》疏证、黄庭坚之父黄庶事迹考、黄庭坚苏轼与赵挺之、黄庭坚与《江西诗社宗派图》五个部分组成。陈善巧有《黄庭坚入蜀及蜀中创作研究》。王宇根《万卷：黄庭坚和北宋晚期诗学中的阅读与写作》研究的基本问题是思想和物质之间的关系，认为黄庭坚诗学理论和实践的核心是试图找到一种新的阅读和写作方法，既对这一急剧变化了的物质文化现实进行有效地因应，又能使其所继承的文学传统得到延续和发扬。此英文原著是在其哈佛大学2005 年博士论文基础上修改而成。孙海燕《黄庭坚的佛禅思想与诗学实践》指出黄庭坚的佛教思想以毕竟空的般若思想为宗旨，以心性论为核心，以"观"和"照"为禅修方法，以随缘任运为人生态度，形成了系统而完整的思想体系；认为黄庭坚以佛禅思想与儒家、道家思想交融契合，吸收佛禅心性修行的内容来改造儒学，以佛教视角去理解庄子的"逍遥""齐物"之说；黄庭坚的"文章本心术"的观念，强调诗歌是创作主体心灵世界的投影，把心性修养当作文艺创作的前提。朱丽华《黄庭坚的文化人格与佛禅思想》从文化学的角度切入，描述黄庭坚文化人格的外在表现，包括深挚的孝悌友朋之情，入世之独立公允，忧国爱民的淑世情怀，贬谪期间的大节不夺，随缘自适的坚韧旷达与自我超越，传道授业的诲人不倦，以及由此而形成巨大的人格魅力。

此外，黄君主编《黄庭坚研究论文选》，傅璇琮序曰："这一套四卷本《黄庭坚研究论文选》是编者在检索建国以来各类报刊、会议及著作中有关黄庭坚研究文献资料后，从数百万字的文章中精心挑选组编而成。130 余篇文章洋洋140 多万字，内容广泛涉及黄庭坚生平事迹考证、思想观念梳理，诗歌文献整理、山谷诗法、诗观研究，诗歌的分期、传播和影响等，黄庭坚与江西诗派研究，哲学思想及与禅宗的关系研究等等……最后附有 30 余种黄庭坚研究著作简介和 20 世纪以来黄庭坚研究论文索引，收揽文献资料近 700 种，可谓洋洋大观，非常难得。"① 傅璇琮编《黄庭坚和江西诗派资料汇编》提供了宝贵和全面的资料。郑永晓著《黄庭坚年谱新编》讲究"言必有据"，征引丰富，材料

---

① 傅璇琮：《黄庭坚研究论文选·序》，载黄君：《黄庭坚研究论文选》，南昌：江西教育出版社，
2005。

详赡，论证也较为严密。

综上所述，黄庭坚散文研究已由单篇的文体研究发展到较为全面而深入的研究，成果逐渐增多，还出现了有突破性成就的专著。尽管如此，黄庭坚散文的研究，与其诗、词、书法和江西诗派的研究相比，在广度和深度上还是有不少的差距。

第二章　黄庭坚散文创作分期

　　黄庭坚诗尤为当世及后人所重，与苏轼齐名之外，为影响深远的江西诗派之宗主。黄庭坚善行、草、楷书，与苏轼、米芾、蔡襄并称宋书四大家。其词也有较高的地位。至于各体散文，更是数量众多，有不少佳作。黄庭坚存诗1 900多首，大多有明确的编年，对其诗的分期也有深入的研究。[①] 关于其190多首词的分期，研究也大致明确。[②] 作为宋代书法四大家之一，黄庭坚书法作品的分期也较为明晰。[③] 然而，黄庭坚留下近2 900篇的散文远远超出其诗词总量，而研究却远为逊色，尤其是散文创作分期的研究阙如，这不能不说是极大的遗憾，影响了对其散文的全面深入研究。[④]

　　黄庭坚晚年曾对自己的散文创作进行过分期。丁忧时期作《答洪驹父书》之二云："老夫绍圣以前，不知作文章斧斤，取旧所作读之，皆可笑。绍圣以后，始知作文章，但以老病，惰懒不能下笔也。外甥勉之，为我雪耻。《骂犬文》虽

---

① 参见钱志熙：《黄庭坚诗分期初论》，载《温州师范学院学报》1989年第4期。莫砺锋：《论黄庭坚诗歌创作的三个阶段》，载《文学遗产》1995年第3期。白政民：《黄庭坚诗歌的分期及诗风演变》，载《黄庭坚诗歌研究》，第166—183页。张承凤：《黄庭坚诗分期评议》，载《社会科学研究》2005年第4期。

② 参见周裕锴：《试论黄庭坚词》，载《学术月刊》1984年第11期。邓子勉：《论山谷词》，载《南阳师范学院学报》2003年第1期。

③ 水赉佑：《新俏瘦硬清雄雅健》，载《书法研究》1986年总第23辑。陈志平：《黄庭坚书学研究》，第121—137页。黄君：《山谷书法的分期与分类》，载《千年书史第一家》，北京：中国人民大学出版社，2014，第178—199页。

④ 参见徐建平：《黄庭坚散文理念与创作分期试探》，载《古代文学理论研究》第三十四辑，上海：华东师范大学出版社，2012，第286—298页。

雄奇，然不作可也。"① 黄庭坚回顾了自己的文学创作，将自己的散文创作以"绍圣"为界进行了划分。后人将黄庭坚绍圣二年(1095)贬谪黔州后作为其诗的分期。宋人蔡絛《西清诗话》云："黄鲁直自黔南归，诗变前体。"② 胡仔云："苕溪渔隐曰：余读《豫章先生传》赞云：'山谷自黔州以后，句法尤高，笔势放纵，实天下之奇作。自宋兴以来，一人而已。'此语盖本吕居仁《江西宗派图叙》而言。《叙》云：'国朝歌诗之作或传者，多依效旧文，未尽所趣，惟豫章始大出而力振之，抑扬反覆，尽兼众体，以此也。'"③ 吕居仁的《江西宗派图叙》仅数百言，大约写作于崇宁初，对后世产生了巨大的影响，列黄庭坚以下诗人二十六人，标举以黄庭坚为宗主的诗学观，流传甚广，成为后代诗学的理论基础。

元人马端临《文献通考·经籍考》第六十三条有"黄鲁直豫章集三十卷、别集十四卷、豫章别集一卷"，云："《家传》曰：元祐间，苏、黄并出，以硕学宏才鼓行士林，引笔行墨，追古人而与之俱。世谓李、杜歌诗高妙而文章不称；李翱、皇甫湜古文典雅而诗独不传。惟二公不然，可谓兼之矣。然世之论文者必宗东坡，言诗者必右山谷，其然，岂其然乎！山谷自黔州以后，句法尤高，笔势放纵，实天下之奇作。自宋兴以来，一人而已。"④ 文中所指《家传》，应为黄氏《家传》，即黄庭坚卒后不久所出的《豫章先生传》。

本章在黄庭坚散文作品编年的基础上，⑤ 将其散文创作分为游学期、下僚期、馆阁期和贬谪期。

第一节　游学期

宋仁宗庆历间，欧阳修已主盟文坛，成为古文运动的领袖。主持嘉祐二年

① 黄庭坚：《宋黄文节公全集·正集》卷十八，载《黄庭坚全集(二)》，第 473 页。
② 张伯伟编校：《稀见本宋人诗话四种》，南京：江苏古籍出版社，2002，第 208 页。
③ 胡仔：《苕溪渔隐丛话·后集》卷三十三，北京：人民文学出版社，1981，第 245 页。
④ 马端临：《文献通考》卷二百三十六，第 1882 页。
⑤ 黄庭坚散文作品编年可参见郑永晓整理：《黄庭坚全集辑校编年》，南昌：江西人民出版社，2008。

（1057）贡举时，影响更大，与怪诞文风进行了不懈的斗争，以其理论和创作成果，泽被后人，促使古文运动向着胜利的目标迈进。① 黄庭坚散文创作的游学期，正在此后，自仁宗嘉祐五年至神宗元丰二年（1060—1079），即 16—35 岁，其中除熙宁元年（1068）至熙宁四年（1071）任叶县尉外，主要时间和精力还是从事于学习和担任学官，故将此段时期称之为游学期。游学期是黄庭坚散文的初创阶段，留存的散文约 30 篇，而同期的诗多达 525 首。② 黄庭坚散文创作所涉及的文体有辞赋、序跋、书简、碑志、铭文、字说等，直抒胸臆，挥洒自如，起点较高。但和其同期所作诗一样，有仿效的痕迹。

宋仁宗庆历五年（1045）六月十二日，黄庭坚出生于洪州分宁县（今江西修水）高城乡双井村。是年"庆历新政"失败，范仲淹、韩琦等相继离朝。欧阳修上书论朋党事，落龙图阁直学士，贬知滁州。"庆历新政"系庆历年间的政治改革。庆历三年（1043）八月，范仲淹任参知政事，富弼为枢密副使，他们提出了十项改革方案。疏上，大部被仁宗采纳，颁行全国，号称"新政"。但因限制了大官僚大地主的特权，不久即夭折。③"但庆历人士'和而不同'的政治伦理观念和'笃于自信'的学术创新意识，对后世政治、文学和士人精神世界产生深远的影响。"④ 在父亲黄庶早逝后，黄庭坚因家庭经济困难随舅父李常游学淮南。黄庶（1018—1058）字亚夫，系庆历二年（1042）进士，历佐一府三州，皆为从事，后摄知康州（今广东德庆），雅好诗文，崇尚杜甫、韩愈，有《伐檀集》传世。黄庭坚的二舅李常（1027—1090）字公择，皇祐元年（1049）进士。苏轼曾为李常作《李氏山房藏书记》。李常曾受知于以治心养性为本的名儒吕公著。因李常的称扬，黄庭坚结识了岳父孙觉和宋文大家苏轼。黄庭坚元丰元年（1078）诗曰："往在舅氏旁，获拼堂上帚。六经观圣人，明如夜占斗。"⑤ 庆历时期是儒学大呈规模的时期，其中影响最大的是胡瑗的安定学派和孙复、石介

---

① 参见洪本健：《欧阳修和他的散文世界》，上海：上海古籍出版社，2017，第 80—85 页。

② 参见白政民：《黄庭坚诗歌研究》，第 166 页。

③ 参见陈邦瞻撰：《庆历党议》，载《宋史纪事本末》卷二十九，北京：中华书局，1977，第 231—250 页。

④ 参见李强：《庆历士风与文学》，上海：华东师范大学出版社，2005。

⑤ 黄庭坚：《宋黄文节公全集·外集》卷三《用明发不寐有怀寄李秉彝德叟》之五，载《黄庭坚全集（二）》，第 915 页。

的泰山学派。孙觉则是胡瑗的高足。黄庭坚后来回忆道："始识孙公，得闻言行之要。启迪劝奖，使知向道之方者，孙公为多。"[①]

嘉祐五年(1060)十六岁时，黄庭坚作《溪上吟并序》并留传下来。他仿魏晋文人五言古诗的《溪上吟》约150字，而序却有200多字，是一篇结构完整的诗序散文，长短句相间，抒发了纵情山水、旷达自放的情怀。黄庭坚是宋代诗序的代表。[②] 此诗和序反映出黄庭坚"以文为诗"的倾向，具有积极的表达和传播意识。《溪上吟序》可视为黄庭坚的第一篇散文：

> 春山鸟啼，新雨天霁。汀草怒长，竹筱交阴。黄子观渔于塘下，寻春于小桃源，从以溪童、稚子、畦丁三四辈。茶鼎酒瓢，渊明诗编，虽不命戒，未尝不取诸左右。临沧波，拂白石，咏渊明诗数篇，清风为我吹衣，好鸟为我劝饮。当其瀯然无所拘系，而依依规矩准绳之间，自有佳处。乃知白莲社中人，不达渊明诗意者多矣。过酒肆则饮，亦无量也，然未始甚醉。盖其所寓与毕卓、刘伶辈同，而自谓所得与二子异，人亦殊不能知之也。酒酣，得纸书之，为《溪上吟》。[③]

此篇散文述说春暖花开之时，作者观渔塘下，寻春桃源，有感而发，酒酣作诗，咏怀人生的经历。历来的学者通常把《溪上吟》视作黄庭坚创作的第一首诗，而把此序作为赏析此诗的材料。不难看出，黄庭坚的诗、文创作差不多是同时起步的。黄庭坚早年即对东晋文学家陶渊明朴实淡远的诗风，以及寄情于田园山水的精神充满敬意，且潜心钻研和揣摩，受其处俗世而超脱的人格影响也是明显的。《溪上吟》云："念昔扬子云，刻意师孟轲。"黄庭坚不仅仅对东晋诗人陶渊明，而且对西汉赋家扬雄也是敬佩的，受儒家亚圣孟子的影响也比较大。嘉祐六年(1061)，黄庭坚作《跛奚移文》云：

---

① 黄庭坚：《宋黄文节公全集·外集》卷二十二《黄氏二室墓志铭》，载《黄庭坚全集(三)》，第1386—1387页。
② 参见孙英：《北宋诗序研究》，西南大学，2012年。
③ 黄庭坚：《宋黄文节公全集·外集》卷一，载《黄庭坚全集(二)》，第868页。

女弟阿通归李安诗，为置婢，无所得，乃得跛奚。蹒跚离疏，不利走趋。颡出屋檐，足达户枢。三妪挽不来，两妪推不去。主人不悦，厨人骂怒。黄子笑之曰："尧牵羊而舜鞭之，羊不得食，尧舜俱疲。……"呼跛奚来前，吾为若诏之。①

这是一篇篇幅较长的散文。移文与檄文相似，南朝梁刘勰称："檄移为用，事兼文武，其在金革，则逆党用檄，顺众资移，所以洗濯民心，坚同符契。"② 黄庭坚之妹婚后的佣人跛脚女婢，因其身材缺陷和笨拙行为引"主人不悦，厨人骂怒"。黄庭坚对她进行了劝导，"汝无状于行，当任坐作。不得顽痴，自令谨饬"。通过对话的形式，对女婢所应作之事，一一道来。期待"截长续短"，"持勤补拙"。最终"无不意满"。此文骈散相间，语句诙谐。洪迈《容斋随笔》赞云："黄鲁直《跛奚移文》拟王子渊《僮约》，皆极文章之妙。"③ 王褒字子渊，为西汉赋的名家。《僮约》写的是家奴"晨起早扫"至夜半的辛苦劳作，描写生动形象。今人钱钟书评价为"琢词警炼"。④ 后人多将《跛奚移文》归为赋类。

嘉祐八年(1063)，十九岁的黄庭坚与兄黄大临赴洪州应乡试，双双中举。庭坚则获得洪州第一。治平元年(1064)，庭坚一路风尘，赴京应礼部进士试。名落孙山后，更发奋努力。治平四年(1067)春再赴礼部试，顺利登许安世榜第三甲进士。及第后调汝州叶县尉。熙宁元年(1068)九月赴任。因拓刻古碑、夫人患病和洪水等原因，超限期一月到达，被镇相富弼拘禁了一段时间。胸怀救世济民之志的黄庭坚，期待着建功立业，为民谋利。熙宁四年(1071)作诗《按田并序》，诗序的字数远远多于诗作，以表达强烈的内心情感。诗序最后写道："兴利者受实赏，力田者受实弊；郡县行空文，朝廷收虚名；名为利民，其实害之。议者谓之有意于民乎，吾不知也。以为有功于民乎，今既若是矣。予既有是言，思道屡叹而已。是日所至已远，不能归，遂宿水滨民家。北风黄

---

① 黄庭坚：《宋黄文节公全集·正集》卷二十九，载《黄庭坚全集(二)》，第778页。
② 王运熙、周锋撰《文心雕龙译注》，上海：上海古籍出版社，1998，第186页。
③ 洪迈：《容斋随笔》卷十五，上海：上海古籍出版社，1996，第399页。
④ 钱锺书：《管锥编》，北京：中华书局，1999，第950页。

草，破屋见星月。与晁五引酒相酢，忽然已醉，不知跋涉之劳也。缀以诗，强思道和之。"① 庭坚年轻气盛，满腔热血，关注现实，直言不讳。列举事实，议论说理，抨击"新法"的弊端。《宋名臣言行录续集》卷一《黄庭坚》云："尉叶县日，作《新寨》诗。有'俗学近知回首晚，病身全觉折腰难'之句。传至都下，半山老人（王安石）见之击节称叹，以为清才，非奔走俗吏。"②

熙宁五年（1072），黄庭坚参加四京学官的招考，名列优等，除授北京（今河北大名）国子监教授。任职八年，黄庭坚博览群书，勤于治学，以儒为本、融合道释，打下了文学创作的思想基础。讲学之作《论语断篇》"以求养心寡过之术"，《孟子断篇》"方将讲明养心治性之理"，《庄子内篇论》"唯体道者才能逍遥"，③ 皆平易简炼，说理透彻。闰七月二十三日，著名文学家、史学家和政治家欧阳修（1007—1072）卒于颍州私第，终年六十六岁，赠太子太师。宋文大家王安石、曾巩、苏轼、苏辙等皆有祭文。黄庭坚敬仰欧阳修，其《跋欧阳公红梨花诗》云："观欧阳文忠在馆阁时与高司谏书，语气可以折冲万里。谪居夷陵，诗语豪壮不挫，理应如是。文人或少拙而晚工，至文忠，少时下笔便有绝尘之句，此释氏所谓'朝生王子，一日出生，一日贵'者邪！"④《答王周彦书》曰："若欧阳文忠公之炳乎前，苏子瞻之焕乎后，亦岂易及哉？"⑤ 欧阳修领导的古文运动，是我国文学发展史上的一个里程碑，培养和造就了三苏、王安石、曾巩等为代表的一大批文学家，确立了散体文的文学正宗地位，形成独特风格的宋诗与唐诗双峰并峙，造就了北宋中叶文化的空前繁荣。

黄庭坚钦佩一代文豪苏轼的学问文章和人格风范。元丰元年（1078）二月作《上苏子瞻书》，表达了拜师学习的渴望。此文构思巧妙，言辞恳切。苏轼《答黄鲁直书五首》之一云："轼始见足下诗文于孙莘老之坐上，耸然异之，以为非今世之人也。莘老言：'此人知之者尚少，子可为称扬其名。'轼笑曰：'此人如精金美玉，不即人而人即之，将逃名而不可得，何以我称扬为？'然观其

---

① 黄庭坚：《宋黄文节公全集·外集》卷十四，载《黄庭坚全集（三）》，第 1206 页。
② 郑永晓：《黄庭坚年谱新编》，北京：社会科学文献出版社，1997，第 41 页。
③ 黄庭坚：《宋黄文节公全集·正集》卷二十，载《黄庭坚全集（二）》，第 506—508 页。
④ 同上，卷二十六，第 691—692 页。
⑤ 黄庭坚：《宋黄文节公全集·别集》卷十二，载《黄庭坚全集（三）》，第 1709 页。

文以求其为人，必轻外物而自重者，今之君子莫能用也。其后过李公择于济南，则见足下之诗文愈多，而得其为人益详，意其超逸绝尘，独立万物之表，驭风骑气，以与造物者游，非独今世之君子所不能用。虽如轼之放浪自弃，与世阔疏者，亦莫得而友也。"①苏轼独具慧眼，初次见到黄庭坚的诗文就"耸然异之，以为非今世之人也"，以庄子塑造的艺术境界来概括黄庭坚的为文为人和处世，虽有夸张成分，但不失为内心的真实感受。可见黄庭坚文学创作的起点确实不同一般。张耒《与鲁直书》云："仆年十八九时，居陈学，同舍生有自江南来者，藉藉能道鲁直名。后数年，礼部苏公在钱塘始称鲁直文章，士之慕苏公者皆喜道足下。仆于斯时固已有愿交之心。"②张耒出生于仁宗至和元年(1054)，十八岁时正是熙宁五年(1072)，苏轼于熙宁四年除杭州通判，至熙宁七年(1074)九月都在此任上。张耒讲的正是黄庭坚在熙宁、元丰间的声名鹊起，见其自身文学创作颇有影响，当然亦与苏轼"始称鲁直文章"有关。

在黄庭坚各体散文中，辞赋历来多有好评。在游学期，黄庭坚创作辞赋有9篇，占其一生所作辞赋的近三分之一，除了《跋奚移文》，还有《至乐词寄黄几复》《录梦篇》《悲秋》《渡江》《听履霜操》《悼往》《邹操》《秋思》等，抒发了对亲友的思念，对人生的哲理思索，富有诗意。《悼往》倾注了黄庭坚内心深处的悲怆之情。兰溪殁于叶县年仅二十，此赋不仅以铺陈、夸饰表达对妻子逝去的悲伤，而且通过议论深化对亡妻的悼念之情。《悼往》云：

> 西风悲兮败叶索索，照陈根兮秋日将落。仿佛兮梦与神遇，顾瞻九原兮岂其可作。俄有悲秋之羽虫兮，自伤时去物改，拥旧柯而孤吟。四郊莽苍声断裂兮，久而不胜其叹音。平生之梗概兮欲萧萧而去眼，将绝之言语兮忽历历而经心。……吾固知藏于天者至精，交于物者甚粗。饮泣为昏瞳之媒，幽忧为白发之母。③

---

① 苏轼：《答黄鲁直书五首》，载《苏轼文集》卷五十二，第1531页。
② 张耒：《张耒集》卷五十五，第827页。
③ 黄庭坚：《宋黄文节公全集·外集》卷二十，载《黄庭坚全集(三)》，第1355页。

清人李调元《赋话·旧话四》云："黄庭坚诸赋中，惟《悼往》赋犹有意味。"①
宋人钟情楚辞，仿效的为数不少。庭坚留下的辞赋不算多，但是颇有成就。庭
坚赴吉州太和县，顺道高邮访秦观，互赠诗文，相互倾慕。此后，在扬州和真
州，均有书简寄秦观。"秦观以其婉约词蜚声后代，在当时却以文章名世。"②
庭坚诗曰："少游五十策，其言明且清。笔墨深关键，开阖见日星。陈友评斯
文，如钟磬鼓笙。"③秦观元丰三年(1080)十一月《与李德叟简》云："其《敝
帚》、《焦尾》两编，文章高古，邈然有二汉之风。今时交游中以文墨自业者，
未见其比。所谓珠玉在旁，觉人形秽，信此言也。"④秦观对别具一格的黄庭坚
诗文由衷地赞叹，有相见恨晚之感。《敝帚》《焦尾》两编应作于元丰三年前，
后失传，其中的诗文由李彤编入《豫章黄先生外集》。

《敝帚》《焦尾》为黄庭坚早年诗文创作的自编集，这标志着庭坚散文初创
阶段的成就和结束。综观其早期散文，受欧阳修领导的宋代古文运动影响，善
于向文学大家学习，率性而作，情真意切，平易简洁，文笔优美。

第二节　下僚期

苏轼《答张文潜县丞书》云："文字之衰，未有如今日者也。其源实出于
王氏。王氏之文，未必不善也，而患在于好使人同已。自孔子不能使人同：颜
渊之仁，子路之勇，不能以相移。而王氏欲以其学同天下！地之美者，同于生
物，不同于所生。惟荒瘠斥卤之地，弥望皆黄茅白苇，此则王氏之同也。近见
章子厚言，先帝晚年甚患文字之陋，欲稍变取士法，特未暇耳。议者欲稍复诗
赋，立《春秋》学官，甚美。仆老矣，使后生犹得见古人之大全者，正赖黄鲁

---

① 李调元:《赋话》卷一〇，载《续修四库全书》1715 册，第 716 页。
② 朱刚:《论秦观贤良进策》，载《新宋学(第一辑)》，上海：上海辞书出版社，2001。
③ 黄庭坚:《宋黄文节公全集·正集》卷三《晚泊长沙示秦处度范元实用寄明略和父韵五首》之
　　五，载《黄庭坚全集(一)》，第 70 页。
④ 秦观著、徐培均笺注:《淮海集笺注》卷三十，第 1005 页。

直、秦少游、晁无咎、陈履常与君等数人耳。"① 苏轼此文写于熙宁变法之后，王安石"欲以其学同天下"，即是指以"三经新义"取士。②③ 苏轼认为这将造成黄茅白苇似的文学生态，即一枝独秀而不是百花盛开了。他把文学的希望寄托在黄庭坚、秦少游、晁补之、陈师道和张耒等年轻后学身上。

宋神宗元丰三年至元丰八年（1080—1085），黄庭坚 36 岁至 41 岁时，受"乌台诗案"牵连，沉沦下僚，知吉州太和县，监德州德平镇，创作的各体散文有 72 篇之多。从数量上来说，仍远远不如同期的 442 首诗。下僚期为黄庭坚散文创作的发展阶段。散文理念的形成，对个人风格的追求，行文的委曲婉转，标志着黄庭坚散文创作的自觉。

援道释入儒，强调内在修养与外在事功的和谐性，追求完美的理想人格，这是黄庭坚不懈的追求，也是宋代儒学发展的趋势，体现在其散文理念上，便是以"治心养性"为本。元丰二年（1079），御史中丞李定、御史舒亶等弹劾苏轼谤讪朝政，作诗讥讽神宗所行新法。时苏轼知湖州，朝廷遣官到湖州将苏轼押赴京师，下御史台。受诗案牵连的有王诜、苏辙、孙觉、李常、司马光等。因御史台别称为乌台，故称"乌台诗案"。元丰三年（1080）秋，黄庭坚连任学官期满。由于苏轼"乌台诗案"事发，他也受到牵连，被罚铜 20 斤，没有升任官职，后授知吉州太和县。时继室谢氏不幸逝世，年仅二十六。黄庭坚中年以后信佛渐笃，与两位夫人的先后早逝不无关系。庭坚自汴京携家三十余口赴吉州太和县。过高邮时，特意往访秦观。在舒州三祖山，庭坚游览山谷寺、石牛洞等，作诗《题山谷石牛洞》云："司命无心播物，祖师有记传衣。白云横而不度，高鸟倦而犹飞。"④ 此诗表达了对山水胜地和佛道清净境界的向往，庭坚此后自号山谷道人。

---

① 苏轼：《答张文潜县丞书》，载《苏轼文集》卷四十九，第 1427 页。
② 参见方笑一《北宋新学与文学——以王安石为中心》（上海古籍出版社，2008，第 1 页）："熙宁变法期间，由王安石领衔编撰的《诗义》《书义》《周礼义》三部经典诠释著作，由朝廷正式颁布，取代了唐代孔颖达《五经正义》的权威地位，成为新的官学教材，为士子应考所必读，时称'三经新义'。"
③ 参见祝尚书《宋代科举与文学考论》（大象出版社，2006，第 190 页）："宋初沿唐、五代之旧，试之以诗赋。熙宁时改为经义而罢诗赋。历元祐诗赋、经义兼收之制，再到绍圣罢诗赋而用经义的反复，于南宋初才敲定为诗赋、经义两科分立，得到近乎'双赢'的结果。"
④ 黄庭坚：《宋黄文节公全集·正集》卷八，载《黄庭坚全集（一）》，第 192 页。

元丰四年(1081)春黄庭坚到达太和，不久与古文家苏辙定交，《寄苏子由书》云："诵执事之文章而愿见，二十余年矣。宦学觭系一州辄数岁，迄无参对之幸。每得于师友昆弟间，知执事治气养心之美，大德不踰，小物不废，沉潜而乐易，致曲以遂直，欲亲之不可媟，欲疏之不能忘，虽形迹阔疏，而平生咏叹，如千载寂寥，闻伯夷、柳下惠之风而动心者。"① 黄庭坚赞赏苏辙的"治气养心"之美，即人格之美，以之作为文学创作的典范，把高尚的道德品行放在了首位。苏轼称赞庭坚"必轻外物而自重者"，即重视内在的心性养炼功夫。黄庭坚为吉州太和县令三年，轻徭薄赋，勤政爱民。他对新法的扰民、变法的混乱和由此引起的党争深为不满，他有儒家以民为本的为政理念，也有佛教慈悲情怀和道家无为而治不扰民的思想。

黄庭坚的散文理念充分地反映在其创作实践中。元丰四年(1081)有《濂溪诗》，此诗序长于正文，叙述了周敦颐生平及作《濂溪诗》的起因，序云："春陵周茂叔，人品甚高，胸中洒落，如光风霁月。好读书，雅意林壑，初不为人窘束世故。"② 周敦颐(1017—1073)字茂叔，号濂溪，世称濂溪先生，为北宋道学的创始人。喜谈名理，精于《易》学，程颢、程颐从之受业。周敦颐于熙宁五年(1072)来到江西，创办了濂溪书院。"光风霁月"等数语被认为有道气象出，非胸中有得者不能也，这是一种审美化了的道德人格。黄庭坚追求散文创作的独创性，元丰二年作诗《赠谢敞王博喻》曰："文章最忌随人后，道德无多只本心。"③ 元丰六年(1083)，作《王定国文集序》云：

> 元城王定国，洒落有远韵，才器度越等夷。自其少时，所与游尽丈人行，或其大父时客也。……其为文章，初不自贵珍，如落涕唾，时出奇壮语惊天下士。坐大臣子不慎交游，夺官流落岭南。更折节，自刻苦，读诸经，颇立训传，以示得意。其作诗及它文章，不守近世师儒绳尺，规摹远大，必有为而后作，欲以长雄一世。虽未尽如意，要不随人后，至其合

---

① 黄庭坚：《宋黄文节公全集·外集》卷十八，载《黄庭坚全集(二)》，第459页。
② 黄庭坚：《宋黄文节公全集·正集》卷十二，载《黄庭坚全集(一)》，第308页。《濂溪诗并序》题注为"崇宁元年荆南作"，据郑永晓《黄庭坚年谱新编》，应作于元丰四年(1081年)。
③ 黄庭坚：《宋黄文节公全集·外集》卷十八，载《黄庭坚全集(三)》，第1304页。

处，便不减古人。①

富有文学才华的王定国和黄庭坚有着相似的遭遇，元丰二年(1079)受"乌台诗案"株连，贬岭南三年后返回江西。黄庭坚要求文学创作"不随人后"，即不蹈常袭故，要独树一帜，超越古人。《答洪驹父书》之三云："自作语最难，老杜作诗，退之作文，无一字无来处，盖后人读书少，故谓韩、杜自作此语耳。古之能为文章者，真能陶冶万物，虽取古人之陈言入于翰墨，如灵丹一粒，点铁成金也。"② 无疑，"自作语最难"是"独创"的另一种表达。黄庭坚所引禅语"点铁成金"则是"创新"的生动形象的譬喻，而"创新"是在继承与创造的基础上产生的。

元丰七年(1084)，经扬州到达泗州，叩拜唐代高僧的僧伽塔，黄庭坚作《发愿文》云："愿我以此，尽未来际，忍可誓愿，根尘清净，具足十忍，不由他教，入一切智，随顺如来，于无尽众生界中，现作佛事。"③ 此文实为庭坚皈依佛门以完善自我的标识。《答洪驹父书》之三云："更须治经，探其渊源，乃可到古人耳。"④ 庭坚认为，熟悉儒家的经典，目的在于修身、齐家、治国、平天下，而学习的过程，则是"治心养性"的过程，这是儒家理想人格培养的必经之路。从"治气养心"到"治心养性"，即由孟子的"吾善养吾浩然之气"到儒道释契合点的"心性论"，庭坚强调了返观诸己、内心体悟的修身养性之道，表现为外刚内和的处世哲学。黄庭坚被认为是"促成儒学转型的先驱者之一"⑤，其文学创作则表现为追求和张扬个性的创作风格。

黄庭坚下僚期间散文创作委曲婉转，寓于理趣，又蕴含情感。元丰间所作《东郭居士南园记》颇有情理之趣。东郭居士指"新昌蔡曾子飞"，他追求超然绝尘的人生境界。东郭居士"尝学于东西南北"失意而归，"退而伏于田里"，终于"久乃蘧然独觉"，于南园中作青玉堂、翠光亭、冠霞阁、乐静斋、浩然

---

① 黄庭坚：《宋黄文节公全集·正集》卷十五，载《黄庭坚全集(一)》，第412页。
② 同上，卷十八，第475页。
③ 黄庭坚：《宋黄文节公全集·正集》卷二十九，载《黄庭坚全集(二)》，第782页。
④ 同上，卷十八，第475页。
⑤ 参见黄宝华：《黄庭坚评传》第六章"哲学伦理思想"，第144—239页。

亭，蕴含进取之心和退隐之志，"东郭似闻道者也"。黄庭坚借赞美东郭居士以表达自己内心的向往。① 元丰二年(1079)作《冀州养正堂记》："《诗》云：'鼓钟于宫，声闻于外。'夫事其事而小大得情，语默当物，斋心服形于宫庭屋漏之间，而民气和于耕桑陇亩之上。彼其于性命之情，必有不蕲于规矩准绳而正者焉。嘉鲁侯之不鄙其州，知律民者在已，得已者在心。"② "斋心服形"即是重视"治心养性"的过程，注重人格的自我培养。

元丰六年(1083)，黄庭坚移监德州德平镇，返家省亲，获知其妹不幸早逝，倾注悲悼之情而作《毁璧》："毁璧兮陨珠，执手者兮问过。爱憎兮万世一轨，居物之忌兮固常以好为祸。羞桃苅兮饭汝，有席兮不嫔汝坐。"③ 由宋入元的刘埙在《隐居通议》中评点道："公作此词，清峭而意悲怆，每读令人情思黯然。"④ 在下僚期，黄庭坚多有反映社会现实之作，持有批判的精神。元丰五年(1082)《上运使刘朝请书》云：

> 小人于朝行卿士无平生之言，于左右使令无一日之雅，碌碌下邑，盖将期年。其吏事乃庸人之所能，其学问文章则迂阔而可笑。又承秕政之后，百度无纲，负道在民，缧系满狱。惟其公而寡于断，廉而困于明，勤而短于文，学而蔽于事，政多有偏而不举，讼多有决而不情。簿书会期常在诸邑之后，勤苦教养仅为细民之安。盖所谓学制锦则败材，代大匠而伤手者也。⑤

此文先抑后扬，怨而不怒，婉而多讽。在一番自谦自贬之后，巧妙地点出了自己"为细民之安"的思想动机，驳斥了"碌碌下邑，盖将期年"的传言。

作为低级官员的黄庭坚，奔走在社会底层，关注民众生活，散文题材丰富，创作手法多变，具有鲜明的艺术特征。其下僚期的散文创作，有着明确的

---

① 黄庭坚：《宋黄文节公全集·正集》卷十六，载《黄庭坚全集(二)》，第436—437页。
② 同上，第427页。
③ 黄庭坚：《宋黄文节公全集·外集》卷二十，载《黄庭坚全集(三)》，第1360页。
④ 刘埙：《隐居通议》卷四，《景印文渊阁四库全书》866册，第53页。
⑤ 黄庭坚：《宋黄文节公全集·别集》卷十二，载《黄庭坚全集(三)》，第1705页。

独创意识，创作技巧不断发展提高，展现了自己的创作风格，力求"自成一家"。

第三节　馆阁期

宋代古文运动全面胜利的重要标志，在于产生了一位后期领袖、大文豪苏轼。在继欧阳修而主盟文坛之后，苏轼和黄庭坚等一批文学新人共同努力，散文创作在北宋后期得以全面繁荣。馆阁期是黄庭坚散文创作的完全成熟阶段。"苕溪渔隐曰：元祐文章，世称苏、黄。"① 元丰八年（1085）史称"元祐更化"。此年三月，年仅三十八岁的皇帝宋神宗病逝，由其子十岁的哲宗继位，神宗之母高太后垂帘听政。高太后对熙丰以来的新政不满，起用反对变法的一批老臣，旧党领袖司马光、吕公著入朝拜相。新党蔡确、章惇、吕惠卿相继罢去。新法废除，新法的倡导者王安石于四月卒于金陵寓所。黄庭坚对新法虽然不尽赞同，但是对王安石人品和文学才华却是推崇的，《跋王荆公禅简》云："余尝熟观其风度，真视富贵如浮云，不溺于财利酒色，一世之伟人也。莫年小语，雅丽精绝，脱去流俗，不可以常理待之也。"② 黄庭坚认为王安石人品高尚，对其晚年文学作品有甚高的评价。

元祐元年（1086）至绍圣元年（1094）是黄庭坚 42—50 岁的馆阁期，其中包含了丁忧时期。庭坚充满了创作活力，所作散文有 759 篇之多，首次超出了同期的 415 首诗，也比前两个时期的散文总和为多，呈现出奇崛顿挫的艺术特色。他和文坛盟主苏轼及同门汇聚京师，共创"元祐文学"的辉煌。

元丰八年四月，黄庭坚奉诏为秘书省校书郎，九月间到京。十一月，苏辙为中书舍人。苏轼九月除礼部郎中，十二月除起居舍人。入馆职后，黄庭坚始与苏轼相见，此后密切交往，唱和不断。苏轼主盟文坛，府邸骚客盈门，名流不绝。元祐文学呈现出空前繁荣景象。以苏轼、黄庭坚为核心的文友们，酬唱

---

① 胡仔：《苕溪隐渔丛话·前集》卷四十九，北京：人民文学出版社，1981，第334页。
② 黄庭坚：《宋黄文节公全集·正集》卷二十六，载《黄庭坚全集（二）》，第696页。

赠答，讲道论艺，切磋诗文，鉴赏书画，其乐融融。元祐元年（1086）三月，得宰相司马光推荐，黄庭坚与范祖禹、司马康等共同校定史学巨著《资治通鉴》。六月，诏黄庭坚与孔平仲、晁补之、张耒等九人参加学士院考试，以充馆阁。主考官为苏轼。九月，苏轼为翰林学士，苏辙为起居郎。十月，黄庭坚除神宗实录院检讨官、集贤校理，庭坚自号所居曰"退听堂"。张耒和晁补之并为正字。

汴京群星璀璨，名流如云。有大名鼎鼎的"苏门四学士"，加上陈师道和李廌，又称"苏门六君子"；另有李格非、廖正一、李禧、董荣称"后四学士"；还有邢惇夫、王定国、王直方、刘景文等一批俊彦聚集。九月，司马光卒。执政的旧党形成了蜀、洛、朔为号的三个党派。蜀党以苏轼为首，洛党以程颐为首，势力较弱的朔党以刘挚、梁焘为首，三党之名由各自领袖的籍贯而来。元祐二年（1087）正月，黄庭坚除著作佐郎，他与苏轼、苏辙、秦观、张耒、李之仪、圆通大师等十六人"雅集"于驸马都尉王诜的西园，此次盛会成为中国文化史上有名的盛会。李公麟画作《西园雅集图》流芳百世。十一月，苏轼作《举黄庭坚自代状》云："蒙恩除臣翰林学士。伏见某官黄某，孝友之行，追配古人；瑰伟之文，妙绝当世。举以自代，实允公议。"① 苏轼对黄庭坚的德行和文学才华评价极高，举黄庭坚以自代翰林学士，被认为是经历了"乌台诗案"后，流露出对朝廷为官的一种畏惧心理，也公开表达了对黄庭坚才华的高度赞赏。然而，监察御史赵挺之弹劾苏轼，并兼及黄庭坚。

元祐三年（1088）的太学试院，苏轼、孙觉、孔文仲知贡举，黄庭坚为参详。在一个多月的"锁院"期间，苏轼与黄庭坚、李公麟等在闲暇时唱和酬答，创作了大量诗文和书画。元祐四年（1089），党派之争的"车盖亭诗案"发生。知汉阳军吴处厚指新党蔡确游安州（今湖北安陆）车盖亭，所作诗中用唐上元年间郝处俊谏高宗传位于武后事影射高太后，诬为讪谤。旧党梁焘、刘安世等赞成此说。蔡确被流放岭南新州（今广东新兴）。同年五月，被排挤的苏轼除龙图阁学士、出知杭州。失去了良师益友，少了论道谈禅、切磋诗文和书法的亲密伙伴，加上身体的不适，黄庭坚中断了作诗。《与王立之承奉帖》之一云：

---

① 苏轼：《苏轼文集》卷二十四，第714页。

"比来自觉才尽，吟诗亦不成句，无以报佳贶，但觉后生可畏尔。"① 与苏轼来往密切近四年的汴京岁月，可谓是黄庭坚人生事业的巅峰时期。随着苏轼的黯然离去，苏门人士陆续遭到贬谪。以苏、黄为盟主的蜀党文学集团受到重创，渐渐失去了昔日的风光。六月，苏辙为吏部侍郎，旋改翰林学士。七月，黄庭坚除集贤校理。秦观弟秦觏和秦觌从庭坚学。庭坚名其所居室曰"寄寂斋"。继陈师道、陈与义后，又有潘大临、谢逸、洪刍、洪炎、徐俯、汪革等一批以江西籍为主的青年才俊汇集在黄庭坚身旁，请教为诗作文的方法，后来遂有"江西诗派"之称，当然诗派是理念的一致，并不尽是江西人。元祐六年（1091），饱经官场险恶环境历练的黄庭坚心生去意，上《辞免转官状》未获准许，随后上书《乞回授恩命状》，最终特封母寿光县太君为安康郡太君。母亲李氏六月病逝，黄庭坚举家四十余口扶丧归老家分宁。黄庭坚馆于墓旁居住，名"永思堂"。丁忧期间，黄庭坚与佛教黄龙宗派传人来往密切，作有高僧语录序、高僧像赞、塔铭、碑记和书简等百多篇。黄庭坚曾从黄龙系僧人晦堂和尚游，是晦堂祖心的入室弟子。他还多次到黄龙山拜会祖心，沐浴于山泉。

洪炎元祐初即留心收集其舅黄庭坚所作诗文，建炎二年（1128）主持编次《豫章黄先生文集》，诗文并举，蔚为大观。宋人陈鹄《西塘集耆旧续闻》云："黄鲁直少有诗名。……后以史事待罪陈留，偶自编退听堂诗，初无意尽去少作。"② 由此看来，黄庭坚自编《退听堂录》用了比较长的时间。洪炎据此所整理的《退听堂录》，入馆前的诗则不收，但收录了大量散文。这也说明了进入馆阁后，黄庭坚散文创作的丰盛。苏轼《书黄鲁直诗后二首》云："每见鲁直诗文，未尝不绝倒。然此卷语妙，殆非悠悠者所识能绝倒者，是可人。元祐元年八月二十二日，与定国、子由同观。"③ 苏轼把黄庭坚推向了元祐文坛的中心。

在馆阁期，黄庭坚与唐宋古文家宗经明道不同，从文学理论高度上不倦地探讨散文创作，而且好为人师，热心指导后学。强调师法古人，学习文史理

---

① 黄庭坚：《宋黄文节公全集·别集》卷十五，载《黄庭坚全集（三）》，第 1785 页。
② 朱弁、陈鹄、李廌：《师友谈记；曲洧旧闻；西塘集耆旧续闻》，孔凡礼点校，北京：中华书局，2002，第 313 页。
③ 苏轼：《苏轼文集》卷六十八，第 2135 页。

论，多读书，读好书。馆职时期作《与王立之》之二云：

> 若读经史贯穿，使词气益道，便为不愧古人矣。刘勰《文心雕龙》、刘子玄《史通》，此两书曾读否？所论虽未极高，然讥弹古人，大中文病，不可不知也。①

《文心雕龙》为中国文学史上第一部文学批评专著，《史通》则是第一部系统的史论专著。黄庭坚馆职时期作《书枯木道士赋后》云："闲居当熟读《左传》、《国语》、《楚词》、《庄周》、《韩非》。欲下笔，略体古人致意曲折处，久之乃能自铸伟词，虽屈、宋亦不能超此步骤也。"② 黄庭坚所列出的书目《左传》、《国语》、《楚词》、《庄周》、《韩非》，都是古代散文的经典之作。"自铸伟词"是黄庭坚文学创作的不懈追求。黄庭坚自信地认为，屈原、宋玉等伟大的文学家也是经历了如此的学习和创作过程。

不同于天赋极高且以"才学为文"的苏轼，"山谷好说文章"③，而且论述具体，便于学习。黄庭坚馆职间作《答曹荀龙》之二云：

> 自去年三月后多病，不复能作诗，旧诗数篇谩往。果有山川之胜，楚汉间遗事，有可温寻者乎？有新作，宜因以来。赋题不必甚高，众人所同用便足，要于题中下少功夫尔。……作赋要读《左氏》《前汉》精密，其佳句善字，皆当经心，略知某处可用，则下笔时，源源而来矣。④

黄庭坚重视文学创作的思想内容，也在意"佳句善字"。丁忧时期作《与徐甥师川》之二云："甥读书益有味否？须精治一经，知古人关捩子，然后所见书传，知其旨趣，观世故在吾术内。"⑤ 庭坚强调向古人学习作文的立意构

---

① 黄庭坚：《宋黄文节公全集·外集》卷二十一，载《黄庭坚全集(三)》，第 1370 页。
② 黄庭坚：《宋黄文节公全集·补遗》卷九，载《黄庭坚全集(四)》，第 2287 页。
③ 黎德靖编、王星贤点校：《朱子语类》卷一百四十，第 3334 页。
④ 黄庭坚：《宋黄文节公全集·正集》卷十九，载《黄庭坚全集(二)》，第 495 页。
⑤ 同上，第 486 页。

思、谋篇布局。

黄庭坚对名家的各体散文都深有研究，《跋子瞻木山诗》云：

> 往尝观明允《木假山记》，以为文章气旨似庄周、韩非，恨不得趋拜
> 其履舄间，请问作文关纽。及元祐中，乃拜子瞻于都下，实闻所未闻也。
> 今其人在海外，对此诗，为废卷竟日。①

他回忆了自己学习过程，总结了苏洵、苏轼父子两人截然相反的创作风格。显然，在馆阁时与苏轼的密切交往，对黄庭坚的散文理念和创作水平有极大的影响。《题苏子由黄楼赋草》云：

> 铭欲顿挫崛奇，赋欲宏丽。故子瞻作诸物铭，光怪百出。子由作赋，
> 纤徐而尽变。二公已老，而秦少游、张文潜、晁无咎、陈无己方驾于翰墨
> 之场，亦望而可畏者也。②

西晋陆机《文赋》云："铭博约而温润，箴顿挫而清壮。"③ 南朝梁刘勰《文心雕龙·铭箴》云："铭兼褒赞，故体贵弘润。其取事也必核以辨，其摛文也必简而深，此其大要也。"④ 黄庭坚提出的"铭欲顿挫崛奇，赋欲宏丽"的主张，明显与刘勰、陆机的观点不同。

在馆阁期间，黄庭坚的文学修养和创作水平都达到了新的高度。晁补之元祐六年（1091）有《书鲁直题高求父扬清亭诗后》云："鲁直于治心养气，能为人所不为，故用于读书、为文字，致思高远，亦似其为人。"⑤ 秦观女婿范温《潜溪诗眼》云："山谷言文章必谨布置，每见后学，多告以《原道》命意曲折。"⑥《原道》是韩愈的代表作，高扬儒学传统，行文跌宕多姿，结构宏整，

---

① 黄庭坚：《宋黄文节公全集·正集》卷二十五，载《黄庭坚全集（二）》，第 659 页。
② 黄庭坚：《宋黄文节公全集·别集》卷七，载《黄庭坚全集（三）》，第 1592 页。
③ 张少康：《文赋集释》，北京：人民文学出版社，2002，第 99 页。
④ 王运熙、周锋：《文心雕龙译注》，第 84 页。
⑤ 晁补之：《鸡肋集》卷三十三，载《景印文渊阁四库全书》1118 册，第 649 页。
⑥ 郭绍虞：《宋诗话辑佚》，第 323 页。

大气磅礴。

黄庭坚馆阁期创作的散文凸现出奇崛顿挫的艺术特色。清人方东树云："涪翁以惊创为奇，意、格、境、句、选字、隶事、音节，著意与人远，此即恪守韩公'去陈言'、'词必已出'之教也。"[①] 黄庭坚诗作有如此的特点，散文同样着意于"惊创为奇"，其立意、谋篇和技法等皆别开生面。元祐三年（1088），作《苏李画枯木道士赋》云：

> 东坡先生佩玉而心若槁木，立朝而意在东山。其商略终古，盖流俗不得而言。其于文事，补衮则华虫黼黻，医国则雷扁和秦。虎豹之有美，不雕而常自然。至于恢诡谲怪，滑稽于秋兔之颖，尤以酒而能神。故其觞次滴沥，醉余颦中。取诸造物之炉锤，尽用文章之斧斤。寒烟淡墨，权奇轮囷，挟风霜而不栗，听万物之皆春。[②]

此赋立意高远，善于使事用典，结构缜密，画与人的精神世界和谐融合。同年所作的《东坡居士墨戏赋》则是由画及人，抒发对苏轼的敬仰之情，云：

> 东坡居士游戏于管城子、楮先生之间，作枯槎寿木、丛篠断山。笔力跌宕于风烟无人之境，盖道人之所易，而画工之所难。……吾闻斯人，深入理窟，椟研囊笔，枯禅缚律，恐此物辈，不可复得。公其缇衣十袭，拂除蛛尘，明窗棐几，如见其人。[③]

此赋文笔精炼，语言峭刻，赞叹文学大家苏轼天才式的画技。正因为透彻了解苏轼，黄庭坚才能创作出如此立意深刻的散文。

元祐元年（1086）于秘书省作《明月篇赠张文潜》云："天地具美兮生此明月，升白虹兮贯朝日。工师告余曰，斯不可以为珮，弃捐椟中兮三岁不会。霜露下兮百草休，抱此耿耿兮与日星游。……佳人兮洁齐，怅何所兮行媒。南

① 方东树著，汪绍楹点校：《昭昧瞻言》卷十，北京：人民文学出版社，1961，第225页。
② 黄庭坚：《宋黄文节公全集·正集》卷十二，载《黄庭坚全集（一）》，第298页。
③ 同上，第299页。

山有葛兮葛有本，我羞餔兮以君之鉏来。"① 张耒曾作诗《初到都下供职寄黄九》，表达了对黄庭坚"望君青松姿"的敬仰之情。黄庭坚则作此赋回赠。"明月"象征了对友人的思念。"南山"喻苏轼。苏门汇集京师，文坛兴旺，令人欣喜。此赋散行相间，善用譬喻，抑扬顿挫，感染力强。

黄庭坚散文中所塑造的人物形象，个性鲜明，特立独行。元祐三年（1088）所作《黄几复墓志铭》云：

> 几复年甚少，则有意于六经，析理入微，能坐困老师宿学。方士大夫未知读庄、老时，几复数为余言：庄周虽名老氏训传，要为非得庄周，后世亦难趋入；其斩伐俗学，以尊黄帝、尧、舜、孔子，自扬雄不足以知之。予尝问名《消摇游》，几复曰："消者如阳动而冰消，虽耗也而不竭其本；摇者如舟行而水摇，虽动也而不伤其内。游于世若是，唯体道者能之。常恨魏晋以来，误随向、郭，陷庄周为齐物。尺鷃与海鹏，之二虫又何知，乃能消摇游乎！"其后十年，王氏父子以经术师表一世，士非庄老不言。予戏几复曰："微言可以市矣。"几复曰："吾安能希价于咸阳，而与稷下争辩哉！"②

黄几复早慧，学识渊博，却又桀骜不驯。黄庭坚赞叹其品德高尚，慨叹其生不逢时，"几复仕于岭南盖十年，故中朝士大夫多不识知。其至京师也，言均减二广丁米，事颇便民。诸公将稍用之，而几复死矣。"③

馆职间所作《小山集序》并未对词人晏几道的词集《小山集》进行评判，而是知人论世，着重描绘不同寻常的作者形象，云：

> 予尝论："叔原固人英也，其痴亦自绝人。"爱叔原者皆愠，而问其目，曰："仕宦之连蹇，而不能一傍贵人之门，是一痴也；论文自有体，不肯一

---

① 黄庭坚：《宋黄文节公全集·正集》卷十二，载《黄庭坚全集（一）》，第311页。
② 黄庭坚：《宋黄文节公全集·正集》卷三十一，载《黄庭坚全集（二）》，第835—836页。
③ 黄庭坚：《宋黄文节公全集·正集》卷三十一，载《黄庭坚全集》，第836页。

作新进士语，此又一痴也；费资千百万，家人寒饥，而面有孺子之色，此
又一痴也；人百负之而不恨，己信人，终不疑其欺己，此又一痴也。"①

黄庭坚着力突出词人的"四痴"，彰显其卓尔不群的性格特征。同时，对其
"陆沉下位"表示了不平和同情。

馆阁期是黄庭坚一生中所处环境最为宽松的时期，不仅有志同道合的苏门
相聚，思想活跃，交流甚多，而且勤奋创作，相互唱酬，题诗作文，品赏书
画。黄庭坚善于思索，好论作文，其散文创作顿挫奇崛，有时不免有晦涩难懂
之处，总之，形成了自己的创作特色，达到了完全成熟的阶段。

第四节　贬谪期

"公诗文一出，即日传播。"宋人王明清在《挥麈录》中记载了外祖父说的
话，盛赞黄庭坚的诗文和书法。元祐八年（1093）九月，太皇太后高氏故世。哲
宗十月亲政，后改年号"绍圣"，意谓绍述先圣（神宗）之政。新党之人一一返
朝，旧党则一一贬谪。绍圣元年（1094），年已五十的黄庭坚，除知宣州、鄂
州，均未到任就职。六月，被任命管勾亳州明道宫，并责令于开封府境内居
住。七月初，黄庭坚与苏轼相遇彭蠡湖，时苏轼以讥刺先朝之罪名被贬往英
州。两位文豪分别已有五年，一代文士张耒、晁补之、秦观等都被贬出朝，充
满生机的文坛凋零冷落，苏轼与黄庭坚从此竟成永诀。

绍圣二年（1095）正月，黄庭坚受党争牵累，赴贬所黔州，直至崇宁四年
（1105）病故于宜州，为51—61岁的晚年。在生命的最后十年，黄庭坚有编年
的散文创作数量跃升至1 217篇，远远超过同期的292首诗。贬谪期的散文创
作以书简为主，序跋、杂记、铭文和字说也有不少。这与黄庭坚创作心态趋于
平稳有关，也与散文创作便于直抒胸臆、说事明理有关。他对人生和艺术的真

---

① 黄庭坚：《宋黄文节公全集·正集》卷十五，载《黄庭坚全集（一）》，第413页。

谛领悟更为深刻，书法技艺大进，与散文相得益彰，为文随心所欲，信手拈来，无意而意至，形成了平淡老成的风格。故友李之仪《跋山谷晋州学铭》云："是犹鲁直之文见挤于今之学者，可胜叹耶！"①

庭坚绍圣二年（1095）赴贬所，由其兄黄大临陪伴从陈留（今河南开封县陈留镇）出发，备尝艰辛。《书萍乡县厅壁》云：

> 庭坚杭荆江，略洞庭，涉修水，经七十二渡，出万载、宜春，来省伯氏元明于萍乡。初，元明自陈留出尉氏、许昌，渡汉、江陵，上夔峡，过一百八盘，涉四十八渡，送余安置于摩围山之下，淹留数月不忍别。士大夫共慰勉之，乃肯行，掩泪握手，为万里无相见期之别。②

绍圣三年（1096），二弟黄叔达携带自己和黄庭坚的家眷，搭乘友人苏坚的船从芜湖来到黔州。贬谪后的生活条件和创作环境极差，黄庭坚似乎跌落到了人生的低谷。他极少作诗，散文也不多，以书简为主，不复弈棋，自己造屋，种地买菜，自称"黔中老农"，始用"涪翁"之号。绍圣四年（1097），旧党人士再遭贬谪。当地士人仰慕之，黄庭坚振作精神，讲学不倦。他将唐代魏徵的《砥柱铭》书写给眉州青年杨皓，流传千年后拍出了天价。所作草书《廉颇蔺相如列传卷》为存世的宋以前中国书画中最长的作品，全长十八米多。庭坚入蜀后，书法风格大变，技艺猛进。元符元年（1098），庭坚避外兄张向之嫌疑，诏移更加偏僻的戎州安置。当地的文人学士和青年学子纷纷上门请教，求书者络绎不绝。黄庭坚破了酒戒，寄情山水之乐，纵情于诗文书法中。《答崇胜密老书》云："道人壁立千仞，方不入俗；至于和光同尘，又和本折却。与其和本折却，不如壁立千仞。"③ 黄庭坚显现出"壁立千仞"的倔强不屈的人格。

元符三年（1100），宋哲宗病逝，弟赵佶继位，是为徽宗。政权掌握于神宗皇后向氏手中。向太后思想倾向于元祐旧党，司马光、苏轼等三十三人之名誉相继恢复。黄庭坚被朝廷委任为奉议郎、签书宁国军节度判官，携妻儿和弟遗

① 李之仪：《姑溪居士前集》卷三十九，《景印文渊阁四库全书》1120 册，第 575 页。
② 黄庭坚：《宋黄文节公全集·正集》卷二十七，载《黄庭坚全集（二）》，第 745 页。
③ 黄庭坚：《宋黄文节公全集·别集》卷十七，载《黄庭坚全集（三）》，第 1852 页。

孤启程返乡。建中靖国元年(1101)三月，黄庭坚得知改复奉议郎权知舒州之任命。十二月，接苏辙书简并有报书，对苏轼七月病逝于常州深表痛惜。黄庭坚《寄苏子由书》之二云："流落七年，蒙恩东归，至荆州，病几死，失一弟一妹及亡弟二子。早衰气索，非复昔时人也。……端明二丈，人物之冠冕，道德文章足以增九鼎之重，不谓遂至于此。"① "端明二丈"即苏轼，被黄庭坚评价为"人物冠冕"。贬谪生活给黄庭坚及家人带来了沉重的打击。

崇宁元年(1102)初，喜好预政的向太后去世，亲政的徽宗不再受任何制约，朝廷政局再次发生剧变。徽宗改年号为崇宁，意为崇尚神宗熙宁变法。蔡京为尚书左丞，赵挺之为尚书右丞，竭力打击旧党官员。庭坚六月初九日领太平州事，九日而罢，成为千古奇观。九月，朝廷首次设立元祐党籍碑。次年，又设立元祐党籍碑。诏毁刊行范祖禹《唐鉴》并三苏、秦观、黄庭坚等文集。转运判官陈举承执政赵挺之风旨，摘黄庭坚《江陵府承天禅院塔记》数语，以为幸灾谤国，遂除名，编隶宜州。崇宁三年(1104)，第三次设立元祐党籍碑。新党全面焚毁元祐学术和建立元祐党人碑，是自秦始皇焚书坑儒后又一次专制统治的体现。庭坚到达宜州后，先是在城郊租住，后因官府令迁居城南，名寓所曰"喧寂斋"。庭坚于崇宁四年(1105)正月开始撰写日记，取名为《乙酉家乘》。身为萍乡知县的兄长黄大临前来探视，改善了庭坚的生活条件。地方官员也先后前来看望。庭坚与地方人士交往频繁。黄大临离开后半年，庭坚于崇宁四年(1105)九月三十日逝世，享年六十一岁。

在贬谪期中，黄庭坚进一步完善了自己的散文理论，对立意谋篇、篇章结构、作文造句等都有深入的论述。"不烦绳削而自合"是庭坚所企求的散文创作境界。元符三年(1100)作《与王观复书》之一云："南阳刘勰尝论文章之难云：'意翻空而易奇，文征实而难工。'此语亦是沈、谢辈为儒林宗主时，好作奇语，故后生立论如此。好作奇语自是文章病，但当以理为主，理得而辞顺，文章自然出群拔萃。观杜子美到夔州后诗，韩退之自潮州还朝后文章，皆不烦绳削而自合矣。"② 他认为"理得而辞顺"是作文的必要条件，只有将思想内容

---

① 黄庭坚：《宋黄文节公全集·正集》卷十八，载《黄庭坚全集(二)》，第 460 页。
② 同上，第 470 页。

和创作手法完美地结合起来，才称得上优秀之作。他反对刻意为文、雕琢造文，认为唐代文学大家杜甫、韩愈的后期诗文是"无意而意已至"的典范。

晚年的黄庭坚欣赏并推崇散文简易、平淡的意境。《与王观复书》之二云："简易而大巧出焉，平淡而山高水深，似欲不可企及，文章成就，更无斧凿痕，乃为佳作耳。"①《与洪驹父》之二云：

> 学功夫已多，读书贯穿，自当造平淡，且置之，可勤董、贾、刘向诸文字。学作论议文字，更取苏明允文字读之。古文要气质浑厚，勿太雕琢。作得寄来。②

"平淡"、"气质浑厚"成为黄庭坚晚年所追求和倡导的散文创作境界。他对雕琢的散文是不赞赏的。

纵观贬谪期，黄庭坚内心通明，与世浮沉而超然尘垢。在散文创作中，他自由地运用法度，由绚烂之极而返归平淡。元符间在戎州时作《幽芳亭记》，云：

> 兰生深林，不以无人而不芳；道人住山，不以无人而不禅。兰虽有香，不遇清风不发；棒虽有眼，不是本色人不打。且道这香从甚处来？若道香从兰出，无风时又却与萱草不殊；若道香从风生，何故风吹萱草无香可发？若道鼻根妄想，无兰无风，又妄想不成。③

此篇亭记以排比、对偶、比较、反问的修辞手法，阐发义理，发人深思。黄庭坚以平常心为道，突出"惟心所现"之人生哲理。他写道："涪翁不惜眉毛，为诸人点破：兰是山中香草，移来方广院中。方广老人作亭，要东行西去，涪翁名曰'幽芳'，与他著此光彩。此事彻底道尽也，诸人还信得及否？若也不

① 黄庭坚：《宋黄文节公全集·正集》卷十八，载《黄庭坚全集（二）》，第471页。
② 黄庭坚：《宋黄文节公全集·外集》卷十二，载《黄庭坚全集（三）》，第1365—1366页。
③ 黄庭坚：《宋黄文节公全集·别集》卷二，载《黄庭坚全集（三）》，第1493页。

得，更待弥勒下生。"① 文极精炼，意味深长。今人郭预衡评说："这是前此少见的文章。以禅理为文，虽然不自庭坚始，但这样的文章，在前辈古文家的文字中确是很少见的。庭坚写作这样的文章，不是偶然的。这和他晚年倾心佛法颇有关系。"② 元符二年(1099)《与王周彦书》之一云："某久为病苦，养成疏简，经岁静坐，性复神存，为日已深，自有见处。回观昔日举动皆非，更视人间，诚为可笑。凡人性各有妙用也，一得其妙，则通深远到，无所不明，前世君子所恃以为乐也。"③ 叙述晓畅，文字平易，却有"心会"的境界。黄庭坚另作有《书幽芳亭》，通过称颂兰之国香，以赞美君子气节。此文辨析"兰蕙之才德不同"，以为"蕙虽不若兰，其视椒榝则远矣"，委婉和含蓄地表达对时政的愤慨，彰显君子的高尚品性。

黄庭坚晚年的散文语言质朴，情感内敛，理趣契合，达到了平淡老成之境。赴黔州途中过峡州时作《黔南道中行记》，记叙寻三游洞之事。游虾蟆碚，观欧阳文忠公诗及苏子瞻记丁元珍梦中事，品茶、酌酒和听曲，重在洞之奇、游之趣。寥寥数笔，语约意深。建中靖国元年所作《游泸州合江县安乐山行记》，由山及人，赞赏有"古人之风"的刘真人。安乐山为"真人飞升之宅"，在于"清秀"，在于"既定居，泉源发甘，虎豹服役"。元符三年(1100)所作的《大雅堂记》，名为记堂，实为记人，企盼蜀中后人"升子美之堂"。云：

> 由杜子美以来四百余年，斯文委地，文章之士随世所能，杰出时辈，未有升子美之堂者，况室家之好邪！余尝欲随欣然会意处，笺以数语，终日汩没世俗，初不暇给。虽然，子美诗妙处，乃在无意于文，夫无意而意已至，非广之以《国风》、《雅》、《颂》，深之以《离骚》、《九歌》，安能咀嚼其意味，闯然入其门邪！故使后生辈自求之，则得之深矣。使后之登大雅堂者，能以余说而求之，则思过半矣。④

---

① 黄庭坚：《宋黄文节公全集·别集》卷二，载《黄庭坚全集(三)》，第 1493 页。
② 郭预衡：《中国散文史》，第 548 页。
③ 黄庭坚：《宋黄文节公全集·别集》卷十七，载《黄庭坚全集(三)》，第 1838 页。
④ 黄庭坚：《宋黄文节公全集·正集》卷十六，载《黄庭坚全集(二)》，第 437 页。

黄庭坚提出杜甫之诗妙处"乃在无意为文"之说，对后人有极大影响。"大雅之堂"遂成为文学艺术雅正的别称。戎州时期作《刻杜子美巴蜀诗序》云："丹棱杨素翁挐扁舟，蹴犍为，略陵云，下郁鄢，访余于戎州，闻之欣然，请攻坚石，摹善工，约以丹棱之麦三食新而毕，作堂以宇之。予因名其堂曰大雅，而悉书遗之。此西州之盛事，亦使来世知素翁真磊落人也。"① 序中记述了侠气之人的壮举，情真意切。庭坚崇宁三年（1104）所作的《题自书卷后》，云：

> 予所僦舍喧寂斋，虽上雨傍风，无有盖障，市声喧愦，人以为不堪其忧，余以为家本农耕，使不从进士，则田中庐舍如是，又可不堪其忧耶？既设卧榻，焚香而坐，与西邻屠牛之机相直，为资深书此卷，实用三钱买鸡毛笔书。②

晚年的不幸在黄庭坚的笔下，已表现为愤而不激，从容不迫，超脱了人世间尘垢。他淡泊自守，临大节而不可夺，所作之文表现出不同寻常的审美价值。

黄庭坚在贬谪期中，命运大起大落，一波三折，却能坦然自若。散文创作不仅数量可观，而且抒情达意，佳作不少，形成了平淡老成的艺术风格，在散文史上留下光辉的篇章。魏了翁《黄太史文集序》称赞黄庭坚贬谪后的诗文创作是"阅理益多，落叶就实，直造简远"③，达到了文学创作的不凡境界。

考察黄庭坚散文创作历史的分期，与其诗歌分期最大的差异在于成熟时期的不同。标志庭坚诗歌风格的"黄庭坚体"，通常被认为形成于元丰时期，④ 这与庭坚更多着力于诗歌创作有关。同时，也与朝廷和社会追崇唐诗宋调的文化氛围有关。与此相反，庭坚书法的成熟期却是在贬谪时期。⑤ 戎州时期《跋唐道人编予草稿》云："此山谷老人弃纸，连山唐坦之编缀为藏书，可谓嗜学。然山谷在黔中时，字多随意曲折，意到笔不到。及来僰道，舟中观长年荡桨，

---

① 黄庭坚：《宋黄文节公全集·补遗》卷九，载《黄庭坚全集（四）》，第2290页。
② 黄庭坚：《宋黄文节公全集·正集》卷二十五，载《黄庭坚全集（二）》，第645页。
③ 黄庭坚：《黄庭坚全集·附录三 历代序跋》，第2384页。
④ 参见钱志熙：《黄庭坚诗分期初论》，《温州师院学报》1989年第4期，第24—32页。
⑤ 陈志平：《黄庭坚书学研究》，第121页。

群丁拨棹，乃觉少进，意之所到，辄能用笔。然比之古人入则重规迭矩，出则奔轶绝尘，安能得其仿佛耶！此书他日或可与，或可作安石碎金。见爱者或谓不然，不见爱者或比余为钟离景伯耶！"① 黄庭坚的散文创作高峰期与其书法成熟期相同，可谓相得益彰。

综上所述，黄庭坚散文创作分为四个时期。在游学期，黄庭坚以学为主，学习和效仿古代大家以及唐宋八大家，散文创作起点高。下僚期，黄庭坚奔走于山区农村，施展仁政，救世济民，直面现实人生，所创作的散文，具有委曲婉转的特征。馆阁期，苏门相聚京都，散文创作相互促进和提高，开创了元祐时期文坛的繁荣。到贬谪期，散文艺术特征由奇崛顿挫转变至平淡老成。黄庭坚所创作的辞赋、序跋、书简、杂记、铭文、字说等各体散文都有突出的成就，由"兀傲纵横"至"直造简远"，由"顿挫崛奇"到"平淡老成"，散文理论自成体系，在文体上有拓展和创新，留下了不朽的篇章，成为北宋古文运动的优秀成果。

① 黄庭坚：《宋黄文节公全集·别集》卷八，载《黄庭坚全集(三)》，第 1630—1631 页。

第三章　古代散文理论的探索者

　　王水照先生说："古文研究与批评之真正成为一门学科，即文章学之成立，殆在宋代。其主要标志在于专论文章的独立著作开始涌现，且著作体裁完备，几已囊括后世文论著作的各种类型。"[①] 文章学是在宋代成立的，出现了一批学术著作，如《古文关键》《崇古文诀》《文章轨范》《文章正宗》等大量文章评点选本，对文章技法进行了具体研究，对文体、源流、命意、结构、句法、字法多有阐释。祝尚书先生说："（文章学）以创立于南宋孝宗时代似乎更确切，标志是陈骙《文则》、陈傅良《止斋论诀》、吕祖谦评点本《古文关键》等的相继问世。此外，学术笔记大谈文章，这时也首开其端，并逐渐蔚然成风。"[②]"黄庭坚将他倡导的'诗法'移植为文章作法，首次提出了文章'脉络'、'关键'、'开阖'等概念，认为作文章也有'斧斤'即方法。这些都是评点家常用的词语，特别是'关键'一语，虽并不起源于山谷，但用以评文，却以他为早，后来吕祖谦著《古文关键》，盖即受此启发。"[③] 陈晓芬先生说："他论创作常诗文并举，说明二者创作原则的一致性，同时也有不少专门针对散文的论说，以见散文写作的独特性。"[④] 黄庭坚对散文理论持久深入的思考和探索，将北宋散文创作提升到了崭新的理论高度。

---

① 王水照：《历代文话序》，王水照编：《历代文话》，第2页。
② 祝尚书：《宋元文章学》，北京：中华书局，2013，第3页。
③ 祝尚书：《宋代科举与文学考论》，郑州：大象出版社，2006，第295页。
④ 陈晓芬：《中国古典散文理论史》，上海：华东师范大学出版社，2011，第285页。

黄庭坚好论作文，宋人即有评价。理学家朱熹云："山谷好说文章。"① 陆游谓宋代散文"抗汉唐而出其上"②。北宋古文运动在理论建树、作家队伍建设和创作实践方面都有丰硕的成果，散文文体革新和思想解放都取得了全面胜利。作为一代文学大家、苏轼门人的黄庭坚，不仅具有文学创作独创性的强烈意识，而且积极地进行了文学创作理论的思考和探讨。改官吉州太和县的元丰六年(1083)，他在《王定国文集序》中提出的"不守近世师儒绳尺"和"不随人后"，体现出求新求变的独创思想。黄庭坚在文论方面颇具影响的"点铁成金"之说，强调务去陈言，化腐朽为神奇，根本点也在于"自作语"。在《答洪驹父书》之三中提到的"点铁成金"，取自禅语，历来都是把它作为黄庭坚的论诗之喻。《答何静翁书》云："所论史事不随世许可，取明于己者而论古人，语约而意深。文章之法度，盖当如此。"③"法度"是指作文的方法和原则。黄庭坚强调儒道释融合，治心养性，研习儒家经典，多多读书，不懈地追求文学创作的独创性为世人所赞同，其散文理论影响和启发了诸多的后人。

第一节　自成体系的散文理论
　　　　——以《答洪驹父书》为中心

　　黄庭坚"好说文章"为世人所认同，为同代人所不及，具有先导作用。宋人刘辰翁云："柳子厚、黄鲁直说文最上。"④《王直方诗话》、《冷斋夜话》等宋人著作记黄庭坚所论诗文颇多。今人也有如此评价。郭预衡先生说："庭坚学问文章，曾经甚得时誉。……庭坚文章成就虽不及诗，但他平生论文，颇多见解。"⑤

---

① 黎德靖：《朱子语类》卷一百四十，第 3334 页。
② 陆游：《尤延之尚书哀辞》，载《渭南文集》卷四十一，《景印文渊阁四库全书》1163 册，第634 页。
③ 黄庭坚：《宋黄文节公全集·正集》卷十八，载《黄庭坚全集(二)》，第 464 页。
④ 刘辰翁：《须溪集》卷七《答刘英伯书》，《景印文渊阁四库全书》1186 册，第 561 页。
⑤ 郭预衡：《中国散文史》，第 545 页。

迄今为止，黄庭坚是以江西诗派之宗载入文学史的。有关其诗论的资料搜集、不尽相同的论述和评价汗牛充栋，而其散文理论的研究是缺乏的和不系统的。① 黄庭坚不仅对文学大家和后学多有评论，而且对自己的文学创作也有评价。《与秦少章觌书》之一云："庭坚心醉于诗与楚词，似若有得，然终在古人后。至于论议文字，今日乃当付之少游及晁、张、无己，足下可从此四君子一二问之。"② 此文中所说的"论议文字"，主要是指说理议论的文章，也可指称散文。宋文的特点之一在于说理议论纷呈。黄庭坚自认为作诗比作文强。《论作诗文》之五云："王定国谪金过戎，因出数十篇文字。予谓定国曰：'若欲过今人则可矣，若必欲过古人，宜尽烧之，更读十年也。'定国诗极有巧处，然少本也。余自谓作诗颇有自悟处，若诸文亦无长处可过人。予尝对人言：'作诗在东坡下，文潜、少游上，至于杂文，与无咎等耳。'"③ 文中"谪金过戎"的"金"应为"全"。哲宗末，新党起，王巩（字定国）编管全州。王定国是北宋诗人和画家。《论作诗文》约作于贬谪后的戎州期间，此文可看作黄庭坚晚年对自己文学创作的评价。黄庭坚认为作诗在苏轼之下，而杂文即散文，与晁补之相当。后人对黄庭坚的文学创作评价较多，基本上是沿袭了黄庭坚的自评。

宋人洪炎《豫章黄先生退听堂录序》云："大抵鲁直于文章天成性得，落笔巧妙，他士莫逮，而尤长于诗。"④ 张嵲《豫章集序》曰："鲁直诗文，誉者或过其实，毁者或损其真，皆非真知鲁直者，或有所爱憎而然也。大抵鲁直文不如诗；诗，律不如古，古不如乐府。"⑤ 后人也认为黄庭坚作诗优于散文。

黄庭坚不愧为宋诗的代表人物，其诗自成一体。苏轼最早提出"黄庭坚体"，元祐二年（1087）作诗《送杨孟容》，诗注有"〔王注次公曰〕先生自谓效黄鲁直体"⑥。北宋徽宗时，吕本中作《江西宗派图》，首推黄庭坚为宗派之主。南宋严羽《沧浪诗话》正式提出"黄庭坚体"一说。黄庭坚诗的研究代不乏

① 参见徐建平：《黄庭坚散文理论管窥——以〈答洪驹父书〉为例》，《古代文学理论研究》第二十四辑，上海：华东师范大学出版社，2006，第131—144页。
② 黄庭坚：《宋黄文节公全集·正集》卷十九，载《黄庭坚全集（二）》，第483页。
③ 黄庭坚：《宋黄文节公全集·别集》卷十一，载《黄庭坚全集（三）》，第1686页。
④ 黄庭坚：《黄庭坚全集·附录三 历代序跋》，第2380页。
⑤ 同上书，第2383页。
⑥ 苏轼撰：《苏轼诗集》卷二十八，孔凡礼点校，北京：中华书局，1986，第1479页。

人，其诗论独树一帜，而散文理论往往被混同于诗论，或作为附庸。

郭绍虞1934年出版的《中国文学批评史》，奠定了中国古代文论学科的开拓者地位。1979年，其由上海古籍出版社再版的高校文科教材《中国文学批评史》，在"北宋诗论与其作风"一节中论及黄庭坚诗论。1996年上海古籍出版社出版的王运熙、顾易生主编《中国文学批评通史》是同类著作中规模最大的一部，其中顾易生、蒋凡、刘明今著宋金元卷第一编为"北宋诗文批评"，第六章第一节着重论述了黄庭坚的诗论，所列三个小节的标题是："行要争光日月，诗须皆可弦歌""拾遗句中有眼，彭泽意在无弦""'点铁成金'与'夺胎换骨'"。"点铁成金"在黄庭坚原文中是指诗文创作，并非完全是针对诗歌创作的。2001年复旦大学出版社出版的《中国文学批评史新编》则是在此基础上的改编，"黄庭坚"一节所列三个小节的标题相同。张少康、刘三富的《中国文学理论批评发展史》第十六章为"黄庭坚和北宋后期的文学理论批评"，第一节为"黄庭坚的文学思想和创作理论"，指出黄庭坚的文学思想和创作理论的特点："第一，他肯定诗歌'忿世疾邪'的怨刺作用，但又要求不可过分激烈，必须符合温柔敦厚之旨。""第二，提倡诗歌创作要'以理为主'，有精博的学问为基础，这是黄庭坚文学思想和创作理论的核心。""第三，'夺胎换骨'，'点铁成金'是体现黄庭坚上述文学思想的具体创作方法。"[①] 所阐述的还是黄庭坚的诗论。

张毅主编的《二十世纪中国文学研究·宋代文学研究》[②] 揭示：上个世纪的一百年，黄庭坚研究集中在其生平与思想、诗歌艺术、词、诗论和文艺观。总之，黄庭坚在中国文学史上被定位于与苏轼齐名的诗人，以及影响广泛和深远的江西诗派的开山领袖，有着别出心裁、被后人争论不休的诗论。但是，黄庭坚的散文研究阙如，遑论其散文理论的研究。

同时代人是将黄庭坚诗与文并举的。苏轼《答鲁直书》曰："轼始见足下诗文于孙莘老之坐上，耸然异之，以为非今世之人也。……其后过李公择于济南，则见足下之诗文愈多，而得其为人益详，意其超逸绝尘，独立万物之表，

---

① 张少康、刘三富著：《中国文学理论批评发展史》，北京：北京大学出版社，2003，第39—50页。

② 参见张毅：《宋代文学研究》第十二章"黄庭坚研究"，第768—807页。

驭风骑气，以与造物者游，非独今世君子所不能用，虽如轼之放浪自弃，与世阔疏者，亦莫得而友也。"① 《宋史》本传云："苏轼尝见其诗文，以为超轶绝尘，独立万物之表，世久无此作，由是声名始震。"② 完全采纳了苏轼对黄庭坚的评价。苏辙《答黄庭坚书》云："读君之文，诵其诗，愿一见者久矣。"③ 秦观赞叹："其《敝帚》、《焦尾》两编，文章高古，邈然有二汉之风。今时交游中以文墨自业者，未见其比。"④ 此文中"文章"包含了诗与文。黄庭坚好为人师，乐于指导后学，讲学不倦，在其书简、序跋中论文颇多，涵盖了诗与文，但侧重点是有所不同的。因此，探讨黄庭坚的散文理论是非常必要和有益的。

一、治心养性

《答洪驹父书》历来是黄庭坚文学理论的代表作。20 世纪 50 年代末陶秋英编选、人民文学出版社 80 年代初出版的《中国历代文论选·宋金元文论选》选录了黄庭坚文论五篇，其中一篇就是《答洪驹父书》。郭绍虞主编的高校文科教材《中国历代文论选》收录黄庭坚一篇文论即《答洪驹父书》。历来的黄庭坚研究论文和《中国文学史》、《宋代文学史》、《中国文学批评史》，大多引用了《答洪驹父书》，尤其是其中的"无一字无来处""点铁成金"之说。今人钱钟书评论说："在他的许多关于诗文议论里，这一段话最起影响，最足以解释他自己的风格，也算得江西诗派的纲领。"⑤ 2005 年出版的《中国古代文学通论·宋代卷》指出："他的这些主张以及资书为诗的做法，在当时及其后都引起人们极大的关注，被视为江西诗派，学者众多，讥评亦多。"⑥

《答洪驹父书》是黄庭坚给其甥洪刍的书简。洪刍为洪州南昌人，其字驹父得自舅氏黄庭坚，出生于嘉祐八年（1063）至治平三年（1066）间⑦，少失所怙。

---

① 苏轼：《苏轼文集》卷五十二，第 1531—1532 页。
② 脱脱等：《宋史》卷四百四十四，第 13109 页。
③ 苏辙：《苏辙集》卷十三，第 391 页。
④ 秦观著、徐培均笺注：《淮海集笺注》卷三十，第 1005 页。
⑤ 钱锺书：《宋诗选注》，北京：人民文学出版社，1989，第 97 页。
⑥ 刘扬忠主编：《中国古代文学通论·宋代卷》，沈阳：辽宁人民出版社，2005，第 41 页。
⑦ 伍晓蔓：《江西宗派研究》，第 231 页。

元祐三年(1088)省试落弟,后仕为黄州知录。绍圣元年(1094年)得第,后除官晋州教授。崇宁三年(1104)被列入元祐党籍碑。崇宁五年(1106),复宣德郎。洪刍与徐俯等一同带来江西诗歌的新一轮繁荣。钦宗靖康元年(1126),洪刍被征召,官至左谏议大夫。晚节不保,有负舅氏黄庭坚悉心教诲。汴京失守,坐为金人括财,长流沙门岛以卒。洪刍博学多才,著有《老圃集》《洪驹父诗话》等。

洪刍与兄洪朋(字龟父)、弟洪炎(字玉父)和洪羽(字鸿父)曾从舅氏黄庭坚学习诗法,俱有才名,号为"四洪",其中洪刍的文学成就居首。洪氏兄弟四人除洪羽早卒外,三人全入吕本中《江西宗派图》。黄庭坚馆职期间所作《书佹壳轩诗后》云:"洪氏四甥,才器不同,要之皆能独秀于林者也。"① 黄庭坚对洪氏四甥充满希望,对洪刍更是寄予厚望,曾在《洪氏四甥字说》中论及洪刍,云:"飞黄騄耳之驹,一秣千里,御良而志得,食君场苗。……能仕能止惟其才,可仕可止惟其时,何常之有哉?故刍之字曰驹父。"② "飞黄"为传说中的神马名。"騄耳"为周穆王八骏之一。"父"通"甫"。《与洪甥驹父》之一云:"驹父外甥:昨得书,见笔札已眼明,及见诗,叹息弥日,不谓便能入律如此,可谓江南泽中产此千里驹也。然望甥不以今所能者骄稚人,而思不如舜、禹、颜渊。"③ "千里驹"在此喻指文学天才少年。黄庭坚建中靖国元年(1101)荆南作《和王观复洪驹父谒陈无己长句》云:"陈君今古焉不学,清渭无心映泾浊。汉官旧仪重九鼎,集贤学士见一角。王侯文采似于菟,洪甥人间汗血驹。"④ "于菟"为虎的别称。"汗血驹"即汗血马,古代西域骏马名,流汗如血,故称。后多以指骏马。黄庭坚对洪刍评价颇高。洪刍仕为"黄之酒正",黄庭坚作有《洪驹父璧阴斋铭》。洪刍主晋州学,黄庭坚应邀为之作《晋州州学斋堂铭》,还作有《洪驹父深衣带铭》,对洪刍是关怀备至,期待颇高。

《黄庭坚全集》中收录与洪驹父书的有十五首之多,远多于其他三位洪氏甥,这在黄庭坚众多的书简中是非常突出的。黄庭坚为培养洪刍花费了不少心血。名为《答洪驹父书》的共有三首,和四部丛刊影印的宋乾道刻本《豫章黄

① 黄庭坚:《宋黄文节公全集·正集》卷二十七,载《黄庭坚全集(二)》,第742页。
② 黄庭坚:《宋黄文节公全集·正集》,卷二十四,载《黄庭坚全集(二)》,第616页。
③ 同上,卷十九,第484页。
④ 黄庭坚:《宋黄文节公全集·正集》卷五,载《黄庭坚全集(一)》,第113页。

先生文集》所收《答洪驹父书三首》相同。黄庭坚《答洪驹父书》三首先后作于黄庭坚的中、晚年，其命运大起大落，显现出人生观和文学观的成熟。据黄宝华先生考证，"所选二书，一般多误作一篇，且前后倒置，因四部丛刊本《豫章文集》中二书紧接，所以致误。"① 这"二书"是指后二首，流传较广，影响很大，引用率极高。《答洪驹父书》第三首，以往是和第二首放在一起的，一同被当作黄庭坚诗论的代表作。其实，在《答洪驹父书》三首中，黄庭坚对诗文的论述是有明确区别的，从思想内容到具体的创作方法都有独到的见解，丰富了北宋的散文理论，对散文创作和散文理论的发展作出了贡献。现抄录第一首如下：

> 驹父外甥推官：得手书，知还家侍奉吉庆为慰。新妇诸孙想履夏具宜。既不免应举，亦须温习文字，诗酒须少掇也。自顷尝见诸人论甥之文学，它日当大成，但愿极加意于忠信孝友之地。甘受和，白受采，不但用文章照映今古，乃所望者。熙绍不知发源自何来，又不知所葬者是何舍利？以此难作文。景云又不知是禅是律，有师承无师承。可究问一二疏来。玉父不及书，想钩深索隐，日有新功。比又为弟侄草数篇六韵诗，适意思不堪，未能写寄。鸿父更加意举业，须少入绳墨乃佳。前要文字，犹未暇作。新书室政在大槐安国中邪？师川应举否？频解作举业乎？盎父蓬生麻中，不得不直，比来翰墨亦可观否？老舅既免丧，哀痛无已，日在墓次，亦苦多病，未缘相见。千万强学自重。不具。老舅庭坚白。②

相比之下，此书少有人提及。从表面上看，字里行间蕴涵了浓烈的亲情，展示了黄庭坚对洪刍文学才能的赞赏，期待任初等职官的洪刍"文章照映今古"。推究之下，《答洪驹父书》的第一首蕴涵了黄庭坚的散文理念。"忠信孝友"是传统的儒家思想内核。黄庭坚受儒家思想影响很深，视理想人格的培养为文学创作的关键所在，嘱咐后辈学文要先学做人。

---

① 黄宝华选注：《黄庭坚选集》，上海：上海古籍出版社，1995，第 381 页。
② 黄庭坚：《宋黄文节公全集·正集》卷十八，载《黄庭坚全集（二）》，第 473—474 页。

据书中"老舅既免丧，哀痛无已，日在墓次"，可知此书作于哲宗元祐八年(1093)。黄庭坚是年九月服除，仍居于其母墓旁。元祐三年(1088)，洪刍和洪炎一同参加省试，落第。元祐六年(1091)，洪炎得第，洪刍有意应举。黄庭坚元祐五年(1090)作《与洪氏四甥书》之一云："驹父：别后惘然者累日，虽道途悠远，鸿雁相依，颇不索寞。黄州人来，得平安之音，甚慰也。即日想安胜，太守书颇相知，更希善事之。尺璧之阴，常以三分之一治公家，以其一读书，以其一为棋酒，公私皆办矣。玉父若留黄，亦自佳，不知能如此否?"① 黄庭坚嘱咐二十多岁的洪刍爱惜珍贵的光阴，"治公家""读书"和"棋酒"各占三分之一的时间，公私兼顾，适得其所。

黄庭坚关注和督促洪刍学习，强调应举的重要性。"诗酒须少掇也"，乃担心洪刍沉溺于诗酒而误仕途，以为当务之急须努力"温习文字"，集中精力应对科举。黄庭坚曾以洪州解头赴礼部省试，结果却落了榜。第二次应试，方金榜题名。作于绍圣四年(1097)的《与洪甥驹父》之二云："鸿父不果别作书，凡欲与二甥道者，意不殊也。往日所作玉父倦壳轩诗，极知不负老舅所期。既食贫，不免仕宦，古人所谓'一人乘车，三人缓带'，此亦不可不免。"② 宋时优待文人，广开才路。处于社会下层的青年人，最好的出路只能是科举之路。家道中落的黄庭坚深有体验，因而对玉父、鸿父、师川、益父诸外甥的学习格外关心。

作于馆职间的《与洪驹父》之一云："驹父知录外甥：得手书，知官下安胜为慰。所寄文字，更觉超迈，当是读书益有味也。学问文章，如甥才器笔力，当求配于古人，勿以贤于流俗遂自足也。然孝友忠信，是此物之根本，极当加意养以敦厚醇粹，使根深蒂固，然后枝叶茂尔。"③ 黄庭坚把"忠信孝友"作为学问文章的根本，形象地把两者譬喻为"根"和"枝叶"的关系。把"忠信孝友"与"学问文章"联系起来，而不提"道德文章"，这是耐人寻味的。"文章艺术与人格行为真正地统一起来，黄庭坚视此为最高的道德境界，也是最高的艺术境界。"④ 在《答苏大通书》中黄庭坚认为，要达到"忠信孝友"的根本，

---

① 黄庭坚：《宋黄文节公全集·别集》卷十八，载《黄庭坚全集(三)》，第1869页。
② 黄庭坚：《宋黄文节公全集·正集》卷十九，载《黄庭坚全集(二)》，第484页。
③ 黄庭坚：《宋黄文节公全集·外集》卷二十一，载《黄庭坚全集(三)》，第1365页。
④ 钱志熙：《黄庭坚诗学体系研究》，第55页。

必须反复读经，烂熟儒家六经于心。"凡读书法，要以经术为主。经术深邃，则观史易知人之贤不肖，遇事得失易以明矣。又读书先务精而不务博，有余力乃能纵横尔。"① 在《书赠韩琼秀才》中则指出："读书欲精不欲博，用心欲纯不欲杂。读书务博，常不尽意；用心不纯，讫无全功。治经之法，不独玩其文章，谈说义理而已，一言一句，皆以养心治性。"② 而在《跋牛头心铭》一文中曾云"范氏不学则已，学则必以治心养性为本。斯文之作，妙尽心性之蕴，只使朝夕薰之，自成道种。亦使觉苑净坊诸禅子等读之，句句稍归自己，乃知牛头快说禅病，免向野狐额下枉过一生。"③ 黄庭坚强调自我修养的重要性，揭示了文学创作和道德修养之间的密切关系。

馆职间作《与济川侄》云："夜来细观所作文字，甚有笔力，他日可为诸父雪耻。但须勤读书令精博，极养心使纯静，根本若深，不患枝叶不茂也。"④ 在大名府任国子监教授时所作的《孟子断篇》云："由孔子以来，求其是非趋舍，与孔子合者，唯孟子一人。孟子，圣人也。荀卿著书，号为祖述孔氏，而诋訾孟子，以为略法三王，而不知其统。……由孔子以来，力学者多矣，而才有扬雄，来者岂可不勉方将讲明养心治性之理，与诸君共学之，惟勉思古人所以任己者。"⑤ "治心养性"贯穿了黄庭坚文学思想的发展过程。黄庭坚诗文中所说的"治心养性"、"治气养性"和"斋心服形"等都是源于孟子的道德修养学说，同时也吸收一些道家和禅宗的内容。

黄庭坚引用《礼记》，云："君子曰：甘受和，白受采，忠信之人可以学礼。""甘为众味之本，不偏主一味，故得五味之和。白是五色之本，不偏一色，故得受五色之采。以其质素，故能包受众味及众采也。""心致忠诚，言又信实，质素为本，不有杂行，故可以学礼也。"⑥ 庭坚期待洪刍"文章照映今古"，重视散文创作的审美价值。强调作文的根本是加强"治心养性"的道德

---

① 黄庭坚：《宋黄文节公全集·别集》卷十七，载《黄庭坚全集（三）》，第 1832 页。
② 黄庭坚：《宋黄文节公全集·正集》卷二十五，载《黄庭坚全集（二）》，第 655 页。
③ 黄庭坚：《宋黄文节公全集·别集》卷七，载《黄庭坚全集（三）》，第 1614 页。
④ 黄庭坚：《宋黄文节公全集·正集》卷十九，载《黄庭坚全集（二）》，第 498 页。
⑤ 同上，卷二十，载《黄庭坚全集（二）》，第 507 页。
⑥ 郑玄注、孔颖达疏：《礼记正义》，载李学勤主编：《十三经注疏》，北京：北京大学出版社，1999，第 763 页。

修养，坚持伦理道德的自我完善，塑造理想的人格。黄庭坚受囿于儒家文学思想，但反对"文从于道"的说法。洪炎《豫章黄先生退听堂录序》云："其发源以治心修性为宗本，放而至于远声利、薄轩冕，极其致，忧国爱民，忠义之气蔼然见于笔墨之外。"充分肯定了以"治心养性"为本的黄庭坚"忧国爱民，忠义之气"的精神。伦理道德修养为根本，文学枝叶才能茂盛。晁补之于元祐六年(1091)清明前一日符离舟中作《书鲁直题高求父扬清亭诗后》，曰："鲁直于治心养气，能为人所不为，故用于读书、为文字，致思高远，亦似其为人。"[①]黄庭坚所提倡的道德理想人格修养，把诗文思想内容和创作紧密地联系了起来。以黄庭坚的文学主张来关照其文学创作，足见其身体力行，卓有成效。

黄庭坚受传统儒学的熏陶，对儒家经典烂熟于胸。在苏门弟子中，他又深于禅学。其家乡禅宗盛行，曾作《发愿文》，痛戒酒色和肉食。作为黄龙祖心禅师法嗣，《五灯会元》专为其立传。黄庭坚也酷好老、庄之学。奉守儒术而又融通释、老。修身安命，淡泊自守。内心通明，超然尘垢。黄庭坚出于苏轼之门，而苏轼出于欧阳修之门。欧阳修重视儒家之道，尊崇韩愈的文论，对苏轼和黄庭坚都有影响。但黄庭坚比苏轼的思想更为正统，其核心是儒家思想。南宋黄震有过中肯的论述，《黄氏日抄》云："涪翁孝友忠信，笃行君子人也。世但见其嗜佛老，工嘲咏，善品藻书画，遂以苏门学士例目之。今愚熟考其书，其论著虽先《庄子》而后《语》、《孟》，至晚年自刊其文，则欲以合于周孔者为内集，不合于周、孔者为外集。其说经虽尊荆公而遗程子，至他日议论人物，则谓周茂叔人品最高，谓程伯淳平生所欣慕。方苏门与程子学术不同，其徒互相攻讦，独涪翁超然其间，无一语党同。……况公虽以流落无聊，平生好交僧人，游戏翰墨，要不过消遣世虑之为，而究其说垂芳百世者，实以天性之忠孝，吾儒之论说。至若禅家句眼不可究诘其是非者，等于戏剧，于公岂徒无益而已哉？读涪翁之书而不于其本心之正大不可泯没者求之，岂惟不足知涪翁，亦恐自误。"[②] 黄震不否认黄庭坚有道释思想，但认为其思想主体还是儒家思想。

---

① 晁补之：《鸡肋集》卷三十三，《景印文渊阁四库全书》1118 册，第 649 页。
② 黄震：《黄氏日抄·读文集》，载王水照编《历代文话》，上海：复旦大学出版社，2007，第788 页。

二、师古独创

黄庭坚《答洪驹父书》的第二首在文学史上传播甚广，被一致认为是黄庭坚诗论的代表作，后人评论甚夥。实际上在第二首中，黄庭坚还是明确区分了诗与文，如"寄诗语意老重"、"诸文亦皆好"、"极论诗与文章之善病"等。黄庭坚总结了自己文学创作的经验，提出了师古独创的观点，倡导散文的雄奇，另辟蹊径，超越古人。《答洪驹父书》之二云：

> 驹父外甥教授：别来三岁，未尝不思念。闲居绝不与人事相接，故不能作书。虽晋城亦未曾作书也。专人来，得手书，审在官不废讲学，眠食安胜，诸稚子长茂，慰喜无量。寄诗语意老重，数过读不能去手，继以叹息。少加意读书，古人不难到也。诸文亦皆好，但少古人绳墨耳。可更熟读司马子长、韩退之文章，凡作一文，皆须有宗有趣，终始关键，有开有阖，如四渎虽纳百川，或汇而为广泽，汪洋千里，要自发源注海耳。老夫绍圣以前不知作文章斧斤，取旧所作读之，皆可笑。绍圣以后，始知作文章，但已老病，惰懒不能下笔也。外甥勉之，为我雪耻。《骂犬文》虽雄奇，然不作可也。东坡文章妙天下，其短处在好骂，慎勿袭其轨也。甚恨不得相见，极论诗与文章之善病，临书不能万一，千万强学自爱，少饮酒为佳。

《山谷老人刀笔》编此书简于丁忧期内，通常学人也认同。[1] 应当说，此书简作于绍圣元年(1094)更准确些，因为洪刍此年得第，后主晋州学，也与文中"绍圣以后，始知作文"相符。此前三年系元祐六年(1091)，洪刍随洪炎来到京师，洪炎应礼部试。《与洪氏四甥书》可证，其一云："驹父：别后惘然者累日，虽道途悠远，鸿雁相依，颇不索寞。……玉父若且留黄，亦自佳，

---

① 黄庭坚著、郑永晓整理：《黄庭坚全集辑校编年（上册）》，南昌：江西人民出版社，2008，第732页。

不知能如此否？外婆比来意思殊胜，比去冬十减六七，望夏秋间得佳也。"① 这与书简中"别来三岁，未尝不思念"相符。

黄庭坚对洪刍的好学精神给予赞扬，对其诗文作品给予鼓励。他告知外甥"少加意读书，古人不难到也"。可见，洪刍文学天分颇高。黄庭坚指出洪刍所作诸文的缺陷是"但少古人绳墨耳"，并为洪刍指明具有针对性的学习途径，即"可更熟读司马子长、韩退之文章"。黄庭坚认为师法古人尤其是文学大家，是提高创作水平的门径。《论作诗文》之二云："读书要精深，患在杂博。因按所闻，动静念之，触事辄有得意处，乃为问学之功。文章惟不搆空强作，诗遇境而生，便自工耳。"② 在黄庭坚各体散文中，不难见到诸如此类的提法，即注重师法古人，钻研古文，深得古文之精髓。《与洪驹父》之二云："学功夫已多，读书贯穿，自当造平淡，且置之，可勤董、贾、刘向诸文字。学作论议文字，更取苏明允文字读之。古文要气质浑厚，勿太雕琢。"③ 唐宋古文运动所形成的宋文"自然平易"风格无疑也影响了黄庭坚。作为江西诗派领袖，黄庭坚诗论泽被后人，原因之一是后人学诗有门径可寻。同样，对散文创作而言，黄庭坚文论也是可讲而学的。

汉代开辟了我国古代散文的新纪元。董仲舒以儒学为中心，创造了今文经学。其文典雅醇厚、深奥宏博，开西汉中期散文之新风。刘向博物洽闻，通达古今。董仲舒、刘向被称为汉代散文的经术派。贾谊为汉初最有影响的散文家，得到刘向的夸奖。《汉书·贾谊传》："贾谊，洛阳人也，年十八，以能诵诗书属文称于郡中。河南守吴公闻其秀材，召置门下，甚幸爱。文帝初立，闻河南守吴公治平为天下第一，故与李斯同邑，而尝学事焉，征以为廷尉。廷尉乃言谊年少，颇通诸家之书。文帝召以为博士。……赞曰：刘向称'贾谊言三代与秦治乱之意，其论甚美，通达国体，虽古之伊、管未能远过也'。"④ 黄庭坚推崇董仲舒、贾谊、刘向外，更为欣赏的是苏洵议论文，其特点为雄奇坚劲。黄庭坚还提出了"气质浑厚，勿太雕琢"的古文审美观。

---

① 黄庭坚：《宋黄文节公全集·别集》卷十八，载《黄庭坚全集（三）》，第 1869 页。
② 黄庭坚：《宋黄文节公全集·别集》卷十一，载《黄庭坚全集（三）》，第 1684 页。
③ 黄庭坚：《宋黄文节公全集·外集》卷二十一，载《黄庭坚全集（三）》，第 1365—1366 页。
④ 班固撰：《汉书》卷四十八，颜师古注，北京：中华书局，1962，第 2265 页。

"凡作一文，皆须有宗有趣，终始关键，有开有阖。"也就是说创作散文首先要有立意，主题和艺术表现要融洽，构思布局须十分重视。"关键"和"开阖"指的是结构布局。形式要为内容服务，要有独创精神，庭坚喻之为"如四渎虽纳百川，或汇而为广泽，汪洋千里，要自发源注海耳"。"四渎"指的是"江、河、淮、济"，均独流入海。《题乐毅论后》云："予尝戏为人评书云：'小字莫作痴冻蝇，《乐毅论》胜《遗教经》。大字无过《瘗鹤铭》，随人作计终后人，自成一家始逼真。'然适作小楷，亦不能摆脱规矩。客曰：'子何舍子之冻蝇，而谓人冻蝇？'予无以应之。固知书虽棋鞠等技，非得不传之妙，未易工也。"[1] 为人评书之语可见于元丰三年所作诗《以右军书数种赠丘十四》。庭坚以为，要超越前人，就得独创，"自成一家"。

黄庭坚自称"绍圣以后始知作文章"。贬谪黔、戎以后，庭坚饱受生活磨难，对人生有了更深入的思考，对文学有了新的认识和看法。绍圣四年(1097)《与宜春朱和叔书》之二云："某待罪于此，谢病杜门，粗营数口衣食，使不至寒饥，买地畦菜，已为黔中老农耳。闲居不欲数与公家相关，故不复借书吏作笺记，但以手书上答，不审能照察此情否？悚仄悚仄！衰老多病，亦不能固封，惟痛察。"[2] 绍圣元年(1094)至元符元年(1098)，黄庭坚很少作诗，散文创作也不多。面对人生的巨大落差，黄庭坚对生命的体验更为深刻，对以前的文学创作不再满足，由绚烂返归平淡，追求散文创作完美的艺术境界。

黄庭坚不仅要求师古独创，而且倡导学习同时代文学大家的散文。元符三年(1100)作《杨子建通神论序》云："天下之学，要之有所宗师，然后可臻微入妙，虽不尽明先王之意，惟其有本源，故去经不远也。今夫六经之旨深矣，而有孟轲、荀况、两汉诸儒，及近世刘敞、王安石之书，读之亦思过半矣。至于文章之工难矣，而有左氏、庄周、董仲舒、司马迁、相如、刘向、杨雄、韩愈、柳宗元，及今世欧阳修、曾巩、苏轼、秦观之作，篇籍具在，法度粲然。可讲而学也。"[3] 黄庭坚标举了古今散文创作的典范，赞美先秦两汉和唐宋大家之作为"法度粲然"，列出具体的学习对象，并在学习的基础上进行独创，由

---

① 黄庭坚：《宋黄文节公全集·正集》卷二十七，载《黄庭坚全集(二)》，第712页。
② 黄庭坚：《宋黄文节公全集·别集》卷十五，载《黄庭坚全集(三)》，第1766—1767页。
③ 黄庭坚：《宋黄文节公全集·别集》卷二，载《黄庭坚全集(三)》，第1486—1487页。

感性认识上升到理性认识，总结出一套学习和创作的方法。《论作诗文》之一云："作文字须摹古人，百工之技，亦无有不法而成者也。"① 在苏门四学士中，黄庭坚不仅散文创作突出，而且对各体散文创作都有研究和阐述，形成了自己的创作理念。馆职间作《与王立之》之四云："若欲作楚辞追配古人，直须熟读楚辞，观古人用意曲折处讲学之，然后下笔。譬如巧女文绣妙一世，若欲作锦，必得锦机，乃能成锦尔。"② 戎州时期作《答石长卿》云："如对策，更须熟观班固《汉书》论事之文，论则须令有关键，则百发百中，如养叔之射矣。"③ 馆职间《与潘邠老帖》之三云："子瞻论作文法，须熟读《檀弓》，大为妙论。请试样读之，如何，却示谕。"④ 黄庭坚对各体散文的研究颇有心得，强调师法文学大家，正是为了吸取优良的文学传统营养，提高创作水平，以促进文学的发展。

"《骂犬文》虽雄奇，然不作可也。"⑤ 黄庭坚对洪刍《骂犬文》的批评虽然没有展开，但可看出他对"怨刺"的散文是不赞成的。他明确表示苏轼文章的短处在于"好骂"。当然，他欣赏具有雄伟奇崛风格的散文，其《与洪氏四甥书》之五云："通知古今在勤读书，文章宏丽在笔墨追古。"⑥ 黄庭坚神往于散文的雄奇宏丽。《题东坡书道术后》云："文章皆雄奇卓越，非人间语。尝有海上道人评东坡，真蓬莱、瀛洲、方丈谪仙人也。流俗方以造次颠沛秋毫得失，欲轩轾困顿之，亦疏矣哉！"⑦ 黄庭坚以为苏轼文章的雄奇，是常人难以达到的境界。

《题苏子由黄楼赋草》云："铭欲顿挫崛奇，赋欲宏丽。故子瞻作诸物铭，光怪百出。子由作赋，纡徐尽变。"⑧ 黄庭坚赞赏具有宏伟气势、文采优美的散文。他称赞苏轼铭的"光怪百出"、子由赋的"纡徐尽变"，正是推崇散文创作的

---

① 黄庭坚：《宋黄文节公全集·别集》卷十一，载《黄庭坚全集（三）》，第 1684 页。
② 黄庭坚：《宋黄文节公全集·外集》卷二十一，载《黄庭坚全集（三）》，第 1371 页。
③ 黄庭坚：《宋黄文节公全集·续集》卷四，载《黄庭坚全集（四）》，第 2013 页。
④ 黄庭坚：《宋黄文节公全集·别集》卷十九，载《黄庭坚全集（三）》，第 1887 页。
⑤ 黄庭坚：《宋黄文节公全集·正集》卷十八《答洪驹父书之二》，载《黄庭坚全集（二）》，第 474 页。
⑥ 黄庭坚：《宋黄文节公全集·别集》卷十八，载《黄庭坚全集（三）》，第 1871 页。
⑦ 黄庭坚：《宋黄文节公全集·正集》卷二十五，载《黄庭坚全集（二）》，第 646 页。
⑧ 黄庭坚：《宋黄文节公全集·别集》卷六，载《黄庭坚全集（三）》，第 1592 页。

崛奇、独特之处。清人方东树赞赏说："黄庭坚之妙，在乎迥不犹人，时时出奇，故能独步千古，所以可贵。"[1] 这正是揭示了黄庭坚倡导雄奇之文的原因。

黄庭坚的"领略古法生新奇"[2]，一语道出了其师古独创的心声。在欧阳修之后，苏轼是学兼百家、文备众体的散文大家，作文如行云流水，随物赋形，全然没有黄庭坚如此的作文之道。明人王世贞《艺苑卮言》卷四云："读子瞻文，见才矣，然似不读书者。"[3] 苏轼论文是不讲究作文之道的，是才气使然，这也与他"一吐为快"的为人之道有关，他已达到了出神入化的境界。黄庭坚虽未能至，但他的作文之道，对后学还是有着引领之功的。

三、讲究作文

与其诗学讲究句法、活法一样，黄庭坚的散文理论颇有影响，其讲究作文为世人所认同。理学家朱熹所说的"山谷好说文章"，包含了方法论的意义。今人郭预衡认为："庭坚讲究'作文'，且讲文章'关键'，这一点与欧、苏皆不同。欧、苏论文，都是不讲'作'的。"[4]

大凡散文大家都是有为而作，强调自具面目，有着与众不同的艺术风格。黄庭坚也是如此，强调"自作语"，务去陈言，化腐朽为神奇的"点铁成金"，讲究创作优秀之文。《答洪驹父书》第三首云：

> 所寄《释权》一篇，词笔纵横，极见日新之效。更须治经，深其渊源，乃可到古人耳。青琐祭文，语意甚工，但用字时有未安处。自作语最难，老杜作诗，退之作文，无一字无来处，盖后人读书少，故谓韩、杜自作此语耳。古之能为文章者，真能陶冶万物，虽取古人之陈言入于翰墨，如灵丹一粒，点铁成金也。文章最为儒者末事，然既学之，又不可不知其

---

① 方东树：《昭昧詹言》卷十二，北京：人民文学出版社，1961，第313页。
② 黄庭坚：《宋黄文节公全集·正集》卷四《次韵子瞻和子由观韩干马因论伯时画天马》，载《黄庭坚全集（一）》，第82页。
③ 丁福保辑：《历代诗话续编》，北京：中华书局，1983，第1018页。
④ 郭预衡：《中国散文史》，第545页。

曲折，幸熟思之。至于推之使高如泰山之崇，崛如垂天之云，作之使雄壮如沧江八月之涛，海运吞舟之鱼，又不可守绳墨，令俭陋也。①

　　据黄宝华先生考证，《山谷老人刀笔》将此书简编于"初仕之馆职"期内，具体写作年份不能确考，据同时书简可知洪刍在黄州。② 黄庭坚于神宗元丰八年(1085)奉诏为校书郎，时年四十一。洪刍的成长与黄庭坚的栽培不无关系。洪刍参加了元祐三年(1088)的省试，寓黄庭坚廨中，落第而归。洪刍在黄州作"璧阴斋"，"治公家"的同时勉力学习。黄庭坚作《洪驹父璧阴斋铭》序云："甥洪刍驹父，仕为黄之酒正。勤其官，不素食矣，又能爱其余日以私于学，名其所居曰璧阴斋。予内喜之，曰：'在官而可以行其私也，惟学而已矣。'为之作铭。"③ "士为黄之酒正"指的是洪刍监黄州酒务，可能是在元祐四年(1089年)。④ 元祐五年(1090年)，黄庭坚作《与洪甥驹父》云："驹父知录外甥：得书，喜安胜。文城、感义两宅，想每得安问，官下簿领之余，颇得近书册，邠老相与有日新之益。"⑤ "知录"为知录事参军的简称。元祐六年(1091年)，洪刍和洪炎同在黄州。两年后，洪刍回到南昌，参加当年的秋试。绍圣元年，洪刍得第。

　　黄庭坚赞扬洪刍大有长进，其文"词笔纵横"、"语意甚工"。谆谆告诫洪刍"更须治经，探其渊源"，才能使自己的文学创作达到古人优秀作品的水准。"治经"是学习的内容和过程，是为了"治心养性"，也就是黄庭坚强调为文的根本。他进一步指出，其作"青琐祭文"存在着用字不妥的缺陷。为此，黄庭坚提出了"自作语最难"的观点，明确"独创性"为文学创作的准则和境界。"老杜作诗，退之作文，无一字无来处"。庭坚尊杜重韩，认真学习杜甫、韩愈的诗文创作，重视字词句的锤炼，讲究字词句的来历出处。黄庭坚提出了著名的诗文创作之说——"点铁成金"，认为优秀的文学家为文能够熔铸锻炼，化

---

① 黄庭坚：《宋黄文节公全集·正集》卷十八，载《黄庭坚全集(二)》，第475页。
② 黄宝华：《黄庭坚选集》，第381页。
③ 黄庭坚：《宋黄文节公全集·正集》卷二十一，载《黄庭坚全集(二)》，第532页。
④ 韦海英：《江西诗派诸家考论》，第61页。
⑤ 黄庭坚：《宋黄文节公全集·续集》卷一，载《黄庭坚全集(三)》，第1905页。

用古人的陈言为神奇之言，这是师古独创的结果。

《五灯会元》中有记载翠岩令参禅师事："问：'还丹一粒，点铁成金。至理一言，转凡成圣。学人上来，请师一点。'师曰：'不点。'曰：'为甚么不点？'师曰：'恐汝落凡圣。'"①"点铁成金"在禅宗中是用来比喻学人经禅师的点化而开悟，黄庭坚将此概念应用于诗歌创作上，"点铁成金"成为黄庭坚师古独创的象征，也是黄庭坚诗文理论的特色之一。金人王若虚《滹南诗话》以扬苏抑黄为重点，云："鲁直论诗，有夺胎换骨、点铁成金之喻，以予观之，特剽窃之黠者耳。鲁直好胜，而耻其出于前人，故为此强辞，而私立名字。夫既已出于前人，纵复加工，要不足贵。"②王若虚把"点铁成金"说成黄庭坚论诗之喻。"黠"为聪明狡猾之意。"夺胎换骨"和"点铁成金"成为"剽窃"的嫌疑，对后世影响较大，争论不休。③

"文章最为儒者末事"，这与第一首中所说"用文章照映今古"是截然不同的，前者约写在初仕馆职时，后者则是写在丁忧时，反映了黄庭坚受儒家文论影响较深，对文学在不同时期有不同的认识，逐渐摆脱束缚，重视文学的审美价值，形成了自己的文学思想。"既而学之，又不可不知其曲折"，这就要求学习古人作文的谋篇布局和技巧。讲究作文，是黄庭坚与众不同之处。

黄庭坚推崇作文的雄伟、奇崛之气势，喻之为"高如泰山之崇崛，如垂天之云"，"雄壮，如沧江八月之涛，海运吞舟之鱼"。这与第二首所倡导的雄奇散文相呼应。他指出"又不可守绳墨，令俭陋也"。"绳墨"是指法度，"俭陋"意为贫乏粗劣。这体现了黄庭坚强烈的开拓创新意识，以及重视艺术表现的技巧。

黄庭坚诗文创作中的"奇"，历来受到不少人所诟病。其实，黄庭坚对故作奇语是持批评态度的，他在晚年有过明确的阐述。作于元符三年（1100）《与王观复书》云："南阳刘勰尝论文章之难云：'意翻空而易奇，文征实而难工。'此语亦是沈、谢辈为儒林宗主时，好作奇语，故后生立论如此。好作奇语自是

---

① 普济著：《五灯会元（中册）》卷七，苏渊雷点校，北京：中华书局，1984，第413页。

② 王若虚著：《滹南诗话》卷三，载丁福保辑：《历代诗话续编》，第523页。

③ 参见周裕锴《惠洪与换骨夺胎法——一桩文学批评公案的重判》、莫砺锋《再论"夺胎换骨"说的首创者——与周裕锴兄商榷》，载《文学遗产》2003年第6期，第81—109页。

文章病，但当以理为主，理得而辞顺，文章自然出群拔萃，观杜子美到夔州后诗，韩退之自潮州还朝后文章，皆不烦绳削而自合矣。往年尝请问东坡先生作文章之法，东坡云：'但熟读《礼记·檀弓》，当得之。'既而取《檀弓》二篇，读数百过，然后知后世作文章不及古人之病，如观日月也。文章盖自建安以来，好作奇语，故其气象衰薾，其病至今犹在。唯陈伯玉、韩退之、李习之，近世欧阳永叔、王介甫、苏子瞻、秦少游乃无此病耳。公所论杜子美诗，亦未极其趣，试更深思之。若入蜀下峡年月，则诗中自可见。"① 受激烈党争的牵连，被贬谪后的黄庭坚对自己以前的文学创作进行了反思，他反对空洞的一味雕琢，强调丰富饱满的生活内容，要求处理好文学创作的内容与形式之间的关系。黄庭坚对魏晋南北朝以来的文学发展进行了总结，抨击横行文坛的骈俪娇艳文风。他对初唐标举诗歌革新的陈子昂，开启唐宋古文运动的韩愈，以及韩愈古文主要继承者李翱，同时代的欧阳修、王安石、苏轼和秦观给予充分肯定。他赞美欧阳修对有宋一代自然平易文风的开拓之功。

韩愈以文明道，欧阳修文道并重，而苏轼则是"文与道俱"，黄庭坚评论苏轼散文是"嬉笑怒骂皆成文章"。韩愈高举儒家道统和文统的大旗，领导了影响深远的唐代古文运动。欧阳修、苏轼不遗余力，推动宋代古文运动深入发展，宋代散文达到了中国古代散文的巅峰。苏轼之后，以黄庭坚为代表的北宋后期散文家，其散文更少了道学气、说教气，多了文学性、思辩性。黄庭坚不仅散文创作突出，而且论文颇多，构建了其富有特色的散文理论。元祐元年(1086)，苏轼《举黄鲁直自代状》曰："蒙恩除臣翰林学士。伏见某官黄某，孝友之行，追配古人；瑰玮之文，妙绝当世。举以自代，实充公议。"② 这充分肯定了黄庭坚的人品和文学创作。

《答洪驹父书》三首集中地反映了黄庭坚的文学思想和散文理论，以儒家伦理道德为本，儒道释融合，重在养心治性，主张师古独创，讲究作文，比较完整地形成了自成体系的散文理论，可讲可学，行之有效，从而丰富了北宋的散文理论。

---

① 黄庭坚：《宋黄文节公全集·正集》卷十八，载《黄庭坚全集(二)》，第 470—471 页。
② 苏轼：《苏轼文集》卷二十四，第 714 页。

第二节 散文创作方法论

宋人陈师道《后山诗话》引黄庭坚语，曰："杜之诗法，韩之文法也。"[1]黄庭坚认为诗法与文法同源，诗法可以转为文法。江西诗派中被认为是黄庭坚法嗣的陈师道，曾受学于古文家曾巩，对古文很有造诣。苏轼《自评文》云："吾文如万斛泉源，不择地皆可出，在平地滔滔汩汩，虽一日千里无难。及其与山石曲折，随物赋形，而不可知也。所可知者，常行于所当行，常止于不可不止，如是而已矣。其他虽吾亦不能知也。"[2] 苏轼如此坦率地自评作文的风格，其才华令人叹为观止。以才气为文，记叙、议论、写景、抒情融为一体，作文如行云流水，是他人所不能比拟的。黄庭坚散文创作与苏轼不同，精心构思、谨慎布局、短小精悍、自成一家。陈师道认为黄庭坚"短于散语"，这是与其诗歌相比较而言。庭坚自以为"论议文字"不如同门秦观、晁补之、张耒和陈师道，也是与自己的诗歌创作相比较而言。作为北宋后期散文创作的优秀代表，黄庭坚散文创作与诗歌创作相反，随着年龄的增长而增多，可谓此长彼消。他善于进行理论思考，好为人师，讲学不倦，尤其是在贬谪后深刻反思了自己的文学创作，散见在书简、序跋中的论文颇多。《王直方诗话》、《冷斋夜话》等同代人著述所记黄庭坚论文也不少。

黄庭坚散文成就虽不及诗，但他平生论文，还是颇有己见的。《跋韩退之送穷文》云："《送穷文》盖出于杨子云《逐贫赋》，制度始终极相似。而《逐贫赋》文类俳，至退之亦谐戏，而语稍庄，文采过《逐贫》矣。大概拟前人文章，如子云《解嘲》拟宋玉《答客难》，退之《进学解》拟子云《解嘲》，柳子厚《晋问》拟枚乘《七发》，皆文章之美也。至于追逐前人，不能出其范围，虽班孟坚之《宾戏》，崔伯庭之《达旨》，蔡伯喈之《释诲》，仅可观焉，况下者乎！"[3]

---

① 何文焕：《历代诗话》，第 303 页。
② 苏轼：《苏轼文集》卷六十六，第 2069 页。
③ 黄庭坚：《宋黄文节公全集·别集》卷七，载《黄庭坚全集(三)》，第 1594 页。

庭坚对唐代古文大家韩愈和柳宗元十分推崇，他认为虽然韩愈、柳宗元效法古人优秀之作，但是在前人的基础上，从内容到形式都有变化和创新，是一种崭新的创造。这与仅仅是"追逐前人，不能出其范围"是不可同日而语的，如此的文学创作也只能是"仅可观焉，况下者乎"。

黄庭坚的"诗法"被后人深入系统地研究，从北宋绵延至晚清和民国，而其"文法"阙如，且往往被混淆在"诗法"中。近年来这一现象有所改观。① 下面，结合黄庭坚丰富多彩的散文创作实践，试析其具有开拓性的自成一家的散文创作方法论。②

一、常先体制

"诗文各有体，韩以文为诗，杜以诗为文，故不工尔。"③ 作为江西诗派三宗之一、黄庭坚的门人陈师道赞同黄庭坚关于文体的主张，其《后山诗话》引用了庭坚之言。北宋文坛既有为文"常先体制，而后文之工拙"，也有不顾体制而"破体为文"的两种潮流，反映了宋文尚理的倾向。唐代古文运动确立了古文的正宗地位，而散文创作在北宋古文运动中达到了鼎盛，呈现出百花齐放的繁荣景象，涌现出"唐宋八大家"中的六家，对散文理论的探讨也逐步深入和成熟。黄庭坚善于思考和探索，其散文理论自成体系，讲究散文创作的技巧与手法。受欧苏的影响，与许多唐宋古文家宗经明道不同，黄庭坚更为注重散文自身审美价值，注重散文的艺术创作规律和艺术本质。其元符三年(1100)作《杨子建通神论序》，云：

> 天下之学，要之有所宗经，然后可臻微入妙，虽不尽明先生之意，惟其有本源，故去经不远也。今夫六经之旨深矣，而有孟轲、荀况、两汉诸

① 参见祝尚书著《宋代科举与文学考论》中"南宋古文评点缘起发覆"第三节"江西派诗文论：驾轻就熟的评论方法"(第295—297页)；陈晓芬著《中国古典散文理论史》第五章第五节"北宋后期散文理论状况"(第284—286页)。

② 徐建平：《黄庭坚散文创作论》，载陈庆元、欧明俊编：《中国古代散文国际学术研讨会论文集》，南京：凤凰出版社，2011，第459—466页。

③ 何文焕：《历代诗话》，第303页。

儒，及近世刘敞、王安石之书，读之亦思过半矣。至于文章之工难矣，而有左氏、庄周、董仲舒、司马迁、相如、刘向、扬雄、韩愈、柳宗元，及今世欧阳修、曾巩、苏轼、秦观之作，篇籍具在，法度粲然，可讲而学也。①

此序中所说"文章"已经明确所指为"散文"。尽管"文章之工难矣"，但是历代散文大家留存下来的优秀散文篇章，"法度粲然，可讲而学"。黄庭坚较早意识到散文的"法度"，自觉探讨散文创作理论，其"文法"与"诗法"一样，切合散文创作实际，被后学所效仿。黄庭坚主张散文创作"常先体制"，即以正体为本，又能破体为文，自然法度行乎其间。《书王元之竹楼记后》云：

> 或传王荆公称《竹楼记》胜欧阳公《醉翁亭记》，或曰此非荆公之言也。某以谓荆公出此言未失也。荆公评文章，常先体制，而后文之工拙。盖尝观苏子瞻《醉白堂记》，戏曰："文词虽极工，然不是《醉白堂记》，乃是《韩白优劣论》耳。"以此考之，优《竹楼记》而劣《醉翁亭记》，是荆公之言不疑也。②

杂记文由唐代韩愈、柳宗元传承和发展，成为重要的文学体裁，在宋代发生了根本性的变化，达到了发展高潮。宋文大家欧阳修、曾巩、王安石和苏轼对杂记体进行了改革与创新，杂记文成为北宋主要的分体散文之一，极尽千变万化的面貌。黄庭坚赞同王安石的观点，力主尊体，重视散文的本体特色。但是，他也不否认欧阳修、苏轼破体为文的成就。元祐二年(1087)作诗《次韵秦觏过陈无己书院观鄙句之作》云："试问求志君，文章自有体。"③"文章自有体"强调的是作文之体。南朝梁刘勰《文心雕龙·附会》指出："才童学文，宜正体制。"④"体制"即文体。南宋吕祖谦《古文关键》开启古文评点之先河，云："学文须熟看韩、柳、欧、苏，先见文字体式，然后遍考古人用意下句处。

---

① 黄庭坚：《宋黄文节公全集·别集》卷二，载《黄庭坚全集(三)》，第 1486—1487 页。
② 黄庭坚：《宋黄文节公全集·正集》卷二十五，载《黄庭坚全集(二)》，第 660 页。
③ 同上，卷二，第 29 页。
④ 王运熙、周锋：《文心雕龙译注》，第 379 页。

苏文当用其意，若用其文恐易。"①吕祖谦所提出的学文"先见文字体式"，即与黄庭坚所主张的"常先体制"一脉相承，符合学习文学创作的实际，另一方面切合科举考试的现实。同样，也肯定了学习苏轼散文的意义。金人王若虚在《文辨》中也指出："凡为文章，须是典实过于浮华，平易多于奇险，始为知本。求世之作者，往往致力于其末，而终身不返，其颠倒亦甚矣！或问：'文章有体乎？'曰：'无。'又问：'无体乎？'曰：'有。''然则果何如？'曰：'定体则无，大体须有。'"②王若虚也认同平易畅达的文风，以为散文文体"大体须有"。

黄庭坚的散文创作体现了"常先体制"的主张。其"赋欲宏丽"的理念，强调赋的本体论，突出赋的鲜明特色，同时要求在创作中不拘泥于古，力求变化、勇于创新。《题苏子由黄楼赋草》云：

> 铭欲顿挫崛奇，赋欲宏丽。故子瞻作诸物铭，光怪百出。子由作赋，纡徐而尽变。二公已老，而秦少游、张文潜、晁无咎、陈无己方驾于翰墨之场，亦望而可畏者也。③

"铭欲顿挫崛奇"，即铭文创作的立意构思要奇特突出，谋篇布局要委婉曲折。这与传统铭文创作的平铺直叙格局完全相反。苏轼的铭文"光怪百出"，却是非凡之作。"赋欲宏丽"意谓作赋要气势宏大、文采优美。这是对曹丕《典论·论文》主张"诗赋欲丽"、陆机《文赋》着重"赋体物而浏亮"的发展。曹丕着眼于诗赋"华丽"，而陆机则要求赋"描摹事物清亮"。黄庭坚继承楚辞传统，突出辞赋的宏大气势。与此同时，他欣赏苏辙赋的"纡徐而尽变"，这是破体为文的表现，是对散文变革和创新的肯定。

元祐八年(1093)，黄庭坚"丁母安康郡太君忧，归分宁"，作有《江西道院赋》，感叹家乡风气的可喜变化。"句吴之区，维斗所直；半入于楚，终蚀于

---

① 吕祖谦：《古文关键》，载王水照编：《历代文话》，第 233 页。
② 王若虚：《文辨》，载王水照编：《历代文话》，第 1150 页。
③ 黄庭坚：《宋黄文节公全集·别集》卷七，载《黄庭坚全集(三)》，第 1592 页。

越。有泰伯、虞仲、季子之风，故处士有岩穴之雍容；有屈原、宋玉、枚乘之笔，故文章有江山之秀发。……岂其龟藏而自界，蠖屈而不伸者邪？公试酌樽中之渌，谢山川之神，为予问之。"① 赋开篇赞美家乡，回顾民风的纯朴，给人以气势宏大的感受。他饱含炽热的情感，赞扬却诉讼之气，倡导移风易俗和教化之道。元人刘壎评价道："直至李泰伯《长江赋》、黄庭坚《江西道院赋》出，而后以高古之文，变艳丽之格，六朝赋体，风斯下矣。"② 黄庭坚以辞赋创作著称，其散文各体也受到好评。作为宋代新兴的赋体文赋，后人评价不一。明人徐师曾《文体明辨序说》云："文赋尚理，而失于辞，故读之者无咏歌之遗音，不可以言丽矣。"③ 这是说赋应情美语文，有感而发，应有文体之内涵，不可失其本质。

二、以理为主

今人郭预衡说："庭坚论文，言'理'而不言'道'。这一点和前辈作者不同。"④ 唐代韩愈和柳宗元提倡"文以明道"，其实是复兴儒家之道，成为古文运动的基本纲领。洪本健先生说："欧阳修以笃信儒学、力排佛老著称。他撰写的《崇文总目叙释·儒学类》称：'仲尼之业，垂之六经，其道宏傅，君人治物，百王之用，微是无以为法。'这是对儒家正统地位的强有力的肯定。而对于佛老，在欧的诗文中，贬抑之词，比比皆是。"⑤ 欧阳修主张文道并俱，重道以充实文章。作为欧阳修的门人，苏轼则是坚持文道结合而更注重文了。宋人善思辨，散文创作多有议论说理。黄庭坚倡导散文创作以理为主，理得而辞顺。陈善《扪虱新话》云："唐文章三变，本朝文章亦三变，荆公以经术，东坡以议论，程氏以性理，三者要各自立门户，不相蹈袭。"⑥ 陈善指出了王安石和苏轼文章的不同特点，"程氏以性理"则是指理学之文了。作为苏轼的门人，

---

① 黄庭坚：《宋黄文节公全集·正集》卷十二，载《黄庭坚全集（一）》，第 297 页。
② 刘壎：《隐居通议》卷五，《景印文渊阁四库全书》866 册，第 60 页。
③ 徐师曾：《文体明辨序说》，载王水照编《历代文话》，第 2073 页。
④ 郭预衡：《中国散文史》，第 546 页。
⑤ 洪本健：《欧阳修和他的散文世界》，第 37 页。
⑥ 陈善：《扪虱新话》卷五，载《续修四库全书》子部 1122 册，第 116 页。

黄庭坚的散文创作却有别于苏轼，不以议论为长，也不专谈性理，而是将经术、议论和性理融为一体，显现出蕴藉有味的艺术特征。元人李淦《文章精义》云："《选》诗惟陶渊明，唐文惟韩退之，自理趣中流出，故浑然天成，无斧凿痕；余子正是字炼句煅，镂刻工巧而已。今人言诗动曰《选》，言文动曰唐，何泛然无别之甚！"① "理趣"之"理"，为义理之意。文学大家陶渊明、韩愈都是黄庭坚钦佩和学习的前辈。"理趣"是由形与神、情与理结合而产生出来的。

黄庭坚曾有"专论句法，不论义理"之说。宋人范温《潜溪诗眼》云："句法之学，自是一家功夫。昔尝问山谷：'耕田欲雨刈欲晴，去得顺风来者怨。'山谷云：不如'千岩无人万壑静，十步回头五步坐。'此专论句法，不论义理，盖七言诗四字、三字作两节也。"② 今人祝尚书认为："古文评点大多不管内容，专论技法，进行所谓纯形式的批评，其源当出于此。"③ 黄庭坚元符三年(1100)作《与王观复书》之一云：

> 所送新诗，皆新寄高远，但语生硬，不谐律吕，或词气不逮初造意时，此病亦只是读书未精博耳。"长袖善舞，多钱善贾"，不虚语也。南阳刘勰尝论文章之难云："意翻空而易奇，文征实而难工。"此语亦是沈、谢辈为儒林宗主时，好作奇语，故后生立论如此。好作奇语自是文章病，但当以理为主，理得而辞顺，文章自然出群拔萃。观杜子美到夔州后诗，韩退之自潮州还朝后文章，皆不烦绳削而自合矣。往年尝请问东坡先生作文章之法，东坡云："但熟读《礼记·檀弓》，当得之。"既而取《檀弓》二篇，读数百过，然后知后世作文章不及古人之病，如观日月也。文章盖自建安以来，好作奇语，故其气象衰薾，其病至今犹在。唯陈伯玉、韩退之、李习之，近世欧阳永叔、王介甫、苏子瞻、秦少游乃无此病耳。④

---

① 李淦：《文章精义》，载《历代文话》，第 1185 页。
② 郭绍虞：《宋诗话辑佚》，第 330 页。
③ 祝尚书：《宋代科举与文学考论》，第 296 页。
④ 黄庭坚：《宋黄文节公全集·正集》卷十八，载《黄庭坚全集(二)》，第 470 页。

黄庭坚受元祐党争的牵连，被贬谪后对文学发展历史和自己的创作进行了深刻反省。在这一篇文论中，他反对空洞的一味雕琢，强调丰富饱满的生活内容，强调文学创作内容与形式的有机结合。他对魏晋南北朝以来的文学历史进行了总结，抨击了横行文坛的骈俪娇艳文风。对初唐标举诗歌革新的陈子昂，开启唐代古文运动的韩愈和韩愈古文的主要继承者李翱，以及与自己同时代的欧阳修、王安石、苏轼、秦观给予充分肯定，赞美欧阳修倡导有宋一代平易自然的文风。"以理为主"之理，不仅指文学作品内容主旨，而且是"主张在文章写作中，带有规律法则意味的理必须和具有个性特征以及生命动感的气相结合。这与理学家用道德性理抑制个性感情欲望的主张是背道而驰的"①。黄庭坚《书王知载朐山杂咏后》云："诗者，人之情性也，非强谏争于廷，怨忿诟于道，怒邻骂坐之为也。其人忠信笃敬，抱道而居，与时乖逢，遇物悲喜，同床而不察，并世而不闻，情之所不能堪，因发于呻吟调笑之声，胸次释然，而闻者亦有所劝勉，比律吕而可歌，列干羽而可舞，是诗之美也。"② 黄庭坚提出"诗之美"，强调诗歌以表现自我为主。"人之情性也"，可概括为"忠信笃敬，抱道而居"，其伦理道德内涵不脱儒家范畴的同时，汲取道家、禅宗的思想。黄庭坚的"情性说"也适用于作文。清人刘熙载《艺概·文概》云："长于理则言有物，长于法则言有序。"③ 刘熙载强调"理"和"法"对作文的重要性。黄庭坚《跋东坡水陆赞》云：

> 士大夫多讥东坡用笔不合古法，彼盖不知古法从何出尔。杜周云："三尺安出哉？前王所是以为律，后王所是以为令。"予尝以此论书，而东坡绝倒也。④

杜周系汉代之人。"三尺"指"以三尺竹简书法律"。大文豪苏轼作文随心所欲，如行文流水一般，不循所谓文法。其书法也是如此。黄庭坚推崇苏轼书

---

① 张毅：《宋代文学思想史》，北京：中华书局，1995，第115页。
② 黄庭坚：《宋黄文节公全集·正集》卷二十五，载《黄庭坚全集（二）》，第666页。
③ 刘熙载：《艺概》，上海：上海古籍出版社，1978，第41页。
④ 黄庭坚：《宋黄文节公全集·正集》卷二十八，载《黄庭坚全集（二）》，第772页。

法，对士大夫的讥评进行了回击。他认为"古法"是可以发展变化的。古代的"法"是不能代表现代的法，是可以突破和创新的。黄庭坚和苏轼交往密切，尤其是在馆阁间，诗文往来，相互酬唱，留下不少载入文学史的篇章。黄庭坚16岁时所作《溪上吟》，通常被认为是其创作的第一首诗，诗序则是一篇结构完整的散文，为目前所知创作最早的散文。序云："春山鸟啼，新雨天霁。汀草怒长，竹篠交阴。黄子观渔于塘下，寻春于小桃源，从以溪童、稚子、畦丁三四辈。茶鼎酒瓢，渊明诗编，虽不命戒，未尝不取诸左右。临沧波，拂白石，咏渊明诗数篇，清风为我吹衣，好鸟为我劝饮。"① 黄庭坚此诗序也可作为"以文为诗"的体现，以往的诗序短小，字数不会多于诗。此序不以议论为长，是叙事与抒情的一篇美文，叙述了莺飞草长之时，年轻的作者"观渔于塘下，寻春于小桃源"，酒酣作诗的经历。抒发了少时和朋友们纵情山水、旷达自放的情怀。作者有感而发、景美情真，富有审美价值。

北宋士大夫有参禅学佛的喜好，黄庭坚较为突出，与僧人来往也较多，其散文创作中多有以"禅理为文"，与众不同，别具特色。元符间在戎州时作《幽芳亭记》云：

> 兰生深林，不以无人而不芳；道人住山，不以无人而不禅。兰虽有香，不遇清风不发；棒虽有眼，不是本色人不打。且道这香从甚处来？……方广老人作亭，要东行西去，涪翁曰"幽芳"，与他著些光彩。此事彻底道尽也，诸人还信得及否？若也不得，更待弥勒下生。②

此文以论为记，阐发义理，发人深思。黄庭坚以平常心为道，突出"惟心所现"之人生哲理，简炼而意味深长。前述"馆阁期"时所引《苏李画枯木道士赋》，全文骈散相间，义理交融。借物怀人，意韵深长。庭坚着力于苏轼人格和文学魅力的描绘，涉及书画仅寥寥数语，重在"超佚绝尘"之意。此文云"取诸造物之炉锤，尽用文章之斧斤"，"斧斤"是指作文的方法。元人刘壎

---

① 黄庭坚：《宋黄文节公全集·外集》卷一，载《黄庭坚全集(二)》，第 868 页。
② 黄庭坚：《宋黄文节公全集·别集》卷二，载《黄庭坚全集(三)》，第 1493 页。

评价道："山谷先生作《枯木道士赋》，深得庄列旨趣，自书之，笔力奇健，刻石豫章。"①

三、必谨布置

宋人范温《潜溪诗眼》云："山谷言文章必谨布置，每见后学，多告以《原道》命意曲折。后予以此概考古人法度。"②"布置"即立意谋篇，涉及布局结构。黄庭坚推崇韩愈散文《原道》，强调"命意曲折"，并以此作为散文创作的"法度"。韩愈力排佛老，独尊儒家，强调儒家的仁义道德。《原道》为韩愈论述社会政治伦理的力作，变化诡谲，波澜壮阔，义正辞严。庭坚强调散文创作"必谨布置"，表现出对散文立意和艺术结构的高度重视。与苏轼随物赋形、行云流水的才气创作截然不同，黄庭坚要求作文反复推敲，从立意至结构布局，都提出了更为细致、具体的要求，将欧阳修论尹洙之文的"简而有法"推向深入。黄庭坚认为散文创作首先要考虑立意，主题要和艺术表现有机结合，其次要善于构思布局，服务于命意，以求得形式与内容的融合。刘勰《文心雕龙》云："何谓附会？谓总文理，统首尾，定与夺，合涯际，弥纶一篇，使杂而不越者也。"③"附会"即附辞会义，指诗文"结构"。黄庭坚注重且深化了散文创作谋篇布局的理念。

黄庭坚对古文大家曾经悉心探究。《跋子瞻木山诗》回忆了早年对苏洵散文的学习，对散文创作的"作文关纽"尤为关注。云：

> 往尝观明允《木假山记》，以为文章气旨似庄周、韩非，恨不得趋拜其履舄间，请问作文关纽。及元祐中，乃拜子瞻于都下，实闻所未闻也。④

此跋是对苏洵、苏轼父子两人文学创作才华与传承的评价。苏洵《木假山记》

---

① 刘壎：《隐居通议》卷五，《景印文渊阁四库全书》866 册，第 56 页。
② 郭绍虞：《宋诗话辑佚》，第 323 页。
③ 王运熙、周锋：《文心雕龙译注》，第 379 页。
④ 黄庭坚：《宋黄文节公全集·正集》卷二十五，载《黄庭坚全集(二)》，第 659 页。

为宋人"以论为记"的代表作之一，议论说理贯穿全文，讲木材幸与不幸，亦谐亦庄，借以喻人，实为自况。庭坚戎州时期所作《与明叔少府书》之七云："经宿，伏想寝膳安宜。试更追韵作二颂，此亦曩时得之圣俞、东坡斧斤耳。欲知文章夺其关键而自为主出，其无穷如此也。"[1] 可见，黄庭坚善于学习与思考，很早就对散文创作的"斧斤"、"关键"非常重视，并以此指导后学。《答洪驹父书》之二中关于"凡作一文，皆须有宗有趣，终始关键，有开有阖"等论述甚佳。"有宗有趣"，意谓散文创作要有文体本色和富有审美趣味。"终始关键，有开有阖"，强调了散文创作整体性和有机性的结合，认为散文创作浑然一体的完整性是创作的法度。建中靖国元年(1101)作《答王子飞书》，云：

> 陈履常正字，天下士也。读书如禹之治水，知天下之络脉，有开有塞，而至于九川涤源、四海会同者也。其作诗渊源，得老杜句法，今之诗人不能当也。至于作文，深知古人之关键。其论事救首救尾，如常山之蛇，时辈未见其比。公有意于学者，不可不往扫斯人之门。古人云："读书十年，不如一诣习主薄。"端有此理。若见，为问讯，千万。[2]

此书称赞陈师道善于学习，知晓读书作文的"络脉"、"关键"。他欣赏作文的"救首救尾"，即强调作文的整体性。"常山之蛇"的譬喻形象有力，源自《孙子兵法》，指首尾相应，以此形容散文创作既要灵动，又要前后协调一致。庭坚重视作文结构的完整性，以此作为布局的首要条件。宋人楼昉《崇古文诀》评古文家柳宗元《东池戴氏堂记》云："脉胳相生，节奏相应，无一字放过。此文如引绳贯珠，循环之无端，如常山之蛇，救首救尾，如累九层之台，一级高一级而丰约不差毫厘。"[3] 要说"常山之蛇"用以论文，黄庭坚早于楼昉。

黄庭坚主张作文注重立意，创作则崇曲忌直，错落有致，变化生姿，力求篇篇不同，自成面目。他提倡多读经典之作，领会古人作文的曲折之意，坚持不懈，"自铸伟词"。《论作诗文》之一云：

---

① 黄庭坚：《宋黄文节公全集·别集》卷十六，载《黄庭坚全集(三)》，第1817页。
② 黄庭坚：《宋黄文节公全集·正集》卷十八，载《黄庭坚全集(二)》，第467页。
③ 王水照：《历代文话》，第476页。

作文不必多，每作一篇，要商确精尽，检阅不厌勤耳。举场中下笔迟涩，盖是平时读书不贯穿也。宜勉强于学问，岁月如流，须及年少精力读书，不贵杂博，而贵精深。作文字须摹古人，百工之技亦无有不法而成者也。但始学诗，要须每作一篇，辄须立一大意，长篇须曲折三致焉，乃为成章耳。①

黄庭坚师范古人，要求熟读古典文学作品，对历史散文、诸子散文和楚辞了然于胸，学习优秀散文的立意构思、谋篇布局，不断锤炼，达到"自铸伟词"的境界。他注重诗文创作的法度，学诗如此，作文也是如此。"曲折三致"为黄庭坚所欣赏而倡导的一种布局结构。黄庭坚认为立意为主导，而"曲折"涉及散文的章法。"成章"则是指向诗文结构的完整性。又认为散文创作不仅要有整体性，也应具备有机性。在散文创作中要围绕主题，善于构思，巧妙布局。其散文创作以意谋篇，贵在曲折，错综变化，通脱自然，以使散文的主题深刻突出、富有意蕴。

黄庭坚在散文创作中不断追求文学的独创性，在创作实践的基础上积极地进行散文理论的探索。他强调散文自身的审美本质，治心养性，师古独创，讲究作文。他主张散文创作常先体制，纡徐尽变；以理为主，理得辞顺；必谨布置，曲折三致。他对古代散文理论深入广泛的探索，无疑将宋文创作理论提升至新的高度，有力地推动了宋文创作的发展。黄庭坚不愧为中国古代散文理论卓有成就的探索者。

---

① 黄庭坚：《宋黄文节公全集·别集》卷十一，载《黄庭坚全集（三）》，第 1684 页。

第四章　蕴藉有味的艺术特征

北宋古文运动开创了北宋中后期散文创作的繁荣，在中国散文史上留下了大量的优秀之作。黄庭坚的散文作品也成为后人的宝贵财富，闪烁着思想和艺术的光芒，对中国现代散文小品有重要的影响。黄庭坚历来被认为是宋诗的代表人物。始于南宋的唐宋诗之争，黄庭坚的诗歌一直是争论的焦点之一。对其诗歌的研究在 20 世纪后 20 年才有突破性的进展，"生奇瘦硬"被公认为其诗歌的主要艺术特征，体现在诸如学杜、用典、句法等方面。然而，他的散文艺术特征还鲜有进行深入系统的探讨。

苏轼称赞庭坚诗文"格韵高绝。"[1]"格韵高绝"的评价值得重视。在中国古典文论中，宋人的"格""韵""味""趣"等术语，已与传统的审美范畴有很大的差异。"格：品位和力量的标准""韵：深沉而简远的境界""味：微妙而隽永的美感""趣：机智与理性的魅力"。[2]"格韵"是用来判断诗文有无价值的标准，也是宋人推尊为文学创作的最高审美理想。欧阳修《与黄校书论文章书》云："才识兼通，然后其文博辩而深切，中于时病而不为空言。"[3] 与前人不同的是，欧阳修、苏轼和黄庭坚等都是"才识兼通"者，他们的格韵尤引人注目。明人祝允明《跋黄太史草书〈李白忆旧游寄谯郡元参军〉》云："双井之

---

[1] 苏轼：《苏轼文集》卷六十七，第 2122 页。

[2] 参见周裕锴：《宋代诗学通论》，上海：上海古籍出版社，2007，第 282—315 页。

[3] 欧阳修著：《欧阳修诗文集校笺·外集》卷十七，洪本健校笺，上海：上海古籍出版社，2009，第 1784 页。

学，大抵韵胜，文章诗学书画皆然。"① 黄庭坚的"学问"和"文章诗学书画"被誉为"韵胜"。明人何良俊《四友斋丛说》云："苏东坡才气浩瀚，固百代文人之雄。然黄山谷之文，蕴藉有趣味，时出魏晋人语，便可与坡老并驾。而其论读书作文，又诸公所未到，余时出其妙语以示知者。"② 毛晋《山谷题跋序》云："从来名家落笔，谑浪小碎，皆有趣味，一时同调，辄相欣赏赞叹，不啻口出。"③ 明人对黄庭坚散文评价为"蕴藉有趣味"，这与晚明文人喜爱黄庭坚散文，以及晚明小品的兴起不无关联。本章结合黄庭坚散文进行具体的分析和比较，从本以新意、有意于奇、禅理为文、平淡老成、工于语辞五个方面对黄庭坚散文艺术特征作深入的探讨。

第一节　本以新意

"自古以来语文章之妙，广备众体，出奇无穷者，唯东坡一人；极风雅之变，尽比兴之体，包括众作，本以新意者，唯豫章一人，此二者当永以为法。"④ 宋人吕本中在《童蒙诗训》中竭力称赞苏轼、黄庭坚在文学史上的崇高地位，强调黄庭坚文学创作的别具特色。范温云："山谷言学者若不见古人用意处，但得其皮毛，所以去之更远。"⑤ 他对黄庭坚论述诗文之"意"的记载，反映出庭坚对古人优秀文学作品"用意"的洞察。《王直方诗话》云："山谷论诗文不可凿空强作，待境而生便自工耳。每作一篇先立大意，长篇须曲折三致意乃成章耳。"⑥ 庭坚喜用"魏晋人语"，其《题绛本法帖》之十三云："观魏晋间人论事，皆语少而意密，大都犹有古人风泽，略可想见。论人物要是韵胜为尤难

① 祝允明：《珊瑚网·书录》卷五，《适园丛书》本。
② 何良俊：《四友斋丛说》卷二十三，第 206 页。
③ 毛晋、王士桢：《汲古阁书跋·重辑渔洋书跋》，上海：上海古籍出版社，2005，第 25 页。
④ 吕本中：《童蒙诗训》，载《宋诗话辑佚》，第 604 页。
⑤ 范温：《潜溪诗眼》，载《宋诗话辑佚》，第 317 页。
⑥ 王直方：《王直方诗话》，载《宋诗话辑佚》，第 4 页。

得，蓄书者能以韵观之，当得仿佛。"① "魏晋人语"是"语少而意密"，论人物要韵胜。这与北宋尚意美学思潮相契合。黄庭坚反对文学创作的凭空生造，强调言之有物，有感而发，要有新意。

宋人陈骙《文则》云："文之作也，以载事为难；事之载也，以蓄意为工。"②散文有叙事之难，而叙事则是"蓄意为工"了。又云："辞以意为主，故辞有缓有急，有轻有重，皆生乎意也。"③用辞也是着重在"意"。庭坚散文的"本以新意"，正是其突出的艺术特征。苏轼作文也很在"意"，强调"意之所到"，云："某平生无快意事，惟作文章，意之所到，则笔力曲折，无不尽意，自谓世间乐事无逾此者。"④庄子在《天道》中就提出了"意"的重要性，"语之所贵者意也，意有所随。意之所随者，不可以言传也，而世因贵言传书。"⑤传统诗学中有"言不尽意论"。刘勰《文心雕龙·神思》云："方其搦翰，气倍辞前，暨乎篇成，半折心始，何则？意翻空而易奇，言征实而难巧也。是以意授于思，言授于意。"⑥这是说作文前后反差很大，原因在于文"意"如何把握。南朝宋人范晔《狱中与诸甥侄书以自序》云："常谓情志所论，故当以意为主，以文传意，以意为主，则其旨必见；以文传意，则其词不流，然后抽其芬芳，振其金石耳。此中情性旨趣，千条百品，屈曲有成理，自谓颇识其数。"⑦范晔在文中强调"文以意为主"，"意"是"情志所托"，是指作文必须有深刻、新颖的观点，以及丰富充实的内容。

黄庭坚辞赋富有新意，后人多有好评。李调元《赋话》卷一〇《旧话》四云："黄庭坚诸赋中，惟《悼往赋》犹有意味。"⑧《悼往》作于熙宁二年（1069），为悼念早逝的妻子而作："西风悲兮败叶索索，照陈根兮秋日将落。仿佛兮梦与神遇，顾瞻九原兮岂其可作。俄有悲秋之羽虫兮，自伤时去物改，拥旧柯而

---

① 黄庭坚：《宋黄文节公全集·正集》卷二十八，载《黄庭坚全集（二）》，第750页。
② 王水照：《历代文话》，第138页。
③ 同上书，第144页。
④ 何薳撰、张明华点校：《春渚纪闻》卷六，北京：中华书局，1983，第84页。
⑤ 郭庆藩撰：《庄子集释》，北京：中华书局，2004，第489页。
⑥ 王运熙、周锋：《文心雕龙译注》，第245页。
⑦ 沈约：《宋书》，北京：中华书局，1974，第1830页。
⑧ 李调元：《赋话》卷一〇，载《续修四库全书》集部1715册，第716页。

孤吟。四郊莽苍声断裂兮，久而不胜其叹音。平生之梗概兮欲萧萧而去眼，将绝之言语兮忽历历而经心。谓逝者有知兮，何喜而弃此去也；谓逝者无知兮，谁职为此梦也。凭须臾之不再得兮，哀此言之不予听。"① 黄庭坚以萧然之秋衬托了内心悲伤。情景交融，景中寓理。"目荧荧而不寐兮，夜曼曼而过中。虽来者犹不可待兮，恐不及当时之从容。"这里抒发了对妻子的一往深情，意味悠长。

黄庭坚的题跋不拘一格，说理透彻，语疏意密。晚明人士尤其喜欢苏轼、黄庭坚题跋一类的小品，短小灵活，不拘格套。黄庭坚离戎州至荆渚时期所作《跋砥柱铭后》云："余观砥柱之屹中流，阅颓波之东注，有似乎君子士大夫立于世道之风波，可以托六尺之孤，寄百里之命，不以千乘之利夺其大节，则可以不为此石羞矣。"② 黄庭坚书《砥柱铭》赠予友人王观复，具有象征意义。君子士大夫犹如"砥柱之屹中流"，中流砥柱则象征着君子士大夫的"大节"。黄庭坚热切地期待王观复努力进取，奋发有为。《书王荆公骑驴图》云："荆公晚年删定《字说》，出入百家，语简而意深，常自以为平生精力尽于此书。好学者从之请问，口讲手画，终席或至千馀字。金华俞紫琳清老，尝冠秃巾，衣扫塔服，抱《字说》，追逐荆公之驴，往来法云、定林，过八功德水，逍遥游亭之上。龙眠李伯时曰：'此胜事，不可以无传也。'"③ 黄庭坚对王安石素有好评，对荆公门人俞紫琳清老也是多有称赞。此文生动记叙了俞紫琳清老追随卸下宰相之职的王安石，两人逍遥亭上，展现君子之交的道义。结尾以大画家之语为"此胜事"作了点评。

黄庭坚《伯夷叔齐庙记》立意于"为政"与"教民"。先是赞赏同年进士王辟之为河东县，政成而作新庙。接着，考证了伯夷、叔齐的传说。黄庭坚借阳夏谢景平之口，明确提出："二子之事，凡孔子、孟子之不言，可无信也。"④ 他不满庄周、司马迁和韩愈"空言成实"之说，谓"皆有罪于圣人者也"。今人郭预衡认为："这样的文章，虽然出自苏门后学，却是深受程门的道学影响的。"⑤

---

① 黄庭坚：《宋黄文节公全集·外集》卷二十，载《黄庭坚全集（三）》，第 1355 页。
② 黄庭坚：《宋黄文节公全集·正集》卷二十六，载《黄庭坚全集（二）》，第 699 页。
③ 黄庭坚：《宋黄文节公全集·正集》卷二十七，载《黄庭坚全集（二）》，第 733 页。
④ 同上，卷十六，载《黄庭坚全集（一）》，第 422 页。
⑤ 郭预衡：《中国散文史》，第 547 页。

元符三年(1100)黄庭坚作《大雅堂记》，表达了对杜甫的敬重之意，记叙了杨素翁刻杜甫巴蜀诗于大雅堂的侠气之举。因贬官蜀中，黄庭坚亲历唐代诗人杜甫曾经生活过的地方，对杜甫的诗歌理解和体验更为深刻，萌生尽书杜甫蜀中之诗而刻于石的想法。《大雅堂记》不记堂而记人，写出了杨素翁的品格，赞叹杜甫诗歌之美妙。"子美诗妙处，乃在无意于文"已成为黄庭坚著名的文论主张。"无意于文"，正是强调杜甫诗歌之"意"，学杜甫之诗不在句法、声律，而在于内在的情感、思想意义、人格精神。如此，才能"无意而意已至。"黄庭坚把文雅的种子播种到边远之地。

宋人李之仪《跋山谷帖》云："鲁直与亲旧间，上承下逮，一以恩意为主。"① 黄庭坚《答宋子茂》云："知命前往涪陵视嗣直舍弟，近方略到家，犹能道碑楼下相从也。非熊不幸早世，嗣续不立，此心不可言也。因来书语及，怆然久之。某老矣，虚中馈已十八年，小子相今十四，并其所生母在此。知命亦将一妾一子相同来，今夏又得一男子曰小牛。相及小牛颇丰厚，粗慰眼前。略治生，亦粗过。买地畦菜，开轩艺竹，水滨林下，万事忘矣。无缘会面，千万进学勉官业。"② 书简三言两语，家长里短，看似随意抒写，却是意味深长。黄庭坚晚年贬谪时，以家人相聚为乐事，两小儿的长成更是值得欣慰。"买地畦菜，开轩艺竹"，给人以田园情趣之乐。《答泸州安抚王补之》之四云："某闲居，极欲省事，不能数假借公吏，遂阙为问。老眼昏涩，作书亦甚率略，伏恃高明照察底里。施黔作研膏茶，亦可饮，谩往数种，幸一碾试，垂谕如何。江安尉李偁触事机警，若以道御之，可令办事，伏望照察。"③ 文字老成，言简意赅。黄庭坚对官员的帮助表示感谢，并送上膏茶，还推荐人才。《答泸州安抚王补之》之十一云："寄余甘、荔子，极荷远意之重。甘虽微损，到黔中分诸僚，皆尚有味，有数子未尝识其生者，甚以为珍也。荔子虽肉薄，甘味亦胜黔中。"④ 贬谪后的黄庭坚生活拮据，因而对王补之所寄水果深表谢意，还诉说了分食水果的感受，并情不自禁地谈起了家乡双井茶的饮用。他对王补之的帮

---

① 李之仪：《姑溪居士前集》卷三十九，《景印文渊阁四库全书》1120 册，第 575 页。
② 黄庭坚：《宋黄文节公全集·续集》卷三，载《黄庭坚全集(三)》，第 1983—1984 页。
③ 同上，第 1986 页。
④ 同上，第 1989—1990 页。

助和关怀感激不尽。

黄庭坚散文创作力求本以新意，这与北宋的尚意美学思潮契合，不仅体现在拓展性的辞赋、序跋、杂记和书简等主要文体中，而且着力于碑志、铭文、字说和赞颂等传统文体的创作，在内容和形式上有所突破，进而在立意、构思和谋篇布局上推陈出新，"自铸伟词"。

第二节　有意于奇

"李侯一顾叹绝足，领略古法生新奇。"这是黄庭坚《次韵子瞻和子由观韩干马因论伯时画天马》[①] 中的一句诗，被后人广泛引用。这是赞叹画家李伯时从韩干画马中领会古法，而后变化出新奇。"领略古法生新奇"也被公认为黄庭坚诗歌的创作特色。以往人们评论黄庭坚诗歌艺术特征时，常用"奇崛"、"奇峭"等词语来加以说明。陈师道诗《何郎中出示黄公草书四首》之二云："此诗此字有谁知，画省郎官自崛奇。罪大从来身万里，政成今见麦三岐。"[②] 陈师道被黄庭坚诗歌和书法的"崛奇"的风格所折服。宋人陈岩肖《庚溪诗话》云："本朝诗人与唐相亢，其所得各不同，而俱自有妙处，不必相蹈袭也。至山谷之诗，清新奇峭，颇造前人未尝道处，自为一家，此其妙也。"[③] 唐诗宋调各俱面目，黄庭坚诗的清新奇峭是前人未尝有的。他适应时代变化，富有创新精神，才开拓出诗歌创作的新局面。其诗的奇崛风格，体现在声律拗健、意象恢奇和气格遒劲。清人方东树《昭昧詹言》云："山谷之妙，在乎迥不犹人，时时出奇，故能独步千古，所以可贵。""涪翁以惊创为奇才，其神兀傲，其气崛奇，玄思瑰奇，排斥冥筌，自得意表。"[④] 方东树系姚鼐弟子，继承了"桐城

---

① 黄庭坚：《宋黄文节公全集·正集》卷四，载《黄庭坚全集(一)》，第82页。
② 陈师道撰，任渊注，冒广生补笺，冒怀辛整理：《后山诗注补笺》，北京：中华书局，1995，第261页。
③ 丁福保：《历代诗话续编》，第182页。
④ 方东树：《昭昧詹言》卷十二，第313页。

文派"思想，其《昭昧詹言》是以"桐城文派"的眼光来评品诗歌的。方东树对黄庭坚诗的评价也可移用于其散文。

"山谷文，如《赵安国字序》《杨概字序》二篇，似知道者，岂寻常求工于文词者可得其窥藩篱。其他如《训郭氏三子名字序》，又《王定国文集序》与《小山集序》《宋完字序》《忠州复古记》，皆奇作也。"① 明人何良俊《四友斋丛说》道出了黄庭坚散文创作的特点，不拘泥于传统的创作手法，从内容到形式都有独到之处，所作之文有不少是奇特之作。"字说"为传统的应用性散文，黄庭坚努力促使"字说"成为文学性散文，富于理趣，多有奇妙之作。《赵安国字序》不见于《黄庭坚全集》。《杨概字说》全篇由对话组成，这与传统的字说(序)文体不同。字说实为杂记，以议论胜。"概，国器也，是宰天下之平。"此篇先将"概"定义为"国器"，指出"概也，中立而无私，天下归心焉，非以其无心故耶?"针对"性命之说"的提问，回答是"执经谈性命，犹河汉而无极也"，"吾子欲有学，则自俎豆钟鼓宫室而学之，洒扫应对进退而行之"。作者强调空谈无用，性命之道是要从日常的礼节规范做起。最后以"强学力行"予以鼓励，并引用战国时期思想家韩非子的话"先王有郢书，而后世多燕说"，亦即成语"郢书燕说"作告诫。②

黄庭坚《训郭氏三子名字说》作于贬谪后的元符元年(1098)。同年郭英发为其三子向黄庭坚乞字。黄庭坚分别从儒家和道家、杂家的经典中得名取字，进而形象生动地阐述名字的意义，兹以取长子名字为例："告之曰:《老子》曰:'九层之台，起于累土;累土为基，而功不已，增台崇成。'忠信者事之基也，有忠信以为基，而济之以好问强学，何所不至哉!《书》曰:'厥父基，厥子乃弗肯堂，矧肯构?'故名曰基，字以堂父。"③ 黄庭坚所取名"基"来自《老子》，却以儒家伦理道德的核心"忠信"为人之根基，并以《尚书》为佐证。可谓旁征博引，论说有力。

黄庭坚戎州时期所作《宋完字说》云:

① 何良俊:《四友斋丛说》卷二十三，第 206 页。
② 黄庭坚:《宋黄文节公全集·正集》卷二十四，载《黄庭坚全集(二)》，第 624—625 页。
③ 同上，第 625 页。

樊道宋君完曰:"完也有志从学于先生之门,而未能自克。出从市井之嚣,荦然其有味,而常见侮于人。人闻先生之言,淡然其无味,而常见敬于人。二者交战,敢问其故?"涪翁字之曰志父,而命之曰:"志父来前。士唯无志,则不可学;诚有志乎,不难追配古人矣,战市井之嚣,又何难哉!古之言曰:不以物挫志之谓完。"①

此篇也是由对话形式构成,这在字说文中少见,属于破体为文了。全篇富于情感。"侮于人"与"敬于人"形成鲜明对照,记叙颇为生动。黄庭坚为宋完取字"志父",谆谆告之"不以物挫志之谓完"。循循善诱,给人以理性的启迪。《黄庭坚全集》仅有一篇人物传记文,却是富有传奇色彩。《董隐子传》云:

董隐子,隐于乞人,从人乞于南康市中。与酒无不饮,未尝见其醉。连败纸蔽后,前衣穿结,不周腹背。风雪,人挟纩战栗,其面有孺子色。视众人之所严如涕唾,人以世俗所重利要之,不满一笑也。或祈向,愿闻其方,则曰:"无能,乞尔。"无它言。皆玩人,然狂而不悖。高安刘格道纯,晚得之,与为礼,甚愿。为置酒,解衣衣之,与言,或时语不狂。自道宿人,年三十六矣,熟视二十许人也。道纯得疱疮,如蓓蕾,溃肌肤,岑岑痛,昼夜生数十。隐子为和齐,五日良已。异日,阴与方士约买药煮丹砂,期未至,语不闻,侍旁。隐子又来饮,起握道纯手曰:"冶金铸银,奔马即死祸。"乞一榼酒,行歌而往,曰:"归饮吾同舍。"明日遣人问安,留榼,语旁乞人去矣。数日,客见之于浔阳,犹寄声别道纯。不了其来之始,其去以庚申正月二十三日。②

此文似一篇传奇小说,述说乞丐董隐子"与酒无不饮,未尝见其醉"、"狂而不悖"的言行举止,唯有高安人刘道纯以礼相待,"为置酒,解衣衣之"。董隐子为刘道纯治疗疱疮,临别后却不见行踪。有游侠之气,又有隐士之风。两个人

---

① 黄庭坚:《宋黄文节公全集·正集》卷二十四,载《黄庭坚全集(二)》,第632页。
② 同上,卷二十,第518—519页。

物一主一辅，穿插对话，情节生动，栩栩如生，突出了董隐子之奇的主旨。

韩愈的碑志文善作奇闻异事，黄庭坚的碑志文却是强调事奇情真。奇特的人和事，往往是用特殊的形式来反映正常的思想和性格。《章明扬墓碣》作于贬谪后的元符元年(1098)，是一篇着重典型细节描绘而富有个性的碑志文，云：

> 余在双井，明扬略无三日不来，来则踽嘿剧饮，夜醉，驱马涉溪而归，未尝见其有忧色也。余家有急难，明扬未尝不竭蹶而趋事，且笑且饮，而事皆办。乡有斗者，明扬必扬臂于其间，排难解纷，使皆意满，谢不直而去。余尝与乡长者评其人，似长安大侠、高阳酒徒。顾天下安平，诙诡谲怪之士虚老田野，亦无足怪也。①

作者仅用寥寥数笔，一个嗜酒、豪爽，见义勇为，乐于助人的乡民"大侠"形象跃然纸上。这与韩愈碑志文传写人物的"尚奇"，有相似之处，如韩愈《试大理评事王君墓志铭》，处处紧扣一个"奇"字，把一个"怀奇负气"的传奇性人物性格突现出来。

与诗歌创作一样，黄庭坚散文多有奇作，不拘泥于传统的创作手法，从内容到形式都有独到之处，有力地提高了散文的审美价值。庭坚思致紧密，以"惊创为奇才"，"有意于奇"，正是为了更好地自具面目，体现出散文创作的自成一家。

第三节　禅理为文

苏轼说："鲁直事佛谨甚。"② 明人袁衷等《庭帏杂录》云："黄苏皆好禅。谈者谓子瞻是士大夫禅，鲁直是祖师禅，盖优黄而劣苏也。"③ 黄庭坚的禅学根柢要比苏轼深厚，在《五灯会元》中被列入"临济宗"，为黄龙心禅师法嗣的

---

① 黄庭坚：《宋黄文节公全集·正集》卷三十二，载《黄庭坚全集(二)》，第866页。
② 苏轼：《跋刘咸临墓志》，载《苏轼文集》卷六十六，第2071页。
③ 袁衷等录：《庭帏杂录》卷下，载《丛书集成初编》0975册，北京：中华书局，1985，第11页。

"居士"。明人陶元柱编《山谷禅喜集二卷》。清四库馆臣曰："是集于黄庭坚集中录其阐发禅理者别为一书。盖欲以配东坡禅喜集也。"[1] 作为佛教的一个宗派，禅宗兴起于唐，盛行于宋。"以禅理为文"是黄庭坚散文与众不同的艺术特征。周裕锴《文字禅与宋代诗学》云："'文字禅'一词的更早用例至少可以前推至黄庭坚《题伯时画松下渊明》诗：'远公香火社，遗民文字禅。'任渊《山谷诗集注》卷九将此诗编于元祐三年(1088)。"[2] 释惠洪诗文集名为《石门文字禅》，被认为是受黄庭坚的启发。因为惠洪诗学黄庭坚，他在诗文中多次转述黄庭诗论，如"句中眼"、"夺胎换骨"等。"广义的'文字禅'泛指一切以文字为媒介、为手段或为对象的参禅学佛活动，其内涵大约包括四大类：1. 佛经文字的疏解；2. 灯录语录的编纂；3. 颂古拈古的制作；4. 世俗诗文的吟诵。"[3] "所谓狭义的'文字禅'就是指一切禅僧所作忘情的或未忘情的诗歌以及士大夫所作含带佛理禅机的诗歌。"[4] 今人郭豫衡说："以禅理为文，虽然不自庭坚始，但这样的文章，在前辈古文家的文字中确是很少见的。庭坚写作这样的文章，不是偶然的。这和他晚年倾心佛法颇有关系。"[5]

禅宗视人生如梦幻，宣扬生死无别，主张随缘任运，强调自我心理调节。北宋经济文化繁荣，熙宁后禅风炽烈，士大夫多有参禅学佛的喜好。"儒生士大夫被禅学超妙入神的心性之学所吸引，他们在参禅学道的过程中，实现个体心灵的超越，寻找栖止灵魂的净土。禅僧也乐意得到俗世士大夫的推扬并乘机大弘佛法。"[6] 与禅僧交往的宋代士大夫中，既有文学家杨亿、苏氏兄弟、黄庭坚，又有理学家周敦颐、二程、朱熹等。宋释道融《丛林盛事》卷下云："本朝士大夫为当代尊宿撰语录序，语句斩绝者，无出山谷、无为(杨杰)、无尽(张商英)三大老。"[7] 黄庭坚为高僧所撰写的"语录序"是无出其右的。周裕锴

---

① 永瑢等：《四库全书总目》卷一七四，1538 页。

② 周裕锴：《文字禅与宋代诗学》，北京：高等教育出版社，1998，第 27 页。

③ 同上书，第 31 页。

④ 同上书，第 42 页。

⑤ 郭预衡：《中国散文史》，第 548 页。

⑥ 陈志平：《黄庭坚书学研究》，第 7 页。

⑦ 释道融：《丛林盛事》卷下，载上海师范大学古籍整理研究所编：《全宋笔记》第七编第七册，夏广兴整理，郑州：大象出版社，2015，第 150 页。

先生在论及黄庭坚禅悦时说："从思想渊源来看，黄庭坚接收得更多的是禅宗的心性哲学，以本心为真如，追求主体道德人格的完善，以心性的觉悟获得生死解脱，使忧患悲戚无处安身。"① 苏辙曰："今鲁直目不求色，口不求味，此其中所有过人远矣，而犹以问人，何也？闻鲁直喜与禅僧语，盖聊以是探其有无耶？"② 他认为黄庭坚"过人远矣"，是与其参禅问佛有关。黄庭坚曾在《寄苏子由书》中称赞苏辙"治气养心之美"，犹如品德高尚的古人伯夷和柳下惠。庭坚喜欢与禅宗人士交往，对各宗派思想兼收并蓄，并渗透在其文学创作中，从而转化为艺术上的审美情趣。他深得禅悟，三教圆融无碍，故能在逆境中照破生死，处变不惊。以禅理为文不仅是心灵上的解脱，而且是文学作品遣词造句之丰富，以及立意高远的表现。

黄庭坚《答知郡大夫》云："不审颇观佛书否？若于此有味，即能化烦恼境界，超然安乐。"③ 由此可知，他参禅学佛早已是"于此有味"，"能化烦恼境界，超然安乐"了。《与中玉知县书》之二曰："某僦居城南，虽小屋而完洁，舍后亦有三二亩闲地，种菜植果，亦有饭后消摇之地，所谓'园日涉以成趣，门虽设而常关'者也。生事虽□□，竟未能有根本，然衣食随缘薄厚，亦自寡过少累耳。"④ 此文充满了生活情趣，蕴含随缘任运之禅意。黄庭坚是年在戎州，初春迁于城南，亲作僦舍，名曰"任运堂"。"任运"意指随顺诸法之自然而运作，不假人造作之义。黄庭坚视穷达若物之荣枯，各随时盛衰。任天运自运转，不起嗔喜之心，无往而不可。《与胡少汲书》之三云：

> 晁嫂必孝友解事，家居唯雍睦，则不以细故伤大义，亦使亡者无憾于泉下矣。念兄当此多难，能自奋发否？公道学颇得力邪？治病之方，当深求蝉蜕，照破生死之根，则忧畏淫怒，无处安脚，病既无根，枝叶安能害？投子聪老是出世宗师，海会演老道行不愧古人，皆可亲近，殊胜从文章之士，学妄言绮语，增长无明种子也。聪老尤喜接高明士大夫，渠开卷

---

① 周裕锴：《文字禅与宋代诗学》，第 80 页。
② 苏辙：《答黄庭坚书》，载《苏辙集》卷二十二，第 391 页。
③ 黄庭坚：《宋黄文节公全集·正集》卷十九，载《黄庭坚全集（二）》，第 494 页。
④ 黄庭坚：《宋黄文节公全集·别集》卷十五，载《黄庭坚全集（三）》，第 1767 页。

论说，便穿得诸儒鼻孔。若于义理得宗趣，却观旧所读书，境界廓然，六通四辟，极省心力也。然有道之士，须以至诚恳恻归向，古人所谓下人不精，不得其真，此非虚语。①

此书先从家事谈起，指出和睦为贵，接着以反诘句来安慰故友，用"照破生死之根"开导之，如此便可不再对人生的虚幻短暂感到痛苦和悲哀，而是更加理解现实生活的妙谛。黄庭坚热心地推荐了两位禅师，聪老是"出世宗师"，海会演老是"道行不愧古人"。《与王周彦书》之三云："若欲知《易》之道，则但于'百姓日用而不知'一句能直下冰销瓦解，斯尽之矣。如此句，诸佛祖师亦满口举不尽也。三十年来，心醉《易》中，自从解此一句，遂不疑。老聃、释氏许多文字，但就自己求之。"② 黄庭坚在此书简中谈了自己学习《易经》的心得，与释老圆融无碍。《与死心道人书》之一云：

> 往日常蒙苦口提撕，常如醉梦，依稀在光影中，今日昭然，明日昧然。盖疑情不尽，命根不断，故望涯而退耳。谪官在黔州，道中昼卧，觉来忽然廓尔。寻思平生被天下老和尚谩了多少，惟有死心道人不相背，乃是第一慈悲。……戴道纯今在甚处？昨在黄龙相聚数日，亦是学得说禅尽似也。只今道众中有是道器者否？冯大郎信心如此，云岩缘事，想不难成就也。③

贬谪后的黄庭坚对悟新心怀感激，回忆当年的"苦口提撕"，赞扬悟新是"第一慈悲"。"廓尔"也就是"开悟"之意。明白了生死何在，也不会被生死烦恼所困惑了。馆职时作《与分宁萧宰书》之五云："昨承再请新公住云岩，复留清公西堂坐夏。此二公衲僧之命脉，今江湖淮浙莫居二禅之右者。公开此法缘，所谓不烦绳削而自合者也。现前无量，皆宗于此，彻底唯空。"④ 黄庭坚对悟新和惟清的评价极高，称之为"衲僧之命脉"。他交游的僧人众多，蜀中交

---

① 黄庭坚：《宋黄文节公全集·正集》卷十八，载《黄庭坚全集（二）》，第 477—478 页。
② 黄庭坚：《宋黄文节公全集·别集》卷十七，载《黄庭坚全集（三）》，第 1839 页。
③ 同上，卷十八，第 1850 页。
④ 同上，卷十四，第 1760 页。

往最多的当为师范道人。《与六祖范老书》之一云："以衰朽怯人事，不能一到成都，甚负佳处登览。然亦是老年，渐不喜此曹狡狯耳。乃烦辍为人天谈道之光阴，翻然一来，扫地焚香，奉侍数日，不知不为世缘所夺否？元监院相随许时，《经藏记》亦未就，但乱写得十数轴字归耳。"① 书简中流露出对人事、官员的厌烦，感觉还是做些佛事为好。黄庭坚参禅信佛，心胸坦荡，精神开朗。戎州时期所作《与范长老》之一云：

> 某不通问半年，可置是事，或得密师来，审闻动静，开慰无量。承万僧会龃龉，杨十与父兄闻议论不合，此自世缘奇偶，何与吾事？遣入浙人初亦不准似十成。去冬盐官自遣人到此，近已发回矣。所送文字，皆于昏钝有益者。《悦老语录》后序、《北山录》、《会要》跋尾皆欲作，尚未暇，赵十二时已手写一本付密师矣。②

黄庭坚对禅宗典籍、禅林故实颇有研究，晚年乐此不疲。面对贬谪困境，随遇而安，心态平和。其禅学修养深厚，随缘任运，其"禅理为文"与欧阳修的"道德文章"、苏轼的"行云流水"之文不同，不仅顺应了以儒为本，三教合一的时代潮流，而且提升了散文创作的意境和审美价值。

第四节　平淡老成

经历五代十国之乱后，儒家的纲常名教名存实亡。统治者大力提倡道、释，对隐居的道士僧人给予恩宠，主张三教合流。道家自然无为、存神养气的生活态度，以及释家的心性本觉、随缘自适的禅悦情趣，对士大夫有极大的感染力。受古文运动的影响，在文学创作上形成了一种追求平淡清远的思想倾

---

① 黄庭坚：《宋黄文节公全集·别集》卷十五，载《黄庭坚全集（三）》，第1783—1784页。
② 黄庭坚：《宋黄文节公全集·续集》卷六，载《黄庭坚全集（四）》，第2045—2046页。

向。在中国古典诗文传统中，平淡作为一种理想风格而确立，并成为一种理论的自觉，应该说是始自宋代。这不仅在观念形态上受到高度重视，而且在艺术实践上也得到充分体现。黄庭坚《与王观复书》之二云："简易而大巧出焉，平淡如山高水深，似欲不可企及，文章成就，更无斧凿痕，乃为佳作耳。"① 他欣赏并推崇诗文"简易"、"平淡"的意境，契合北宋诗文革新所倡导的圆润流转、明白畅达的文风。平淡是艺术的境界，也是人生的境界。黄庭坚《洪氏四甥字说》云："二三子，舍幼志然后能近老成人。"②《题所书诗卷后与徐师川》云："意其行己读书，皆当老成解事。熟读数过，为之喜而不寐。"③ "老成"有成熟之意，是反对浮华轻薄之习，贯穿于不同风格的艺术精神和人文精神。黄庭坚诗文中多有提及文与人和事之"平淡老成"。"平淡老成"不仅是辞力深厚的表现，而且是思想深刻，学问厚实，人格高尚，心境平和等融合的结果，更是文学创作中所达到的人生和艺术的境界。

宋人魏了翁《黄太史文集序》云："元祐中末，涉历忧患，极于绍圣、元符以后，流落黔、戎，浮沉于荆、鄂、永、宜之间。则阅理益多，落叶就实，直造简远，前辈所谓黔州以后句法尤高。虽然，是犹其形见于词章者然也。"④ 魏了翁称赞黄庭坚经历了人生忧患和磨难，贬谪后的文学创作是"直造简远"，达到了优秀散文创作的境界。

黄庭坚《与洪驹父》之二云：

> 学功夫已多，读书贯穿，自当造平淡，且置之，可勤董、贾、刘向诸文字。学作论议文字，更取苏明允文字读之。古文要气质浑厚，勿太雕琢。作得寄来。⑤

黄庭坚认为"平淡"、"气质浑厚"是古文即优美散文创作的要求。他对"雕

---

① 黄庭坚：《宋黄文节公全集·正集》卷十八，载《黄庭坚全集(二)》，第 471 页。
② 同上，卷二十四，第 617 页。
③ 同上，卷二十五，第 667 页。
④ 黄庭坚著：《黄庭坚全集·附录三　历代序跋》，第 2384 页。
⑤ 黄庭坚：《宋黄文节公全集·外集》卷十二，载《黄庭坚全集(三)》，第 1365—1366 页。

琢"的散文是否定的。他把苏洵散文当作"论议文字"的典范。"不烦绳削而自合"更是黄庭坚心目中优秀散文的标准。《与王观复书》之一云："南阳刘勰尝论文章之难云：'意翻空而易奇，文征实而难工。'此语亦是沈、谢辈为儒林宗主时，好作奇语，故后生立论如此。好作奇语自是文章病，但当以理为主，理得而辞顺，文章自然出群拔萃。观杜子美到夔州后诗，韩退之自潮州还朝后文章，皆不烦绳削而自合矣。"① 黄庭坚认为只有将思想内容和创作手法完美地结合起来，才称得是优秀的散文。唐代文学大家杜甫、韩愈的后期诗文是"无意而意已至"的典范。"不烦绳削而自合"则是文学创作的理想境界。

宋人杨万里认为"小简本朝惟山谷一人"。黄庭坚留存的书简内容丰富，包罗万象。作为大家庭的兄长，以及江西诗派的领袖，他历经人生挫折和苦难，不忘对后辈年青人热心引导，在人生道路和学业方面，以及学诗作文方面悉心指导，其书简不仅是心灵通透，富有趣味，透露出人生的智慧，而且是达到了"平淡老成"的境界。黄庭坚热情地奖掖后进，培养了一大批热爱文学创作的年青人，促进了江西诗派的形成和发展。《与潘邠老帖》之一云："比辱车马，瞻想风度，殊有尘外之韵，中心窃独喜，知足下胸中进于忠厚之实，故见此光华尔。得示诲及新文，匆匆中疾读，已觉沉疴去体，未三复也。"② 潘大临兄弟俩早年与贬谪黄冈的苏轼有交往。潘大临元祐年间赴京应考，向黄庭坚请教诗文创作。黄庭坚热情接待，耐心教导。黄庭坚赞扬年青诗人潘大临"殊有尘外之韵"，以"沉疴去体"来形容其新作，不仅积极给予鼓励，而且还悉心指导。《与潘邠老》之三云：

> 公所作文甫跋有馀，然每读之十数过，辄使人恨之。自以作文从来少功，未得所谓。公试读司马迁《孟子》《伯夷》《荀卿传》，韩愈《原道》，求其故，因来示教，所谓方鞭其后，甚善甚善。流俗毁誉虽不足解免，要必有自来对病之药，莫勉于孟子之自反。承相与致不疏，故及此耳。墨坚

① 黄庭坚：《宋黄文节公全集·正集》卷十八，载《黄庭坚全集(二)》，第470页。
② 黄庭坚：《宋黄文节公全集·别集》卷十九，载《黄庭坚全集(三)》，第1885页。

剂、软剂各一九，谩往。仲良早世，使人气塞。少康骨气充实，似可慰其亲意。洪源郑居士子通，趣向清洁，又老于世故，凡与之游，有雾露之润也，颇尝从容否？①

黄庭坚指出潘大临的学习门径和提高之路，对其生活也是无微不至地关心。

《与潘邠老帖》之三曰："子瞻论读作文法，须熟读《檀弓》，大为妙论。请试详读之，如何，却示谕。"② 黄庭坚热情推荐文豪苏轼的"读作文法"，要熟读《檀弓》，要求深入体验苏轼的作文之法。《檀弓》是《礼记》中的一篇。檀弓又称檀公，战国时人。"名曰《檀弓》者，以其记人善于礼，故著姓名以显之。"③ 由此及文，就是要在创作中遵循法度。

黄庭坚贬谪后，文学创作风格趋向于平淡老成。《张仲吉绿阴学堂记》云："嘉阳张仲吉，寓舍于僰道，以酒垆为家产，若朝夕汲汲于罋中之羸惟不足。及能种花养竹，闲闲于林下之乐尝有余。其子宽夫又从予学，故予数将诸生过其家。近市而有山林趣，花竹成阴，啼鸟鸣蛙，常与人意相值。或时把酒至夜，漏下二十刻，云阴雷风，与诸生冲雨踏泥而归。诸生从予，未尝有厌倦焉，则仲吉父子好士喜宾客可知也。今蒙恩放还，去此有日矣。故书游息之乐，使工李焘刻之绿阴堂上，使后之不及与予同时者得观焉。"④ 黄庭坚蒙恩放还，高兴之余写下此杂记文，平铺直叙，娓娓道来，却是韵味无穷。

黄庭坚散文大多短小精炼，看似平常简易，却是蕴藉有味。洪刍主晋州学，于绍圣四年(1097)作斋堂诸名乞铭于其舅黄庭坚。黄庭坚作《晋州州学斋堂铭》十六首，《驾说堂》云："仲尼之驾说矣，兹儒将复驾其所说乎！元元本本，大道甚夷。毋以曲学，诱诸子于亡羊之歧！"⑤《乐泮堂》云："思乐泮水，仁义之海。见贤思齐，闻过则改。"⑥《知困斋》云："知之曰知之，不知曰不

---

① 黄庭坚：《宋黄文节公全集·续集》卷一，载《黄庭坚全集(三)》，第 1908—1909 页。
② 黄庭坚：《宋黄文节公全集·别集》卷十九，载《黄庭坚全集(三)》，第 1887 页。
③ 郑玄注、孔颖达疏：《礼记正义》，载李学勤主编：《十三经注疏(六)》，第 167 页。
④ 黄庭坚：《宋黄文节公全集·别集》卷二，载《黄庭坚全集(三)》，第 1494 页。
⑤ 黄庭坚：《宋黄文节公全集·正集》卷二十，载《黄庭坚全集(二)》，第 527 页。
⑥ 同上，第 527 页。

知。虽圣人亦若是，其知者有轻千里而学之，其不知者有轻千里而告之。"① 黄庭坚所作十六首铭，使典用事，大多取自儒家经典，平易通达，突出了心性修养的主旨。

黄庭坚喜欢观赏风景名胜古迹之地，放纵身心，舒展胸怀，写下了众多短篇美文。元丰三年（1080）十二月所作的《潜山题名》云："岁庚申，日小寒，过饭，而西上潜峰，谒司命。所过道人寝室将十区，便房曲阁，所见山皆不同，辄有佳处。行憩宝公井，瞻礼粲禅师塔，坐卧博岩亭下，下酒岛，归宿晓老生生堂西阁下，夜漏十刻所。"② 黄庭坚和数位友人小寒日登山临胜，西上潜峰，"所见山皆不同，辄有佳处"，然后用了几个动词，就有了活泼的生气。寥寥数笔，超脱而自然。《游戎州无等院题名》云："元符始元重九日，同僧在纯、道人唐履、举子蔡相、张溥、子相、侄桓，步自无等院，登永安门，游息此寺。同僧惟凤、修义、居泰、宗善观甘泉甃井回，乃见东坡道人题云。低徊其下，久之不能去。"③ 黄庭坚和友人、亲人游息无等院，偶然见到亦师亦友的苏轼题名，心情激动，思绪万千。同为贬谪之人，此时相隔万里。"低徊其下，久之不能去"，平实的文字蕴含无尽的思念。《石门寺题名记》云："晚到石门，秋气正肃。斜日在青苔上，冷光翻衣袂。此地忆康乐'回溪浅濑，茂林修竹'语，使人意远。"④ 此题名记简洁优雅，时间和景色，以及自己的心理活动，看似三言二语，平淡无奇，"使人意远"富有诗情画意。

黄庭坚早期散文创作效仿古代文学大家以及唐宋八大家，创作起点高。进入仕途后，直面现实社会和人生，施展仁政，救世济民，所创作的散文委曲婉转。受古文运动影响，黄庭坚和苏轼、苏辙、王安石等结识并交往，其文学思想和创作技巧有了显著变化，追求独创精神。与亦师亦友的苏轼共同开创了元祐时期文坛的繁荣。黄庭坚散文的艺术特征由"平易"至"奇崛顿挫"，再转变至"平淡老成"，成为一位杰出的散文大家。

---

① 黄庭坚：《宋黄文节公全集·正集》卷二十，载《黄庭坚全集（二）》，第 530 页。
② 黄庭坚：《宋黄文节公全集·补遗》卷十，载《黄庭坚全集（四）》，第 2318 页。
③ 同上，第 2322 页。
④ 同上，第 2319 页。

第五节　工于语辞

北宋古文运动确立了宋文平易自然、婉转流畅的风格，形成了骈散兼行的格局，古文占优，间用骈体。苏轼主盟文坛后，所培养的苏门弟子和一批文学青年高扬苏轼的文艺思想，为文平易流畅，兼擅古文与骈文，各具创作特色。黄庭坚更多地是以诗人的身份载入文学史册的，其各体散文创作皆有佳作，具有蕴藉有味的艺术特征。受古文运动影响，散文创作不仅本以新意，有意于奇，禅理为文，平淡老成，而且工于语辞。一代文豪苏轼以才气作文，行云流水，挥笔而就，常人难以企及，更难于效仿，而黄庭坚却是"一句一字，必月锻季炼，未尝轻发，必有所发"①。作诗如此，作文也是苦心经营，遣词造句，巧妙布局。《王直方诗话》云："山谷云：'宁律不谐，不可使句弱，宁用字不工，不可使语涩，此庾开府所长也。然有意于为诗也。至于渊明则所谓不烦绳削而自合者。'"② 这说明黄庭坚作诗强调用意，而不是格律和用字，另一方面也可说明其作文的工于语辞。陈师道《后山诗话》云："黄诗韩文，有意故有工。"③黄庭坚凭诗艺之长，以诗为文，以文为诗，诗文互补，不仅有自成体系的散文理论主张，而且作文富有理趣，讲究用词用句，显示了匠心独具的修辞艺术。他学识渊博，除了善于用事用典，点化陈语和古语以及象征等修辞手法外，还擅长于运用譬喻、对偶（对仗）、排比、比拟等修辞手法，给人以审美的愉悦。

一、譬喻多样化

宋人陈骙《文则》中譬喻的分类有直喻、隐喻、类喻、诘喻、博喻、简喻、详喻、引喻和虚喻十种之多，超过其他修辞方法，可见宋人对散文譬喻修

---

① 许尹谨：《黄陈诗集注序》，载刘尚荣：《黄庭坚诗集注》，第 1 页。
② 郭绍虞：《宋诗话辑佚》，第 5 页。
③ 何文焕：《历代诗话》，第 305 页。

辞作用的重视。《文则》云："易之有象，以尽其意，诗之有比，以达其情。文之作也，可无喻乎？"[①] 陈骙指出作文作诗必须有譬喻才能生动有趣味。在现代汉语中，譬喻与比喻的意思一样，都是指打比方的修辞手法。在文言作品中，譬喻还有晓譬劝喻的意思。"其实在汉代，'比、兴等为譬喻'。郑玄释比为打比方，释兴为'托事于物'，其实也是譬况，与比容或有些隐、显之分。"[②] 与苏轼一样，黄庭坚的散文也善用譬喻，写物附意，形象生动，联想深刻。其实，用典也是一种譬喻。苏轼善用博喻，即用一连串五花八门的形象，生动贴切地表达物象物理的一个方面或一种状态。如《上神宗皇帝书》[③] 连用了五个形象，譬喻民心之重要。《秋阳赋》[④] 用了四个形象，形容秋阳高照时人们的喜悦。黄庭坚诗歌创作长于"曲喻"。[⑤] 钱锺书《谈艺录》称之为"英国玄学诗派（Metaphysical Poets）之曲喻（Conceits）"。[⑥] 曲喻包括牵强性譬喻和扩展性譬喻两种不同的内涵。同样，黄庭坚散文创作中的牵强性譬喻，即重视性质上的相似，而在形象、事类上可以毫不相干，具有准确深刻，得意忘形的特点。如《王定国文集序》云："其为文章，初不自贵珍，如落涕唾，时出奇壮语惊天下士。……其作诗及它文章，不守近世师儒绳尺，规摹远大，必有为而后作，欲以长雄一世。""不自贵珍"与"涕唾"是风马牛不相及的，却是性质上的相似，表达的是同一个意思。"绳尺"和"法度"，也是性质相同，事类不同，同时可视为隐喻。晚年创作的《大雅堂记》云："彼喜穿凿者，弃其大旨，取其发兴于所遇林泉人物、草木鱼虫，以为物物皆有所托，如世间商度隐语者，则子美之诗委地矣。""商度"与"隐语"，一为抽象，一为具体。黄庭坚擅长运用具体的事物来譬喻抽象的道理，在此真切地表达了学习杜甫诗歌精髓的要求。

黄庭坚散文中的扩展性譬喻，即先将描写对象比作某事某物，然后脱离描

① 陈骙：《文则》，载王水照编：《历代文话》，第 146 页。
② 萧华荣：《中国古典诗学理论史》，上海：华东师范大学出版社，2005，第 40 页。
③ 苏轼：《苏轼文集》卷二十五，第 729 页。
④ 《苏轼文集》卷一，第 9 页。
⑤ 周裕锴：载《论黄庭坚诗歌的艺术特征》，《四川大学学报丛刊》第 28 辑《研究生论文选刊》，第 192 页。
⑥ 钱锺书：《谈艺录》，北京：中华书局，1999，第 22 页。

写对象本体，在喻体上扩展引申，或者产生出新的比喻。馆职时期作《与人》，言及苏轼请自己为其父《木山记》作跋，自己深感不安，遂譬喻为"复刻画藻绘"，是多此一举，表达了对苏洵的敬仰。又举王安石评价有人为欧阳修《新五代史》作序系"佛头上岂可著粪"，视为荒唐无礼之举。这是典型的扩展性譬喻，在情在理，妙趣横生。黄庭坚离荆渚至宜州时期所作《答李几仲书》，云："如是已逾年，恨未识足下面耳。今者乃蒙赐教，称述古今，而归重于不肖。又以平生得意之文章，倾囷倒廪，见界而不吝。"① 文中将"赐教"扩展为"称述古今"、"倾囷倒廪"，着力铺陈形容，譬喻生动。"倾囷倒廪"譬喻其文章之多之美，有鼓励之意。

黄庭坚散文中的用典用事也可纳入扩展性譬喻之中。宋人"以才气为诗"，"尤其是苏、黄，不仅是以优秀的作品为宋人树立了用事的典范，而且在理论上打出'用事当以故为新，以俗为雅'，'无一字无来处'的旗号。"② 庭坚散文创作善于借助前人著述的典故，以古代之事喻今日之事，于古人中见今人，曲折含蓄，富于联想，内涵更为丰富。但也有书卷气浓，形象性弱的一面。《跋东坡水陆赞》云："往时柳子厚、刘禹锡讥评韩退之《平淮西碑》，当时道听途说者亦多以为然，今日观之，果何如邪？或云：'东坡作戈多成病笔，又腕著而笔卧，故左秀而右枯。'此又见其管中窥豹，不识大体。殊不知西施捧心而颦，虽其病处，乃自成妍。今人未解爱敬此书，远付百年，公论自出，但恨封德彝辈无如许寿及见之耳。"③ 黄庭坚在赞文中所用典故"管中窥豹"，源自《世说新语·方正》。④ 幼年的王献之观看其父王羲之门生游戏，说"南风不竞"，门生轻视地回答"此郎亦管中窥豹，时见一斑。"《庄子·天运》记叙东施效颦的故事，讥讽的是无知的丑女。庭坚运用成语典故，以此来形容苏轼的笔法，超脱尘世，不合于古，自成妩媚，既赞美了苏轼书法，又嘲讽了俗人的非议。《拙轩颂》云："觅巧了不可，得拙从何来。打破沙盆一问，狂子因此眼开。弄巧成拙，为蛇画足。何况头上安头，屋下盖屋。毕竟巧者有余，拙

---

① 黄庭坚：《宋黄文节公全集·正集》卷十八，载《黄庭坚全集(二)》，第465页。
② 周裕锴：《宋代诗学通论》，第515页。
③ 黄庭坚：《宋黄文节公全集·正集》卷二十八，载《黄庭坚全集(二)》，第772页。
④ 刘义庆著、余嘉锡笺疏：《世说新语》，上海：上海古籍出版社，1993，第334页。

者不足。"① 此颂所说的"为蛇画足"是借用"画蛇添足"的成语。而"弄巧成拙"如今已成为广泛应用的成语。"头上安头，屋下安屋"，为俗语方言，具有"以俗为雅"的效果。

总之，在散文创作中善于运用譬喻的修辞手法，使事用典，表情达意，说明事理，能使具体的事物形象化，抽象的事物具体化，且为文简约精练，自然老成，具有审美的趣味。

二、对偶与排比

宋人陈骙《文则》云，"文有意相属而对偶者"，"有事相类而对偶者"，"此皆浑然而成，初非有意媲配。凡文之对偶者，若此则工矣"②。散文创作善于运用对偶，则是上佳之文。对偶通常被认为骈体所用。欧阳修在《论尹师鲁墓志》中指出："偶俪之文，苟合于理，未必为非，故不是此而非彼也。"③ 他认为，骈体散文讲究排比与对偶之法，可运用到古文的写作中，以增强其美感。刘勰《文心雕龙·丽辞》云："故丽辞之体，凡有四对：言对为易，事对为难，反对为优，正对为劣。"④"丽辞"即指骈俪、对偶的词句。黄庭坚擅长在散文创作中运用对偶的手法，提升散文的审美价值。其对偶主要有"正对"、"反对"，体现诗意作文，且对偶和排比往往是一起使用。排比是把结构相同或相似、意思密切相关、语气一致的词语或句子成串地排列的一种修辞方法，具有增文势、广文义的功能。对偶是两个语言单位，排比则是三个或以上语言单位。"韩（愈）赠序句法奇变之例，略有三端：一则排比，二则省文增字，三则参差交错。韩用此三法，或求气势，或求灵魂，或求顿挫，而一皆归之于奇崛。"⑤ 确实，韩愈赠序文的奇崛在于此中修辞之奥妙。

黄庭坚散文创作中的"正对"，即《文则》中所说"有意相属"和"有事

① 黄庭坚：《宋黄文节公全集·正集》卷二十三，载《黄庭坚全集（二）》，第 596 页。
② 王水照：《历代文话》，第 139 页。
③ 欧阳修：《欧阳修诗文集校笺·外集》卷二十三，第 1916 页。
④ 王运熙、周锋：《文心雕龙译注》，第 317 页。
⑤ 何寄澎：《韩愈古文作法探析》，载《唐宋古文新探》，北京：北京大学出版社，2010，第 46 页。

相类"。如《小山集序》云:"晏叔原,临淄公之莫子也。磊隗权奇,疏于顾忌。文章翰墨,自立规摹。常欲轩轾人,而不受世之轻重。诸公虽爱之,而又以小谨望之,遂陆沉于下位。平生潜心六艺,玩思百家,持论甚高,未尝以沽世。"① 晏几道与其父晏殊,作词皆享有盛誉。晏殊仕宦显达,位至丞相,而晏几道一生却"仕宦连蹇"。此序中"磊隗权奇,疏于顾忌。文章翰墨,自立规摹",以及"潜心六艺,玩思百家",字数、词性、结构相等,整齐美观,节奏感强,抑扬有致,以此有力地凸现晏几道的"文学奇才"。《胡宗元诗集序》开篇云:

> 士有抱青云之器,而陆沉林皋之下,与麋鹿同群,与草木共尽,独托于无用之空言,以为千岁不朽之计。谓其怨邪,则其言仁义之泽也;谓其不怨邪,则又伤己不见其人。然则其言,不怨之怨也。②

此序作于元丰五年(1082),是黄庭坚一篇重要的文论。发端即肯定志士立说,次说发愤立言,最后指出诗言不遇之悲而不背圣人之泽,分别从其人、其志、其诗来肯定"不怨之怨"的生命价值。"与麋鹿同群,与草木共尽",写出了志士的意志力。

《题魏郑公砥柱铭后》云:"置《砥柱》于座旁,亦自有味。刘禹锡云:'世道剧颓波,我心如砥柱。'夫随波上下,若水中之凫,既不可以为人师表,又不可以为人臣作则。《砥柱》之文在旁,并得两师焉。虽然,持砥柱之节以事人,上官之所不悦,下官之所不附,明叔亦安能病此而改其节哉!"③ 魏徵辅佐唐太宗李世民治理国政,共创"贞观之治",以敢于直谏著称。黄庭坚喜爱魏徵《砥柱铭》,曾多次书写赠送友人。他以为砥柱之铭所彰显的刚正不阿的精神,可以激励人心。"既不可以为人师表,又不可以为人臣佐则",两句相关联,却故意在字数上显示变化。"上官之所不悦,下官之所不附"的对句,突出"持节"的重要与不易。黄庭坚勉励蜀人杨明叔,坚定不移地发扬魏徵砥柱中流的精神。

---

① 黄庭坚:《宋黄文节公全集·正集》卷十五,载《黄庭坚全集(一)》,第 413 页。
② 同上,第 410 页。
③ 黄庭坚:《宋黄文节公全集·别集》卷七,载《黄庭坚全集(三)》,第 1596 页。

通常对偶多为句意相同或相近。"反对"则是对偶的句意不同。庭坚散文中有不少"反对",别出心裁,表现力更强。《松菊亭记》云:"期于名者入朝,期于利者适市,期于道者何之哉?反诸身而已。钟鼓管弦以饰喜,铁钺干戈以饰怒,山川松菊所以饰燕闲者哉!贵者知轩冕之不可认而有,收其馀日以就闲者矣;富者知金玉之不可守而有,收其馀日以就闲者矣。"① 文中"钟鼓管弦以饰喜,铁钺干戈以饰怒"为句意反对,加上鲜明的排比手法,引出"名、利"二者的特征,提出道者反诸身的立论。以"松菊"的内涵作比较,名、利为身外之物。施财共乐,反身修道,使富者的精神快乐能与贫者相通,这是黄庭坚的理想主张。此篇议论有力,入情入理,富有气势。在《小山集序》中,四个"此又一痴也"系排比句式,紧凑有力,深化主题。"仕宦连蹇,而不能一傍贵人之门"与"论文自有体,不肯一作新进士语",则是正对和反对的结合。黄庭坚交替用正、反对和排比修辞手法,凸现出晏几道的"痴顽"形象,与其说是不谙人情世故,还不如说是对其人格品德的推崇与敬重。"痴"是晏几道独立特行,不与世俗同流合污的写照,为其词艺术成就的解读作了厚实的铺垫。

庭坚散文创作中,对偶更多的是正对、反对或交替混合使用,以获得叙事抒情或说理议论的审美效果。钱锺书称赞黄庭坚《跋奚移文》为"琢词警策",洪迈称其为"文章之妙",这与黄庭坚在文中巧妙运用对偶有关。"三妪挽不来,两妪推不去。……故曰使人也器之,物有所不可,则亦有所宜。警夜偷者不以马,司昼漏者不以鸡。准绳规矩,异用殊施。天倾西北,地缺东南。尺有所不逮,寸有所覃。"此中有正对,或者反对,或者混合,排列串联,营造形式上整齐和错综之美,气势上流畅跌宕,与语言的哲理性融为一体,行文富于理趣。

《国经字说》云:"为更其字曰端本,而说之曰:《太玄》曰'南北为经,东西为纬'。古者为屋,无不面南,冬夏无不得宜。织者正机,则经南北矣。匠人营国,国中九经、九纬、九涂、九轨,盖取诸此。经者所以立本,纬者所以成文也。忠信以为经,义理以为纬,则成文章矣。《易大传》曰:'正其本,万事理。差以毫厘,谬以千里。'"② 庭坚为安世之子国经取字,引用西汉扬雄

---

① 黄庭坚:《宋黄文节公全集·正集》卷十六,载《黄庭坚全集(二)》,第438页。
② 同上,卷二十四,第623页。

《太玄经》关于经纬的定义，以房屋面南、织者正机、匠人营国作譬喻，阐述经、纬之义。进而以儒家的忠信为经、义理为纬，更见庄严得体。结尾引《易大传》语强调"正其本"的意义。全文以对偶和排比的形式，围绕经、纬阐明作"字说"的用意，引经据典，正对、反对交替运用，论说颇为生动。

三、比拟亦生动

在散文创作中，黄庭坚还较多地使用"比拟"的修辞手法。"比拟"即"相似"之意，通常分为拟物和拟人两种，运用联想将此事物当作彼事物进行描写。如此，可以使作品的语言绚丽多彩，增添形象性，唤起联想，更好地抒发内心的情感，增强散文的艺术感染力。

《书家弟幼安作草后》云："幼安弟喜作草，携笔东西家，动辄龙蛇满壁，草圣之声，欲满江西。来求法于老夫。老夫之书本无法也，但观世间万缘如蚊蚋聚散，未尝一事横于胸中，故不择笔墨，遇纸则书，纸尽则已，亦不计较工拙与人之品藻讥弹。譬如木人，舞中节拍，人叹其工，舞罢则又萧然矣。幼安然吾言乎？"[①] 在此文中，黄庭坚借助禅宗的木人之喻，概括了自己的心得体会。"龙蛇"比拟草书飞动漫舞之势。"蚊蚋聚散"喻生命的短暂即逝。木偶之舞动以拟人，亦形象生动。黄庭坚以此形容草书艺术，谓虽精巧而尽归空寂，故无需计其优劣。此文运用比拟手法，把没有生命的草书写得栩栩如生，赋予其人格、人情。

《书幽芳亭》作于元符间贬谪戎州时，黄庭坚誉兰为君子，采用拟人手法，形象贴切，具有生命的活力。他赞誉兰的美好品性，不惧岁寒，不媚世情。兰之幽芳，无与伦比。兰为君子，蕙为士。战国时楚国诗人屈原作品中多以香花、香草喻高洁的品德，兰为其中之一。黄庭坚则以君子赞美"兰"，颂扬其高洁品行。《跋兰亭记》中的兰亭，系指东晋书法家王羲之书写的《兰亭集序》。文中认为学王羲之书法，当学其神韵。书法是无生命之物，庭坚运用比拟手法，以"字虽肥，骨肉相称"生发议论，恰到好处，给人以想象。王羲之

---

① 黄庭坚：《宋黄文节公全集·正集》卷二十六，载《黄庭坚全集(二)》，第687页。

的书法气韵被比拟为"冠映一世"。"憎肥而喜瘦",批评拘泥于古,丧失了王羲之书法的精髓。

四、声韵增美感

欧阳修《论尹师鲁墓志》云:"偶俪之文,苟合于理,未必为非,故不是此而非彼也。"[①] 他力矫宋初古文家对骈体文的极端态度,要求在散文创作中融合进骈句,以发挥汉语独特的声韵节奏之美。"因为声音是触于物而发的,所以它的流露是自然的,因之,一般论文章的人的见解,认为从文章中的声音里面揣摩作者的思想和行为,极有功效。"[②] 黄庭坚以诗人之长,以诗为文,诗文互补,在散文创作中注重声韵变化,如同诗歌讲究声律一样,在于强调和谐的韵律,有助于思想和情感的表达。作为江西诗派领袖的黄庭坚擅长诗律,作诗注重出格的拗律和险仄,用韵技巧使其诗面目一新。黄庭坚所作散文的声韵也是别具一格。洪本健先生说:"欧阳修的散文给人以一唱三叹、情韵深长的感觉,这里就有声音之美在起作用。"[③] 如名篇《醉翁亭记》用了二十一个"也"字,借助句末虚字"也"的反复出现,以显示整齐和慨叹的声韵。"观欧阳修杂记之作,予人印象最深刻者,厥为修辞远较他类作品为峭丽,骈句远较他类作品为繁多,且四言句型极为常见。"[④] 元人刘壎说:"山谷诗律精深,是其所长,故凡近于诗者无不工,如古赋与夫赞、铭有韵者率入妙品。"[⑤] 黄庭坚不仅在有韵之文中注重诗律,而且在无韵之文中也有声韵之美。黄庭坚散文创作中的音调、节奏、旋律等给人以抑扬顿挫、顺畅、悦耳、和谐等感觉。

散文的声调变化是行文和谐及抑扬顿挫的关键。平仄相间,其语言效果如

---

① 欧阳修:《欧阳修诗文集校笺·外集》卷二十三,第 1917 页。
② 参见蒋伯潜、蒋祖怡:《第八章声音的描写与文章的音节》,载《骈文与散文》,上海:上海书店出版社,1997,第 182—192 页。其认为"原来文章所以能起感染的作用,正因为它孕涵着情理的关系。大凡事理的辨析,是由于字义解释的效果;而情绪的感发,却为了声音的激动"。
③ 洪本健:《醉翁的世界——欧阳修评传》,郑州:中州古籍出版社,1990,第 229 页。
④ 何寄澎:《欧阳修古文作法探析》,载《唐宋古文新探》,第 149 页。
⑤ 刘壎:《隐居通议》卷十八,载《景印文渊阁四库全书》866 册,第 162 页。

同刘勰《文心雕龙》所说的"辘轳交往，逆鳞相比"① 一般，声音流转如振玉，文辞圆润如贯珠，组成和谐的音律。《书幽芳亭》云：

> 士之才德盖一国则曰国士，女之色盖一国则曰国色，兰之香盖一国则曰国香。自古人知贵兰，不待楚之逐臣而后贵之也。

此文开头用了排比句式，三个句子末尾的"国士"、"国色"、"国香"都有一个国字，其声调为平仄、平仄、平平，声调高低相间，平仄交错，因而具有悦耳、流畅的感觉。

黄庭坚散文富于节奏美感。节奏是构成语言声韵的基础，是指按一定的规律交替出现的轻重缓急、强弱长短的节拍。此外，在散文段落中交替使用长句、短句，可造成缓急相间的气势，形成鲜明的节奏，表达纷繁复杂的内心世界。长句修饰成分多，描绘细腻，便于详尽、委婉地表达文章的内容。短句修饰成分少，语气短促，便于表达强烈的情感。同样，连贯排比的使用，形成更为强烈的声势，节奏鲜明有力。"韩文既务奇崛，复求气韵。其气韵之形成主要赖句法之参差变化，而韩作句法之参差变化，大抵在长短、散整之交替。"② 韩愈文的"气韵"在于句法参差变化，这与节奏有关。

黄庭坚元丰元年(1078)写给苏轼的第一封书简，精心构思，节奏明显，情感强烈。云：

> 庭坚齿少且贱，又不肖，无一可以事君子，故尝望见眉宇于众人之中，而终不得备使令于前后。伏惟阁下学问文章度越前辈，大雅恺弟博约后来。立朝以直言见排退，补郡辄上课最，可谓声实相当，内外称职。凡此数者，在人为难兼，而阁下所蕴，海涵地负，此特所见于一州一国者耳。惟阁下之渊源如此，而晚学之士，不愿亲炙光烈，以增益其所不能，则非人之情也。使有之，彼非用心于富贵荣辱，顾日暮计功，道不同不相

---

① 王运熙、周锋：《文心雕龙译注》，第299页。

② 何寄澎：《韩愈古文作法探析》，载《唐宋古文新探》，第33页。

为谋，则浅漏自是，已无好学之志，"訑訑予既已知之"者耳。

书简中，所用"事""备""蕴""顾"等为单音节词。"不肖""可以""君子""望见""眉宇""众人""不得""使令""前后""伏惟""阁下""度越""前辈""立朝""补郡""渊源"等为双音节词。"学问文章""大雅恺弟""海涵地负"为多音节词。从而赋予了书简的音乐美和节奏感，达到了深入抒发内心情感的审美效果。文以短句开篇，谦恭地表达了晚辈后学的身份。接着以长句述说内心的渴望。"声实于中，内外称职。"则又是连续的短句，形成长短句结合，快慢间隔，一张一弛的状态，营造了轻重缓急的语气氛围，出现了鲜明的节奏。

黄庭坚晚年所作《题自书卷后》云：

> 官司谓余不当居关城中，乃以是月甲戌，抱被入宿子城南予所僦舍喧寂斋。虽上雨傍风，无有盖障，市声喧愦，人以为不堪其忧，余以为家本农耕，使不从进士，则田中庐舍如是，又可不堪其忧耶？既设卧榻，焚香而坐，与西邻屠牛之机相直。

开始写的是长句，然后用的是四字短句。不动声色地叙事后，转为议论，自我解嘲。又由短句改为长句，语气缓急相间，轻言细语，富于理趣。以平常心为道，怨而不怒，心静如水，给人以无尽的回味。

黄庭坚散文具有蕴藉有味的艺术特征，在于本以新意，语疏意密，强调以理为主；有意于奇，形式与内容有机结合，做到理得而辞顺，独步千古；以禅理为文，立意高远；平淡老成，辞力深厚，直造简远；强调"工于语辞"，善于运用譬喻、对偶、排比、比拟和声韵等语言修辞手法，加强散文艺术表现的底蕴，提高散文的审美价值。

第五章　拓展性的各体散文

"元祐文章，世称苏、黄。"[①] 在中国文学史上，元和、元丰和元祐，即所谓的"三元"文学，被公认为唐宋散文的全盛时期，留下了光照人间的大量优秀散文。苏轼与黄庭坚的文学才华和成就各具面目。本书第一章开头，已提到周作人给予宋人苏轼和黄庭坚散文极高的评价。确实，"宋人之中，尤以欧阳修、苏轼、黄庭坚几家对晚明小品的影响最著"[②]。欧阳修的散文优美而隽永，苏轼的散文萧散简远，高风绝尘。明人何良俊《四友斋丛说》云："山谷之文，只是蕴藉有理趣，但小文章甚佳。"[③] 钟惺《摘黄山谷题跋语记》云："其一语可以为一篇，其一篇可以为一部。山谷此种最可诵法。"[④] 明代文学受唐宋文学影响较深，诗歌得益于唐代，散文受益于宋代。宋代古文平易流畅，富于韵味，对明代散文有较大影响。晚明小品不限文体，以抒发性灵为主，追求韵胜和意味，也深为后世所称赞。

"通过对西方文化模式的认知，近代知识分子意识到了文化启蒙之于自身文化个性——民族性的创造性转化的重要性；而选择散文承担现代观念的传播，对于中国的文化观念和价值观念转型的意义，和它对于散文及其理论自身

---

① 胡仔：语见阮阅《诗话总龟》卷三十七，载曾枣庄、李凯、彭君华编：《宋文纪事》上册卷五十一，成都：四川大学出版社，1995，第729页。

② 吴承学：《晚明小品》，载《中国古代文体形态研究》，厦门：中山大学出版社，2000，第255页。

③ 何良俊：《四友斋丛说》卷二十三，第206页。

④ 钟惺著：《隐秀轩集》卷三十五，李先耕、崔重庆标校，上海：上海古籍出版社，1992，第650页。

发展的意义都是不可限量的。"① 现代散文对于文化启蒙具有重要历史意义，这自然也与它受欧苏及黄庭坚散文的影响有关。

南朝梁昭明太子萧统（501—531）主持编选的《文选》是我国第一部诗文选集，把诗文分为三十九体，其中绝大部分属于文体。宋朝散文创作兴盛，文体大体完备。明人徐师曾《文体明辨》将所收诗文分为一百二十七体。清人姚鼐《古文辞类纂》则把繁多的文体归为十三类。由清入民国的章太炎云："姚氏《古文辞类纂》分十三类，大者不谬。"② 黄庭坚的散文创作涉及了当时主要文体。《黄庭坚全集》收录赋、序、记、书（书简、刀笔）、论、表、奏状、传、碑、铭、赞、颂、字说（序）、题跋、杂著（杂文）、祭文、墓志铭、墓碣、楚词、笺注、策、行状、墓表、疏、启、婚简、说、申状、赠序、序跋、论说、题记、日记等各体散文近2 900篇。其中，"杂著类"包含了移文、青词、上梁文、诫体文、连珠等应用性文体。此外，宋人王明清所撰《投辖录》收有黄庭坚两篇小说。

黄庭坚散文创作正体之外，亦有破体为文，自然法度行乎其间。其《书王元之〈竹楼记〉后》云："荆公评文章，常先体制，而后文之工拙。"③ 陈师道《后山诗话》引用黄庭坚之语："诗文各有体，韩以文为诗，杜以诗为文，故不工尔。"④ "韩以文为诗"体现了古文运动的影响。宋文有别于唐文，以议论说理见长，黄庭坚《论作诗文》之五云："余自谓作诗颇有自悟处，若诸文亦无长处可过人。予尝对人言：'作诗在东坡下，文潜少游上。至于杂文，与无咎等耳'。"⑤ 黄庭坚对作诗颇为自信，自以为在苏轼之下，但是对于作文却自称与晁补之差不多，这是与诗歌比较而言，并非不善作文。

黄庭坚"字说（序）"散文创作突出，故将以往列入论说类的"字说（序）"列为一节进行研究。黄庭坚所作《宜州乙酉家乘》是我国古代流传下来的第一部长时段的私人日记。它记录了作者崇宁四年（1105年）在宜州的日常生活，共230篇，长者逾百字，短者仅数字。现归入杂记类研究。此外，黄庭坚留存的

---

① 蔡江珍：《中国散文理论的现代性想象》，北京：中国社会科学出版社，2006，第20页。
② 章太炎：《国学讲演录》，上海：华东师范大学出版社，1995，第259页。
③ 黄庭坚：《宋黄文节公全集·正集》卷二十五，载《黄庭坚全集（二）》，第660页。
④ 陈师道：《后山诗话》，载何文焕辑：《历代诗话》，第303页。
⑤ 黄庭坚：《宋黄文节公全集·别集》卷十一，载《黄庭坚全集（三）》，第1684页。

颂、赞体作品较多，也单独列为一节。这两种文体相近，着重歌功颂德，但文学性不及辞赋鲜明。

黄庭坚学兼百家，兼善众体，在各体散文创作方面取得了突出成就。以数量而言，唐宋八大家中除苏轼之外，都不及他。其文与苏轼相比，较少涉及时政和国事，不喜长篇大论，讲究作文，善于使事和僻典难字，内容主要涉及文人士大夫和日常生活题材，晚年所作多平淡老成。其各体散文中，辞赋获评价甚高，序跋影响深远，杂记为人称道，书简修辞立诚，碑志简明有法，铭文率入妙品，字说得窥藩篱，颂赞多有变体。

第一节　辞赋：最得其妙

唐宋古文运动对辞赋的创作产生了重要的影响。"变艰深华丽的语言为平易以及某种程度的散文化已是唐赋发展的总趋势，宋初的赋虽有回到骈体的倾向，语言仍基本上在向着简省平易的方向前进（徐铉、田锡等赋可证）。到欧阳修等所倡导的古文运动兴起以后，赋的散文化和语言平易化的倾向就更加突出了。他甚至影响到律赋和骈文，使它们不仅有某种散文的气势，连对偶句也是流走的、散文化的。赋到宋元，真可以说已是'押韵之文'了。"[1] 唐代杜牧《阿房宫赋》开晚唐北宋文赋之先声，欧阳修《秋声赋》、苏轼前后《赤壁赋》继之，文赋趋于兴盛。黄庭坚所创作的各体散文中，辞赋所获评价甚高，是继苏轼之后一位重要的作家。

辞赋是我国古代最富有民族特色的一种文学体裁，我国第一部诗文选集《文选》把赋列于各体作品之首。黄庭坚将自己的辞赋与诗相提并论，馆职间作《与秦少章觏书》云："庭坚心醉于诗与楚词，似若有得，然终在古人后。至于论议文字，今日乃当付之少游及晁、张、无己，足下可从此四君子一二问之。"[2] "楚

---

① 马积高：《赋史》，上海：上海古籍出版社，1987，第384页。
② 黄庭坚：《宋黄文节公全集·正集》卷十九，载《黄庭坚全集（二）》，第483页。

词"与"楚辞"相通。清人刘熙载《艺概·赋概》云:"古者辞与赋通称。"①
《宋文鉴》将赋体文分为赋、律赋和骚三类。赋类收黄庭坚《煎茶赋》、《别友赋》两篇,骚类收黄庭坚《濂溪诗》、《明月篇赠张文潜》两篇。

　　元祐间曾拜黄庭坚为师的王直方记载了同时代人的评价。《王直方诗话》云:"龟父云,朋见张文潜,言鲁直楚词诚不可及。晁无咎言鲁直楚词固不可及。"② 由宋入元的刘壎赞赏黄庭坚的古赋:"山谷诗律精深,是其所长,故凡近于诗者无不工,如古赋与夫赞、铭有韵者率入妙品。"③ 古赋是指骈赋和律赋前的赋体作品,即楚汉赋体。元人李淦对黄庭坚辞赋评价最高:"学楚辞者多矣,若黄鲁直最得其妙,鲁直诸赋,如《休亭赋》、《苏□□□画道士赋》之类。"④ 理学家朱熹也有评论,其《楚辞后语》云:"庭坚以能诗致大名,而尤以楚辞自喜,然以其有意于奇也太甚,故论者以为不诗若也。"⑤《黄庭坚全集》收辞赋30篇,历来也将其《跋奚移文》归入赋类,骚赋有15篇,文赋有10篇之多。黄庭坚的辞赋在其各体散文中偏少,却是精心之作,在苏门中不算少。《苏轼文集》赋类有27篇,⑥《淮海集笺注》辞赋类7篇,《张耒集》赋类32篇。《济北晁先生鸡肋集》古赋、辞类21篇。

　　东汉班固《汉书·艺文志》云:"传曰:'不歌而诵谓之赋,登高能赋可以为大夫'。"⑦ 并称"屈原赋二十五篇"。赋是一种半诗半文的混合体。楚辞的名称形成于西汉初年,汉赋则是在楚辞的基础上发展起来的。《汉书·艺文志》称汉人认为辞、赋一体。《文心雕龙·诠赋》云:"《诗》有六义,其二曰赋。赋者,铺也,铺采摛文,体物写志也。"⑧ 刘勰认为赋的特点是铺陈文藻辞采,刻画物象,抒写情志。清人姚鼐《古文辞类纂》云:"辞赋类者,风雅之变体也,楚人最工为之,盖非独屈子而已。……辞赋固有韵,然古人亦有无韵者,

---

① 刘熙载:《艺概》卷三,第86页。
② 郭绍虞:《宋诗话辑佚》,第53页。
③ 刘壎:《隐居通议》卷十八,《景印文渊阁四库全书》866册,第162页。
④ 李淦:《文章精义》,载《历代文话》,第1159页。
⑤ 朱熹:《楚辞后语》卷六,载《景印文渊阁四库全书》1062册,第451页。
⑥ 曾枣庄认为,《飓风赋》《思子台赋》为苏过所作,苏轼赋应为25篇(《论苏赋》,载《上海师范大学学报》,2005年第5期,第72—73页)。
⑦ 班固:《汉书》卷三十,颜师古注,北京:中华书局,1962,第1755页。
⑧ 王运熙、周锋:《文心雕龙译注》,第59页。

以义在托讽，亦谓之赋耳。"①《古文辞类纂》仅选录了北宋及以前的赋作，赋发展到了北宋似乎成为绝唱。

赋通常分为骚赋、骈赋、律赋、文赋四体。宋代辞赋以文赋影响最大，其长于议论、说理，拓展了表现内容和范围，题材丰富，艺术手法多样。黄庭坚以诗艺之长，创作辞赋得心应手，主张学习古人优秀作品，力求独创，实现情、理、事结合，推动了北宋赋体文学的发展。

一、继承楚辞传统

黄庭坚主张辞赋师法古人，努力研究古赋，学习作赋的技巧和方法，推陈出新，力求超越古人。《书邢居实南征赋后》云："今观邢惇夫诗赋，笔墨山立，自为一家，甚似吾师复也。"② 庭坚赞赏邢惇夫诗赋作品"自为一家"，体现了他对辞赋创作的要求。《跋自书东坡乳泉赋》云："东坡公所作《乳泉赋》，数百年之文章也。"③ 庭坚以苏轼赋为榜样。其《跋韩退之送穷文》云：

> 《送穷文》盖出于杨子云《逐贫赋》，制度始终极相似。而《逐贫赋》文类俳，至退之亦谐戏，而语稍庄，文采过《逐贫》矣。大概拟前人文章，如子云《解嘲》拟宋玉《答客难》，退之《进学解》拟子云《解嘲》，柳子厚《晋问》拟枚乘《七发》，皆文章之美也。至于追逐前人，不能出其范围，虽班孟坚之《宾戏》，崔伯庭之《达旨》，蔡伯喈之《释诲》，仅可观焉，况下者乎！④

此文揭示了优秀文学作品继承与创新的辩证关系，韩愈《送穷文》胜过杨雄《逐贫赋》是极好的例证。韩愈借鉴扬雄《解嘲》，创作了气势奔放、语言畅达的《进学解》。《逐贫赋》、《解嘲》都是极富真情实感的抒情赋。宋人洪迈《容斋随

---

① 姚鼐纂集：《古文辞类纂》，胡士明、李祚唐标校，上海：上海古籍出版社，1998，第16页。
② 黄庭坚：《宋黄文节公全集·正集》卷二十五，载《黄庭坚全集（二）》，第667页。
③ 黄庭坚：《宋黄文节公全集·补遗》卷九，载《黄庭坚全集（四）》，第2301页。
④ 黄庭坚：《宋黄文节公全集·别集》卷七，载《黄庭坚全集（三）》，第1594页。

笔》云："韩文公《送穷文》，柳子厚《乞巧文》，皆拟扬子云《逐贫赋》。……黄鲁直《跛奚移文》拟王子渊《僮约》，皆极文章之妙。"① （王褒字子渊，为西汉咏物抒情赋的名家。）黄庭坚《书圣庚家藏楚词》还揭示了《诗》与楚词的关系，云："章子厚尝为余言，楚词盖有所祖述。余初不谓然，子厚遂言曰：'《九歌》盖取诸《国风》，《九章》盖取诸二《雅》，《离骚经》盖取诸《颂》。'余闻斯言也，归而考之，信然。"②

黄庭坚不仅从理论高度上提出自己的观点，而且从创作实践中总结了自己的经验，主张理论和创作有机结合，相得益彰，强调独创精神。在入馆阁后所作《书枯木道士赋后》，云：

> 比来子由作《御风词》，以王事过列子祠下作，犹未见本。问子瞻文作何体，子瞻云："非诗非骚，直是属韵《庄周》一篇耳。"晁无咎作《求志》一章，子瞻以为《幽通》当北面也。此二文他日当奉寄。闲居当熟读《左传》、《国语》、《楚词》、《庄周》、《韩非》。欲下笔，略体古人致意曲折处，久之乃能自铸伟词，虽屈、宋亦不能超此步骤也。③

黄庭坚上溯辞赋的源头，要求师范古人，熟悉历史散文、诸子散文和楚辞，领悟优秀作品的立意构思、布局结构，不断锤炼，达到"自铸伟词"的境界，具有强烈的独创意识。馆职时期所作《答曹荀龙》之二云：

> 赋题不必甚高，众人所同用便足，要于题中下少功夫尔。项有数篇六韵诗，为侄辈戏作，欲奉寄，适有少愦愦事，未办检录，后信可往。作赋要读《左氏》、《前汉》精密，其佳句善字，皆当经心，略知某处可用，则下笔时，源源而来矣。④

---

① 洪迈：《容斋随笔》，第 399 页。
② 黄庭坚：《宋黄文节公全集·别集》卷六，载《黄庭坚全集（三）》，第 1561 页。
③ 黄庭坚：《宋黄文节公全集·补遗》卷九，载《黄庭坚全集（四）》，第 2287 页。
④ 黄庭坚：《宋黄文节公全集·正集》卷十九，载《黄庭坚全集（二）》，第 495 页。

此处强调学习《左传》和《汉书》，着重体味"佳句善字"。《左传》语言简练准确，用词谨严。《汉书》详赡严密，文辞典雅富丽。

在文坛盟主苏轼的大力扶持下，黄庭坚入馆阁后诗文名声大振，年轻后学求教者不断。庭坚好为人师，热心指导后学作文之道，揭示创作辞赋的门径。元祐间在秘书省兼史局，他与王立之诗文来往较多。苏门酬唱与王家城南别墅联系紧密。王直方字立之，号归叟，河南密县人，以荫补承奉郎，曾监怀州酒税，后退居汴京，著有《归叟集》、《归叟诗话》等。今人郭绍虞辑录有《王直方诗话》。

黄庭坚《王立之奉承》云：

> 寄《寂斋赋》，语简，秀气郁然，大为佳作，钦叹钦叹！然作赋须要以宋玉、贾谊、相如、子云为师，略依仿其步骤，乃有古风。老杜《咏吴生画》云："画手看前辈，吴生远擅场。"盖古人于能事不独求跨时辈，须要于前辈中擅场尔。①

司马迁称"屈原既死之后，楚有宋玉、唐勒、景差之徒者，皆好辞而以赋见称"②。黄庭坚尊崇先秦和汉赋大家宋玉、贾谊、司马相如和扬雄，要求在模仿的基础上，创作出优美的作品，形成自己的创作特色，逐渐超越古人。《写真自赞五首》之三云："鲁直之在万化，何翅太仓之一稊米。吏能不如赵、张、三王，文章不如司马、班、扬。"③他心仪汉赋大家"司马、班、扬"，标举为散文创作的榜样。《与王立之》之四云：

> 二文皆佳作，今少年书生，未见能此者，甚叹伏也。然有一事，若欲作楚词追配古人，直须熟读楚词，观古人用意曲折处讲学之，然后下笔。譬如巧女文绣妙一世，若欲作锦，必得锦机，乃能成锦尔。④

---

① 黄庭坚：《宋黄文节公全集·正集》卷十九，载《黄庭坚全集（二）》，第 490 页。
② 司马迁：《史记》卷八十四，北京：中华书局，1982，第 2491 页。
③ 黄庭坚：《宋黄文节公全集·正集》卷二十二，载《黄庭坚全集（二）》，第 560 页。
④ 黄庭坚：《宋黄文节公全集·外集》卷二十一，载《黄庭坚全集（三）》，第 1371 页。

黄庭坚认为，要创作楚辞体之文，就必须揣摩楚辞的创意和艺术结构，做到了然于胸。楚辞张扬个性，富有激情，气势宏伟，句式新颖灵活。

《与秦少章觐书》之一云：

> 前日王直方作楚词二篇来，亦可观。尝告之云，如世巧女，文绣妙一世；设欲作锦，当学锦机，乃能成锦。足下试以此思之。①

此书用操作锦机来譬喻创作过程，认为只有深入学习楚辞，才能够创作出不同凡响的作品。黄庭坚与王立之来往，其中有王立之请教诗赋考试的原因。《与王立之承奉帖》之三云："诗赋论题似不须从人求之，但取庆历万题，检取似某题而体制宏大者，即可以试笔，每举场所试，未有不出于此也。"② 黄庭坚偏向于"体制宏大者"。庆历、元丰间的赋具有宋赋的特色。他建议"取庆历万题"以试笔，是独具慧眼的。

黄庭坚提出"赋欲宏丽"的理念，强调了赋的本体论，突出赋的鲜明特色，同时要求在创作中不拘泥于古，力求变化、勇于创新，破体为文。"赋欲宏丽"意谓作赋要气势宏大、文采优美。这是对曹丕《典论·论文》主张"诗赋欲丽"，以及陆机《文赋》主张"赋体物而浏亮"的发展。曹丕着眼于诗赋之"华丽"，陆机则要求赋"描摹事物清亮"。而黄庭坚继承楚辞传统，突出辞赋的宏大气势。苏辙赋"纡徐而尽变"，则是作赋的一种风格，是对赋的变革和创新。庭坚对苏轼、苏辙兄弟的文学才华极为敬佩，对二苏的创作风格给予肯定，对崭露头角、同为苏门六君子的秦观、张耒、晁补之、陈师道充满信心。在《与洪氏四甥书》之五中，黄庭坚也提及："得刘教授书，推与二生文艺，颇慰悬情。通知古今在勤读书，文章宏丽在笔墨追古。"③ 由此看来，他不仅希望辞赋要"宏丽"，而且对各体散文大多有如此期待。

黄庭坚也重视辞赋的情性本色。刘勰《文心雕龙·诠赋》云："原夫登高

---

① 黄庭坚：《宋黄文节公全集·正集》卷十九，载《黄庭坚全集（二）》，第 483 页。
② 黄庭坚：《宋黄文节公全集·别集》卷十五，载《黄庭坚全集（三）》，第 1786 页。
③ 同上，卷十八，第 1871 页。

之旨，盖睹物兴情。情以物兴，故义必明雅；物以情观，故词必巧丽。"① "登高能赋"，是指因为看到景物兴起情思，这也是赋的起因。先秦的抒情文学作品以《诗经》和楚辞为代表，汉赋承继了楚辞直抒胸臆的传统。辞赋在汉代达到了鼎盛时期。黄庭坚钟情楚辞、汉赋，把辞赋作为抒情言志的绝好文体。作于元符元年(1098)的《书王知载朐山杂咏后》曰：

> 诗者，人之情性也。非强谏争于廷，怨忿诟于道，怒邻骂坐之为也。其人忠信笃敬，抱道而居，与时乖逢，遇物悲喜，同床而不察，并世而不闻，情之所不能堪，因发于呻吟调笑之声，胸次释然，而闻者亦有所劝勉，比律吕而可歌，列干羽而可舞，是诗之美也。②

此文为黄庭坚著名的诗论，为其晚年贬谪戎州时所作。庭坚认为诗歌是以表现自我情怀为主，怨而不怒，须"忠信笃敬，抱道而居"，这在其辞赋创作中也充分体现出来了。明人徐师曾《文体明辨序说》云："文赋尚理，而失于辞，故读之者无咏歌之遗音，不可以言丽矣。"③他对宋人文赋向说理议论方向发展是不满的，认为赋应是美文，缘情而作，有感而发。

二、充满真情挚意

黄庭坚所存赋以骚赋即楚辞体和文赋为主，题材丰富，富有情思，手法多样，颇有理趣。东汉以后，不少作家都有楚辞体的作品，但一般只是仿效屈原楚辞体作品的某些句式特点。六朝后，出现了骚体或骚体赋的名称。黄庭坚所作楚辞体，除保留语助词"兮"字外，具有抒情言志的特色，做到了散文化、平易自然。其赋有的是没有"兮"字的，却有骚体特点，如句式齐整的《别友赋送李次翁》。

---

① 王运熙、周锋：《文心雕龙译注》，第64页。
② 黄庭坚：《宋黄文节公全集·正集》卷二十五，载《黄庭坚全集(二)》，第666页。
③ 徐师曾：《文体明辨序说》，载王水照编《历代文话》，第2073页。

黄庭坚骚赋共有 15 篇，占所存赋的一半，情感真挚，骈散相间，平易自然。庭坚为家人亲友所作之赋，情意深厚。其哀挽之赋，倾注了悲怆之情。清人李调元《赋话》卷一〇《旧话》四云："黄庭坚诸赋中，惟《悼往赋》犹有意味。"① 《悼往》作于熙宁二年(1069)的叶县，为悼念早逝的妻子而作。"西风悲兮败叶索索，照陈根兮秋日将落。"开篇描绘的萧然之秋，映衬出了内心的悲伤。作者"拥旧柯而孤吟"，失去至爱，无人诉说衷肠。"饮泣为昏瞳之媒，幽忧为白发之母"，② 黄庭坚对妻子是一往深情。元丰六年(1083)，黄庭坚太和归家作《毁璧》，直抒胸臆，连用三个"归来兮逍遥"的排比句，串连全文，哀其妹死之不幸。③ 刘壎云："近世骚学殆绝……至宋豫章公用功于骚甚深，其所作亦甚似，如《毁璧》一篇则其尤似者也。……公作此词，清峭而意悲怆，每读令人情思黯然。"④

熙宁元年(1068)九月，黄庭坚赴任叶县尉，作《听履霜操》，真诚地抒发了对家人的思念之情。庭坚中第得官，百感交加。"我行于野兮，不敢有履声。恐亲心为予动兮，是以有履霜之忧。"其重亲情，对官场心有所忧，正如序中所言："士有有意于问学，不得于亲，能不怨者，预听斯琴。"他吐露了"问学"志向："声音之发，钩其深也。枯薪三尺，惟学林也。"⑤ 黄庭坚向往的是"学林"，而非官场。熙宁六年(1073)在北京任学官，黄庭坚作有《秋思》，题注为"和答幼弟阿熊，呈上六舅学士先生"。在父亲过世后，黄庭坚十五岁从舅父李常游学淮南，其思想和文学创作深受其影响。"柴门扃兮，牛羊下来其已久。四壁立兮，蛩螿太息不可听。"因父亲的早逝，数十口人的大家庭生活陷入困境。家徒四壁，连蟋蟀和寒蝉都要为之叹息。"夜冉冉兮"，"天寥寥兮"，"谁独不共此明月"，以景生情，突出了内心的悲怆。"先生厚我德"，"既拯我舟杭"，"又剪我荆棘"。⑥ 正是舅父解脱丧父的黄庭坚于窘境之中，开辟了通向理想之路。抒情的笔调，景情的结合，凸现出了舅父"有德之人"的形

---

① 李调元：《赋话》卷一〇，载《续修四库全书》1715 册，第 716 页。
② 黄庭坚：《宋黄文节公全集·外集》卷二十，载《黄庭坚全集(三)》，第 1355 页。
③ 同上，第 1360 页。
④ 刘壎：《隐居通议》卷四，《景印文渊阁四库全书》866 册，第 52—53 页。
⑤ 黄庭坚：《宋黄文节公全集·外集》卷二十，载《黄庭坚全集(三)》，第 1356 页。
⑥ 同上，第 1354 页。

象，充溢着内心的感激之情。

治平四年(1067)黄庭坚还为知命作赋《悲秋》，以此安慰有足疾的弟弟，知命跟随黄庭坚一家生活直到贬谪后。“有美一人兮，临清秋而太息。伤天形之缺然兮，与有足者同堂而并席。”开篇指出了知命天生的缺陷，然后是用老庄思想给予开导和鼓励，要清静无为，胸怀豁达，“予将执汝手兮，游夫浩荡之会。凭天津而濯发兮，揽日月以为佩。嗟不知去来之为我兮，天下莫子之为对。恐路远而多歧兮，聊赠汝以指南。将雍容于胜日兮，尝试为汝而忘谈”[①]。赋中“骈拇所以为少，枝指所以为多”。出自《庄子》外篇《骈拇》：“骈拇枝指，出乎性哉！而侈于德。”[②] 一年前，黄庭坚曾作《至乐词寄黄几复》。其时思想倾向于庄子，黄几复成为了他庄学之师。“余泛观于天下兮，何者乐而谁者足忧。忧于窘窘不得兮，乐尽万物而无求。……廓宇宙以为量兮，奚自适而不通，遂风休而冰释。”[③] 庭坚借用老庄思想，探讨人生和世界。

在返归家乡分宁前，黄庭坚作有《濂溪诗并序》，题为诗，实为骚赋。此篇围绕发源于庐山莲花峰下的“濂溪”，抒发对道德高尚者的赞美情怀，讴歌主人公“不渔民利”的优良品德。全赋重在铺陈，间或有散句。“写溪声兮延五老以为寿”，“听潺湲兮鉴澄明”，“霜清水寒兮舟著平沙”。[④] 言语平实，借景生情，展示田园生活的快乐。《渡江》则表达了内心深处对走向仕途的无奈之情。赋中先后以“行渡江兮吾无舟”和“行渡江兮我无楫”来引出下文，表达了对前途的疑虑。“嗟行路之难兮，援琴以身忘”，面对仕途，他从心底里发出了行路难和迷茫的困惑：“天涔涔兮又莫雨，不济此兮吾归何处?”[⑤]

同为苏门的张耒有诗《初到都下供职寄黄九》，向黄庭坚表达了“望君青松姿”的敬仰之情。黄庭坚元祐元年(1086)作《明月篇赠张文潜》，云：“天地具美兮生此明月，升白虹兮贯朝日。”“明月”寄托着思念之意。“山中人兮招招，耕而食兮无恤。榛艾蓁蓁前吾牛兮，疻不可更抶。浅耕兮病岁，深耕兮石罂耜。

① 黄庭坚:《宋黄文节公全集·正集》卷十二，载《黄庭坚全集(一)》，第 312 页。
② 郭庆藩撰，王孝鱼点校:《庄子集释》，北京：中华书局，1961，第 311 页。
③ 黄庭坚:《宋黄文节公全集·外集》卷二十，载《黄庭坚全集(三)》，第 1352 页。
④ 黄庭坚:《宋黄文节公全集·正集》卷十二，载《黄庭坚全集(一)》，第 309 页。
⑤ 黄庭坚:《宋黄文节公全集·外集》卷二十，载《黄庭坚全集(三)》，第 1360 页。

登山兮临川，雉得意兮鱼乐。"① 黄庭坚以田园农作表达怡然自得的心境。

三、独具个性特色

宋代文赋受唐宋古文运动的影响，主要特点是接近于古文，趋向散文化。②《秋声赋》、《赤壁赋》为文赋的杰出代表。宋赋的特色是说理议论，这是复古新变的结果。文赋间或用骈偶句，用韵自由，有大量的长句，除连接词语外，还使用虚词。在谋篇布局上，吸收了古文的章法和气势。黄庭坚文赋有 10 篇之多，多于欧阳修和苏轼，尚理造境，富有情理之趣，以"高古之文"引人瞩目。

黄庭坚的文赋主要是建筑物赋、书画赋和咏物赋。元祐八年(1093)，黄庭坚"丁母安康郡太君忧，归分宁"，作有《江西道院赋》，以饱含炽热的情感，倡导移风易俗和教化之道。此赋开篇赞美家乡，给人以气势宏大的感受："句吴之区，维斗所直；半入于楚，终蚀于越。有泰伯、虞仲、季子之风，故处士有岩穴之雍容；有屈原、宋玉、枚乘之笔，故文章有江山之秀发。"③ 元祐八年(1093)，筠州太守上任第二年，"新燕居之堂"榜曰"江西道院"，全篇紧扣"江西道院"，赞美太守"忧民之忧""乐民之乐"，歌颂吏治典范，对新法"多为令而病民""设险而病民"表达了不满。《隐居通议》卷五评曰："直至李泰伯《长江赋》、黄山谷《江西道院赋》出，而后以高古之文变艳丽之格，六朝赋体风斯下矣。"④

元丰四年(1081)，黄庭坚赴太和，道作《休亭赋》，赞赏友人"斋心服形"，具有道德情怀：

众人休乎得所欲，士休乎成名，君子休乎命，圣人休乎物，莫之婴。

---

① 黄庭坚：《宋黄文节公全集·正集》卷十二，载《黄庭坚全集(一)》，第 311 页。
② 参见王永《宋代文赋研究》，东北师范大学硕士学位论文，2003 年。"文赋则是最能体现宋人赋体新变之艺术成就的赋体。以文为赋，好为议论，语言散文化，平易流畅，追求理趣。"列有一节"深警苦厚的黄庭坚文赋"，指出"与其诗风一脉相承，用语古朴瘦硬，议论较多，且多采用叙议结合的方法。"
③ 黄庭坚：《宋黄文节公全集·正集》卷十二，载《黄庭坚全集(一)》，第 297 页。
④ 刘壎：《隐居通议》卷五，《景印文渊阁四库全书》866 册，第 60 页。

吾友济父，居今而好古。不与不取，亦莫予敢侮。将强学以见圣人，而休予万物之祖。曩游于世也，献璞玉而取刖，图封侯而得黥。骄色未鉏而物骇，机心先见而鸥惊。抚四方者倦矣，乃归休于此亭。濯缨于峡水之上游，晞发于舞雩之乔木。彼玉笥之隐君子，惠我以生刍一束。是谓不蓍而筮从，无龟而吉卜。①

由赋序得知，黄庭坚友人萧济父"往有声于场屋间，数不利于有司"，"归教子弟"。"筑亭高原，以望玉笥诸山，用其所以斋心服形者，名之曰'休亭'"。黄庭坚为萧济父作有墓志铭，称其博学能文，无仕进意，治气养心。此赋"铺采摛文，体物写志"，具有宏丽、平实和散文化的特点，骈散间杂，句式自由，突出了修身养性的主题。

宋人邓椿云："予尝取唐宋两朝名臣文集，凡图画纪咏，考究无遗；故于群公略能察其鉴别，独山谷最为精严。"② 黄庭坚是宋代书法四大家之一，文化素养深厚，书画之赋谈艺说理，有情理之趣，对文人画发展亦有贡献。元祐馆阁期间，黄庭坚和苏轼交往密切，相互酬唱，留下不少载入文学史的篇章。与诗词文一样，苏轼的书画也是出类拔萃的，现存的《枯木竹石图》笔墨无多，一株枯木，一大怪石，寄情遣兴，羁傲不逊。黄庭坚作于元祐三年（1088）的《苏李画枯木道士赋》已见第二章第三节的记述。黄庭坚以枯木、画家和道人表现苏轼的超轶绝尘风貌。刘壎《隐居通义》云："山谷先生作《枯木道士赋》，深得庄列旨趣，自书之，笔力奇健，刻石豫章。"③ 黄庭坚《东坡居士墨戏赋》曰："东坡居士游戏于管城子、楮先生之间，作枯槎寿木，丛筱断山。笔力跌宕于风烟无人之境。盖道人之所易，而画工之所难。"④ "跌宕"指放纵不拘，"风烟无人之境"强调的是超凡脱俗的意境。以道人和画工对比，点出文人画尚意之特色。面对"枯槎寿木，丛筱断山"，作者感叹"霜枝风叶先成于胸次者欤"，"草书三昧之苗裔者欤"，"运斤成风之手者欤"，由此引出赞叹

---

① 黄庭坚：《宋黄文节公全集·正集》卷十二，载《黄庭坚全集（一）》，第 296 页。
② 邓椿：《画继》卷九，《景印文渊阁四库全书》813 册，第 546 页。
③ 刘壎：《隐居通议》卷五，《景印文渊阁四库全书》866 册，第 56 页。
④ 黄庭坚：《宋黄文节公全集·正集》卷十二，载《黄庭坚全集（一）》，第 299 页。

"夫惟天才逸群，心法无轨，笔与心机，释冰为水"。黄庭坚给世人留下了奇特的苏轼意象，具有文人画的意味。

元祐三年（1088）作《刘明仲墨竹赋》，将"枝叶条达，惠风举之"与"折干偃蹇，斫头不屈"的二竹相对比，突出其中一竹，虽枝条弯折却挺拔而立，具宁死不屈之姿。赋中直接插入议论，引用苏轼对画作的要求，谓作画要在"理"，而不仅是"形"，如同"庖丁之解牛，进技以道者也"。黄庭坚以书画家文与可和王羲之为例，以"妙万物以成象，必其胸中洞然"，道出"胸有成竹"的绘画之理。①

黄庭坚发扬赋的讽谏传统，所作之赋具有含蓄讽喻的特点。《白山茶赋》序曰："姨母文城君作《白山茶赋》，兴寄高远，盖以自况，类楚人之《橘颂》。感之，作《后白山茶赋》。"② 赋仿屈原《橘颂》，以拟人化的手法，写出作者所赞美的人格和个性。此赋开头引用孔子之语"岁寒然后知松柏之后凋也"，以总领全文。"丽紫妖红，争春而取宠"，突出白山茶韵胜之美。"此木产于临川之崔嵬"，"禀金天之正气"，"析薪之斤，虽睥睨而幸见赦"，言白山茶生长于险峻的环境之中，逃脱斧子伐薪之恶运，越发显得"高洁皓白，清修闲暇"。历经"冰雪之晨，霜月之夜"，庭坚激赞白山茶"与日月争光之美德"及不屑"与洛阳争价"之品性。

戎州时期所作《煎茶赋》，采用主客对答体，变古赋之直谏为曲谏。称赞茶的功用"苦口利病，解胶涤昏"。客以"或曰"与"或者又曰"发问，主以作者"涪翁"作答，生动地描述了煎茶的过程。庭坚将日常生活中的煎茶提升到新的境界："如以六经，济三尺法。虽有除治，与人安乐"。③ 庭坚酷嗜苦笋，元符二年（1099）作《苦笋赋》，借题发挥，注重说理。云："僰道苦笋，冠冕两川，甘脆惬当，小苦而反成味，温润缜密，多啖而不疾人。"以此喻为"盖苦而有味，如忠谏之可活国"，"多而不害，如举士而皆得贤"。庭坚贬谪后，苦笋作为菜肴，是生活中不可或缺的，"食肴以之开道，酒客为之流涎"。"蜀人曰：'苦笋不可食，食之动痼疾，使人萎而瘠。'"庭坚委婉地以

---

① 黄庭坚：《宋黄文节公全集·外集》卷二十，载《黄庭坚全集（三）》，第1361—1362页。
② 黄庭坚：《宋黄文节公全集·正集》卷十二，载《黄庭坚全集（一）》，第300页。
③ 同上，第302—303页。

"予亦未尝与之言"一笔带过。他以上士、中士和下士来区分，以为"盖上士不谈而喻；中士进则信，退则眩焉；下士信耳而不信目，其顽不可镌"。① 他借用李白诗作结语："但得醉中趣，勿为醒者传。"宋人楼昉评曰："文字简严，微有讥讽。"②

黄庭坚所存律赋、骈赋极少。律赋《位一天下之动赋》《春秋元气正天端赋》为说理议论之赋，疑为赴京应礼部试时所作。元符元年(1098)所作《放目亭赋》为短小的骈赋。

"苏轼与黄庭坚，亦师亦友，在辞赋文创作上，有相同的审美追求和审美标准……黄庭坚的赋作，从题材言不免狭窄，偏向于个人情事道德情操，有意无意间忽略了一些社会问题。"③ 除了这些特点，黄庭坚辞赋有时相对艰涩。重视辞藻华丽是辞赋的特点，也是黄庭坚创作中尊体的表现，但是有使用僻典难字的现象。黄庭坚强调师法古人，重在情性，创新求变，超越古人。他不仅形成了自己的辞赋理念，而且不忘"赋欲宏丽"，佳作颇多，在辞赋史上留下了璀璨的篇章。与以说理议论为长的宋代文赋不同，黄庭坚辞赋创作侧重于抒情言志的楚辞传统的发扬光大，显示了自己的特色。

第二节　序跋：皆有趣味

宋代序跋文创作蔚然成风，其中题跋文成为散文的大宗和新兴的文体。④ 欧阳修有《集古录跋尾》400 余首，另有杂题跋 27 首，开启学术类和文学类题跋之先河。明人毛晋辑《山谷题跋》9 卷 400 余篇，序云："从来名家落笔，谑浪小碎，皆有趣味，一时同调，辄相欣赏赞叹，不啻口出。"⑤ 毛晋《东坡题

---

① 黄庭坚：《宋黄文节公全集・正集》卷十二，载《黄庭坚全集(一)》，第 304 页。
② 楼昉：《崇古文诀评文》，载王水照编《历代文话》，第 459 页。
③ 何玉兰：《苏轼、黄庭坚赋体文学比较》，《乐山师专学报》1998 年第 1 期，第 24 页。
④ 朱迎平认为："苏轼、黄庭坚题跋题材广泛、体式灵活、趣味盎然，深得人情物理。"(参见朱迎平：《宋代题跋文的勃兴及其文化意蕴》，《文学遗产》2000 年第 4 期，第 84—93 页)
⑤ 毛晋：《汲古阁书跋・重辑渔洋书跋》，第 25 页。

跋》序云："元祐大家，世称苏黄二老。……凡人物书画，一经二老题跋，非雷非霆，而千载震惊，似乎莫可伯仲。"① 明人何良俊《四友斋丛说》云："《王定国文集序》与《小山集序》、《宋完字序》、《忠州复古记》，皆奇作也。"② 庭坚的序跋历来评价较高。

明人吴讷《文章辨体序说·序》云："《尔雅》云：'序，绪也。'序之体，始于《诗》之《大序》。首言六义，次言《风》、《雅》之变，又次言《二南》王化之自。其言次第有序，故谓之序也。"③ 《文选》无"题跋"文体一说，而将"序"列为一体。《宋文鉴》始立题跋类，收有黄庭坚 9 首题跋。明人徐师曾《文体明辨序说》云："夫题者，缔也，审缔其义也。跋者，本也，因文而见本也。书者，书其语。读者，因于读也。题、读始于唐；跋、书起于宋。曰题跋者，举类以该之也。"④ 明人吴纳《文章辨体序说·题跋》云："至唐韩柳始有读某书及读某文题其后之名。迨宋欧曾而后，始有跋语，然其辞意亦无大相远也。"⑤ 唐宋古文大家是题跋文的大力倡导者。清人姚鼐《古文辞类纂》云："序跋类者，昔前圣作《易》，孔子为作《系辞》《说卦》《文言》《序卦》《杂卦》之传，以推论本原，广大其义。"⑥ "序跋类"收文为汉代至清代，尤以宋文大家为多。但是，另列有"赠序"一类，系送别亲友所作的序文。今人褚斌杰《中国古代文体概论》云："序和跋的性质是相近的，它们都是对某部著作或某一诗文进行说明的文字。"⑦

《黄庭坚全集》收序跋 656 篇，位居其各体散文第二位，其中，序仅十多篇。明人钟惺《隐秀轩集》云："题跋非文章家小道也。其胸中全副本领、全副精神，借一人、一事、一物发之。落笔极深、极厚、极广，而于所题之一人、一事、一物，其意义未尝不合，所以为妙。"⑧ 黄庭坚的序跋涉及人物、

---

① 毛晋：《汲古阁书跋·重辑渔洋书跋》，第 25 页。

② 何良俊：《四友斋丛说》卷二十三，第 206 页。

③ 王水照：《历代文话》，第 1622 页。

④ 同上书，第 2107 页。

⑤ 王水照：《历代文话》，第 1625 页。

⑥ 姚鼐纂集：《古文辞类纂》，第 3 页。

⑦ 褚斌杰：《中国古代文体概论》，北京：北京大学出版社，1990，第 389 页。

⑧ 钟惺：《隐秀轩集》，第 564 页。

纸墨笔砚、琴曲酒茶、医药饮食、山川寺宇，以至逸闻掌故，风物习俗；又是谈艺录，谈诗说词，评书论画。按照其题材内容，黄庭坚的序跋可分为记叙、议论和抒情三类，形象生动，议论纷呈，思致细密，显露出非凡的精神风范和深厚的文化底蕴，对新兴的题跋文来说，黄庭坚作出极大的拓展之努力。

一、展现人物形象

黄庭坚创作的大量序跋中，有不少属记叙类散文。以记为序跋，通过描写正直有为人物，展示高风亮节的形象，突出高尚的人格。这些人物中，有具代表性的宋文大家，以及官吏、文人、平民等。序跋融叙事、描写、议论和抒情为一体，形象鲜明，内容丰富，思致深远。作为苏轼门人的黄庭坚生平中未曾与欧阳修交游，但是倡导诗文革新的一代宗师，给了他很大的影响。黄庭坚有《跋欧阳公红梨花诗》，赞赏贬谪后欧阳修所作之诗"豪壮不挫"的气概，揭示其天赋的才华，描绘了一位正直有为的朝官形象：

> 观欧阳文忠在馆阁时与高司谏书，语气可以折冲万里。谪居夷陵，诗语豪壮不挫，理应如是。文人或少拙而晚工，至文忠，少时下笔便有绝尘之句，此释氏所谓"朝生王子，一日出生一日贵"者邪。①

景祐三年(1034)，调回京师权知开封府的范仲淹，指责当局因循守旧，不能选贤任能，被旧派权相吕夷简诬为"越职言事，离间君臣"，谪贬饶州。左司谏高若讷不尽言责，反而对革新派的朝官落井下石，欧阳修挥笔写下《与高司谏书》，痛责高司谏"不复知人间有羞耻事"。为此，欧阳修受到贬斥。此事成为政界的一场轩然大波。黄庭坚跋欧阳修诗，由衷赞叹《与高司谏书》，敬佩欧阳修的高尚人格和勇敢精神。

王安石与苏轼的改革主张和仕宦经历虽不相同，然而政治生涯都同样带有悲剧性。黄庭坚尽管对新法不尽赞同，但是对王安石的人格、诗文创作和

---

① 黄庭坚：《宋黄文节公全集·正集》卷二十六，载《黄庭坚全集(二)》，第691页。

书法作品却是赞赏不已。进入馆阁前，他曾专门去金陵看望王安石。《跋王荆公禅简》云：

> 荆公学佛，所谓"吾以为龙又无角，吾以为蛇又有足"者也。然余尝熟观其风度，真视富贵如浮云，不溺于财利酒色，一世之伟人也。莫年小语，雅丽精绝，脱去流俗，不可以常理待之也。[①]

"吾以为龙又无角，吾以为蛇又有足。"这指的是"壁虎"。此取自《汉书》的《东方朔传》[②]。东方朔以广博的知识和诙谐的隐语，获得汉武帝的赏识。黄庭坚称赞王安石为"一世伟人"。尽管身为权重一时的宰相，王安石廉洁奉公，与富贵、财利、酒色全然无涉，晚年又创作了不俗的篇幅短小的诗文。黄庭坚写出颇有争议的朝廷高官形象，极为难得。

黄庭坚与苏轼为终生的莫逆之交，交往最为密切。他在题跋中展现了一位天才而又亲切的文学大家形象。《题东坡书道术后》云：

> 东坡平生好道术，闻辄行之。但不能久，又弃去。谈道之篇传世欲数百千字，皆能书其人所欲言。文章皆雄奇卓越，非人间语。尝有海上道人评东坡，真蓬莱、瀛州、方丈谪仙人也。流俗方以造次颠沛秋毫得失，欲轩轾困顿之，亦疏矣哉。[③]

苏轼是黄庭坚极为崇敬之人。"东坡平生好道术"，却不能持久，也不是常人所能学的。黄庭坚发自肺腑地赞赏其"文章皆雄奇卓越，非人间语"。又引海上道人评苏轼之语，以此有力地证实苏轼非常人所能相比。一篇小文展现出苏轼那超凡脱俗、仙风道骨般的人物形象。《跋子瞻送二侄归眉诗》云：

> 观东坡二丈诗，想见风骨巉岩，而接人仁气粹温也。观黄门诗，顾然峻

[①] 黄庭坚：《宋黄文节公全集·正集》卷二十六，载《黄庭坚全集（二）》，第 696 页。
[②] 班固：《汉书》卷六十五，第 2841 页。
[③] 黄庭坚：《宋黄文节公全集·正集》卷二十五，载《黄庭坚全集（二）》，第 646 页。

整，独立不倚，在人眼前。元祐中，每同朝班，余尝目之为成都两石笋也。①

"黄门"指的是苏辙。读苏轼兄弟俩的诗，想象苏轼那如同"风骨巉岩"的高大形象，而苏辙则是"颀然峻整，独立不倚"。用"成都两石笋"喻苏轼兄弟俩具有顶天立地的气概。

黄庭坚序跋中所描写的人物除了正直有为的宋文大家以及官吏外，更多的是社会上的各色人物。《题刀镊民传后》云：

> 陈留江端礼季共曰：陈留市上有刀镊工，年四十馀，无室家子姓，惟一女，年七八岁矣。日以刀镊所得钱，与女子醉饱。醉则簪花吹长笛，肩女而归，无一朝之忧，而有终身之乐，疑以为有道者也。②

此文短小精悍，用粗线条的勾勒，"有终身之乐"的刀镊工形象跃然纸上。身边惟有一女，以刀镊为生，插了鲜花，吹着长笛，无忧无虑。黄庭坚羡慕"无一朝之忧"的刀镊工生活。

由于父亲早逝，过早地承担起大家庭生活的重任，黄庭坚在其序跋中留下了不少有关家人的记叙，形象生动，令人感动。黄庭坚在兄弟中与二弟黄叔达（字知命）相处时间最长，因而感情也是最深的。《题知命弟书后》云：

> 知命弟，江西豪士也。意气合其臭味，极力推挽之不遗力，有味其言之也；至不合其意，虽衣冠贵人，唾辱之如矢溺。亦自以废疾如支离疏，攘臂于稠人广众中，物亦不能害之。作小诗、乐府，清丽可爱。读书不多，亦会古人意。年不能五十，遂以盖棺，每见其遗墨，令人霣涕。③

此题跋似一篇幅短小的人物传记。着墨不多，着力于人物性格的描写，形象鲜

---

① 黄庭坚：《宋黄文节公全集·正集》卷二十五，载《黄庭坚全集（二）》，第 659—660 页。
② 同上书，第 707—708 页。
③ 同上书，第 693 页。

活。文赞知命弟为"江西豪士",爱憎分明,举手投足颇有个性,不拘小节,又有文采,读书少却会古人意,深悲其"年不能五十"。

《书赠晁师》云:

> 老晁相识三十年,窃意已落镬汤中,输它牛头阿旁。余南迁,道出叶县,系马广教寺中,见晁如平生。问渠何术自济,乃能如此?晁笑曰:"吾饮酒时,十方世界皆高一味。吾啖众生时,皆令人无馀涅槃而灭度之,阎老子不管你口辩。"[①]

此文采用对话形式,精妙绝伦地勾勒出超凡入圣的老法师形象。"牛头阿旁"系成语,佛教称地狱中长着牛头的鬼卒。出自《新唐书·路岩传》:"俄与韦保衡同当国,二人势动天下,时目其党为'牛头阿旁',言如鬼阴恶可畏也。"[②]相识三十年的晁师,活得自在而快乐,万事随缘,寡欲知足,跃然纸上。

二、喜谈诗文书法

黄庭坚是江西诗派领袖,又是宋四大书法家之一,文化素养丰厚,学问渊博,有关诗书画的序跋也多,谈文论艺,形式多样,表达了自己的文艺观,呈现与众不同的创作理念、艺术手法。

书序的繁荣昌盛是在宋代。唐代的韩愈没有书序留存。宋代古文运动领袖欧阳修的诗文集序以志人、抒怀为主,黄庭坚则是谈文论艺和志人皆有之。《胡宗元诗集序》系黄庭坚元丰五年(1082)所作,时知吉州太和县。胡宗元年四十,筑草堂于高安鲁公岭,隐居读书二十年,后应诏出山,授临江军长史。为宗元诗集作序,黄庭坚借题发挥,实际上是阐述了自己的诗学观:

> 士有抱青云之器,而陆沉林皋之下,与麋鹿同群,与草本共尽,独托

---

① 黄庭坚:《宋黄文节公全集·正集》卷二十五,载《黄庭坚全集(二)》,第 708 页。
② 欧阳修、宋祁:《新唐书》,北京:中华书局,1975,第 5396 页。

于无用之空言，以为千岁不朽之计。谓其怨邪，则其言仁义之泽也；谓其不怨邪，则又伤己不见其人。然则其言，不怨之怨也。夫寒暑相推，草木与荣衰焉。庆荣而吊衰，其鸣皆若有谓，候虫是也；不得其平，则声若雷霆，涧水是也；寂寞无声，以宫商考之，则动而中律，金石丝竹是也。维金石丝竹之声，《国风》、《雅》、《颂》之言似之；涧水之声，楚人之言似之；至于候虫之声，则末世诗人之言似之。今夫诗人之玩于词，以文物为工，终日不休，若舞世之不知者，以待世之知者。然而其喜也，无所于逢；其怨也，无所于伐。能春能秋，能雨能旸，发于心之工伎而好其音，造物者不能加焉，故余无以命之。而寄于候虫焉。①

黄庭坚认为，怀抱崇高理想之人，不能实现其抱负，就转而在文学创作上寻求寄托。但文学不仅仅是"怨"。他提倡"治心养性"之说，力行强学而为世用，故提出"不怨之怨"之说，其诗文更多的是寄寓人生感慨和道德教化内涵。用"候虫之鸣"喻末世诗人之言，"涧水"喻楚辞，意谓"不平则鸣"只是诗歌的一种风格。黄庭坚有着"为艺术而艺术"的追求，认为诗人的抒发情性，可以兴寄方式来实现。兴寄观是黄庭坚重要的文学观，兴寄即比兴寄托，渊源于诗骚的比兴艺术。而兴寄观是建立在情性基础之上的，抒发情性是以兴寄方式来实现的。

元符元年(1098)黄庭坚作《书王知载朐山杂咏后》，有"诗者，人之情性也，非强谏争于廷，怨忿诟于道，怒邻骂坐之为也"云云。此文为黄庭坚"情性说"的代表作，强调诗歌以表现自我为主，不宜发泄怨愤，"怒邻骂坐"，应"忠信笃敬，抱道而居"，体现了以儒为本，融合道释的"治心养性"的思想。晚年的黄庭坚有了生命的体验，对文学创作也有了全新的认识。提倡"诗之美"是为了向诗歌本性回归。宋人楼昉《崇古文诀》评云："《书王知载朐山杂咏后》深于诗人之旨。"②

《王定国文集序》写出了王定国为文的特色。开头为"元城王定国，洒落

---

① 黄庭坚：《宋黄文节公全集·正集》卷十五，载《黄庭坚全集(一)》，第410页。
② 王水照：《历代文话》，第503页。

有远韵，才器度越等夷"。然后，叙说作者曲折的人生经历，以及文学创作，"时出奇壮语惊天下士"，见其文学天赋。贬谪岭南，读书刻苦，所作诗文为之大变，"虽未尽如意，要不随人后，至其合处，便不减古人"。① 王定国尽管不能自成一家，但毕竟有自己的创作追求。《小山集序》有"晏叔原，临淄公之莫子也，磊隗权奇，疏于顾忌。文章翰墨，自立规摹。常欲轩轾人，而不受世之轻重"② 云云，晏几道贵为公子，一位著名的词人，坦诚真率，耿直独立，却不受重视。序中先叙作者的身世、文章与不得意的人生，接着通过对话形式，反映出晏几道"自痴亦自绝人"的性格特征，凸现了其词作的不同寻常之处。

黄庭坚的序跋比较多地涉及书法创作和艺术鉴赏。受诗文革新的影响，书法艺术创作也出现了追求创新的意识。黄庭坚中年"入古出新"，探索书法创作新路，晚年书法独具一格。《宋史》本传称他"善行、草书，楷法亦自成一家"③。黄庭坚继苏轼之后，提出"书画以韵为主"的主张，形成北宋具有鲜明时代特色的"尚意"书风。庭坚强调学书的"用笔之道"，其《题绛本法帖》之一云：

> 心能转腕，手能转笔，书字便如人意。古人工书无它异，但能用笔耳。元丰八年夏五月戊申，赵正夫出此书于平原官舍，会观者三人：江南石庭简、嘉兴柳子文、豫章黄庭坚。④

根据自己的创作实践，庭坚提出了善于用心，才能善于用笔的主张。

崇宁四年(1105)作《跋与张载熙书卷尾》之一云：

> 凡学书，欲先学用笔。用笔之法，欲双钩回腕，掌虚指实，以无名指倚笔则有力。古人学书不尽临摹，张古人书于壁间，观之入神，则下笔时

---

① 黄庭坚：《宋黄文节公全集·正集》卷十五《王定国文集序》，载《黄庭坚全集（一）》，第412页。
② 同上书，第413页。
③ 脱脱等：《宋史》卷四百十四，第13110页。
④ 黄庭坚：《宋黄文节公全集·正集》卷二十八，载《黄庭坚全集（二）》，第746页。

随人意。学字既成，且养于心中，无俗气，然后可以作示人，为楷式。凡作字，须熟观魏晋人书，会之于心，自得古人笔法也。欲学草书，须精真书，知下笔向背，则识草书法，草书不难工矣。[①]

黄庭坚明确提出了学书先学用笔的观点，并点明了用笔之法。他赞成临摹古人书，但要"观之入神"，才能有"意"，才能"无俗气"，才能"示人"。此跋之三云："一日饮屠苏，颇有书兴。案上有墨沈而佳，笔莫在，因以三钱鸡毛笔书此卷。由知者观之，在手不在笔哉！"[②] 用三钱鸡毛笔作书，突出"在手不在笔"之意，真有说服力。

除了用笔之道，黄庭坚还提出了"字中有笔"的主张。丁忧间作《自评元祐间字》云："往时王定国道余书不工。书工不工，是不足计较事，然余未尝心服。由今日观之，定国之言诚不谬，盖用笔不知禽纵，故字中无笔耳。字中有笔，如禅家句中有眼，非深解宗趣，岂易言哉！"[③] 强调书法须"字中有笔"，以禅家所谓"句中有眼"作为譬喻，颇有言外之意。《跋法帖》之二十一云：

> 此卷中尤作妙墨，右军父子真行略相当相抗尔。余尝评书云"字中有笔，如禅家句中有眼"，直须具此眼者，乃能知之。[④]

所谓"眼"，即"正法眼藏"，是禅宗教外别传的要义。禅宗的要义精髓虽外于经教的文字言句，但可以蕴藏于特殊的宗门语句之中。禅宗的"正法眼"要体现在语词中，如书法的韵味要体现在笔法中一样。《题绛本法帖》之四云："余尝评书：'字中有笔，如禅家句中有眼。'至如右军书，如《涅槃经》说伊字具三眼也。此事要须人自体会得，不可见立论便兴诤也。"[⑤] 庭坚视"字中有笔"为书法的最高境界。

---

① 黄庭坚：《宋黄文节公全集·正集》卷二十六，载《黄庭坚全集(二)》，第678页。
② 同上，第679页。
③ 同上，第677页。
④ 黄庭坚：《宋黄文节公全集·正集》，卷二十七，载《黄庭坚全集(二)》，第719页。
⑤ 黄庭坚：《宋黄文节公全集·正集》，卷二十八，载《黄庭坚全集(二)》，第747页。

黄庭坚的"古人笔意"之说，强调师古独创，自成一家。《跋翟公巽所藏石刻》云："柳公权《谢紫丝靸鞋帖》，笔势往来，如用铁丝纠缠，诚得古人用笔意。"① 唐代书法家柳公权字帖被评价为得"古人笔意"。《跋兰亭》云："永师晚出，所见妙迹唯有《兰亭》，故为虞、褚辈道之。所以太宗求之百方，期于必得。其后公私相盗，今竟失之。书家晚得定武石本，盖仿佛存古人笔意耳。"② 永师系隋代释智永，号永禅师，为东晋书法家王羲之七世孙。黄庭坚指出兰亭定武石本"存古人笔意"。晚年时作《跋与张载熙书卷尾》之一云："学字既成，且养于心中，无俗气，然后可以作示人，为楷式。凡作字，须熟观魏晋人书，会之于心，自得古人笔法也。欲学草书，须精真书，知下笔向背，则识草书法，草书不难工矣。"③ 黄庭坚明确提出了学书先学用笔的观点，并点明了用笔之法。黄庭坚赞成临摹古人书，但要"观之入神"，才能有"意"，才能"无俗气"，这才能"示人"。

黄庭坚高度赞赏苏轼书法无俗气，"笔圆而韵胜"。由此可看出脱俗是韵胜的前提。建中靖国元年(1101)五月，黄庭坚作《跋东坡字后》之二云：

> 东坡简札，字形温润，无一点俗气。今世号能书者数家，虽规摹古人，自有长处，至于天然自工，笔圆而韵胜，所谓兼四子之有以易之不与也。④

两个月后的七月二十八日，苏轼逝世。黄庭坚对苏轼书法的系列评价，可看出他自觉地将理想人格的培养，与学问和艺术结合起来，以此奠定文学艺术创作的基础。庭坚提出要将道义和圣哲之学寓于书法之中，否则便是俗人。

明人祝允明《跋黄太史草书〈李白忆旧游寄谯郡元参军〉》云："双井之学，大抵韵胜，文章诗学书画皆然。"⑤ 论"韵"在唐人中是少见的。黄庭坚在题跋中对书画评价颇多，把"韵"作为人品、文品和艺术之品的审美理想。《跋东

---

① 黄庭坚：《宋黄文节公全集·正集》，卷二十八，载《黄庭坚全集(二)》，第764页。
② 同上，卷二十七，第709—710页。
③ 同上，卷二十六，第678页。
④ 同上，卷二十八，第771页。
⑤ 见《珊瑚网·书录》，载张钧衡辑《适园丛书》，民国二至六年乌程张氏刻本。

坡墨迹》云："东坡道人少日学《兰亭》，故其书姿媚似徐季海。至酒酣放浪，意忘工拙，字特瘦劲，乃似柳诚悬。中岁喜学颜鲁公、杨风子书，其合处不减李北海。至于笔圆而韵胜，挟以文章妙天下，忠义贯日月之气，本朝善书，自当推为第一。数百年后，必有知余此论者。"① 黄庭坚一再地推崇苏轼"笔圆而韵胜"，并断言"自当推为第一"。

《书缯卷后》云：

> 少年以此缯来乞书，渠但闻人言老夫解书，故来乞尔，然未必能别功楛也。学书须胸中有道义，又广之以圣哲之学，书乃可贵。若其灵府无程，政使笔墨不减元常、逸少，只是俗人耳。余尝为少年言："士大夫处世可以百为，唯不可俗，俗便不可医也。"或问不俗之状，老夫曰："难言也。视其平居无以异于俗人，临大节而不可夺，此不俗人也。平居终日，如含瓦石，临事一筹不画，此俗人也。虽使郭林宗、山巨源复生，不易吾言也。"②

黄庭坚强调"士大夫处世可以百为，唯不可俗，俗便不可医也"。进而提出，"临大节而不可夺"是不俗人的标志。清人刘熙载《艺概》云："黄山谷论书最重一'韵'字，盖俗气未尽者，皆不足以言韵也。"③

宋僧人道融云："本朝士大夫与当代尊宿撰语录序，语句斩绝者，无出山谷（黄庭坚）、无为（杨杰）、无尽（张商英）三大老。"④ 黄庭坚喜欢"文字禅"，"以禅理为文"也是有别于其他古文家的。他深受禅宗影响，喜欢拜佛问道，熟悉禅宗典籍、禅林故实，与僧人来往较多，为禅师僧人撰写了不少语录序。《云居祐禅师语录序》当是应罗汉南公所请而作。⑤ 罗汉南公是黄龙派的系南禅师。《翠岩悦禅师语录后序》云："翠岩悦禅师者，青山白云，开遮自在；碧潭明月，捞漉方知。铁石霜崖，强弓劈箭。"⑥ 此序生动地显现了文人之禅悦。

---

① 黄庭坚：《宋黄文节公全集·正集》卷二十八，载《黄庭坚全集（二）》，第774页。
② 同上，卷二十六，第674页。
③ 刘熙载：《艺概》，第161页。
④ 释道融：《丛林盛事》卷下，载《全宋笔记第七编一》，第150页。
⑤ 龙延、陈开勇：《黄庭坚禅林交游考略》，《重庆师院学报》2002年第2期，第201页。
⑥ 黄庭坚：《宋黄文节公全集·正集》卷十五，载《黄庭坚全集（一）》，第419页。

三、富于艺术魅力

苏轼和黄庭坚的序跋影响深远，成为后人学习的典范。唐人尚未加以重视的序跋，在宋代才蔚为大观。杂感杂议类的文字层出不穷，序跋的特色至今没有消失。后人序跋在体制上大多是延续了苏、黄的创制，只是在内容上有所改变。苏、黄序跋对后人很有影响。黄庭坚重视序跋的思想内容和社会意义，其序跋富于艺术感染力和独特的个性。他历经坎坷，倡导"治心养性"的人格修养，与世沉浮而又超脱尘世。其序跋行文简练，性情真挚，新奇多变，却是思致细密。离戎州至荆渚时期所作《跋砥柱铭后》云：

> 余观砥柱之屹中流，阅颓波之东注，有似乎君子士大夫立于世道之风波，可以托六尺之孤，寄百里之命，不以千乘之利夺其大节，则可以不为此石羞矣。营丘王蓋观复，居今而好古，抱质而学文，可望以立不易方，人不知而不愠者也，故书《砥柱铭》遗之。①

黄庭坚书《砥柱铭》赠予友人王观复，具有象征意义。君子士大夫犹如"砥柱之屹中流"。中流砥柱象征着君子士大夫的"大节"。黄庭坚此跋发自肺腑，期待王观复积极进取，奋发有为。

《书萍乡县厅壁》，开篇是回忆当年"省伯氏元明于萍乡"的情景，以及赴贬谪之地时的艰难困苦，其兄不辞劳苦，相伴而行并"淹留数月不忍别"。九年后是崇宁元年四月，兄弟俩再次相见：

> 余之入宜春之境，闻士大夫之论，以谓元明尽心尽政，视民有父母之心。然其民嚚讼异于它邦，病在慈仁太过，不用威猛耳。至则以问元明，元明叹曰："天子使宰百里，固欲安乐之，岂使操三尺法而与子弟仇敌哉！昔汉宣帝患北海多盗贼，起龚遂为太守，及入见，见其老而悔之。遂进而

---

① 黄庭坚：《宋黄文节公全集·正集》卷二十六，载《黄庭坚全集(二)》，第 699 页。

问曰：'北海之盗，陛下将胜之耶，将安之邪？'然后宣帝喜见于色，曰：'张官置吏，固欲安之也。'余尝许遂，以为天下长者也。夫猛则玉石俱焚，宽则公私皆废。吾不猛不宽，唯其是而已矣。故榜吾所居轩曰'唯是'而自警。"①

黄庭坚看望兄长黄大临，闻士大夫论大临对百姓过于仁慈。叙事中辅以兄弟两人对话，更为真切生动。庭坚称赞兄长治民"不猛不宽"。夹叙夹议，充分肯定"视民有父母之心"的为政思想。苏、黄序跋相比，苏轼随意挥洒，直抒性灵；黄庭坚则是思致细密，富有理趣。在以议论为主的序跋中，庭坚将真情与理趣结合，融记叙、描写、议论、抒情为一体。

黄庭坚讲究作文，重视散文的本体特色。《书王元之〈竹楼记〉后》记王安石评价文章是"常先体制而后文之工拙"，黄庭坚表示了赞同。他力主尊体，对文体进行拓展，以达到文学审美效果。序跋作为一种文体，在黄庭坚看来是抒发情怀的载体，因而有借题发挥、抒发情理之作。《书幽芳亭》以亭为题，文中却无一"亭"字，谓"兰虽含香体洁，平居萧艾不殊，清风过之，其香霭然，在室满室，在堂满堂，是所谓含章以时发者也"② 云云。此跋为黄庭坚作于贬谪后。开头以国士、国色和国香相提并论，以此铺垫引出"兰"，喻为品德高尚的君子，具有独特高尚的品性。

黄庭坚的序跋创作思致细密，令人回味。受宋代古文运动的影响，宋文形成了平易自然的文风。黄庭坚的序跋创作，由奇入手，出奇制胜，渐渐趋向平淡、老成。思致细密中表现出意趣横生的特点。戎州时期所作《书陶渊明诗后寄王吉老》云：

> 血气方刚时读此诗，如嚼枯木。及绵历世事，知决定无所用智。每观此篇，如渴饮水，如欲寐得啜茗，如饥啖汤饼。今人亦有能同味者乎？但恐嚼不破耳。③

① 黄庭坚：《宋黄文节公全集·正集》卷二十七，载《黄庭坚全集（二）》，第 745 页。
② 同上，卷二十六，第 705 页。
③ 黄庭坚：《宋黄文节公全集·外集》卷二十三，载《黄庭坚全集（三）》，第 1404 页。

庭坚对陶渊明的评价是极高的，由此题跋可知，他在年轻时并不欣赏陶诗，因为无味。经历了人生艰难，对文学和生命的体验更为深刻，反省自身，更注重心性修养。到了晚年，黄庭坚再读陶渊明的诗，顿觉久旱逢甘霖一般。此题跋可看出黄庭坚思想和文风的变化。

《北齐校书图》相传为北朝北齐杨子华所作的卷轴画，描绘北齐天宝七年（556）文宣帝高洋命攀逊诸人刊定五经诸史之事。而黄庭坚建中靖国元年（1101）所作的《题〈校书图〉后》，对此描绘更为简洁明了，笔下二十五人的姿态不尽相同，神态则更为生动：

> 唐右相阎君粉本《北齐校书图》，士大夫十二员，执事者十三人，坐榻胡床四，书卷笔砚二十二，投壶一，琴二，懒几三，揩颐一，酒榼果楄十五。一人坐胡床脱帽，方落笔，左右侍者六人，似书省中官长。四人共一榻，陈饮具：其一下笔疾书；其一把笔，若有所营构；其一欲逃酒，为一同舍挽留之，且使侍者著靴。两榻对设，坐者七人：其一开卷；其一捉笔顾视，若有所访问；其一以手挂颊，顾侍者行酒；其一抱膝坐酒旁；其一右手执卷，左手据揩颐；其一右手捉笔挂颊，左手开半卷；其一仰负懒几，左右手开书。笔法简者不缺，烦者不乱，天下奇笔也。①

韩愈的散文名篇《画记》，记叙画中人物、牲畜、杂禽、器具等，错落有致，语言精炼。黄庭坚此题跋和《画记》相似。不同之处，是在题跋的后小半部分，记述了观画的经过，表达了"廉者必不取，贪者必不与也"的感想，从而使主题更为突出和深刻。

黄庭坚的序跋题材丰富，体式多样，有不少学术性的考评鉴赏，也有文艺性的如诗文、书法、绘画等论述，其中也有为禅师所作的语录序。状人、记事、描写、抒情和议论，信手拈来，融汇贯通。一般篇幅短小，简洁晓畅且生动。庭坚序跋中有关文艺思想、创作手法和风格的阐述，新颖而弥足珍贵。

《题摹燕郭尚父图》云："凡书画当观韵。往时李伯时为余作李广夺胡儿

---

① 黄庭坚：《宋黄文节公全集·正集》卷二十七，载《黄庭坚全集（二）》，第725页。

马，挟儿南驰，取大黄弓引满以拟追骑，观箭锋所直发之，人马皆应弦也。伯时笑曰：'使俗子为之，当作中箭追骑矣。'余因此深悟画格，此与文章同一关纽，但难得人入神会耳。"① 画家李伯时画西汉将军李广夺胡儿马，画成了将军箭在弦上，蓄势待发。这给人以想象的空间。黄庭坚提出"书画当观韵"，"深悟画格"。《题绛本法帖》之十三云："观魏晋间人论事，皆语少而意密，大都犹有古人风泽，略可想见。论人物要是韵胜为尤难得，蓄书者能以韵观之，当得仿佛。"② 黄庭坚认为论人物也以"韵"为标准，并由人及书。《题北齐校书图后》云："往时在都下，驸马都尉王晋卿时时送书画来作题品，辄贬剥令一钱不直，晋卿以为过。某曰：书画以韵为主，足下囊中物，无不以千金购取，所病者韵耳。收书画者观予此语，三十年后当少识书画矣。"③ 黄庭坚回忆馆阁时鉴赏书画，坚持认为"书画以韵为主"。

黄庭坚将"俗"作为"韵"之对立面。《钟离跋尾》云："少时喜作草书，初不师承古人，但管中窥豹，稍稍推类为之。方事急时，便以意成，久之或不自识也。比来更自知所作韵俗，下笔不浏离，如禅家'粘皮带骨'语，因此不复作。"④ 此跋中"韵""俗"是作为对立面放在一起的。"俗"是趣味不高、肤浅的意思。《书草老杜诗后与黄斌老》云："予学草书三十余年，初以周越为师，故二十年抖擞，俗气不脱。晚得苏才翁、子美书观之，乃得古人笔意。其后又得张长史、僧怀素、高闲墨迹，乃窥笔法之妙。"⑤ 黄庭坚自认为学草书三十多年，"俗气不脱"。后得高人墨迹，"乃窥笔法之妙"。《与声叔六侄书》云："但使腹中有数百卷书，略识古人义味，便不为俗士矣。"⑥ 黄庭坚提出去"俗"的办法，便是多读古人所读书。

黄庭坚有关日常生活趣味的题跋也不少，显露平淡心境和随缘自适。《跋所书老杜诗》云："元符三年五月已卯，燮道尉汲南玉置酒荔枝阴中，同盘者廖致平、石信道、成履中、史庆崇、张晦叔、杨中玉、黄鲁直。食罢，追凉于

---

① 黄庭坚：《宋黄文节公全集·正集》卷二十七，载《黄庭坚全集(二)》，第 728 页。

② 同上，卷二十八，第 750 页。

③ 黄庭坚：《宋黄文节公全集·别集》卷六，载《黄庭坚全集(三)》，第 1581 页。

④ 同上，卷七，第 1603 页。

⑤ 黄庭坚：《宋黄文节公全集·外集》卷二十三，载《黄庭坚全集(三)》，第 1406 页。

⑥ 黄庭坚：《宋黄文节公全集·别集》卷十八，载《黄庭坚全集(三)》，第 1875 页。

安诏亭，投壶奕象，置凉榻而卧。南玉出天台纸，紧滑宜书，故书。"黄庭坚记叙了贬谪时的一次聚会和书写，数位友人，饮酒尝荔枝，食罢游戏，卧榻休息。最后，作者挥毫书写杜甫诗歌。篇幅短小，言简意深。

第三节　杂记：最可称者

在宋代的各体散文中，杂记文尤为兴盛，成就卓著。今人郭预衡《中国散文史》对黄庭坚的杂记文给予好评："从现存之文看来，庭坚文章之最可称者，在于叙、记诸篇。"[①] 黄庭坚杂记散文创作可观，其数量超过了唐宋八大家，其中还包含私人日记《宜州乙酉家乘》。宋人叶适《习学记言序目》云："韩愈以来，相承以碑志序记为文章家大典册，而记，虽愈及宗元，犹未能擅所长也。至欧、曾、王、苏，始尽其变态。"[②] 杂记文虽有唐代韩、柳的创作在前，却在宋代有所革新变化，趋于鼎盛。韩、柳有开拓之功，欧、苏、曾、王等进行了改造和创新，使得杂记文发展成为颇具影响的主要散文之一种。

宋人陈师道说："退之作记，记其事尔；今之记乃论也。"[③] 韩愈记体文是记事，而宋人记体文却是议论。这道出了唐代记体文与宋代的不同。欧、苏以后"始专有以议论为记者"[④]，这与宋代经济、文化繁荣发展，宋人善于理性思辨有关。姚鼐《古文辞类纂》"杂记类"云："记则所纪大小事殊，取义各异。"[⑤] 今人褚斌杰《中国古代文体概论》云："古人将以'记'名篇的文章称为'杂记体'。杂记的内容很是复杂的。"[⑥]《黄庭坚全集》收存杂记文 72 篇之多。另有私人日记《宜州乙酉家乘》230 篇，超出了唐宋八大家。庭坚杂记文可圈可

---

① 郭预衡：《中国散文史》，第 546 页。
② 叶适：《习学记言序目·皇朝文览三》，载王水照编：《历代文话》，上海：复旦大学出版社，2007，第 279 页。
③ 陈师道：《后山诗话》，载何文焕辑：《历代诗话》，第 309 页。
④ 吴讷：《文章辨体序说》，载王水照编：《历代文话》，第 1621 页。
⑤ 姚鼐：《古文辞类纂》，第 14 页。
⑥ 褚斌杰：《中国古代文体概论》，第 363 页。

点，成为其各体散文的重要组成部分。

黄庭坚的杂记文题材丰富，主要为亭台堂阁记、山水游记和禅院寺观记，还有学记和藏书记，以及日记和题名记。其创作特色是以人文为记、情趣为记、心性修养为记，重在议论说理，随缘尽兴，呈现出豁达宽广的胸怀和高尚的精神追求。

一、内容丰富多样

黄庭坚有深厚的文化底蕴，有自为一家的开拓精神，其杂记散文以人文为记，叙事、议论和写景、咏物相结合，除了突出人物的美好品德外，偏重人文意趣，富于社会现实批判精神。

庭坚对宋文大家的杂记文有过悉心探究，《跋子瞻木山诗》有"往尝观明允《木假山记》，以为文章气旨似庄周、韩非，恨不得趋拜其履舄间，请问作文关纽"的记述。他对"三苏"是极为崇拜的。苏洵《木假山记》为宋人"以论为记"的代表作之一。《忠州复古记》旧题作《四贤阁记》，记载知州事王圣涂"治郡政成"，"思欲追配古人"之事：

> 乐天由江州司马除刺史，为稍迁，故为郡最豫暇，有声迹，又其在州时诗见传。东楼以宴宾佐，西楼以瞰鸣玉溪，登龙昌上寺以望江南诸山，张乐巴子台以会竹枝歌女，东坡种花，东涧种柳，皆相传识其处所。于是一花一竹，皆考于诗，复其旧贯，种荔枝数百株，移木莲且十本。忠于一时遂为三峡名郡。①

荒远瘴疠的忠州，因为有了知州事王圣涂而改变了，"时休车骑野次，咨问故老，访四贤之逸事，而三君之政，寂寥无闻"。然而，贬为江州司马的白居易却是与三君子不同，王圣涂据其诗，一一复原旧景，忠州成为三峡名郡。作为涪翁的黄庭坚感叹"追乐天而与之友，圣涂于是贤于人远矣"。

---

① 黄庭坚：《宋黄文节公全集·正集》卷十六，载《黄庭坚全集(二)》，第430页。

《伯夷叔齐庙记》立意于"为政"与"教民"。一开始即交代此庙的来由，"可考不妄"，"即墓为庙"。赞赏同年进士王辟之为河东县，政成乃作新庙，"贵德好贤"。然后，笔锋一转，考证伯夷、叔齐的传说。云：

> 　　二子虽去其国，其社稷必血食如初也；虽不经见，以曹子臧、吴季札之传考之，意其若是也。故孔子以为"不降其志，不辱其身"，"身中清，废中权"；"求仁而得仁，又何怨"？又曰："齐景公有马千驷，死之日，民无德而称焉。伯夷、叔齐饿于首阳之下，民到于今称之。"孟子以为"非其君不事，非其民不使"，"不立于恶人之朝，不与恶人言"，"故闻伯夷之风者，贪夫廉，懦夫有立志"。此则二子之行也。至于谏武王，不用，去而饿死，则予疑之。[①]

　　黄庭坚借用他人之语，明确"二子之事，凡孔子、孟子之不言，可无信也"。他不满庄周、司马迁和韩愈"空言成实"之说，以为"皆有罪于圣人者也"。今人郭预衡认为："这样的文章，虽然出自苏门后学，却是深受程门的道学影响的。"[②] 此记对庙的历史和建筑着墨不多，而对人物却是不惜笔墨，引经据典，尽显作庙的深远意义。这比单纯的建筑记叙更有意味。黄庭坚称赞王辟之"吏治肤敏，政成而举典祀以教民，可谓知本矣"。同时，他批评"今之为吏，惕日玩岁，及为政者鲜矣。政且不举，又何暇于教民？"[③] 这是对社会现实的批判，是对无所作为的官吏的抨击。

　　黄庭坚的杂记散文主角不仅有历史人物，也有文人、官吏和普通老百姓，赞颂他们的优良品格，抒发自己的情感。元符三年（1100）九月作《大雅堂记》，表达了对杜甫诗歌的敬重之情，记叙了杨素翁刻杜甫巴蜀诗于大雅堂之中的侠气之举，云：

> 　　丹稜杨素翁，英伟人也，其在州闾乡党有侠气，不少假借人，然以礼

---

① 黄庭坚：《宋黄文节公全集·正集》卷十六，载《黄庭坚全集（二）》，第 422 页。
② 郭预衡：《中国散文史》，第 547 页。
③ 黄庭坚：《宋黄文节公全集·正集》卷十六，载《黄庭坚全集（二）》，第 423 页。

义，不以财力称长雄也。闻余欲尽书杜子美两川夔峡诸诗，刻石藏蜀中好文喜事之家，素翁粲然，向余请从事焉，又欲作高屋广楹麻此石，因请名焉。余名之曰"大雅堂"，而告之曰：由杜子美以来四百余年，斯文委地，文章之士随世所能，杰出时辈，未有升子美之堂者，况室家之好邪！余尝欲随欣然会意处，笺以数语，终日汨没世俗，初不暇给。虽然，子美诗妙处，乃在无意于文，夫无意而意已至，非广之以《国风》《雅》《颂》，深之以《离骚》《九歌》，安能咀嚼其意味，阆然入其门耶！故使后生辈自求之，则得之深矣。使后之登大雅堂者，能以余说而求之，则思过半矣。彼喜穿凿者，弃其大旨，取其发兴，于所遇林泉人物、草木鱼虫，以为物物皆有所托，如世间商度隐语者，则子美之诗委地矣。素翁可并刻此于大雅堂中，后生可畏，安知无涣然冰释于斯文者乎！①

黄庭坚贬官蜀中，亲历杜甫曾经生活过的地方，对杜甫的诗歌理解和体验更为深刻，对杜甫其人也更加深了感情，于是萌生尽书杜甫蜀中之诗而刻于石的想法。杨素翁专程到戎州拜访黄庭坚，"请攻坚石，摹善工，约以丹棱之麦三食新而毕，作堂于宇之。予因名其堂曰大雅，而悉书遗之。此西州之盛事，亦使来世知素翁真磊落人也"。黄庭坚极为高兴，作有《刻杜子美巴蜀诗序》，叙述了建造大雅堂的经过，其意义在于"使大雅之音，久湮没而复盈三巴之耳"。②《大雅堂记》不记堂而记人，写出了杨素翁的品格，赞叹杜甫诗歌之美妙。"子美诗妙处，乃在无意于文"已成为黄庭坚著名的文论主张。"无意于文"，正是强调杜甫诗歌之"意"，告诫学杜诗者，学杜诗不在句法、声律，而在体悟诗人杜甫的情感、思想和人格精神。如此，才能"无意而意已至。"此文反复论说，层层推进，在于突出"大雅"的主题，表达了强烈的思想感情。

馆阁时期所作《筠州新昌县瑞芝亭记》，则体现了黄庭坚"以民为本"的思想，批判了荒谬的迷信之说。新昌县令到任三个月，其便坐之室生灵芝五色十二，引起轰动。吏民来观，相与言曰："吾令君殆将有嘉政以福我民乎！山

---

① 黄庭坚：《宋黄文节公全集·正集》卷十六，载《黄庭坚全集（二）》，第 437 页。
② 黄庭坚：《宋黄文节公全集·补遗》卷九，载《黄庭坚全集（四）》，第 2290 页。

川鬼神其与知之矣，不然，此不莳而秀，不根而成，非人力所能致而自至者，何也？"乃筑亭命为"瑞芝"，邀黄庭坚作记。庭坚查考《神农草木经》，言"盖序列养生之药，不言瑞世之符"。又从历史考察，言"予又窃怪汉世既嘉尚芝草，而两汉循吏之传未有闻焉，何也？"旁征博引，最后得出结论，云：

> 使因是而发政于民，惨怛而无倦，民将尽力于田，士将尽心于学，则非常之物，不虚其应，且必受赐金增秩之赏，用儒术显于朝庭矣，岂独夸耀下邑而已乎！故并书予所论芝草、循吏之实，使归刻之。①

怨而不怒，不失为其对现实社会的批判。这与王安石《芝阁记》异曲同工。真宗时，"封泰山以文天下之平，四方以芝来告者万数"。而仁宗时，"谦让不德。自大臣不敢言封禅，诏有司以祥瑞告者皆勿纳"。王安石感叹："芝一也，或贵于天子，或贵于士，或辱于凡民，夫岂不以时乎哉？"② 黄庭坚以科学的精神和历史事实阐明事理，王安石则以现实为依据进行对比，引人深思，都是对现实社会的批判，表明了"以民为本"的思想。

黄庭坚的杂记散文，以儒为本，融合道释，强调"治心养性"的人格理想培养。元丰二年（1079）作《冀州养正堂记》，云：

> 《诗》云："鼓钟于宫，声闻于外。"夫事其事而小大得情，语默当物，斋心服形于宫庭屋漏之间，而民气和于耕桑陇亩之上。彼其于性命之情，必有不蕲于规矩准绳而正者焉。嘉鲁侯之不鄙其州，知律民者在己，得己者在心。其居民上，不以一日忘所以养源者。③

"斋心服形"即是重视"治心养性"的过程，注重人格的自我培养。黄庭坚称赞鲁侯"忠信恺悌，不鄙其州，拊循鳏寡，动用礼法"。

崇宁二年（1103）作有《修水记》。修水为其家乡的一条河流，灵山秀水孕

---

① 黄庭坚：《宋黄文节公全集·正集》卷十六，载《黄庭坚全集（二）》，第 434 页。
② 王安石著：《王安石全集》，秦克、巩军标点，上海：上海古籍出版社，1999，第 308 页。
③ 黄庭坚：《宋黄文节公全集·正集》卷二十六，载《黄庭坚全集（二）》，第 427 页。

育了一代文学家黄庭坚。无疑，他对修水是怀有一种家乡情结的。不以自然之修水为记，却记花草兰和蕙。云：

> 兰似君子，蕙似士大夫，大概山林十蕙而一兰也。《离骚》曰："既滋兰之九畹，又植蕙之百亩"，以是知楚人贱蕙而贵兰矣。兰蕙丛生，莳以沙石则茂，沃之以汤茗则芳，是所同也。至其一干一花而香有余者兰也，一干五七花而香不足者蕙也。[①]

黄庭坚考证了兰与蕙的区别，香有余与不足之分。"兰似君子"，"蕙似士大夫"，具有鲜明的象征意义。具体到植物的形状，都有明显的不同。此记为晚年所作，借物为喻，有讽喻之意。

黄庭坚还作有十多篇短小的题名记、题壁记，文字简洁老成。元符元年(1098)作《游戎州无等院题名》，流露出内心不安的情感世界。云：

> 元符始元重九日，同僧在纯、道人唐履、举子蔡相、张溥、子相、任桓步自无等院，登永安门，游息此寺。同僧惟凤、修义、居泰、宗善观甘泉瓮井回，乃见东坡道人题云。低徊其下，久之不能去。责授涪州别驾、戎州安置黄庭坚鲁直书。[②]

黄庭坚游寺院时见到苏轼题字，竟然徘徊许久，触景生情，百感交加。其时，苏轼贬谪儋州，于城南买地筑屋。黄庭坚于元符元年(1098)六月抵达戎州，名其居室为"槁木寮"、"死灰庵"，意谓心如槁木死灰。此文未见议论说理，只是写实，文字简练，老成平淡，令人难忘。黄庭坚此类题名记、题壁等有十多篇，篇幅短小，写意笔法，意味深长。《海昏题名记》云："元祐八年春正月甲辰，韩城元聿、建安胡勔、浚仪李安行、豫章黄某会于海昏县斋，观智显寺竹林中所得颜家垄断碑，清劲秀发。李君出古编钟，其铭类殳书，不能尽识。座

---

① 黄庭坚：《宋黄文节公全集·补遗》卷十一，载《黄庭坚全集(四)》，第2330页。
② 同上，卷十，第2322页。

客谈仓前樟木乃是数百年物，材木也，而能若是之寿。叹李公择冢上之松已拱，无不慨然。元君云，玉真观道士王从政治石欲刻余书，因书予之。黄某记。"① 此记应是黄庭坚丁忧时作。记叙与友人相会之事，碑、古编钟和数百年樟木寥寥数语，感叹舅父已过世数年。简短精炼，蕴藉有味。

学记和藏书记是宋人于记体散文中开辟出的两大题材。黄庭坚《江州东林寺藏经记》可归为藏书记，记叙了东林寺由来和藏经的过程。"黄庭坚曰：方总公盛时，化蚁穴蜂房为广厦百区，何其易也！比其晚节末路，度成一经藏，而身不及见，又何其难也！"② 文末感慨无限。《仁宗皇帝御书记》赞美仁宗皇帝的功绩和笔墨雅好，云："臣某元祐中待罪太史氏，窃观金匮石室之书论载：仁宗皇帝在位四十有二年，幼小遂生，至于耆老，安乐田里，不忧不惧。百姓皆如刍狗，无谢生之心。又言：上天德纯粹，无声色畋游之好。平居时御笔墨，尤喜飞白书。"③《鄂州通城县学资深堂记》是学记文，记叙了通城县学的办学曲折经历。庭坚引用孟子的话"君子深造之以道，欲自得之也"，阐述了办学的意义，谓"夫教者欲速效而不使人自得之，学者欲速化而不求自得之，皆孟子之罪人也"。④ 所作学记和藏书记，呈现出文化素养的深厚，也反映了宋代文化、教育的发展与兴旺。

二、山水游记精彩

黄庭坚杂记散文以情趣为记，比较多地体现在山水游记散文创作方面。山水游记产生较早，但真正的游记散文始于唐代，中唐诗人元结起到了承前启后的作用，柳宗元创成一体。唐人游记尚实而含情，宋人尚理。黄庭坚游记大多作于晚年，即贬谪时期，心态沉稳，文字老成，平易晓畅，将叙事、写景与议论糅合在一起，重在情感的释放。

绍圣二年（1095）三月，黄庭坚在兄长黄大临的陪同下赴贬谪之地，泊舟下

---

① 黄庭坚：《宋黄文节公全集·别集》卷二，载《黄庭坚全集（三）》，第 1495 页。
② 黄庭坚：《宋黄文节公全集·正集》卷十七，载《黄庭坚全集（二）》，第 442 页。
③ 同上，卷十六，第 421 页。
④ 同上，第 424 页。

牢关，游三游洞、黄牛庙。所作《黔南道中行记》记载了三天的行程，写优美之景，记游玩之乐，表现文人雅士的神情意态。记中别有一番情趣，全然没有贬谪之人的悲苦之情。他在最后写道：

> 癸丑夕，宿鹿角滩下，乱石如困廪，无复寸土。步乱石间，见尧夫坐石据琴，儿大方侍侧，萧然在事物之外。元明呼酒酌，尧夫随磐石为几案床座。夜阑，乃见北斗在天中，尧夫为《履霜》《烈女》之曲。已而风激涛波，滩声汹汹，大方抱琴而归。初，余在峡州，问士大夫夷陵茶，皆云粗涩不可饮。试问小吏，云："唯僧茶味善。"试令求之。得十饼，价甚平也。携至黄牛峡，置风炉清樾间，身候汤，手攗得味。既以享黄牛神，且酌元明、尧夫，云不减江南茶味也。乃知夷陵士大夫但以貌取之耳，可因人告傅子正也。①

黄庭坚将贬谪之途视作人文风光之旅。登山历险，游山玩水，文人的闲情逸致与山野的风光之趣联结在一起。在听琴、喝茶的记述中，品尝出了"萧然在事物之外"的意味，呈现出达观的胸襟与气度。随着贬谪后生活的安定，形势的好转，黄庭坚的心情由沉闷变为舒畅。元符三年（1100）六月，黄庭坚蒙恩东归，作《张仲吉绿阴堂记》云：

> 嘉阳张仲吉，寓舍于僰道，以酒垆为家产，若朝夕汲汲于罂中之赢惟不足。及能种花养竹，闲闲于林下之乐常有馀。其子宽夫又从予学，故予数将诸生过其家。近市而有山林趣，花竹成阴，啼鸟鸣蛙，常与人意相值。或时把酒至夜，漏下二十刻，云阴雷雨，与诸生冲雨踏泥而归。诸生从予，未尝有厌倦焉，则仲吉父子好士喜宾客可知也。今蒙恩放还，去此有日矣。故书游息之乐，使工李焘刻之绿阴堂上，使后之不及与予同时者得观焉。②

---

① 黄庭坚：《宋黄文节公全集·正集》卷十七，载《黄庭坚全集（二）》，第 440 页。
② 黄庭坚：《宋黄文节公全集·别集》卷二，载《黄庭坚全集（三）》，第 1494 页。

此文名为堂记，更多的是游记，写出了山林之趣。写人，写景，情景交融，结尾点出记之意在"游息之乐"，突出绿阴堂的意义。全文以叙事为主，没有议论。"蒙恩放还"的作者要将自己的欢快之情传递给他人。其山水游记还流露着一种超脱尘世的情感。《游泸州合江县安乐山行记》云：

> 建中靖国元年正月晦，合江令尹白宗愈原道，率江西黄某鲁直，拿舟泛安乐溪，上刘真人山。同来者，临颍索继万希一，黔安文辉德夫。主簿郭中子和以疾初起不能来，尉周世范表民以支军廪不至。安乐山，真人飞升之宅也。真人讳珍，字善庆，初卜居此山，曰："僰道平山气歇而不清，江安方山气浊而不秀，求山而清秀，唯安乐山耳。"既定居，泉源发甘，虎豹服役，晦日之游，云雾晦冥。将出山，晚晴，诸峰皆出。①

记中先写同游者的概况。然后由山及人，借真人之口，写出安乐山之美。山之美在于"清秀"。最后写自己的游览所见，"将出山，晚晴，诸峰皆出"结语，似有象征的意思，令人回味。宋人魏了翁《跋山谷安乐山留题后》云："安乐山之游，云雾晦冥，将出山而晚霁，岂天地之间，一气之运，亦多惨少舒，而人之所历，亦多违寡偶每每若此耶！"②

建中靖国元年(1101)作《南浦西山行记》，云："某蒙恩东归，道出南浦。"开头一句，点出了自己轻松愉快的心情，因而笔下的"西山"显得十分可爱：

> 西山者，盖郡西渡大壑，稍陟山半，竹柏荟蔚之间，水泉潴为大湖，亭榭环之。有僧舍五区，其都名名曰勒封院。楼殿台观重复，出没烟霏之间，而光影在水，此邦之人岁修禊事于此。③

先是勾勒全景，然后写山半之景，最后突出勒封院近景。上述引文后，又以"林泉之胜，莫与南浦争长者也"赞美西山的景色，充满了情趣。黄庭坚的山

---

① 黄庭坚：《宋黄文节公全集·别集》卷二，载《黄庭坚全集(三)》，第1498—1499页。
② 魏了翁：《鹤山集》卷六十一，《景印文渊阁四库全书》1173册，第29页。
③ 黄庭坚：《宋黄文节公全集·别集》卷二，载《黄庭坚全集(三)》，第1496—1497页。

水游记，还有寻古探幽之作。崇宁三年(1104)作《浯溪崖壁记》，云：

> 余与陶介石绕浯溪，寻元次山遗迹，如《中兴颂》《峿台铭》《右堂铭》，皆众所共知也。与介石裴回其下，想见其人，实深千载尚友之心。①

《浯溪崖壁记》已超出了单纯游记的意义，叙事简洁，意蕴深刻。"披蓁榛秽"，写出了路途的艰辛，"笔画深稳"，突出了刻石书法的优美。同年，黄庭坚还作诗《浯溪图》，云："成子写浯溪，下笔便造极。空濛得真趣，肤寸已千尺。"②又，《书磨崖碑后》云："春风吹船著浯溪，扶藜上读中兴碑。平生半世看墨本，摩挲石刻鬓成丝。"③ 中唐诗人元结的《大唐中兴颂》，以颜真卿书法刻石，记述唐代安史之乱平定的事迹。浯溪一地成为著名的人文景观。

黄庭坚早在熙宁三年(1070)，效唐代文学家元结而作《漫尉》诗序曰："庭坚读漫叟文，爱其不从于役，而人性物理，翛然诣于根理。"④ 此赞叹元结不受拘役的心灵，追求人生的自由理想境界。作者晚年与元结境遇相似，更是感慨万端。《中兴颂诗引并行记》云："崇宁三年三月己卯，风雨中来泊浯溪。进士陶豫、李格、僧伯新、道遵同至《中兴颂》崖下。……三日徘徊崖次，请予赋诗。老矣，岂复能文，强作数语。惜秦少游已下世，不得此妙墨剜之崖石耳。"⑤

黄庭坚《游龙水城南帖》作于崇宁四年(1105)六月，其时生命历程已接近终点。此文篇幅短小，意味深长，洋溢着对大好山河的赞美之情。云：

> 龙水城南，大雷雨后，十里至广化寺。溪壑相注，沟塍为一，草木茂密，稻花发香。邵彦明置酒招予及华阳范信中、龙城欧阳佃夫，约清旦会于龙隐洞。余三人借马自南楼来，至则彦明及其弟彦昇在焉。初至，震雷欲雨，既而晴朗。烧烛入洞中，石壁皆沾湿，道崖险路绝，相扶将上下。及乃

---

① 黄庭坚：《宋黄文节公全集·别集》卷二，载《黄庭坚全集(三)》，第1497页。
② 黄庭坚：《宋黄文节公全集·正集》卷三，载《黄庭坚全集(一)》，第71页。
③ 同上，卷五，第119页。
④ 黄庭坚：《宋黄文节公全集·外集》卷十四，载《黄庭坚全集(三)》，第1204页。
⑤ 黄庭坚：《宋黄文节公全集·补遗》卷十，载《黄庭坚全集(四)》，第2318页。

出洞之南，东还卧洞口。佃夫抱琴作贺，若有清风发于土囊，音韵激越。余与彦明棋赌大白，彦明似藏行也。是日信中从佃夫授琴，久之得数句。洞南有乔木，似栟榈。熟视，叶间有实毵生，似橄榄，问从者，盖木威也。①

黄庭坚用朴实的文字，长短句结合，简洁明了，勾勒出龙水城南的雨后美景。入洞路险，出洞欢聚，细细写来，人物栩栩如生，道出黄庭坚和友人同游之乐。

三、禅院诸记颇多

祖母喜奉佛参禅，故黄庭坚从小就受禅宗影响。家乡江西为唐宋两代南宗禅发展的重要基地。北宋时禅院林立，香火弥漫。士大夫学道参禅成为一种习尚。北宋国君大多倡导三教并举、三教合一，黄庭坚登堂入室，结交了许多禅宗名僧，以儒为本，吸收道释，强调"治心养性"，形成内圣外王的人格修为。

黄庭坚杂记散文与他人不同，有较多的与禅林有关的内容。这与他习禅和交游僧人有关。黄庭坚以禅院僧塔为内容的杂记散文，对建筑本身的叙述并不多，而是掺入议论说理，反映禅宗的发展和影响，着重以心性修养为记，从中反映出黄庭坚对儒学发展的思考。黄庭坚绍圣三年(1096)所作的《洪州分宁县云岩禅院经藏记》，可窥见早先江西禅院的兴旺，也可视为藏书记。云：

> 江西多古尊宿道场，居洪州境内者以百数，而洪州境内禅席居分宁县者以十数。二十年来，住持者非其人，十室而八也。其有户籍而单丁住持上官租者，十室而五也。分宁县中唯云岩院供十方僧。山谷道人自为童儿时数之，未尝得入，其号十方，名存而实亡矣。元祐末，山谷以忧居里中，有玉山僧法清尸此禅席，而十方僧往来，不得展钵托宿。②

黄庭坚"尝道云岩初无藏经"，得道于黄龙祖心禅师的韶阳老人慨然办此缘。

---

① 黄庭坚：《宋黄文节公全集·别集》卷二，载《黄庭坚全集(三)》，第1494—1495页。
② 黄庭坚：《宋黄文节公全集·正集》卷十七，载《黄庭坚全集(二)》，第444—445页。

"有山者献木，有田者献谷。如此且阅三岁，檀化为魔，种种沮坏。韶阳壁立，不战不怖。诸魔所摄，去魔即佛。作大庄严，远近倾倒。"记中对建筑过程写得简约，"庇以华屋，大为经堂，严以金碧"的意义在于"去魔即佛"。"山谷曰：'物之成坏，盖自有数，要以有道者为所依，然后崇成。韶阳所以不得已而置藏经，是中有正法眼句，禅子自当于死心寮中求之。"[①] 黄庭坚揭示了禅院经藏的意义所在。禅宗所称的正法眼，其本质在于视万法平等，从而圆融无碍。对于方外之人来说，这是一种全新的观照世界的方法。黄庭坚曾将书法中的"字中有笔"，与诗歌中的"句中有韵"喻作禅家的"句中有眼"。

黄庭坚又有《南康军开先禅院修造记》，云："庐山开先华藏禅院，江南李氏中主所作也。"起始一句，突出了开先禅院的辉煌历史。然而，黄庭坚着重点在于写人，突出主人翁道德高尚的品性：

> 瑛得道于东林常总，其材器能立事，任人役物如转石于千仞之溪，无不如意。初苦痰癖，屡求去而不可。卧病坊者余三年，乃作意一新之，惟表章李氏时佛屋一区，以其壮大简古，留为后观；后人所作僧堂一区，亦高深安隐，视佛屋，兄弟也。故不毁。开先之屋无虑四百楹，成于瑛世者十之六，穷壮极丽，迄九年乃即功。[②]

僧瑛主事之前，"有道行者或不屑于世务，有干局者或义不足以感人，故其补敝枝倾，仅仅有之，不足言"。黄庭坚叙述了瑛之功绩。然后，通过与瑛的对话，表现瑛的人格："我于开先，似若夙负，成功不毁。"瑛具有一种无私无畏的献身精神。黄庭坚赞赏道："此上人者，盖如来藏中之说客，菩提场中之游侠邪！"

丁忧间作《怀安军金堂县庆善院大悲阁记》云：

> 县南故有僧房曰天王院，天圣中赐名曰庆善，为舍五百楹，成于僧化

---

① 黄庭坚：《宋黄文节公全集·正集》卷十七，载《黄庭坚全集(二)》，第445页。
② 同上，第443页。

之师文纪。至化之，乃度作千手眼大悲菩萨阁于峰顶。规摹之初，智者笑之，愚者排之，化之意益坚。其求于人，不避寒暑雨雪；其受人施，不计贫富多寡。积十五年而功乃成，于是又即山南北而为宫，与大悲阁高下相望，为屋将百楹矣。初，其匠事未能半，而壮丽宏敞，动人心目，于是笑之者皆助之谋，排之者皆借之力。已而檀施倾数州，其用钱至一千万，然后圣像圆满。千手所持，多象犀珠金，间见增出，无一臂不用，不以人功岁计所能办也。观者倾动，或至忏悔涕泣。①

黄庭坚略写建设大悲阁，着力于僧化之的叙述、描写，展现其献身精神，盖以"化之醇朴不雕镌，尽心于佛事，所作殊胜，可纪也"。

《江陵府承天禅院塔记》作于建中靖国元年(1101)。其时，黄庭坚结束了近六年的贬谪生活，暂住荆州，等候朝廷任命。他追忆绍圣二年(1095)道出江陵，寓承天，承诺为承天寺僧作塔记。塔建成后，蒙恩东归的庭坚欣然命笔。长期生活在底层，对民生有了充分认识，黄庭坚借题发挥，对社会进行了批判，云：

> 僧伽本起于旴眙，于今宝祠遍天下，其道化乃溢于异域，何哉？岂释氏所谓愿力普及者乎？儒者常论一佛寺之费，盖中民万家之产，实生民谷帛之蠹，虽余亦谓之然。然自余省事以来，观天下财力屈竭之端，国家无大军旅勤民丁赋之政，则螳旱水溢，或疾疫连数十州。此盖生人之共业，盈虚有数，非人力所能胜者耶？然天下之善人少，不善人常多，王者之刑赏以治其外，佛者之祸福以治其内，则于世教岂小补哉！而儒者尝欲合而轧之，是真何理哉！因珠乞文，记其化缘，故并论其事。智珠，古田人，有智略而无心，与人无崖岸，又不为翕翕然，故久而人益信之。②

唐宋文大家韩愈、欧阳修是坚决排佛的。儒家学者向来对佛教寺院的修建，佛像供奉的靡费，僧徒役使的开支，持不满和批判的态度，庭坚原先也不例外。

① 黄庭坚：《宋黄文节公全集·正集》卷十七，载《黄庭坚全集(二)》，第451—452页。
② 黄庭坚：《宋黄文节公全集·别集》卷二，载《黄庭坚全集(三)》，第1488—1489页。

然而，从对历史的发展和国家治理的认识出发，加上自己亲身经历的感悟，庭坚开始从原先的立场转变，逐步形成了三教合一的思想。他肯定了佛教的社会功用，也肯定了智珠为宣传佛教所作的贡献。庭坚因拒绝湖北转运判官陈举等名字添列文末的要求，后被陈举承执政赵挺之风旨，摘其间数语，以为"幸灾谤国"，遂除名编隶宜州。宋人范公偁《过庭录》云："挺之作相，鲁直责鄂州。召还诸流人，挺之令有司举鲁直作承天寺碑。云：'方今善人少，而不善人多。'疑为谤讪朝廷。善人盖谓奉佛者。复责宜州。"①

黄庭坚赴贬所时，由其兄黄大临陪同。崇宁元年(1102)四月，黄庭坚到萍乡，兄弟二人相聚半月，准备至太平州赴任。崇宁二年(1103)作《萍乡县宝积禅寺记》，记寺实为记述其兄的功劳："昈居六室，以元符二年十二月勅改律为禅，以僧绍概主之。而概于萍乡无法缘，居十月而里人不施一钱，于是弃而去。三年十月，余伯氏元明为令也，择请延庆院山主宗禅来尸法席。"然而事情并不容易，"禅倦游诸方，号称得安乐法。其居延庆也，变饮酒食肉处为菩提坊，开草莱荆棘为金碧聚，故元明以为是必能兴我宝积。三招而后肯来，至则破六律院为一丛林，谤者杜口，檀者倾施。"六年的辛劳，使得宝积禅寺焕然一新，人心大变，"使嚚讼者口谈般若，鄙吝者心悦檀施。若禅者可谓有功于此县，而其道行之化，或溢于邻邦矣"。② 庭坚以为禅宗具有教化功能，对社会风气的改变具有一定的作用。

四、日记别开生面

"高宗得此书真本，大爱之，日置御案。"③ "此书"即黄庭坚所作的《宜州乙酉家乘》，被认为是我国古代第一部长时段的私人日记。④ 作为日记的文体价值是不言而喻的。⑤ 这是黄庭坚生命的最后实录，记载了作者崇宁四年(1105

---

① 张邦基、范公偁、张知甫撰：《墨庄漫录·过庭录·可书》，孔凡礼点校，北京：中华书局，2002，第323页。
② 黄庭坚：《宋黄文节公全集·别集》卷二，载《黄庭坚全集(三)》，第1491页。
③ 陆游撰：《老学庵笔记》卷三，李剑雄、刘德权点校，北京：中华书局，1979，第33页。
④ 参见杨庆存《黄庭坚与宋代文化》中《乙酉宜州家乘》一节，第272页。
⑤ 黄必辉：《黄庭坚〈宜州乙酉家乘〉研究综述》，《河池学院学报》，2016年第3期，第31—33页。

年）被贬宜州时的日常生活，共计230篇。借鉴春秋晋国以"乘"名史的方法，独创"家乘"，逐日记录天气情况、饮食起居、与人交往及文学创作等。"所记的是这一段的生活点滴，没有人事恩怨，也没有叹老嗟贫，极其平淡，而深意自在其中！"①

私人日记唐有李翱《来南录》，宋有欧阳修《于役志》，但文字不多，或所记时段较短。当然，欧阳修为文坛领袖，《于役志》甚有影响。黄庭坚当受前辈日记的启发，其所记长达数月，颇为成熟和定型。宋代日记编入文集，始于欧阳修，元祐时日记盛行。宋人周煇《清波杂志》云："元祐诸公皆有日记，凡（榻）前奏对语，及朝廷政事、所历官簿、一时人材贤否，书之惟详。向于吕申公之后大尪家得曾文肃子宣日记数巨轶，虽私家交际及婴孩疾病、治疗医药，纤悉毋遗。时属淮上用兵，扰扰不暇录，归之。后未见有此书。"② 文中"元祐诸公皆有日记"反映了宋人创作日记之普遍。

宋人陆游《老学庵笔记》卷三云："黄鲁直有日记，谓之家乘，到宜州犹不辍书。"③ 楼钥《跋黄子思（迈）所藏山谷乙酉家乘》云："顷岁见张志溥家藏山谷杂记一小卷，谛玩不已，因略效其笔意手录之。兹见子迈所临《乙酉家乘》，典型具存，为录杂记于卷末而归之。呜呼，建中靖国以至崇宁，元祐诸公多已南归，而先生乃以《承天塔记》更斥宜，人谁能堪之？先生方翛然自适，观所记日用事，岂复有迁谪之叹？所谓青山白云，江湖之水湛然，宁复有不足者？《家乘》止四年八月二十八日，而先生卒于季秋之晦，相去才月余耳。三山陆待制务观尝言，先生临终时，暑中得雨，伸足檐外，沾湿清凉，欣然自以为平日未有此快。死生之际乃如此！世言范寥信中访先生于宜，此书信然。"④ 后人所作黄庭坚崇宁四年之事，主要参照《宜州乙酉家乘》及所编诗文。黄庭坚《宜州乙酉家乘》运用实录写法，所用字词极简，文字老成。第一篇为："（崇宁）四年春正月庚午朔。元明自永州与唐次公俱来，居四

---

① 黄启方：《黄庭坚〈乙酉宜州家乘〉疏证》，载《黄庭坚研究论集》，合肥：安徽人民出版社，2005，第45页。

② 周煇：《清波杂志校注》，第238页。

③ 陆游：《老学庵笔记》卷三，第33页。

④ 黄庭坚著：《黄庭坚全集·附录三 历代序跋》，第2440页。

日矣。是日，州司理管及时当来谒元明，饮屠苏。"① 最后一篇为"（八月）二十九日癸巳，晴。"② 庭坚从崇宁四年正月初一开始记日记，到八月二十九日终止，其中有闰二月，缺少五月二十日至六月二十四日记载，共计 230 篇，长者逾百字，短者仅数字。所记内容主要为与亲朋好友的交谊。第一篇所记即言兄黄大临自永州与唐次公俱来，及州司理管来谒黄大临之事。此后，大临成为日记中的主要人物，"三日壬申，阴，微寒。食罢，元明、次公对棋，予独步至安化门，得黄雀数十。"③ 黄大临在宜州相伴之事，黄庭坚所记虽然简明，却呈现出欣喜的内心。与大临依依不舍的告别，所记文字不多，却也是情深意长："（二月）六日乙巳，晴，天极温，才可夹衣。与诸人饮饯元明于十八里津。"④ 此后，记与大临书简往来。庭坚交往的有官员、棋友、道人、僧人、老友与平民等，如"（四月）二十九日丙申。四鼓欲竟，大雷雨，至寅卯少止，农民遂有西成之庆。乙酉之夜，郡守斋宿，请雨于上帝。郭全甫置酒于南楼，与者四人，予及刘君赐、管时当、范信中。思立孙子渐寄糟姜、箪、凉床，秦禹锡送鲊"⑤ 此外，庭坚所记与亲朋好友书简往来较多的，有张载熙兄弟、冯当时、周惟深、范德孺、晁无咎等。据《黄庭坚〈宜州乙酉家乘〉疏证》所记，庭坚至宜州后文字"计词三阕、诗四首、跋一、书一、游记一、祭文一、墓铭一"。⑥

黄庭坚的杂记散文，以人文为记，叙事、议论和写景咏物结合，赞赏人物的高尚品德，富于社会批判精神；以情趣为记，景中寓情，情景交融，重在意趣；以心性修养为记，则着重体现在以禅院僧塔为内容的杂记散文，肯定禅宗的社会教化作用，赞赏高尚品行的禅宗人士。黄庭坚以其日记《宜州乙酉家乘》的开拓性创作载入史册。总之，黄庭坚的杂记散文以人为中心，注重写实，写景寓情，说理有力，被誉为"最可称者"。

---

① 黄庭坚：《宋黄文节公全集·补遗》卷十一，载《黄庭坚全集（四）》，第 2331 页。
② 同上，第 2348 页。
③ 同上，第 2331 页。
④ 同上，第 2334 页。
⑤ 同上，第 2342 页。
⑥ 黄启方：《黄庭坚〈乙酉宜州家乘〉疏证》，载《黄庭坚研究论集》，第 43 页。

第四节　书简：修辞立诚

宋人陈模《怀古录》云："诚斋云：'小简本朝惟山谷一人。'今观《刀笔集》，不特是语言好，多是理致药石有用之言，他人所以不及。"①"诚斋"系南宋诗人杨万里书室，世称杨氏为诚斋先生。黄庭坚小简被推崇为宋朝第一人。书简体散文创作在唐宋时达到了高潮。宋人开书简单独成集之先声，黄庭坚亦名列其中。②宋人汪应辰《跋山谷帖》云："余所视山谷翰墨，大抵诲人必以规矩，非特为说诗而发也。尝有诗示张氏子云：'莫学今时新进士，谈说性命如悬河。'盖当时学者之弊。"③元人胡祗遹《跋山谷书稿》云："修辞立其诚，下笔无草草。尺牍亦细事，谨密犹起稿。"④

书简即书信，又称书、书启、简牍、刀笔、尺牍等，是一种实用性和应用性很强的文体。书简历史悠久。"书说类者，昔周公之告召公，有《君奭》之篇。"⑤《文选》收有"简"。魏晋南北朝书简体散文开始成熟。刘勰《文心雕龙》"书记类"云："详诸书体，本在尽言，所以散郁陶，托风采，故宜条畅以任气，优柔以怿怀。文明从容，亦心声之献酬也。"⑥姚鼐《古文辞类纂》"书说类"所收书简截止北宋，收录了宋文六大家欧阳修、曾巩、三苏和王安石的十一篇书简。

《宋史·艺文志》别集类书简集存目有丁谓、宋祁、杨亿、范仲淹以及黄庭坚所著，黄庭坚《书尺》十五卷现已失传。宋以降，有《山谷刀笔》、《山谷尺

---

① 陈模撰：《怀古录校注》，第 90 页。
② 赵树功的《中国尺牍文学史》（河北人民出版社，1999 年）列有一节"黄庭坚：浅斟低唱"。近年有数篇专题硕士学位论文：赖士贤《黄庭坚贬谪时期尺牍研究》（福建师范大学，2012 年）、赵焕《黄庭坚尺牍研究》（鲁迅美术学院，2014 年）、谭心悦《黄庭坚尺牍研究》（广西大学，2017 年）等。
③ 汪应辰：《文定集》卷十一，《景印文渊阁四库全书》1138 册，第 689 页。
④ 胡祗遹：《紫山大全集》卷二，《景印文渊阁四库全书》1196 册，第 33 页。
⑤ 姚鼐：《古文辞类纂》，第 6 页。
⑥ 王运熙、周锋：《文心雕龙译注》，第 229 页。

牍》、《山谷老人刀笔》、《苏黄尺牍合刊》等行世。《黄庭坚全集》收书简1 200篇，居各体散文之首，其中各集有书、书简、刀笔等不同名称，可见不同时期收集整理的痕迹。黄庭坚书简数量和唐宋八大家相比较，仅次于苏轼。

清人万承风《山谷刀笔序》云："《山谷老人刀笔》二十卷，计六百八十二首。盖自初仕馆职，而丁忧回里，而黔州，而戎州，而荆渚，而宜州。公生平始卒一操，具详于此。欲知其人，不读其书可乎？"[①] 黄庭坚书简虽然大多篇幅短小，却是思想和生活的记录，也是人格精神和文学创作的载体。庭坚书简内容丰富，包罗万象，不仅有文学创作的理论主张，有与苏门及亲朋好友的文学、情感、生活交流，而且有指导后进修身养性、读书治学的教诲，还有书画艺术、社会习俗等的探讨。庭坚书简以"恩意为主"，为"药石之言"，且"喜与禅语"，具有"必期于工"、平淡率真的艺术特征。

一、崇敬二苏，友爱同门

宋人李之仪《跋山谷帖》云："鲁直与亲旧间，上承下逮，一以恩意为主。"[②] 黄庭坚所存书简中，有不少与古文大家苏轼、苏辙的书简，真诚地表达了对兄弟俩人格风范、学问和道德文章的敬仰，显见诚恳学习、切蹉诗文的态度，起了交流情感，促进文学创作的作用。

黄庭坚早期书简以元丰元年(1078)《上苏子瞻书》为代表，云：

> 伏惟阁下学问文章度越前辈，大雅恺弟约博后来。立朝以直言见排退，补郡辄上课最，可谓声实相当，内外称职。凡此数者，在人为难兼，而阁下所蕴，海涵地负，特所见于一州一国者耳。惟阁下之渊源如此，而晚学之士，不愿亲炙光烈，以增益其所不能，则非人之情也。使有之，彼非用心于富贵荣辱，顾日暮计功，道不同不相为谋，则浅陋自是，已无好学之志。"訑訑予既已知之"者耳。庭坚天幸，早有闻于父兄师友，已立

---

① 黄庭坚：《黄庭坚全集·附录三　历代序跋》，第2435页。
② 李之仪：《姑溪居士前集》卷三十九，《景印文渊阁四库全书》1120册，第575页。

乎二累之外。然独未尝得望履幕下，则以齿少且贱，又不肖耳。知学以来，又为禄仕所縻，闻阁下之风，乐承教而未得者也。①

据书言"今日窃食于魏，会阁下开幕府在彭门"，可知苏轼知徐州，黄庭坚任北京国子监教授。此书引经据典，精练典雅，抑扬顿挫。"约博"取自《论语·子罕第九》："夫子循循然善诱人，博我以文，约我以礼，欲罢不能。"② 形容苏轼才华横溢。又，《孟子注疏》卷第十四下云："守约而施博者，善道也。"③ "亲炙"取自《孟子》，《孟子注疏》卷第十四上云："闻柳下惠之风者，薄夫敦，鄙夫宽。奋乎百世之上，百世之下闻者莫不兴起也。非圣人而能若是乎？而况于亲炙之者乎？"④ 此言拜师之迫切，表达了黄庭坚的敬仰之情。《论语》有"子曰：道不同，不相为谋"。⑤ 黄庭坚引用此句，谓这类人与东坡不同道，故不愿受其教。"訑訑予既已知之"，取自《孟子》"夫苟不好善，则人将曰：'訑訑，予既已知之矣。'訑訑之声音颜色，距人于千里之外"。⑥ "訑訑"，傲慢自足貌。此拟愚陋者口吻，谓对其所言早已知之。书简最后引用《诗经》"我思古人，实获我心"与"既见君子，我心写兮"，表达渴望结交之心。全文立意高远，层层深入，突出对苏轼的无比崇敬。苏轼回复，称赞黄庭坚云："观其文以求其为人，必轻外物而自重者……其后过李公择于济南，则见足下之诗文愈多，而得其为人益详，意其超逸绝尘，独立万物之表，驭风骑气，以与造物者游，非独今世之君子所不能用，虽如轼之放浪自弃，与世阔疏者，亦莫得而友也。"⑦

黄庭坚迫切地以《上苏子瞻书》和二首诗拜于苏轼门下。元丰六年(1083)又作《上苏子瞻书》云："庭坚再拜。自往至今，不承颜色，如怀古人。顷不

---

① 黄庭坚：《宋黄文节公全集·正集》卷十八，载《黄庭坚全集(二)》，第 457 页。
② 何晏注，邢昺疏：《论语注疏》，《十三经注疏》，北京：北京大学出版社，1999，第 116 页。
③ 赵岐注，孙奭疏：《孟子注疏》，《十三经注疏》，北京：北京大学出版社，1999，第 400 页。
④ 同上书，第 388 页。
⑤ 何晏注，邢昺疏：《论语注疏》，载《十三经注疏》，第 218 页。
⑥ 赵岐注，孙奭疏：《孟子注疏》，载《十三经注疏》，第 344 页。
⑦ 苏轼：《答黄鲁直五首》之一，载《苏轼文集》，卷五十二，第 1532 页。

作书，且置是事。即日不审何如？伏惟坐进此道，如听浮云之去来。"① 庭坚时为太和令，苏轼贬在黄州。"夫忠信孝友，不言而四时并行，晏然无负于幽明"，他宽慰苏轼，感叹苏轼有随缘自适、超然物外的胸襟，"且闻燕坐东坡，心醉六经，滋味糟粕，而见存乎其人者，颇立训传，以俟后世子云，安得一见之？"② 书简彰显了黄庭坚崇拜和师从苏轼之真情，言语质朴亲切。此书简附诗《食笋》，苏轼次韵。苏、黄被贬谪后还保持着书简往来，而唱和诗更多达百篇。

黄庭坚与苏辙结交晚于苏轼，对苏辙的心性修养尤为称道。元丰四年（1081）《寄苏子由书》云："得邑极南，幸执事在旁郡，且当承教，为发万金良药，使痼疾少愈。"苏辙谪监筠州，和庭坚所在的吉州相距不远。庭坚毫不忌讳，挥毫疾书，表示要求教学习，谓"虽形迹阔疏，而平生咏叹，如千载寂寥，闻伯夷、柳下惠之风而动心者"③。黄庭坚把苏辙喻为品德高尚千古传诵的伯夷和柳下惠。多年后，在《书赠韩琼秀才》中他指出："读书欲精不欲博，用心欲纯不欲杂。读书务博，常不尽意；用心不纯，讫无全功。治经之法，不独玩其文章，谈说义理而已，一言一句，皆以养心治性。"④ 从称赞苏辙的"治心养气"到提出"养心治性"，黄庭坚融合释道，对儒家修身养性学说加以发挥，视伦理道德修养和文化素养为文学创作的根本。

居苏门四学士之首，黄庭坚和同门秦观、晁补之和张耒的结交是由于有共同的文学理想。《杨子建通神论序》云："至于文章之工，难矣，而有左氏、庄周、董仲舒、司马迁、相如、刘向、扬雄、韩愈、柳宗元，及今世欧阳修、曾巩、苏轼、秦观之作，篇籍具在，法度粲然，可讲而学也。"⑤ 黄庭坚将秦观与宋文三大家并列。元丰三年（1080）年初，庭坚路过高邮拜访秦观，两人相见恨晚，相聚两日并互赠诗文。庭坚被贬谪后与秦观仍有书简往来，绍圣四年（1097）作《与太虚》，对遭贬谪的秦观给予了赞扬和鼓励："功名之途不能使万夫举首，

① 黄庭坚：《宋黄文节公全集·正集》卷十八，载《黄庭坚全集(二)》，第 458 页。
② 同上，第 459 页。
③ 同上注。
④ 黄庭坚：《宋黄文节公全集·正集》卷二十五，载《黄庭坚全集(二)》，第 655 页。
⑤ 黄庭坚：《宋黄文节公全集·别集》卷二，载《黄庭坚全集(三)》，第 1486 页。

则言行之实必能与日月争光。卧云轩中主人，盖以此傲睨一世耶！先达有言'老去自怜心尚在'者，若庭坚则枯木寒灰，心亦不在矣。足下富于春秋，才有余地，使有力者能挽而致之通津，恐不当但托之空言而已。"①

晁补之诗文俱佳，黄庭坚因其文而想见其人。崇宁元年(1102)作《书韦深道诸帖》之三云："往未识晁无咎时，见所作《安南罪言》文辩纵横，《跛遮曲》典雅奇丽，常恨同时而不相识。其后得相从甚密，今不见遂十五年，计其文章学问皆当大进，恨随食南北，不相见耳。"② 黄庭坚与晁补之相识约在元丰二年(1079)。元丰七年(1084)应晁补之之请，曾为其父晁端友(字君成)铭墓。庭坚不忘鼓励晁补之，《晁君成墓志铭》云："熙宁乙卯，在京师，病卧昭德坊，呻吟皆诗，其子补之榻前抄得，比终，略成四十篇。蜀人苏轼子瞻论其诗曰：'清厚深静，如其为人。'……补之又好学，用意不朽事，其文章有秦汉间风味，于是可望以名世。"③ 元祐六年(1091)秋庭坚护母丧归分宁，九月到达扬州。晁补之时为扬州通判，作有《祭故推官黄君夫人安康太君李氏文》。元祐二年(1087)庭坚作《无咎通判学士书》：

> 比因南康签判李次山宣义舟行，奉书并寄双井，计夏末乃得通彻耳。急足者伏奉三月六日手诲，审别来侍奉万福，何慰如之！惠寄鲍诗、《扬州集》，实副所望。广陵四达之冲，人事良可厌，又有送故迎新之劳，计得近文字之日极少，然旨甘之奉易丰。又弟甥在亲前，此亦人生极可意事。且主人相与，平生倾倒，余复何言。闻说文潜有嘉除，甚慰孤寂，但未知得何官耳。山川悠远，临书怀想不可言，千万为亲自重。樽前颇能刚制酒否？每思公在魏时多小疾，亦不能忘念。④

黄庭坚极重友情，对晁补之的盛情表示感谢，告诫晁补之保重身体，还打听张耒的近况，感情十分真挚。

---

① 黄庭坚：《宋黄文节公全集·外集》卷二十一，载《黄庭坚全集(三)》，第1377页。
② 同上，卷二十三，第1416页。
③ 《宋黄文节公全集·正集》卷三十一，载《黄庭坚全集(二)》，第831—832页。
④ 黄庭坚：《宋黄文节公全集·补遗》卷八，载《黄庭坚全集(四)》，第2281页。

作为大家庭的顶梁柱，黄庭坚还得安排好家事，时常为生计操心。他给家人的书简留存下来的较多，文字朴实，蕴涵深厚的亲情。绍圣二年（1095）作《谪赴黔州时家书》云：

> 天民、知命、大主簿：霜寒，想八嫂安裕，九奶、四奶、大新妇、普姐、师哥、四娘、五娘、六郎、四十、明儿、九娘、十娘、张九、咩儿、韩十、小韩、曾儿、湖儿、井儿各安乐。过江来，甚思汝等，寂寞且耐烦。不须忧路上，路上甚安稳，但所经州郡多故旧，须为酒食留连尔。家中上下，凡事切宜和顺。三人轮管家事，勿废规矩。三学生不要令推病在家，依时节送饭，及取归书院常整齁文字，勿借出也。知命且掉下泼药草，读书看经，求清静之乐为上。大主簿读《汉书》必有功矣。十月十四日报诸奶子以下，各小心照管孩儿门，莫作炒，切切！①

作为大家庭的支柱，黄庭坚承担起重任。被贬谪于边远之地，他神情坦然，在书简中安慰家人，将家事安排得有条不紊，嘱咐弟弟和后辈努力学习。

黄庭坚贬谪黔州后，知泸州王献可（字补之）备加关怀。两人书简往还甚多。绍圣四年（1097）所作《与王泸州书》之二，言简意赅，委婉诚挚，情深意长，对王补之的感激之情溢于言表：

> 先公潜德之光，虽未显于中朝，而清湘之民传世奉祠，此非人力所能致也。托于不肖之文，曾不足以发挥万一。过蒙称谢，愧不可言。谨如来谕，改定数字，大书并作碑额。衰惫，勉为之，殊不足观，不知堪入石否，更冀裁酌。②

黄庭坚应邀为王补之父亲"树碑立传"，受称赞而谦虚地回应。《与王泸州书》之十一云：

---

① 黄庭坚：《宋黄文节公全集·续集》卷十，载《黄庭坚全集（四）》，第2123页。
② 黄庭坚：《宋黄文节公全集·别集》卷十六，载《黄庭坚全集（三）》，第1794页。

伏惟慈惠浹于民，上下爱敬，府中无讼，斋阁但文史歌舞之乐，家庭诗礼，雍雍肃肃，神之听之，百福所会。某衰疾不损，杜门似有味。万事随缘，亦忘衣食之丰约。小儿辈稍知读书，有两道人于此同斋粥耳。①

黄庭坚称赞王补之公私兼顾，文史之乐，折射出内心的向往之情。《与王泸州书》之十六云：

秋暑，即日不审尊候何如？伏惟以义自将，夷险一致，饮食起居，有神相之。承忽被旨罢泸州，所处僻左，未知其详审尔。计即东去，此在庸庸之情，戚嗟若不可终日。顷窃观气质仁厚，神宇深静，事君之大节，可与冰雪争明，北叟之所以观倚。伏惟明公胸中落落，故不复为忧之耳。②

惊悉王泸州罢职，却不知何故，黄庭坚不禁伤感，真切地给予安慰。

黄庭坚书简中还有医术内容的，意在帮助他人。《报云夫七弟书》云："庞老《伤寒论》无日不在几案间，亦时时择默识者传本与之。此奇书也，颇校正其差误矣，但未下笔作序。序成，先送成都开大字板也，后信可寄矣。"③《伤寒论》为东汉张仲景所著汉医经典著作，是一部阐述外感病治疗规律的专著。黄庭坚研读医书，家中也经营药材，既为生计也为造福病人。

二、惜才爱才，教诲后生

"今观《刀笔集》，不特是语言好，多是理致药石有用之言，他人所以不及。"④宋人陈模所说黄庭坚书简的"理致药石有用之言"，更多地体现在江西诗派的年青诗人们身上。北宋徽宗时期，吕本中作《江西宗派图》，首推黄庭坚为宗

---

① 黄庭坚：《宋黄文节公全集·别集》卷十六，载《黄庭坚全集（三）》，第 1799 页。
② 同上，第 1801 页。
③ 黄庭坚：《宋黄文节公全集·续集》卷十，载《黄庭坚全集（四）》，第 2122 页。
④ 黄庭坚：《黄庭坚全集·附录五·历代序跋》引陈模《怀古录》，第 2476 页。

派之主，列有陈师道、潘大临、洪刍、徐俯、洪朋、洪炎等二十五人，以为其源流出于黄庭坚。黄庭坚在与年青后学的书简中，循循善诱，谆谆教导，表现出了乐于奖掖后进的大家风范，显示其治学观、文艺观和人格风范。

黄庭坚与潘大临来往书简不少，曾应邀为潘大临祖父作《潘处士墓志铭》。其父为吉州军事推官。潘大临(1060—1107)字邠老，其弟大观。潘大临祖父曾任黄州通判，父亲元丰二年(1079)进士，入仕前在黄州教授经学。潘大临兄弟曾与苏轼交往。大临应举不第，布衣终身。黄庭坚馆职间作《与潘邠老》之三云：

> 凡所为问学琢磨，举而措之，以吾常行而物变之中故也。今遇小变，不超于其蚊睫，已磊磊柴于胸次，则行乎争名干戈之间，泛乎众口风波之上，其能立我以宰制万物使得其职邪？邠老幸熟思之。[1]

黄庭坚以为"问学琢磨"即勤读书好思考，特立独行，以不变应万变，做到超脱洒落。《与潘邠老帖》之一云："比辱车马，瞻想风度，殊有尘外之韵，中心窃独喜，知足下胸中进于忠厚之实，故见此光华尔。得示诲及新文，匆匆中疾读，已觉沉疴去体，未三复也。"[2] 黄庭坚不仅积极给予潘大临文学创作上的鼓励，而且还加以具体指导。《与潘邠老帖》之三云："子瞻论读作文法，须熟读《檀弓》，大为妙论。请试详读之，如何，却示谕。"[3]

作于元祐八年(1093)《答何斯举书》之一云：

> 别来不复能通书，孤苦憔悴之状，不言可喻。中间每见邠老、龟父兄弟诗卷中有佳句，未尝不咏叹也。辱书累纸，恩意勤恳，但增感塞。参前堂佳句甚高秀，钦叹钦叹！参前堂但前对溪山，修竹古木森然，颇助观已。其后夏月皆绿阴，不见日耳，土木之功则极草草。又堂中之人哀悴废学，甚不称佳句也。太和诗似不必作，有微意具驹父书中，幸取观之。未

---

① 黄庭坚：《宋黄文节公全集·正集》卷十九，载《黄庭坚全集(二)》，第 488 页。
② 黄庭坚：《宋黄文节公全集·别集》卷十九，载《黄庭坚全集(三)》，第 1885 页。
③ 同上，第 1887 页。

缘晤集，千万强学自重。①

何颉与弟何顗并称"二何"。何家住黄州，世与潘氏通婚。早年多获贬谪黄州的苏轼教诲。元祐三年（1088）左右，洪刍赴官黄州，带其弟洪炎、洪羽前往，促进了洪州诗人与黄州诗人的融合。"二何也与诸友共赋《倦壳轩诗》，成为'倦壳轩诗卷中人'，得到黄庭坚的品题。元祐八年，洪羽与何家女子结婚，何氏与黄庭坚'相与遂有瓜葛'，有了连带的亲戚关系，保持着书信往来。"② 黄庭坚在此书简的字里行间流露出对晚辈的殷切希望。"太和诗似不必作，有微意具驹父书中，幸取观之。未缘晤集，千万强学自重。"黄庭坚对自己早期诗评价不高，督促何斯举刻苦学习。《答何斯举书》之二云：

> 外甥鸿父得托贵门，相与遂有瓜葛，良以为慰。诸令弟想讲学不倦。哀悴昏塞，不记贵字，欲奉字曰"斯举"，不知可用否？取《论语》所谓"色斯举矣"者，但恐或犯讳字耳，因来示喻。陈季常所刻苏尚书诗集，烦为以厚纸印一本见寄，只封在鸿父处亦可尔。③

黄庭坚热心地为之取字"斯举"，特意求证。书之四云："观斯举诗句，多自得之，他日七八少年，皆当压倒老夫。但须得忠信孝友，深根固蒂，则枝叶有光辉。"④ 黄庭坚对何斯举的文学创作充分肯定，积极鼓励。他谆谆告诫要做到"忠信孝友"，形象地以"深根固蒂"喻为文学创作的根本。

在洪氏四甥中，黄庭坚与洪驹父来往的书简是最多的，《答洪驹父书》三首在文学批评史上产生了极大影响。《答洪驹父书》之三 "无一字无来处"、"点铁成金"之语，被后人引用无数。黄庭坚强调有为而作，化古人的陈言为神奇之言。在绍圣四年（1097）《与洪甥驹父》之一中，黄庭坚提醒洪刍："寡怨寡言，是为进德之阶，千万留意。犹望官下勤劳俗事勿懈。古人之言，犹钩其

---

① 黄庭坚：《宋黄文节公全集·别集》卷十八，载《黄庭坚全集（三）》，第 1858—1859 页。
② 伍晓蔓：《江西宗派研究》，第 332 页。
③ 黄庭坚：《宋黄文节公全集·别集》卷十八，载《黄庭坚全集（三）》，第 1859 页。
④ 同上，第 1860 页。

深，彼俗吏事，聪明者少加意，即当书最。既以立家为事，荣及手足为心，当念如此。"①《与洪氏四甥书》作于元祐五年（1090），之一云："黄州人来，得平安之音，甚慰也。即日想安胜，太守书颇相知，更希善事之。尺璧之阴，常以三分之一治公家，以其一读书，以其一为棋酒，公私皆办矣。"②"尺璧"指直径一尺的大璧，言其珍贵。黄庭坚希望洪刍不以官废学。之五云："鸿父在太学，时得安问否？得刘教授书，推与二生文艺，颇慰悬情。通知古今在勤读书，文章宏丽在笔墨追古。""读书"与"师古"成为黄庭坚诗文创作的基本出发点，他不断督促洪氏兄弟"强学自重"："略说人之常病有十种：喜论人之过；不自讼其过；嫉人之贤已。"黄庭坚还提出了人所犯之错，并告诫"若一日去其一，十日亦尽去矣"。③

　　徐俯（1075—1140）字师川，号东湖居上，洪州分宁人。七岁为诗，为舅氏黄庭坚所器重。"有'平生功名心，夜窗短檠灯'之语，大为山谷所赏。"④ 徐俯以父荫授通直郎，累官至司门郎。建炎初应召入朝。元符元年（1098），黄庭坚《与徐师川书》云：

　　　　师川外甥奉议：辱书，恩意千万。审官守厌管库之烦，得宫观之禄以奉亲，杜门读书有味，欣慰无量。即日想家姊郡君清健，新妇安胜。儿女今几人？书中殊不及此，何邪？所寄诗，超然出尘垢之外，甚善。恨君知刻意于学问时，不得从容朝夕耳。⑤

黄庭坚对徐师川示以关怀，对其诗评价很高。但指出其诗的不足之处："其未至者，探经术未深，读老杜、李白、韩退之诗不熟耳。"

　　作于崇宁元年（1102）《与徐师川书》之二云：

　　　　每见贤士大夫及林下得意人，言师川言行之美，未尝不叹息也。所寄

---

① 黄庭坚：《宋黄文节公全集·正集》卷十九，载《黄庭坚全集（二）》，第484页。
② 黄庭坚：《宋黄文节公全集·别集》卷十八，载《黄庭坚全集（三）》，第1869页。
③ 同上，第1871页。
④ 王直方：《王直方诗话》，载《宋诗话辑佚》，第24页。
⑤ 黄庭坚：《宋黄文节公全集·正集》卷十九，载《黄庭坚全集（二）》，第479页。

诗，正忙时读数过，辞皆尔雅，意皆有所属，规模远大。自东坡、秦少游、陈履常之死，常恐斯文之将坠。不意复得吾甥，真颓波之砥柱也。续当写魏郑公《砥柱铭》奉寄。①

时已五十八岁的黄庭坚把"斯文"复兴的希望寄托在徐俯等年青人身上。他关心徐俯的读书学习，悉心指教，循循善诱。丁忧时期所作《与徐甥师川》之一云：

> 别来无一日不奉思。春气暄暖，想侍奉之余，必能屏弃人事，尽心于学。前承示喻"自当用十年之功，养心探道"，每咏叹此语，诚能如是，足以追配古人，刷前人之耻。然学有要道，读书须一言一句，自求己事，方见古人用心处，如此则不虚用功。又欲进道，须谢去外慕，乃得全功。古人云，纵此欲者，丧人善事，置之一处，无事不办。读书先净室焚香，令心意不驰走，则言下会理。②

黄庭坚赞赏"养心探道"，从"学有要道"和"又欲进道"谈了读书之道，鼓励徐甥"少年志气方强，时能如此，半古之人，功必倍之"。在戎州时，黄庭坚有《答徐甥师川》云：

> 所寄诗，度超今人已千百，但恨未及古人耳。杜子美云："读书破万卷，下笔如有神。"此作诗之器也。然则虽利器而不能善其事者，何也？无妙手故也。所谓妙手者，殆非世智下聪所及，要须得之心地。老夫学道三十余年，三四年来方解古人语，平直无疑，读《周易》《论语》《老子》，皆亲见其人也。③

"平直"是黄庭坚读书和创作的深刻体验，也是北宋诗文革新所倡导的创作风格。徐俯不负舅氏所望，因倡导豫章诗社，被视为黄庭坚诗学之传人。南昌人

---

① 黄庭坚：《宋黄文节公全集·正集》卷十九，载《黄庭坚全集(二)》，第480页。
② 同上，第485页。
③ 黄庭坚：《宋黄文节公全集·续集》卷五，载《黄庭坚全集(四)》，第2028—2029页。

潘子真也是黄庭坚所看好的后起之秀。《潘子真诗话》曰："山谷尝谓余言：老杜虽在流落颠沛，未尝一日不在本朝，故善陈时事，句律精深，超古作者，忠义之气，感发而然。"[1] 黄庭坚以学习诗人杜甫相号召，"善陈时事"是指注重作品的思想内容，"句律精深"指创作的法度，"忠义之气"则是指人格精神了。《与洪氏四甥书》之二云："潘子真近有书来，倾倒甚至，亦未暇作报。"[2] 书之五云："潘君文字极有思致，近又得渠书，倾倒甚至。"[3] 能让黄庭坚倾倒，可见潘子真并非常人。

黄庭坚馆职间《与潘子真书》之一云：

> 庭坚叩头，子真足下：累辱惠书及诗，窃伏天材高妙，钟山川之美，有名世之资，未尝不叹息也。黄鹄一举千里，非荆鸡之材所能啄菢，以是久未知所答。虽然，有一于此，可少助万分之一。致远者不可以无资，故适千里者三月聚粮。又当知所向，问其道里之曲折，然后取涂而无悔。钩深而索隐，温故而知新，此治经之术也。[4]

黄庭坚爱才惜才，教诲潘子真治经之术、观书之术，以此知道人生之路。书之二云："若夫发挥乐善之心，吹嘘诗句之美，推之诸公之前，挽之青云之上，虽无不肖之助，当世君子皆当为足下羽翼也。"[5] 黄庭坚对后进给予充分的鼓励。

明人张元桢《山谷刀笔引》云："吾方病夫承平久而辞华盛，不根理于载道之编，或阿所好，或章所先在在出。此老教人，动以制行、动以穷经为本，而又知著向上向里工夫，虽落于空寂捷径，然亦高出乎只骛于浮词绮语者，传之亦少足以砭乎吾之所病，于是乎引。"[6] 张元桢痛感文坛浮夸，追求辞藻之病，要求践行儒家的内圣外王之道，称赞黄庭坚书简，以黄庭坚为榜样。

---

① 郭绍虞：《宋诗话辑佚》，第 310 页。
② 黄庭坚：《宋黄文节公全集·别集》卷十八，载《黄庭坚全集（三）》，第 1870 页。
③ 同上注。
④ 黄庭坚：《宋黄文节公全集·正集》卷十九，载《黄庭坚全集（二）》，第 481 页。
⑤ 同上，第 482 页。
⑥ 黄庭坚：《黄庭坚全集·附录三 历代序跋》，第 2435 页。

三、喜与僧语，富于禅意

苏辙称"鲁直喜与禅僧语"。[①] 黄庭坚书简富有禅趣，开启禅意入世俗书简的风气。元丰三年(1080)，庭坚自号山谷道人。元丰七年(1084)作《发愿文》，皈依发愿，奉持佛戒。贬谪在黔中，庭坚自号黔安居士，在书简创作中，多有参禅心得，以平常心为道，万事随缘，既有对生命的感悟，也有对人生烦恼的超越。

《冷斋夜话》云："宝觉禅师(即祖心)老，庵于龙峰(黄龙山)之北。鲁直丁家难，相从甚久，馆于庵之傍两年。"[②] 庭坚投晦堂门下问道。祖心两位大弟子悟新及惟清成为黄庭坚的师友。黔州时期所作《与周元翁别纸》云："往在双井，所见黄龙心老，盖庄子所说伯昏瞀人之流。但年已七十四五，不复肯出矣。有清、新二禅师，是心之门人，道眼明彻，自淮以北，未见此人。"[③] 黄庭坚受黄龙派影响较深，但不囿于黄龙派，对各宗派思想兼收并蓄，把禅学纳入以儒学为本的思想体系之中。他以为惟清、悟新二禅师"道眼明彻"。黄庭坚与悟新交往较多。悟新(1043—1114)，号死心，俗姓黄。黄庭坚离戎州至荆渚时期作《与死心道人书》之一云：

> 往日常蒙苦口提撕，常如醉梦，依稀在光影中，今日昭然，明日昧然。盖疑情不尽，命根不断，故望涯而退耳。谪官在黔州，道中昼卧，觉来忽然廓尔。寻思平生被天下老和尚谩了多少，惟有死心道人不相背，乃是第一慈悲。[④]

黄庭坚对悟新心怀感激，回忆当年的"苦口提撕"，对悟新的生活哲学给予好评。黄庭坚与惟清交往也是比较多的。惟清又号灵源叟、清诗者。馆职时期作

---

① 苏辙：《答黄庭坚书》，载《苏辙集》卷二十二，第391页。
② 张伯伟：《稀见本宋人诗话四种》，第68页。
③ 黄庭坚：《宋黄文节公全集·别集》卷十八，载《黄庭坚全集(三)》，第1864页。
④ 黄庭坚：《宋黄文节公全集·别集》卷十七，载《黄庭坚全集(三)》，第1850页。

《与分宁萧宰书》之五云：

> 昨承再请新公住云岩，复留清公西堂坐夏。此二公衲僧之命脉，今江湖淮浙莫居二禅之右者。公开此法缘，所谓不烦绳削而自合者也。现前无量，皆宗于此，彻底唯空。①

悟新和惟清的地位被称之为"衲僧之命脉"。"法缘""无量""唯空"系禅僧语。黄庭坚戎州时期作《答清长老》之一云：

> 古人所谓江湖无碍人之心者也，道人自谓已得无得之得，而疑宗师把定不放过，此即一大事因缘，诸佛谓出世者。不肖居黔戎四年矣，未尝有人及此事，但觉身闲益自在，放纵而不逾矩，则向来诸道友之力为多。何时复参承几杖？临书怀仰。渐冷，千万珍重。②

虽然遭贬谪，历经磨难，但是黄庭坚坦然自若，自以为"放纵"，但"不逾矩"。黄庭坚交游的僧人众多，蜀中交往最多而受推崇的当为师范道人。黔州时作《与六祖范老书》之一云：

> 以衰朽怯人事，不能一到成都，甚负佳处登览。然亦是老年，渐不喜此曹狡狯耳。乃烦辍为人天谈道之光阴，翻然一来，扫地焚香，奉侍数日，不知不为世缘所夺否？元监院相随许时，《经藏记》亦未就，但乱写得十数轴字归耳。③

黄庭坚参禅信佛，随缘自得，心胸舒坦，精神开朗。他对人与事有自己的看法，做自己想做的事。戎州时期所作《与范长老》有十九首之多，之一云：

---

① 黄庭坚：《宋黄文节公全集·别集》卷十四，载《黄庭坚全集(三)》，第 1760 页。
② 黄庭坚：《宋黄文节公全集·续集》卷五，载《黄庭坚全集(四)》，第 2027 页。
③ 黄庭坚：《宋黄文节公全集·别集》卷十五，载《黄庭坚全集(三)》，第 1783—1784 页。

某不通问半年，可置是事，或得密师来，审闻动静，开慰无量。承万僧会龃龉，杨十与父兄闻议论不合，此自世缘奇偶，何与吾事？遣入浙人初亦不准拟十成。去冬盐官自遣人到此，近已发回矣。所送文字，皆于昏钝有益者。《悦老语录》后序、《北山录》、《会要》跋尾皆欲作，尚未暇，赵十二时已手写一本付密师矣。①

"《悦老语录》后序"系《翠岩悦禅师语录后序》。黄庭坚与禅师僧人来往甚多，忙忙碌碌，乐于交往而不顾劳累，还要为语录等作序跋。他对禅宗典籍和禅林故实颇有研究，会通儒佛，在贬谪的困境中，随遇而安，心态平和。

四、必期于工，平淡率真

宋人朱弁《曲洧旧闻》卷九云："旧说欧阳文忠公虽作一二十字小简，亦必属稿，其不轻易如此。然今集中所见，乃明白如易，反若未尝经意者，而自然尔雅，非常人所及。东坡大抵相类，初不过为文采也。至黄鲁直，始专集取古人才语以叙事，虽造次间，必期于工，遂以名家。二十年前士大夫翕然效之，至有不治他事而专为之者，亦各一时所尚而已。"② 古文大家欧阳修、苏轼的书简各具面目，前者"明白如易"，后者"相类"，却都是"自然尔雅"。黄庭坚的书简，引得士大夫群起仿效，在于其展现必期于工、平淡率真的艺术特征。元丰二年(1079)，黄庭坚作《与苏子瞻书》云：

黄楼之作，名不虚生，浅短岂敢下笔？愿见记刻，淹熟规摹，当勉为公赋之。子由尚在闲处，识者所恨。伯氏往得接欢，极叹其沉冥而游刃于世故，以为古人不过如此。想数得安问。外舅谢师厚，外砥砺而中坦夷，士大夫间少见。暮年无所用心，更属全功于诗，益高古可爱。③

---

① 黄庭坚：《宋黄文节公全集·续集》卷六，载《黄庭坚全集(四)》，第2045—2046页。
② 李廌：《师友谈记》，第215页。
③ 黄庭坚：《宋黄文节公全集·别集》卷十二，载《黄庭坚全集(三)》，第1708页。

书简明白如话，平淡中露真情，而且工整典雅。神宗诏奖谕苏轼防洪功。元丰二年（1079）九月初九，大合乐庆黄楼落成。黄庭坚大赞苏辙的《黄楼赋》，并热心地介绍了兄长黄大临和丈人谢师厚。庭坚贬谪后书简较多，篇幅多简短，与早期书简相比，达到了平淡老成的境界。他在戎州时的交游者王庠，字周彦，为苏轼之兄婿。元符二年（1099），黄庭坚作《答王周彦书》云：

> 夫周彦之行，犹古人也，及其文，则慕今之人也。何哉？见其一而未见其二也，惟推其所慕而致于文而已。颜子曰："舜何人也，予何人也？"孟子曰："伯夷、伊尹，皆古圣人也，吾未能有行焉，乃所愿，则学孔子也。"孔子曰："吾不复梦见周公。"孔子之学周公，孟子之学孔子，自尧舜而来至于三代，贤杰之人，林聚云翔，岂特周公而已？至于孔孟之学不及于周公者，盖登太山而小天下，观于海者难为水也。企而慕者高而远，虽其不逮，犹足以超世拔俗矣。况其集大成而为醇乎醇者邪！周彦之为文，欲温柔敦厚，孰先于《诗》乎？①

黄庭坚真诚地称赞王周彦的品行，以圣人为例，谓"企而慕者高而远"。他也指出王周彦的不足之处，谓："周彦之病，其在学古之行而行今之文也。"建中靖国元年（1101）作《与王庠周彦书》云：

> 东坡先生遂捐馆舍，岂独贤士大夫悲痛不已，所谓"人之云亡，邦国殄瘁"者也，可惜可惜！立朝堂堂，危言谠论，切于事理，岂复有之？然有自常州来，云东坡病亟时，索沐浴，改朝衣，谈笑而化，其胸中固无憾也矣。所惜子由不得一见，又未得一还乡社，使后生瞻望此堂堂尔。②

黄庭坚直抒胸臆、悲愤填膺，对苏轼的逝世表示沉痛哀悼，对苏轼的"谈笑而化"表示由衷的钦佩。黄庭坚还致书苏辙，请求为苏轼墓碑书写碑文。《寄苏

---

① 黄庭坚：《宋黄文节公全集·别集》卷十二，载《黄庭坚全集（三）》，第1709页。
② 黄庭坚：《宋黄文节公全集·正集》卷十八，载《黄庭坚全集（二）》，第467—468页。

子由书》之三云：

> 伏承端明二丈窆穸有期，天下失此伟人，何胜賈涕！石刻得三丈论
> 撰，无憾矣。不审几时得刻石，托谁书丹？若未有人，不肖辄为托名其
> 上，若自有人，即已矣。万一不用不肖书，则用家弟尚质所篆盖，别托一
> 相知人名可也。①

黄庭坚不畏处境险恶，表示愿为苏轼安葬刻石书丹尽力。书简明白如话，蕴含着对苏轼的无限深情。绍圣四年（1097）的书简《与泸州安抚王补之》多达十六首，主要是聊聊家常，充满了生活气息。简明扼要，流露真情。书之四云：

> 某闲居，极欲省事，不能数假借公吏，遂阙为问。老眼昏涩，作书亦甚
> 率略，伏恃高明照察底里。施黔作研膏茶，亦可饮，谩往数种，幸一碾试，
> 垂谕如何。江安尉李偁触事机警，若以道御之，可令办事，伏望照察。②

对王补之给予的帮助庭坚表示感谢，并赠送自作的茶叶，还积极推荐人才。《与泸州安抚王补之》之十一云：

> 寄余甘、荔子，极荷远意之重。甘虽微损，到黔中分诸僚，皆尚有
> 味，有数子未尝识其生者，甚以为珍也。荔子虽肉薄，甘味亦胜黔中。③

庭坚对补之寄送水果亦盛赞味美，感激之情跃然纸上。

　　黄庭坚书简是留给后人的珍贵财富，纪录了其人生足迹、一段风云翻覆的历史和丰富多彩的文学活动。黄庭坚书简贵在情感真挚，重友情重亲情，热情关心指导后学，反映了其文学观念的变化，艺术特征为必期于工、平淡率直。可见"小简本朝惟山谷一人"并非随意赐予的称誉。

---

① 黄庭坚：《宋黄文节公全集·正集》卷十八，载《黄庭坚全集（二）》，第 461 页。
② 黄庭坚：《宋黄文节公全集·续集》卷三，载《黄庭坚全集（三）》，第 1986 页。
③ 同上，第 1989—1990 页。

第五节　碑志：简明有法

"山谷作铭志简明有法，多佳者。晁补之父与刘道原者，宛转尤佳。"① 宋人黄震在《黄氏日抄》中如此评价黄庭坚碑志文。"晁补之父与刘道原者"，指黄庭坚所作的《晁君成墓志铭》和《刘道原墓志铭》。明人王行撰《墓铭举例》，还收有黄庭坚的《泸南诗老史君墓志铭》《黄氏二室墓志铭》两篇。

碑志文包括功德碑、宫室神庙碑和墓碑文等。早期的石刻碑文用简短古奥的韵文写成。汉代以后，碑志文则逐渐形成了前有序、后有铭的体制。序用散体，铭通常为四言韵文。碑志文包含墓志铭、墓表文等。埋于地下的为墓志铭，立于地上的为墓碑文或墓表文。墓碑文有的称神道碑铭，有的称墓碣文。陆机《文赋》云："碑披文以相质。"② 谓碑文叙事当质实，而以文采助之。刘勰《文心雕龙·诔碑》云："夫属碑之体，资乎史才，其序则传，其文则铭。"③ 认为碑文的写作要具有史家的才能，序为传记体，文为铭文。碑志文逐渐成为写人叙事的优势文体。"唐宋以下，凡称文人，多业谀墓。"④ 古文大家韩愈未能免俗，却能打破传统写法而出新，能褒能贬。明人叶盛《水东日记》云："继子长者韩子，深醇正大，在唐为文中之王。继韩子者欧阳公，渊永平和，在宋为文中之宗。"⑤ 此言司马迁《史记》人物传记的写法，由唐宋两代的韩愈、欧阳修继承发扬，他们成为碑志文创作的杰出代表。清人姚鼐《古文辞类纂》云："碑志类者，其体本于《诗》，歌颂功德，其用施于金石。"⑥ 清人刘大櫆评价欧阳修《黄梦升墓志铭》曰："欧公叙事之文，独得史迁风神，此篇逌宕

---

① 王水照：《历代文话》，第 780 页。

② 张少康：《文赋集释》，第 99 页。

③ 王运熙、周锋：《文心雕龙译注》，第 98 页。

④ 刘勰：《文心雕龙注》，范文澜注，北京：中华书局，1962，第 231 页。

⑤ 叶盛撰：《水东日记》，魏中平点校，北京：中华书局，1980，第 230 页。

⑥ 姚鼐：《古文辞类纂》，第 11 页。

古逸，当为墓志第一。"①黄梦升与欧阳修同年，系黄庭坚七叔祖。庭坚有《跋欧阳文忠公撰七叔祖主簿墓志后》。《黄庭坚全集》收有碑志文 87 篇。《韩昌黎文集校注》收碑志文 76 篇，《欧阳修诗文集校笺》收碑志文 111 篇，而《苏轼文集》仅有墓志铭 13 篇，碑文 12 篇。

宋代古文运动的实质是儒学的复兴运动，欧阳修等人以韩愈的"文以明道"说为宗旨，要求文学担当起道德教化和政治变革的作用。黄庭坚赞同苏轼文道并进的主张，恪守儒家的传统思想，注重儒家的理想人格道德修养，致力于儒道释三家的融合，创造了一批优秀的碑志文。受欧阳修古文"简而有法"的影响，② 黄庭坚的碑志文"简明有法"，其主人翁主要为平民、下层官吏、妇女；着力于典型细节描写和人物性格刻画，塑造栩栩如生的人物形象；叙事达意，情理结合，"宛转尤佳"。

一、身份平凡的墓主

黄庭坚碑志文墓主身份居前三位的是平民、下层官吏和妇女。而在韩愈碑志文中，居前三位的墓主为名臣、良吏和友朋，欧阳修碑志文墓主与其相似。黄庭坚讴歌底层人物，抒发内心的真挚情感，通过典型叙事，发掘小人物善良品性，此为其碑志文的重要特点。庭坚早年丧父，家庭生活困难，长期沉沦下僚，入馆阁的时间不是很长，这与韩、欧有着较大的差别。其人生的大半时间生活在底层，晚年在贬谪的艰难生活中度过，故其碑志文主人公以平民居多。庭坚与社会的底层人物有着天然的联系和情结，碑志文写作"简明有法"，吸取韩、欧碑志文创作优长，记大略小，既务奇崛，复求气韵，③ 写出了墓主人生的闪光点，抓住典型细节，描绘了不甘平庸的平民形象。

王力道是黄庭坚早年的朋友，少年聪慧老成，成年后穷困潦倒。作于熙宁十年(1077)的《王力道墓志铭》，表露出哀其不幸、怒其不争的复杂心理。云：

---

① 姚鼐纂：《古文辞类纂评注》，吴孟复、蒋立甫评注，合肥：安徽教育出版社，2013，第 1466 页。
② 参见洪本健：《欧阳修和他的散文世界》第八章第一节"欧阳修的碑志"，第 238—261 页。
③ 何寄澎：《韩愈古文作法探析》，载《唐宋古文新探》，第 24 页。

吾友力道，讳肱，王氏。盖琅琊临沂诸王，在齐不远迁者。其世家序列，史官文献相望。有讳某者，于其乡有德，没而其配崔夫人与门人子弟谋其行曰恭睦先生，是为君考。庭坚童子时，与力道游。是时恭睦先生尚无恙，得入拜崔夫人于堂。以两孺子同学问相爱，故两家亲亦相爱。力道长予二岁，而少成独立，无儿子气，食饮卧起，与书史笔墨俱。[①]

黄庭坚铭墓按照时间顺序，截取王力道的人生节点，突出其生活的曲折。先是概叙其早年事迹："后七年，比岁以乡举士俱集京师，甲辰、丁未岁相从也。力道此时律身甚严，而与人极恺悌。于书无不观，而尤喜《易》、《春秋》。""熙宁癸酉(应为癸丑)，邂逅夜语于西平客舍，谨厚而文。"见其严于律已，与人为善，认真读书学习。"又二年，客自齐来，乃言力道与往时大异，沉浮闾井间，得酒不择处所，遇屠贩如衣冠。""与往时大异"蕴含着黄庭坚内心的痛惜之情。"如是三年，终以酒死，得年三十有五。无子，有遗文未辑。"[②] 黄庭坚刻画了一个人生不得志的有为青年形象，对童年朋友的英年早逝寄于无限同情。

作于元祐六年(1091)的《萧济父墓志铭》，则是叙述了一位"博学能文"，人格高尚，却自绝于仕途的人物，中云：

吾友萧济父，新淦人，讳公饷。曾大父詠，大父汉卿，皆不仕。父中和，福州长乐令，以太常寺奉礼郎致仕。济父事亲不遗力，居丧以毁瘠闻，友爱其弟，恩意甚异。博学能文，少时累试礼部，在太学有声称。熙宁中忽自废，不为举子。元祐六年，乃以特奏名试于廷，得一命，归而殁于牖下，享年五十有九。娶庐陵段氏，生六子，男曰暤、晔、麟、玕，二女为欧阳惢、郭钦正妻。初，济父既无仕进意，筑室于清江峡之碕、巴丘之上，曰休亭，闲居且二十年。于书无所不观，尤好《孟子》、黄帝《素问》，啄其英华，以治气养心，遂乐于尘垢之外。推其绪馀，子弟皆兴于学，逮其欲出仕，不幸而死。与济父游者皆哀之，故商济父之得丧而为之铭。[③]

① 黄庭坚：《宋黄文节公全集·正集》卷三十一，载《黄庭坚全集(二)》，第830页。
② 同上，第830—831页。
③ 同上，第829页。

友人萧济父奇特之处在于太学有名声时，突然"自废"，抛弃了仕途之路。黄庭坚赞赏济父的"治气养心"之道，注重自我人格的修养，并以此影响了年轻一代。铭曰："玉笥岑岑，阅世无疆，我以为朋。章贡合而流清，不舍昼夜，与我偕行。仰其高追配古人，钩其深得意日新。"① 铭文一改四言韵文的格式，长短句结合，抑扬顿挫，行文畅达。黄庭坚曾作《休亭赋》，赞美其归教子弟、治气养心的德性。

宋代实施抑武尚文的政策，科举制度为平民打开了理想之门。然而，平民百姓"学而优则仕"仍是困难重重。黄庭坚碑志文的主人翁有不少受挫于科举，作为有过相同经历的黄庭坚，对此感慨万端。《陈少张墓志铭》为一位科举屡试不利、最终大彻大悟的小人物树碑立传，中云：

> 君讳纲，少张字也，眉州青衣陈氏。曾大父显忠，赠尚书兵部侍郎。大父希世，赠职方员外郎。父谕，职方员外郎、知蜀州，及叔父太常少卿希亮、兄太子中允庸，同年登进士第，眉州号其所居坊曰"三俊"。蜀州官不达，乃买田叶县，而葬于洛师，遂为汝州叶县人。君天资明爽，奇书异闻，无所不读。锐意举进士，三绌于有司，乃叹曰："吾为功名乎？今富贵而有功于民，垂名不朽者谁耶？吾为温饱乎？田园岂不足哉！"遂沉浮里中三十余年，筑居第重堂复屋，寓意于花竹间。居虽富，未尝什一也。方开书馆，欲聘奇士与游，令子弟作佳进士以雪耻，不幸死矣。享年五十有四，实元祐某年三月初九日。②

出身于书香门第的陈少张三次失意于科举，转而向往田园生活，富贵后不满足无忧的生活，雄心勃勃，想开书馆教育后代，"令子弟作佳进士"，但不幸辞世。

贬谪后的黄庭坚于元符元年(1098)作《李元叔墓志铭》，行文自然平淡却蕴意深刻。李元叔继室张氏，为庭坚姨母之女。此文撰写带有亲情色彩：

> 元叔李氏，讳尧臣，世为长林人。元叔父讳某，力田治生，以致富

---

① 黄庭坚：《宋黄文节公全集·正集》卷三十一，载《黄庭坚全集(二)》，第 829 页。
② 同上，第 837—838 页。

饶，而使元叔从学。同郡人子弟登科，冠盖行道上，尝有可愿之色。元叔居太学数年，举进士不效，无以归报，因入粟调归州秭归县主簿而归。未几，丁父忧，终丧，遂不复仕。母夫人春秋高，性刚识明，治家有法。元叔承颜养志，秋毫不违。内友爱二弟，厚薄如砥。外接士大夫，贤者尽礼，来者满意，以缓急叩门者未尝辞以故也。亲近交游，仰之以丧葬，恃之以昏嫁，待之以炊者，至不可数。岁凶，躬行间巷，饥者与粟，疾者与医，掩不祭之骨，至不可数。浮屠人为塔庙者，资之以落成；去家学道者，倚之以除须发，至不可数，湖南北号曰"荆州元叔"云。经营乡学，数年乃就，不间方来之士，延贤者以为师友，割田宅以奉之。曰："此先人之志也。"里中少年多知诗书，元叔之力也。[1]

墓志铭突出了李元叔人生的不平凡事迹。元叔秉承家法，乐施好善，无愧"荆州元叔"的称号，其行为举止体现了儒家传统的忠孝仁义。

庭坚墓志文叙事寓情，善于突出小人物善良的品质。崇宁元年（1102），庭坚为李元叔之弟作《李仲良墓志铭》，先是叙述李元叔的善良之举："及余以史事得罪迁黔州，虽平生亲旧，于稠人广众中忽有人言黄鲁直，皆瞠若也。而余过荆州，元叔问水陆所从出，经理其生资，至无不足然后已。余在巴楚间数岁，元叔遣使来衣食我，留童仆给使令，恩若兄弟。"以此为铺垫，引申出下文："不幸元叔夫妇继殁，此时未识仲良也。窃念流落无归时，失李氏之助也。其后仲良修故事，不减元叔时。""余病荆州，仲良三来问疾不懈。别去数日，闻讣，凡余与其交游，莫不哀也。"黄庭坚以自身经历述说李仲良的恩情，并叙述了仲良为官的事迹，最后以"庭坚曰"作总评："仲良游不广，仕不达，故可传者少，然游择人，仕择义，亦可以铭。"[2] 庭坚由兄及弟，赞乐于助人的豪举，突出兄弟俩善良真诚的品质。

庭坚碑志文也塑造了不少正直有为的良吏形象。庭坚与晁氏家族交往较深。元丰二年（1079），晁补之与廖明略为同榜进士，后前往北京大名府谒见黄

---

① 黄庭坚：《宋黄文节公全集·正集》卷三十一，载《黄庭坚全集（二）》，第842页。
② 同上，第843—844页。

庭坚。晁补之的叔父晁端仁与黄庭坚同为"太府佳友朋"。庭坚曾作有《定交诗二首效鲍明远体呈晁无咎》。元丰七年（1084），又应晁补之之邀，为其父迁葬作《晁君成墓志铭》，抓住典型细节，对人物性格进行详略结合的刻划。"事亲孝恭"、"与人交，其不崖异，可亲"、"尤安乐于山林川泽之间"，"为上虞令，以忧去。民挽其舟，至数日不得行"等，人物形象丰满。该文尤突出其为刚毅正直、好以诗抒怀的良吏形象：

> 使者任君成按事，并使刺其僚。君成不挠于法，不欺其僚，尽心于所诿，不为之作嚆矢也。仕宦类如此，故不达。少时以文谒宋景文公，景文称爱之。晚独好诗，时出奇以自见，观古人得失，阅世故艰勤。及其所得意，一用诗为橐橐。①

墓主生前一心为民，敬业守法，又无意于喧哗业绩。"故不达"不仅是对主人公的惋惜，而且透露出黄庭坚对官场的不满之情。"蜀人苏轼子瞻论其诗曰：'清厚深静，如其为人。'"庭坚引用苏轼对晁君成诗的评论，突出其诗和人品的不凡。"补之又好学，用意不朽事，其文章有秦汉间风味，于是可望以名世。"② 这是对逝者的纪念，更是对其子晁补之的鼓励。铭采用晁补之诗，非同寻常。此碑志文可谓"婉转有法"。

刘恕"博极群书，以史学擅名一代"。刘恕迁葬时，其子三请乞铭，黄庭坚遂作《刘道原墓志铭》。对比《宋史·文苑传》刘恕本传的平铺直叙，墓志铭波澜起伏，重点突出墓主"以史学擅名一代"的贡献：

> 道原，高安刘氏，讳恕。博极群书，以史学擅名一代。年四十有七，卒于元丰元年九月。其父涣，字凝之，葬道原于星子城西。以故司马文正温公《十国纪年》序为铭，纳诸圹中。其僚今翰林学士范淳夫为文，碣于墓次。此两公皆天下士，故道原虽不得志，而名誉尊显，诸儒纪焉。后十

---

① 黄庭坚：《宋黄文节公全集·正集》卷三十一，载《黄庭坚全集（二）》，第 831 页。
② 同上，第 832 页。

余年，刘氏少长相继逝殁，惟道原一子义仲在。论者归咎葬非其所，故义仲以元祐八年十有一月迁葬道原于江州德化县之龙泉，以《十国纪年》叙及墓碣义论撰其遗事，乞铭于豫章黄庭坚。①

刘恕卒于元丰元年(1078)，黄庭坚时为北京国子监教授。文中涉及对王安石的看法，与《宋史》本传相比，黄庭坚的评价更为客观公正："道原与王荆公善而忤荆公，与陈郯公善而忤郯公，所争皆国家之大计与大臣之节，故仕不合，以滨于死而不悔。"② 而《宋史》本传明显对王安石有贬意，谓"方安石用事，呼吸成祸福"③。

在父亲去世后，庭坚追随舅父李常游学淮南，这对庭坚的成长有着重要影响。绍圣元年(1094)作《朝议大夫致仕狄公墓志铭》，墓主为李常的岳丈。当时李常已过世，黄庭坚不禁感慨万千，中云：

> 在安吉时，马寻守湖州，少公，恐不任事。安吉大姓俞氏，所为多不法，前后令不敢击。俞氏私酿酒，椎牛会客，公捕得劾治，寻大惊曰："乃能如我少时。"在鄞县，县中号无讼。乃筑亭观，延闽人章望之表民与讲学，士子颇归之。表民集中有《与狄子论事》，则公也。在兴化时，邑中仕家十八九，宾礼秀孝，摧折强宗，兴温承、秋芦之陂，溉南北西洋，民食其功，去而祠享之。其为通州，飓风坏民庐舍，老幼失处，劳来劝戒，不以遗后人。公天资敦厚，不道人短长，仕官且然其所知，虽大利害，以与人，不知资己。待僚属尽敬，见其一长，保荐，不以疑似小过轻绝之。④

黄庭坚尽显狄公之文治，选择典型事例，描写绘声绘色，勾画出狄公的高大形象。铭颂其"政问得民"、"德则自好"、"以仁为宝"。

以往的碑志文以女性为主人公的较少，这与社会中女性地位不高有关。宋

---

① 黄庭坚：《宋黄文节公全集·正集》卷三十一，载《黄庭坚全集(二)》，第 833 页。
② 同上，第 834 页。
③ 脱脱等：《宋史》卷四百四十四，第 13119 页。
④ 黄庭坚：《宋黄文节公全集·正集》卷三十，载《黄庭坚全集(二)》，第 808 页。

代文化发达，妇女文化水平相对提高。"史料表明宋代妇女有很大的财产权。"①
欧阳修以女性为墓主的碑志文远多于韩愈，表明了社会的进步。在黄庭坚的碑
志文中，墓主为女性的比例更高些，有二十四篇之多，大多为拈亲带故，且品
德高尚，贤惠能干，知书达理者，大多篇幅短小，语言精练。

元丰八年（1085），黄庭坚作《章夫人墓志铭》，墓主为黄庭坚从伯父黄祖
善之妻。黄祖善系皇祐五年（1053）进士。"舅姑曰：'斋祀春秋，能不勤我。'
夫曰：'凡吾得尽心于学者，维室家之宜。'"黄庭坚采用家人的话语赞赏其品
行，进而归纳道："其为人勤敏乐易，幼少智虑如大人，白首而血气不惰，启
手足之日有善言。"②勾画出一个乐观勤劳、和蔼可亲的女性形象。

元祐元年（1086），黄庭坚应友人廖明略之请，为其年二十五而卒之妻作《任
夫人墓志铭》云："性敏慧，颇通书，柔婉孝仁，在贫而乐。先夫人爱之如己子。
不幸先夫人即世，任不胜哀，阅九旬亦死。"概括叙述了友人之妻的品行，然后
倒叙其婚于友人之事，衬托墓主的不凡："轸父伯传任尚书都官郎中，有人物
冰鉴，见明略为童子时，曰：'此人后必以文章显。'故以轸之女嫁明略云。"③

黄庭坚作于元祐八年（1093）的《黄氏二室墓志铭》，多受后人好评，影响
颇广。黄庭坚的第一任夫人为孙莘老之女，十八岁时和黄庭坚成婚，二十岁时
病逝。云：

> 豫章黄庭坚之初室，曰兰溪县君孙氏，故龙图阁直学士高邮孙公觉莘
> 老之女，年十八归黄氏。能执妇道，其居室相保惠教诲，有迁善改过之
> 美，家人短长，不入庭坚之耳。方是时，庭坚为叶县尉，贫甚，兰溪安
> 之，未尝求索于外家。不幸年二十而卒，殡于叶县者二十二年。④

黄庭坚深为贤慧明达、宽以待人、相濡以沫的妻子所感动。庭坚的第二任夫

---

① 伊沛霞著：《内闱——宋代的婚姻和妇女生活》，胡志宏译，南京：江苏人民出版社，2004，第
5 页。
② 黄庭坚：《宋黄文节公全集·外集》卷二十二，载《黄庭坚全集（三）》，第 1391 页。
③ 同上，第 1397 页。
④ 同上，第 1387 页。

人，是因其父谢师厚喜爱庭坚才华而结缘。二十岁嫁给黄庭坚，不幸二十六岁而卒：

> 继室曰介休县君谢氏，故朝散大夫南阳谢公景初师厚之女，年二十归黄氏，闲于礼义，事先夫人，爱敬不倦，侍疾尝药不解衣。至于复常，修禅学定，而不废女工。能为诗，而叔妹不知也。言有宫庭，行有防表，不皦不污，长少咸安怀之。年二十六而卒，生一女曰睦，才四岁。过时而先夫人哭之哀，殡于大名者十一年。①

继室或许受其诗人父亲影响，"能作诗"。黄庭坚勾勒的两位女性形象栩栩如生，折射出传统美德，饱含了作者的深厚感情。

戎州时期所作的《叔母章夫人墓志铭》描述了一位"有男子之智、烈妇之节"的女性形象。据墓主次子回"数千里来请铭于戎州"之句，可知黄庭坚作此文于贬谪之地。尽管为贬谪之人，黄庭坚在家族中还是受到崇敬的，地位颇高，中云：

> 叔母章氏，洪州分宁县人，处士讳积之女。夫人幼喜诵书弄笔墨，父母禁之，与诸女相从夜绩，待其寝息，乃自程课，由是知书。事父母，居其丧以纯孝闻，年若干归叔父。叔父某，性豪甘酒，好宾客。客至咄嗟责办，夫人怡然从令，未尝不肃给也。叔父平日大率常醉，或使酒嫚侮，夫人承之，未尝不以礼也。夫人尝间叔父之不甚醉时谏曰："君终日如是，使诸子皆法象，何以为家？"叔父曰："吾兄弟之子多贤，克家者自当不法我而法彼也。"②

作者拈出叔母章氏的生动事例，还穿插叔母与叔父的对话，使得人物性格更为鲜明，形象更为生动。

---

① 黄庭坚：《宋黄文节公全集·外集》卷二十二，载《黄庭坚全集(三)》，第 1386 页。
② 同上，第 1393—1394 页。

黄庭坚的碑志文中有五篇禅师塔铭。作于贬谪后的《黄龙心禅师塔铭》开头简介了黄龙心禅师的一生："年十九而目盲。父母许以出家，忽复见物，乃往依龙山寺僧惠全，全名之曰祖心云。"[①] 禅师出家似有戏剧性。文章接着以较长的篇幅并采用对话方式，记载了其学佛求师的曲折经历，有文字入禅悦之味以及点拨人的效果。作于入馆阁前的《智悟大师塔铭》赞怀谨大师云："予闻谨游王公戚里四十年，委金帛如山，未尝留一钱褚中。度门人百八十有二，礼其勤旧，而教养其罢不能，内外无间言。其趣操类贤士大夫，是宜铭。"[②] 智悟大师怀谨的品行令人崇敬，而对其操守的描写则简洁明了。

黄庭坚碑志文中的墓主虽然大多数是小人物，然而诚信有情，品德高尚，知书达理，感人至深，具有传统之美德；其中所描写的女性，予人印象尤其深刻。

二、精心刻画的人物

黄庭坚创作的碑志文"宛转尤佳"，曲折致意，加强文学性叙事，力求文学审美价值，以真诚感人。且注意突出反映墓主的思想情感、心理活动和言语动作。庭坚善于抓住典型细节，通过神情、动作和语言描写，以深入刻画人物性格。这与王安石碑志文虚处着笔，善发议论不同。清人茅坤云："曾、王志墓，数以议论行叙事之文，而王为甚。多镜思刻书处，然非《史》《汉》法矣。"[③]

黄庭坚注重人物描写的传神。作于元丰四年（1081）的《朝请大夫知吉州姚公墓志铭》云：

> 其为吉州，盖以揉熟世故，左右文法，又其资长者。始至，承前守留事，讼诉盈庭，逮报受书，数吏不胜举，舞文吏亦以尝公。公色夷气平，徐徐区别，皆尽人情，而后境中日以无事，出报谒宾客，一府皆惊。公忠信孝友，好学不倦，下士如不及，任职直前，不为后日计。禄仕垂及四十年，奉身菲薄，而弃诸孤之日，衣才可以敛，帑才可以具丧，而诸孤无以

---

① 黄庭坚：《宋黄文节公全集·正集》卷三十二，载《黄庭坚全集（二）》，第851页。
② 同上，第859页。
③ 高海夫主编：《唐宋八大家文钞校注集评·临川文钞》，西安：三秦出版社，1998，第3556页。

归。其砥砺廉节，不减古人。①

元丰三年（1080）庭坚改官知吉州太和县，次年八月知吉州事姚公病故。黄庭坚对其人其事都有所了解，因而下笔富有情感。讼诉之事繁多杂乱，姚公却是"色夷气平，徐徐区别，皆尽人情"，寥寥数语，生动地描绘出姚公的不急不躁，从容应对，有条不紊。姚公以其才能改变乱象，令州内太平无事。此外，姚公的廉洁奉公的品德，在庭坚精心而简练的记叙中亦展现无遗。

作于元符二年（1099）的《朝奉郎致仕王君墓志铭》中的一段人物描写，可说是活灵活现，栩栩如生：

> 复之少时贫甚，富室子弟会于州学，召一儒生讲《春秋》。君造讲席，而儒生挥之，君以怒去。归，杜门读《春秋》，一月，乃从儒生质所疑，儒生嗫不能答，君因为诸生讲之，皆得闻所未闻。②

王默字复之，与黄庭坚为同年进士。从"儒生挥之"到"儒生嗫不能答"，对比强烈，凸现出王默自强不息、奋勇进取的精神。

元符二年（1099）所作《泸南诗老史君墓志铭》，平畅自然，描写人物的一举一动，神气十足，传递出"诗老"刚直不阿的神采：

> 诗老讳扶，字翊正。少则笃学能诗，绍知非之业。以贫，干试于眉州，又干试于开封府，皆见绌。乃游泸州，杜门读书，士大夫之子弟多委束修于门，遂老于泸州。妻子或谓不足，君熙然曰："会当有足时。"自守挺然，不妄取与。有挟势利而求交者，虽邻不觌也。其见刺史县令，鞠躬如也，未尝有私谒。既晚莫，不及仕进。闲居，无一日废书，尤刻意于诗。登临樽酒，率尝吐佳句，压其坐人，故士君子推之曰"诗老"云。③

---

① 黄庭坚：《宋黄文节公全集·正集》卷三十，载《黄庭坚全集（二）》，第804页。
② 同上，第810页。
③ 黄庭坚：《宋黄文节公全集·正集》卷三十二，载《黄庭坚全集（二）》，第850页。

明人王行《墓铭举例》卷三称此为"同欧文徂徕先生志例也"。① 指此篇学欧阳修的《徂徕先生墓志铭》。清人方苞评该篇曰："笔阵醋恣，辞繁而不懈。"② 石介（1005—1045）字守道，兖州奉符（今山东泰安东南）人，尝讲学徂徕山下，学者称为徂徕先生。石介与欧同年及第，都极力支持范仲淹领导的庆历新政。

元祐四年（1089），黄庭坚作《非熊墓铭》，传神地道出幼弟的鲜明个性："先大夫捐馆舍于康州，非熊方四岁。为其幼孤，太夫人不忍以严治之，故非熊知学最晚。然性资豪举，落笔成文，不肯为人下。于儒生艺事，无所不学，虽不造微，要皆略能也。"③ 非熊虽"知学最晚"，但作为性情中人，性格豪爽，在科举上欲出奇制胜，不甘落于人后，但未能如愿。"于是自强，屏酒不游，刻苦琢磨，欲以怪奇钩致禄仕。久之，宗室汝州防御使仲爰闻其家世，欲以女予之，而非熊不幸病死矣，得年三十有六。"④

刻画人物性格离不开语言描写，庭坚碑志文对此尤其注重，意在深化人物性格，丰满人物形象。元符元年（1098）作《南园遁翁廖君墓志铭》云：

> 庭坚以罪放黔中三年，又避亲嫌迁置于戎州。未至而访其士大夫之贤者，有告者曰："王默复之、廖及成叟其人也。"问复之之贤，曰："复之学问文章，为后进师表，褒善贬恶，人畏爱之，激浊扬清，常倾一坐，乡人之为不善者必悔曰：岂可使复之闻之？"问成叟之贤，曰："事父母孝敬，有古人所难。邃于经术，善以所长开导人子弟，以为师保。能以财发其义，四方之游士以为依归。"窃自喜曰："虽投弃裔土，而得两贤与之游，可无恨。"至戎州而访之，则二士皆捐馆舍矣，未尝不太息也。⑤

全文由对话组成。黄庭坚通过人物对话来烘托戎州两大贤人的性格。前者为人师表、爱憎分明。后者尽忠尽孝、长于经术。这一段对话对全文起到先声夺人

---

① 王行：《墓铭举例》卷三，载《景印文渊阁四库全书》1842 册，第 414 页。
② 姚鼐：《古文辞类纂评注》，第 1477 页。
③ 黄庭坚：《宋黄文节公全集·正集》卷三十二，载《黄庭坚全集（二）》，第 860 页。
④ 同上，第 860—861 页。
⑤ 同上，第 848 页。

的铺垫作用，为后文成功刻画人物形象奠定了基础。

黄庭坚擅长以个性化的语言来描写人物，突出人物性格。作于元符三年
(1100)的《青阳希古墓志铭》云："乡邻讼者多决于君，君为道'如是可，如
是不可'，多以君言解而不争。尝为书遗子孙曰：'礼士当尽心，恤贫当尽力。
公法不可不畏，租赋不可不时。斗斛权衡入十二而出十九，此富家之常，必有
余殃在子孙，汝辈不可不戒。'观其言，可知其智矣。"① 此处对墓主语言的记
述生动地显现出其仁善与智慧。

庭坚碑志文往往将神情描写、动作描写和语言描写结合起来，不拘一格，
灵活运用，以更好地刻画人物性格，描绘非同寻常的人物形象。贬谪黔戎时，
泸州知州王献可敬仰黄庭坚，与其书简往来颇多，并从生活上给予照顾。王献
可请庭坚为其父王世行撰写碑文，黄庭坚欣然提笔作《全州盘石庙碑》，简洁
生动地记述了王世行的事迹，时代背景与人物举动的描写和官民互动的场面描
写紧密结合，精心描绘了一位良吏的形象：

> 路分都监文思副使王某，尝任全州都巡检。侬智高反邕管时，其归师
> 将犯桂州而北掠，以獠众压全境，吏民皆欲空壁出走。某调民城守，提兵
> 阨灌阳，亦会官军破贼。民至今以为老幼不失业，王某之功，愿擢守全
> 州。天子从之，侯入境，全民欢呼迎道。侯之为州，乐易明白，顺民之
> 欲，除其所恶，无动人耳目事，而州以大治。流逋四归，乐生兴事，邑居
> 野处，皆不畏吏。②

碑文在叙过全州都巡检王世行率军民破贼，保护民众安全，社会得以安定的事
迹之后，以对话形式，生动形象地记叙了王侯的"善政"：

> 问其父老："王侯之善政云何？"对曰："前时公厨以十数卒为白望，
> 渔夺于市；又以十数卒为河巡，胁取行商，榷卖三渡，贫民或终日不得往

---

① 黄庭坚：《宋黄文节公全集·别集》卷十，载《黄庭坚全集(三)》，第 1670 页。
② 黄庭坚：《宋黄文节公全集·正集》卷二十，载《黄庭坚全集(二)》，第 519 页。

来。开内外官邸，禁民无得私舍。尽夺铺户盐，以私牙吏。岁调民之封、贵、连、贺，取鱼苗畜之官池。又采斑竹箭箪，以应使客之求。吾侯以律令从事，积年之弊，一日蠲除。我知此而已。"问其士大夫，对曰："吾侯为邦，勤民不倦，而其僚奉职；洁己无瑕，而其吏畏赇。治夫子庙，兴民学；表孝子庐，兴民行。治军有犯无隐，听讼立决无留。"[1]

王世行卒于位，百姓建庙纪念。"全之士民欲刻石颂侯功德"的意愿，二十年后由王献可完成。一位"勤民不倦"的良吏形象，在作者的笔下得到真切的展示。文末之铭一反传统样式，采用骚赋体，赞颂王世行的功绩，气势宏大，情感真挚。此碑刻意将良吏的举动描写和全州士民的语言描写相揉合，使人物更为生动，形象更加突出。

三、奇崛顿挫的特色

主于歌功颂德的碑志文，大多是平铺直叙，四平八稳，形成了写作的范式。然而，黄庭坚的碑志文却是"宛传尤佳"，变化多端，奇崛顿挫，不同寻常。庭坚碑志文在"简明有法"中追求"文贵奇"的效果，兴起波澜，婉转曲折，引人入胜。

唐代古文家韩愈碑志文善作奇闻异事，黄庭坚碑志文强调事奇情真，由反见正。《章明扬墓碣》描写嗜酒、豪爽，乐于助人的乡民"大侠"，已见本书第四章第二节。庭坚作于元丰二年(1079)的《胡府君墓志铭》，其主人翁也有奇特之处，中云：

　　府君讳某，字某。少孤，事母甚力，以故资百金。兄子负公钱逮捕，君倾产为偿，致无以自衣食，而不悔。出入乡党，劝善救过，赴人之急难，人皆悦之。聚经史教儿读书，鬻所乘马，延士人与之游。一县笑之曰："开田以望岁，近市以求赢，吾犹时则不获，奚事读书？"君不为变。

---

[1] 黄庭坚：《宋黄文节公全集·正集》卷二十，载《黄庭坚全集(二)》，第519—520页。

已而其子蒙学行有闻，登进士第，于是里巷以荣，而乡先生大人以叹其智度远也。蒙为吉州安福尉、某之某官、信之永丰令，君教以吏道，皆可传。①

墓主之子胡蒙为黄庭坚的朋友。墓主生前忠孝仁义的举止，尤其是"聚经史教儿读书，鬻所乘马，延士人与之游"的行为，让乡邻感到不可理喻。然而，他终使儿子及第，让人赞叹，"人皆悦之"，"里巷以荣"，"叹其智度远也"。黄庭坚重视教育，强调后代读书向上，其思想观念在墓志铭中得到体现。

黄庭坚二妹为陈氏妻，于黄家姊妹中行十，不幸早卒，年仅三十三。陈氏妻没后五年庭坚作《归进士陈叔武黄氏夫人墓志铭》云："夫人豫章黄亚夫之女，天资婉嫕，似不能言，而妇功女德，姑姊妹皆称述之。早孤，能甘贫贱。年二十，母寿光李夫人，以嫁进士陈槊叔武。相其夫以义，未尝言家贫仕晚也。事其姑乐夫人。乐夫人学问明智，常称夫人事我如我事先姑也。"② 此篇先赞美其妹的美德，再自然地引出其生平事迹，这比通常的平铺直叙要生动感人。崇宁二年(1103)所作《宋故通直郎河东转运司勾当公事萧君子长墓志铭》发端云：

> 治平四年，庭坚初仕得叶县尉，与同年生湖口主簿何君表、郊社斋郎萧子长同归江南，登高临远，把酒赋诗，忘道涂之劳也。此时子长年尚少，器宇堪事矣。后十年，见于清江，则老成重慎，无少年气矣。又十年，见于京师，宦游虽不偶，而气不挫也。又十年，庭坚谪在僰道，会新天子即位，恩许东归，而闻子长没于河东矣。③

此篇改变墓志铭通常开头即介绍墓主的写作方式，截取自己初仕得叶县尉与墓主同归江南时的饮酒赋诗场景，突出了与墓主的友爱及彼此年少气盛的豪情。又以每隔十年写与墓主相遇及最后不幸去世的情景。至于其一生的经历，则于此后娓娓道来。

黄庭坚碑志文的错综多变，奇崛顿挫，还体现在行文的变化上，如通过大

---

① 黄庭坚：《宋黄文节公全集·外集》卷二十二，载《黄庭坚全集(三)》，第 1383 页。
② 黄庭坚：《宋黄文节公全集·别集》卷十，载《黄庭坚全集(三)》，第 1673 页。
③ 同上，第 1661 页。

段议论说理或夹叙夹议以深化主题。《宛丘怀居士墓表》发端即为议论：

> 圣人不作，道不明于天下。晚出之儒，玩礼义之名，而陋于知人心；失学问之意，而士必以读书为选。以予考于书，犹及见古君子之论人，虽瞽师卜祝，下至百工之贱，因其方术，心通性达，总其要归，有合于道德之序者，皆以义取之而不废也。①

黄庭坚抨击"晚出之儒"的浅陋，强调读书做学问，应以"合于道德之序"为旨归，对所处的社会现实表达不满，为墓主的出场作了铺垫。于是叙写墓主宛丘怀居士遍读医书，以治病救人而知名。后"以其方授子孙，并致家政"，"子孙既自力，不敢淴事，乃聚浮屠书阖门而读之，痞不用师，涣若冰释"。此后名声大振，"江湖淮浙之滨浮屠氏之达者，无不来款声实"，"王公大人多与之游"②。

馆职间所作《潘处士墓志铭》云：

> 处士讳萃，字信夫，享年七十有二。……尝举进士，不能受有司绳墨，因弃去。当以父任得官，又推与其弟，独浮沉酒间。与人无贵贱，皆去畦畛。赴人急难，不遗力也。人或怒骂与绝，从而谢之，倾倒不留纤介。昆弟破散父时资产，至无一钱，处士未尝以为言。其处忧患如舟人安于水，未尝险焉。③

在黄庭坚的笔下，潘处士为人处事与众不同，不受拘束，而安于忧患。官位让给弟弟，自身与酒相伴。与人相处，无贵贱之分，乐于助人，胸怀宽广。这可是一位奇特之士。碑志文的褒贬之中，已寓有黄庭坚自身的情感。他善于挖掘墓主的奇事轶闻，以此来塑造人物形象，增强审美趣味。

黄庭坚创作的碑志文富有文采，文学性强，以平民、良吏和女性为主，重视底层人物的形象塑造；以儒家思想为本，突出道德评判；着力于人物性格刻

① 黄庭坚：《宋黄文节公全集·外集》卷二十二，载《黄庭坚全集（三）》，第 1380 页。
② 同上，1380—1381 页。
③ 黄庭坚：《宋黄文节公全集·别集》卷十，载《黄庭坚全集（三）》，第 1668 页。

画，形象传神；错综多变，以奇崛顿挫为特色。

第六节　铭文：率入妙品

"山谷诗律精深，是其所长，故凡近于诗者无不工，如古赋与夫赞、铭有韵者率入妙品。"① 元人刘壎在《诗文工拙》中称赞了黄庭坚的铭文。② 我国第一部诗文总集《文选》收铭文 5 篇。《宋文鉴》收铭文 35 篇，其中有黄庭坚《洪州分宁县藏书阁铭》、《游艺斋铭》和《砚铭》3 篇，数量仅次于苏轼。清人姚鼐《古文辞类纂》"箴铭类"收铭 5 篇，其中北宋占有 3 篇。可见，北宋古文运动促动了铭文创作的兴盛，为宋代散文的繁荣发展作出了贡献。

铭起源于上古，在春秋和两汉得到很大发展。铭是从题记式的文字演变而成的一种文体。刘勰《文心雕龙》"铭箴"云："先圣鉴戒，其来久矣。铭者，名也，观器必名，正名审用，贵乎慎德。"③ "正名"即使器物和它的名称相符，而"审用"就是观察器物的作用。又云："夫箴诵于官，铭题于器，名用虽异，而警戒实用。"刘勰强调铭的警戒作用，突出谨慎德行。姚鼐《古文辞类纂》云："箴铭类者，三代以来有其体矣。圣贤所以自戒警之义，其辞尤质，而意尤深。"④ 认为铭的本义在于警戒。另有一类铭文，是咏物咏人的，如东汉班固的《封燕然山铭》、唐代刘禹锡的《陋室铭》。

《黄庭坚全集》收铭文 104 篇，不仅远远超过唐代韩愈的 2 篇、柳宗元的 8 篇，而且多于亦师亦友苏轼的 70 篇。黄庭坚所存铭文可谓多矣，后人重其诗不重其文，遑论对其铭文作全面和深入的研究。⑤

① 刘壎：《隐居通议》卷十八，《景印文渊阁四库全书》866 册，第 162 页。
② 参见拙文《论黄庭坚铭的特色》，《上海师范大学学报》2008 年第 3 期，第 90—95 页。
③ 王运熙、周锋：《文心雕龙译注》，第 84 页。
④ 姚鼐：《古文辞类纂》，第 16 页。
⑤ 参见卢庆滨：《苏门学士砚铭初探》，载《第二届宋代文学国际学术研讨会论文集》，南京：江苏教育出版社，2003，第 739 页。此文探讨了苏门 36 篇砚铭，其中黄庭坚有 25 篇，指出砚铭创作自苏轼与门下学士起，蔚为大观。

一、讲求心性，构思奇特

黄庭坚论铭文自有主张。他恪守儒家传统，而又能融合道释，关注自我修行和内心体悟，重视道德人格培养。他提出铭文创作以"治心养性"为本，强调道德规范，维护道德伦理秩序。黄庭坚推崇唐代魏徵的《砥柱山铭》。作于建中靖国元年(1101)正月的《题魏郑公砥柱铭后》云：

> 余平生喜观《贞观政要》，见魏郑公之事太宗，有爱君之仁，有责难之义，其智足以经世，其德足以服物，平生欣慕焉。故观《砥柱铭》，时为好学者书之，忘其文之工拙，所谓"我但见其妩媚"者也。吾友杨明叔知经术，能诗，喜属文。为吏干公家如己事，持身洁清，不以夏畦之面事上官，不以得上官之面陵其下，可告以魏郑公之事业者也，故书此铭遗之。置《砥柱》于座旁，亦自有味。……虽然，持砥柱之节以事人，上官之所不悦，下官之所不附，明叔亦安能病此而改其节哉！①

黄庭坚敬佩魏徵的智慧和德行，向往这位先贤的高尚人生境界，多次书写魏郑公的砥柱铭给好友。黄庭坚的铭文创作，成为其以儒为本、儒道释三家合一思想的有力载体。

元丰四年(1081)在吉州太和任上，黄庭坚与谪监筠州的苏辙结交。《寄苏子由书》云："诵执事之文章而愿见，二十余年矣。……每得于师友昆弟间，知执事治气养心之美，大德不逾，小物不废。"② 黄庭坚不仅赞赏苏辙之文，而且更敬佩的是其道德修养。黄庭坚在其铭文中多次提出作为理想人格修养的"治心养性"之说。他吸收释家的心性学说，以为于儒家的心性修养大有裨益。在《跋双林心王铭》中称："若解双林此篇，则以读《论语》如啖炙，自知味矣。不识心而云解《论语》章句，吾不信也。后世虽有作者，不易吾言矣。"③

---

① 黄庭坚：《宋黄文节公全集·别集》卷七，载《黄庭坚全集(三)》，第1596页。
② 黄庭坚：《宋黄文节公全集·正集》卷十八，载《黄庭坚全集(二)》，第459页。
③ 黄庭坚：《宋黄文节公全集·正集》卷二十五，载《黄庭坚全集(二)》，第649页。

"双林"指南朝梁禅宗著名尊宿傅翕，其号善慧，《五灯会元》列有条目"双林善慧大士"。傅翕在《心王铭》中提出"心即是佛"之说。《心王铭》为参禅佳作。"心王"是指以心为主宰，制约人们的道德实践。佛家的心性是建立在无差别之上的精神本体，而儒家心性是向道德伦理本体的复归，故以心作王，心正而行，无往不可。"治心养性"是要化道德规范为内心的自觉要求，以造就理想人格。黄庭坚《养浩堂铭》云："心者气之君，气者心之将。君之所怆，将应如响。心渊如渊，气得其养。"① 心治于气，心为气的主宰。这里的"心"是指思想，而"气"则指感情、意气。

戎州时期作《跋牛头心铭》云：

> 成都范子功家忠报禅院僧慈元，以盐亭四尺缯八幅来乞予自书所作文，盖范氏之志也。予闻范氏其耆艾有德，其幼壮好文。今得予应试之文章，但为戏玩，无益于事，乃大书《牛头心铭》与之。范氏不学则已，学则必以治心养性为本。斯文之作，妙尽心性之蕴，只使朝夕薰之，自成道种。亦使觉苑净坊诸禅子等读之，句句稍归自己，乃知牛头快说禅病，免向野狐领下枉过一生。②

黄庭坚肯定学"以治心养性为本"，文"尽心性之蕴"。《牛头心铭》的全称为《牛头山初法融禅师心铭》，为唐初牛头法融禅师所撰。法融主张心性空寂，以寂静虚明为理想的精神家园。《心王铭》和《牛头心铭》所阐述的属于禅宗理论要旨"心性论"的范畴。"心性论"被认为是儒道释的主要契合点，内在超越和主体思维离不开心性修养③。黄庭坚作《书赠韩琼秀才》云：

> 读书欲精不欲博，用心欲纯不欲杂。读书务博，常不尽意；用心不纯，讫无全功。治经之法，不独玩其文章，谈说义理而已，一言一句，皆以养心治性。事亲处兄弟之间，接物在朋友之际，得失忧乐，一考之于

---

① 黄庭坚：《宋黄文节公全集·正集》卷二十一，载《黄庭坚全集(二)》，第536页。
② 黄庭坚：《宋黄文节公全集·别集》卷七，载《黄庭坚全集(三)》，第1614页。
③ 参见方立天：《中国佛教哲学要义》第三编"心性论"，北京：中国人民大学出版社，2005年。

书，然后尝古人之糟粕而知味矣。①

黄庭坚由劝读儒家经典进而上升到道德修养，以此强调人格培养的重要性。除了大力倡导，黄庭坚还努力践行"治心养性"。晁补之《书鲁直题高求父杨清亭诗后》云："鲁直于治心养气，能为人所不为，故用于读书、为文字，致思高远，亦似其为人。"②

黄庭坚不仅强调铭的"治心养性"作用，而且要求铭具有"顿挫崛奇"的风格，他不满传统铭文立意浅显、布局拘谨、平铺直叙的格局。《文心雕龙·铭箴》云："铭兼褒赞，故体贵弘润。其取事也必核以辨，其摛文也必简而深，此其大要也。"③ 刘勰认为，铭具有歌功颂德的功能，其体制贵在弘大润泽，叙事须核实辨明，文辞须简练深远。《文赋》云："铭博约而温润，箴顿挫而清壮。"④ 陆机主张铭文既要内容充实、文辞简约，又要温和圆润。黄庭坚则与此不同，表现出强烈的开拓和独创意识。

元丰元年（1078）九月，苏轼于徐州大合乐庆黄楼落成。苏辙、秦观作赋，陈师道作铭。黄庭坚身体欠佳而未能赴会，有《题苏子由黄楼赋草》云：

> 铭欲顿挫崛奇，赋欲宏丽。故子瞻作诸物铭，光怪百出。子由作赋，纡徐而尽变。二公已老，而秦少游、张文潜、晁无咎、陈无己方驾翰墨之场，亦望而可畏者也。⑤

据文中"二公已老"和"方驾翰墨之场，亦望而可畏者也"推测，此文应作于元祐初期。其时，"苏门四学士"声名鹊起，苏轼、苏辙兄弟俩都有五十岁了。"铭欲顿挫崛奇"，即铭的立意构思要奇特突出，谋篇布局应该委婉曲折，以此达到不同凡响、引人入胜的审美效果。庭坚欣赏苏轼器物铭的"光怪百出"，

---

① 黄庭坚：《宋黄文节公全集·正集》卷二十五，载《黄庭坚全集（二）》，第 655 页。
② 晁补之：《鸡肋集》卷三十三，载《景印文渊阁四库全书》1118 册，第 649 页。
③ 刘勰：《文心雕龙辑注》，载《景印文渊阁四库全书》1478 册，第 78 页。
④ 张少康：《文赋集释》，第 99 页。
⑤ 黄庭坚：《宋黄文节公全集·别集》卷六，载《黄庭坚全集（三）》，第 1592 页。

意谓不落窠臼、别出心裁、独具一格。丁忧时期作《答洪驹父书》之三云：
"自作语最难……古之能为文章者，真能陶冶万物，虽取古人之陈言入于翰墨，
如灵丹一粒，点铁成金也。"[1] 黄庭坚著名的"点铁成金"论，发扬了韩愈"惟
陈言之务去"之说，意在继承传统的基础上，推陈出新，创作出不朽的文学作
品。"顿挫崛奇"所追求的是跌宕起伏，气势不凡的艺术风格。元丰二年
（1079）作诗《赠谢敞王博喻》云："文章最忌随人后，道德无多只本心。"[2] 可
谓黄庭坚文学创作思想的写照。

　　黄庭坚讲究作文，善于作文。《王直方诗话》云："黄庭坚论诗文不可
凿空强作，待境而生便自工耳。每作一篇先立大意，长篇须曲折三致意乃
成章耳。"[3] "曲折"指构思安排，技巧章法。黄庭坚不仅重视文学创作的思
想内容，而且要求讲究艺术结构。作于元符三年（1100 年）的《与王观复书》
之一云：

　　　　好作奇语自是文章病，但当以理为主。理得而辞顺，文章自然出群拔
萃。观杜子美到夔州后诗，韩退之自潮州还朝后文章，皆不烦绳削而自合矣。[4]

黄庭坚强调的是"理得而辞顺"，推崇的文学创作境界是"不烦绳削而自合
矣"。《题乐毅论后》云："随人作计终后人，自成一家始逼真。"[5] 黄庭坚独创
意识强烈，"自成一家"的思想贯穿了他的文学创作生涯。

二、劝勉晚辈，尤重人格

　　黄庭坚的铭文创作受到好评。李之仪为黄庭坚友人，他对黄庭坚铭有过评
论，其《跋山谷晋州学铭》云："是犹鲁直之文见挤于今之学者，可胜叹耶！"[6]

---

① 黄庭坚：《宋黄文节公全集·正集》卷十八，载《黄庭坚全集（一）》，第 475 页。
② 黄庭坚：《宋黄文节公全集·外集》卷十八，载《黄庭坚全集（二）》，第 1304 页。
③ 郭绍虞：《宋诗话辑佚》，第 4 页。
④ 黄庭坚：《宋黄文节公全集·正集》卷十八，载《黄庭坚全集（一）》，第 470 页。
⑤ 黄庭坚：《宋黄文节公全集·正集》，卷二十七，载《黄庭坚全集（二）》，第 712 页。
⑥ 李之仪：《姑溪居士前集》卷三十九，《景印文渊阁四库全书》1120 册，第 575 页。

黄庭坚先后给洪氏四兄弟斋堂作铭，多为勉励之辞，凸现"治心养性"的创作主张。洪朋(字龟父)、洪刍(字驹父)、洪炎(字玉父)和洪羽(字鸿父)随舅氏黄庭坚学习诗法，后来在诗坛上占有一席之地，这与黄庭坚的悉心栽培不无关系。馆职间作《书倦壳轩诗后》云："洪氏四甥，才器不同，要之皆能独秀于林者也。"①《洪龟父清非斋铭》云："是是非非，智者之别。……大人能格君心之非，是心术也。"② 强调智者高明之处是善于鉴别是非，"日清其非，虚室晰晰"。这与《论语》"吾日三省吾身"之说有相同之处，注重反省伦理本体，以道德规范自身。《洪驹父璧阴斋铭》序云："勤其官，不素食矣。又能爱其余日以私于学。"③ 他对洪刍为官勤于学给予赞扬，铭云："古者寸阴，不易千乘之国。得道之根，则有枝叶。"④ 光阴易逝。"道"为根本，根正则叶茂。黄庭坚关注的是君子之道，"勿亟勿迟，能时者谓之君子"。《洪玉父照旷斋铭》云："万物一家，本无疏亲。小智彼我，与邻断断，闻是法音，不惧不惑。"⑤ 黄庭坚期待"子是之学，扩而心量"，因而"远之大之，是谓照旷"。《洪鸿父翛然堂铭》云："诗书环列，竹石阴岑，有无言子，自钩其深。……东窗置榻，蝉蜕翛然。"⑥ "言子"为孔子七十二弟子之一。黄庭坚采用夹叙夹议的手法，想象坐拥书城，在宜人的环境中无拘无束地学习的情景，自由自在之情跃然纸上。黄庭坚寓意的是修身养性。

　　洪驹父是四兄弟中最为黄庭坚所看好的，主晋州学时，"作斋堂诸名来乞铭"。黄庭坚"老病不复能文，各作数语以劝学云"。这就是作于绍圣四年(1097)的《晋州州学斋堂铭》十六首⑦。黄庭坚贬谪黔州，作此斋堂铭，多为释字，使典用事，贯穿了儒家思想，劝诫深刻。《驾说堂》云："仲尼之驾说矣，兹儒将复驾其所说乎！元元本本，大道甚夷。"黄庭坚认为孔子的儒家之道是平坦之道。《乐泮堂》云："思乐泮水，仁义之海。见贤思齐，闻过则改。"《毛诗正

---

① 黄庭坚：《宋黄文节公全集·正集》卷二十七，载《黄庭坚全集(二)》，第742页。
② 同上，卷二十一，第532页。
③ 同上。
④ 同上，第533页。
⑤ 同上。
⑥ 同上，第535页。
⑦ 同上，第527页。

义》云："作《泮水》诗者，颂僖公之能修泮宫也。泮宫，学名。能修其宫，又修其化。"① 修其堂，是为了重教化，黄庭坚以为不可或缺。《缉熙斋》云："盖养之以浩然之气，学之有缉熙圣功也哉！""缉熙"，光明貌。"浩然之气"引自孟子的"我善养吾浩然之气"，代表了古时人生修养的最高境界。《游艺斋》云："游于六艺之林，是谓名教之乐。""名教"是儒家要求按照身份名称去规定每个人的社会责任和义务。

黄庭坚重视儒家的教化作用，强调自我人格修养的重要性。作于元祐八年（1093）五月的《洪州分宁县藏书阁铭并序》，为家乡藏书阁落成而欢欣鼓舞，序中称赞"此可谓有为民父母之心，知发政之先后之序者乎？"强调"夫士不可一日而无学，民不可一日而无教"。铭文揭示了藏书阁的重要意义："华阁渠渠，言行之林。聿求古今，自观德心。咨尔诸生，永怀兹道。"② 阆中进士鲜自源为黄庭坚落难黔戎时的朋友，《鲜自源广心斋铭》曰："细德险微，憎爱彼我。君子广心，无物不可。"③ 黄庭坚从道德的角度嘱其心胸开阔，不为一时得失而烦恼。

黄庭坚铭中不少是有关庙宇寺院的，着重要求"治心养心"，强调道德规范和人生修养。《黄龙心禅师塔铭》曰："若不见性，则佛祖密语尽成外书；若见性，则魔说狐禅皆为密语。"④ 他所着眼的是心性之正，如若明心见性，则书无他内外，教无有儒佛。吉州太和县普觉禅院长老楚金开息轩于竹间。黄庭坚为官太和时曾表示"结草庵于竹北"。庵成之后，黄庭坚已离去，长老名之曰"跨牛"。黄庭坚作《跨牛庵铭》云："唯水牯牛，头角堂堂。以作意力，偏行道场。……我跨此牛，无绳与鞭。要下即下，马后驴前。"⑤ 庭坚对佛道思想的汲取，体现出以清静无欲而达于逍遥自在的人生哲学，起主导作用的是治心养性之道。

黄庭坚创作的器物铭不少，其中砚铭就有 24 篇，其实不止，有数篇合为

① 毛亨传，郑玄注，孔颖达疏：《毛诗正义》，载李学勤主编：《十三经注疏（三）》，北京：北京大学出版社，1999，第 1396 页。
② 黄庭坚：《宋黄文节公全集·正集》卷二十一，载《黄庭坚全集（二）》，第 524—525 页。
③ 同上，第 534 页。
④ 同上，卷三十二，第 851 页。
⑤ 同上，卷二十一，第 546 页。

一篇的。砚铭在宋代盛行，这与宋代文化的兴旺发达有关。韩愈所存铭 2 篇是砚铭，苏轼砚铭存有 28 篇，秦观有 2 篇，晁补之有 9 篇。作为宋代书法四大家之一，黄庭坚的书法艺术为后人所钦敬。黄庭坚砚铭也突出了"治心养性"之说。《砚铭三首》之一云："坚如是，重如是，乃能时中。固穷在道，涉世在逢。"① 意谓立身行事合乎时宜，君子忧道不忧贫，宜适时而出。《任叔俭砚铭》云："缜栗密致，其宜墨而不败笔也。叩之铿尔，手之所及，如云生础，其有玉德也。"② 黄庭坚赞美此砚"有玉德"，视砚的最高品性为"仁"与"德"。与此相似，离戎州至荆渚时期所作《王子飞砚铭》云："厚而静似仁，刚而温似德。"③《欧阳元老砚铭》云："其坚也，似立义不易；其润也，似饮人以德。"④

黄庭坚的山川之铭也贯穿"治心养性"之说。《玉泉铭》开头先是叙述泉的来历："玉泉坎坎，来自重险。发源无渐，龙窟琬琰。"接着写自己的感受："我行峡中，初酌蛙颔。迨尝百泉，无与比甘。"其后，写山僧"煮瓶羹糁，我以瀹茗，泉味不掩"，最后归结为"矢其明德，以勒苍厂"。⑤

三、立意不凡，多有妙品

黄庭坚在铭文创作中，倡导"顿挫崛奇"，力求打破传统铭文创作的思维定势，竭力改变铭文的传统结构。他不囿于铭文的"体贵弘润"、"博约而温润"，希冀铭文的奇特不凡，赋予铭文不一般的审美趣味。黄庭坚的铭文篇幅不长，却是立意婉转曲折，含蓄深刻。

宋代建造了大量的殿宇、楼阁、厅堂、佛塔，展现了社会经济的发展和文化的繁荣。黄庭坚有关楼台亭阁的铭文有 45 篇之多，他对楼台亭阁并不直接进行正面描述，而是别开生面，发掘蕴含的意义。《分宁县三堂铭》题注为"求瘼、民肥、靖共"，着力描写的是人物，而不是三堂建筑之美，中云：

① 黄庭坚：《宋黄文节公全集·正集》卷二十一，载《黄庭坚全集(二)》，第 550 页。
② 同上，第 552 页。
③ 同上，第 554 页。
④ 同上，第 553 页。
⑤ 同上，第 538 页。

茂宰萧公，来拊我民，自初讫兹，惠政日新。父母慈之，知其苦乐。
吏瘦民肥，犹求其瘵。靖共在堂，敬畏在庭。宾礼士子，有渭有泾。我铭
三堂，式颂式劝。继萧公者，无坠斯宪。①

此铭借为茂宰萧公撰写三堂之铭，赞赏其"惠政日新"，既颂德又劝诫，希冀
官吏了解民众疾苦，爱护百姓，为民服务，营造理想长久的"惠政"环境。

元符二年(1099 年)在戎州，黄庭坚迁于城南，亲作僦舍，名曰"任运堂"，
并作《任运堂铭》，云："或见僦居之小堂名'任运'，恐好事者或以藉口，余
曰：腾腾和尚歌云：'今日任运腾腾，明日腾腾任运。'堂盖取诸此。余已身如
槁木，心如死灰，但作不除鬓发一无能老比丘，尚不可邪？"② 此铭工于抒怀，
略于叙事，长短句结合，抑扬顿挫，内心悲愤，而神情超脱，坦然面对人生。
庭坚深受文字祸之害，于平静中见愤怒。结尾用反诘句，表达出"自在人"乐
在禅中的平常心。

《养源堂铭》是一篇由对话体构成的铭文，立意于育人。作者以"山谷"
之号答问堂主李子，阐述"养源"之义："必清其源，源清则流洁；必深其源，
源深则流长。是故有令德者，百世不忘。"黄庭坚还以江水滥觞为喻，说明道
德修养之重要，由此引申出"养"为"十年树木，百年树人"的道理。③ 三篇
堂铭，一窥见豹，突破传统的铭文格式，说理抒情，别出心裁，富有新意。被
收入《古文辞类纂》的苏轼《徐州莲花漏铭并序》，明人茅坤评价为："借漏以
发明'道术'，吾所以谓苏长公仙于文者也。"④ 莲花漏为古代计时器。铭文前
半部分叙说了三个人的制作，后半部分则是以此为喻，议论为官之道。苏轼的
《九成台铭》被茅坤评为"铭之变体"。"九成台"，相传舜南巡奏乐于此。秦灭
天下，《韶》之不作。苏轼就九成台引发议论，抒情达意，以天籁为乐。黄庭
坚所创作的铭文与苏轼有相似之处，但思想显得更为正统一些。

黄庭坚作铭以意谋篇，贵在曲折，讲究错综变化，以使铭文的主题深刻突

---

① 黄庭坚：《宋黄文节公全集·正集》卷二十一，载《黄庭坚全集(二)》，第 526 页。
② 黄庭坚：《宋黄文节公全集·别集》卷三，载《黄庭坚全集(三)》，第 1502 页。
③ 黄庭坚：《宋黄文节公全集·正集》卷二十一，载《黄庭坚全集(二)》，第 537 页。
④ 茅坤：《唐宋八大家文钞》，上海：上海古籍出版社，1993，第 701 页。

出。《杨大年砚铭》云："公无恙时，于此翰墨。其作也，万物受泽；其不作也，群公动色。……人言杨公不如石之寿，我谓石朽而公不朽。"① 杨亿，字大年，宋初文学家、西昆派中坚，书法也是享有声誉的。其"作"与"不作"，都令人关切。砚铭由物及人，由砚自然转入杨忆书法，然后再描写人物本身，有力地突出"石朽而公不朽"的主题。《戎州舍利塔铭》云："僧伽师之骨身，匪玉匪石。大善知识，功德之余，用福蛮方。三灾不作，百谷有年，上天降康。岁摄提格，元符天子，万寿无疆。"② 此赞颂僧伽师播洒幸福于蛮荒之地，元符元年(1098)，黄庭坚移戎州安置。元符三年(1100)，宋哲宗卒，政权为神宗皇后向氏掌握，司马光、苏轼和黄庭坚等 33 人名誉相继恢复。受尽文字狱之害的黄庭坚歌颂天子，可谓曲笔讽谏。

立意构思之外，谋篇布局是创作的关键。黄庭坚的铭文崇曲忌直，曲折生姿。宋人范温《潜溪诗眼》云："黄庭坚言文章必谨布置，每见后学，多告以《原道》命意曲折。"③ 范温系范祖禹次子，秦观之婿。韩愈力排佛老，独尊儒家仁义道德。《原道》为韩愈论述社会政治伦理的力作，立论与驳论相结合，逐层深入，变化诡谲，波澜壮阔，义正而辞严。黄庭坚作文讲究布置，其诗作多有奇的特点，其文也是如此。黄庭坚铭文之"奇"，在于强调开拓独创，注重推陈出新。

清人方东树《昭昧詹言》云："黄庭坚之妙，起无端，接无端，大笔如椽，转折如龙虎，扫弃一切，独提精要之语。每每承接处，中亘万里，不相联属，非寻常意计所及。此小家何由知之，亦无此力，故作家不易得也。奇思，奇句，奇气。"④ 尽管评论的是黄庭坚诗，但也可借此观照庭坚所作之铭。铭文的篇幅大多短小，所表现的时空受到限制。庭坚为拓展铭文的审美空间，增强铭文的深度和强度，营造了形式多样的结构，表现手法相当丰富。《洪州分宁县藏书阁铭并序》开篇为"凡治有条，如机于纺。经经纬纬，积寸成两"。此宕开一笔，不以藏书阁说事，而以纺机作喻，突出藏书阁的重要作用；接着议论

---

① 黄庭坚：《宋黄文节公全集·正集》卷二十一，载《黄庭坚全集(二)》，第 527 页。
② 同上，第 548 页。
③ 郭绍虞：《宋诗话辑佚》，第 323 页。
④ 方东树：《昭昧詹言》卷十二，第 314 页。

庙学、华阁，赞美家乡"山川之灵，郁秀于民"；末尾点出藏书阁的意义，"世得材用，我培其根"。① 此铭属于"起无端"之作，毫无平直拖沓之弊。《虎胎冠铭》云："漆园老，言作圣。冠皋比，文质称。吾衰矣，文不昭。服斑然，作虎羞。深衣幅巾九节竹，尚与斯文啸空谷。"② "漆园老"指庄子，"皋比"指虎皮，"斯文"即指本文。此铭属起结无端，由古言今，结构呈跳跃式，意味隽永。庄子"言作圣"，虎胎为虎皮之冠，华纹绝美。作者自谓衰弱老朽，写不出好文章。此铭篇幅虽短小，却是尺波兴澜，表现出作者空有"啸谷风，弭百兽"意愿的内心发出的感叹。

黄庭坚并不拘泥于法，其铭溢而为波澜，变而为崛奇，却有自然平易之妙。元丰六年(1083)作《李伯牖女子砚铭》云：

> 既非牛渚望夫之石，又非上虞幼妇之碑。琢为海昏节妇之砚，坚润而含风漪。其以付伯牖之孤女，他日或能卫夫人之笔札，曹大家之文词。③

"幼妇"指上虞人孝女曹娥。"海昏"，县名，今江西省永修县。铭文开头为少见的联合复句的否定形式，引人入胜。以此为铺垫，引出海昏节妇之砚，突出砚的"坚润"、"风漪"特点。作此铭以激励李伯牖之孤女奋发向上，期待日后具有东晋卫夫人的书艺、东汉班昭的文采。

崇宁三年(1104年)过衡州，黄庭坚与花光山僧人仲仁相善，为其作《天保松铭》，反映出时人少有的生态保护意识。序云："衡州花光山，实衡岳之南麓。有松杰出，盘礴云表。""松"如此高大雄壮，却没有被伤害，是因为"适当天子寿山之前，故不敢运斤耳"，以"天保"命名。铭云："得极其高大，惟时太平。薄海内外，罔不稽首。""松"带来了好运，受到普遍的崇敬。"勿伐勿败，祝圣人寿"。庭坚以"祝圣人寿"为由，告诫后人多加保护。④ 此铭骈散相间，整齐中有变化，层层推进，意义深刻。

---

① 黄庭坚：《宋黄文节公全集·正集》卷二十一，载《黄庭坚全集(二)》，第525页。
② 同上，第543页。
③ 黄庭坚：《宋黄文节公全集·正集》卷二十一，载《黄庭坚全集(二)》，第555页。
④ 黄庭坚：《宋黄文节公全集·别集》卷三，载《黄庭坚全集(三)》，第1505页。

元人刘壎评曰："（黄庭坚）古赋与夫赞、铭有韵者率入妙品"。① 这是因为黄庭坚精于诗律的缘故，其文"凡近于诗者无不工"。庭坚为宋诗的代表人物，其诗被苏轼誉为"庭坚体"。通常铭文是四言韵语，与诗同为有韵之文。唐宋诗学中的"律"，有时指声律，有时指格法，有时两者兼有。因此，除了声律外，诗律通常是指字法、句法、用事之法和章法。经过唐宋古文运动的洗礼，铭文的创作也发生了变化。黄庭坚铭文之顿挫崛奇，也体现出其语言艺术的独创性。

黄庭坚铭文不拘一格，追求新变，富有韵律，力求不同凡响。前已述及《洪州分宁县藏书阁铭并序》，其序文与铭文相得益彰，充满情感地述说了藏书阁的由来。铭云：

> 幕阜几几，吴咮楚尾。其下修水，行六百里。山川之灵，郁秀于民。世得材用，我培其根。勒铭颂成，式告尔后。无或堕之，永庇俎豆。②

铭文为四字句式，前后押韵并不一致，句式整齐却不对仗，琅琅上口，表达了对家乡的挚爱，对人才辈出的期盼。

《石枕铭》云：

> 来此暂憩，修省退藏。藏久游倦，息兹石床。少息则可，甘寝则荒。老何敢荒，匪惮石凉。③

此铭蕴涵不服老不放弃之意。逐层深入，句式齐整，意味深长。

《砚铭三首》之一云：

> 其坚也，可以当谤者之铄金；其重也，可以压险者之累卵；其温也，

---

① 刘壎：《隐居通义》卷十八，《景印文渊阁四库全书》866 册，第 162 页。
② 黄庭坚《宋黄文节公全集·正集》卷二十一，载《黄庭坚全集（二）》，第 525 页。
③ 黄庭坚《宋黄文节公全集·补遗》卷十一，载《黄庭坚全集（四）》，第 2348 页。

可以销非意之横逆；其圆也，可以行立心之直方。如是则砚为予师，亦为予友。①

黄庭坚有意以文为铭，整散结合，造成错综变化的效果。此铭采用整齐的排比句式，引人注目。作者视此砚"亦师亦友"。后文又以"精则入神，勤则见功"，揭示精与神、勤与功的辩证关系。"固穷在道，涉世在逢"，此为用事之法，化用了《论语·卫灵公》的"君子忧道不忧贫"，提升了砚的品格，透露出奋发有为的志向。

黄庭坚铭文浑成中见隽永，平淡中出奇制胜，讲究炼词炼句，寓意深远。《张益老十二琴铭》共有十二首，少的十四个字，多的不到六十字，形象生动，富有哲理。如《香林八节》云：

河渭之水多土，其声厚以沉。江汉之水多石，其声清而不深。香林八节，是谓天地之中、山水之音。②

此以河渭、江汉之水比喻琴声，形象地凸现"山水之音"的审美功效。同样是为琴作铭，苏轼《文与可琴铭》云："攫之幽然，如水赴谷。醳之萧然，如叶脱木。按之噫然，应指而长言者似君。置之枵然，遗形而不言者似仆。"③通过攫、醳这两个动词和"水赴谷"、"叶脱木"的比喻，使得琴声活灵活现，如在耳旁，同时也巧妙地对比了文与可与作者自身的个性。如两相比较，黄庭坚的铭文显得隽永、和谐，苏轼的铭文却是奔放、诙谐。《王子钧深衣带铭》云："养心欲诚，择术欲精。自知欲明，责人欲轻。"④连用四个动词"欲"，如瀑布奔泻而下，造成强有力的气势。

综上所述，黄庭坚论铭重在"治心养性"，重视儒家道德修养，要求塑造理想人格，倡导铭文创作的顿挫崛奇，打破传统束缚，富有文学性，力求创

---

① 黄庭坚：《宋黄文节公全集·正集》卷二十一，载《黄庭坚全集(二)》，第550页。
② 同上，第540页。
③ 苏轼：《文与可琴铭》，载《苏轼文集》卷十九，第558页。
④ 黄庭坚：《宋黄文节公全集·正集》卷二十一，载《黄庭坚全集(二)》，第544页。

新。黄庭坚铭文，丰富多彩，形式多样，以富于文学魅力的特色，开拓了铭文创作的新路。

第七节　字说：得窥藩篱

"字说"散文的兴盛是北宋古文运动的硕果。黄庭坚促使应用性文体的"字说"成为受人关注的文学性散文，其"字说"散文创作有着突出的成就，数量远远超过了宋文六大家，从文体上丰富了北宋散文的创作。

宋人汪应辰《书张士节字叙》曰："鲁直之以士节字张君也，若曰，无此节，则非士矣。其言可谓峻直而精确者也。闻之前辈鲁直疏通乐易，而其中所守毅然不可夺。"① 此不仅赞叹黄庭坚字说文，而且钦佩其倔强不屈的人格。② 明人何良俊曰："山谷文，如《赵安国字序》、《杨概字序》二篇，似知道者，岂寻常求工于文词者可得其窥藩篱。其他如《训郭氏三子名字序》，又《王定国文集序》与《小山集序》、《宋完字序》、《忠州复古记》，皆奇作也。"③ 以往，黄庭坚"字说"类散文归入论说文类，鲜有系统和全面的研究。④

一、宋代字说的兴盛

"字说"富有民族文化特色。古人凡有文化者不仅有"名"，而且有"字"。"名"是在人出生前后由长辈所定。"字"多是自拟，即在本名外取与本名意义相应的另一称呼。通常，长辈对晚辈称"名"，同辈间称"字"。《礼记·檀弓上》云："幼名，冠字，五十以伯仲，死谥，周道也。"孔颖达疏："名以名质，

---

① 汪应辰：《文定集》卷十一，《景印文渊阁四库全书》1138 册，第 688 页。
② 刘琳、李勇先、王蓉贵校点，四川大学出版社 2001 年出版的以光绪本为底本的《黄庭坚全集》皆作"字说"，四部丛刊本《豫章黄先生文集》作"字序"。本书取"字说"。
③ 何良俊：《四友斋丛说》，第 206 页。
④ 参见拙文《黄庭坚"字说"散文论》，《长江学术》2010 年第 1 期，第 31—36 页。

生若无名，不可分别，故始生三月而加名，故云'幼名'也。'冠字'者，人年二十，有为人父之道，朋友等类，不可复呼其名，故冠而加字。"① 人的表字至少在周代就开始了，成为仪礼的组成部分，如孔子名丘，字仲尼。《礼记·曲礼上》云："男女各异。男子二十，冠而字，父前子名，君前臣名。女子许嫁，笄而字。"② "字"是作为成人的标志和一种尊称。除此，还有古人避讳的原因。西汉以降，独尊儒术，"字说"受儒家思想影响较深。颜之推完成于隋代的《颜氏家训·风操》云："古者，名以正体，字以表德。名终则讳之，字乃可以为孙氏。"③

黄庭坚字鲁直，其义后人多不能解。《史记·五帝本纪第一》："昔高阳氏有才子八人，世得其利，谓之'八恺'。"④ 恺，和也。《春秋左传正义》："昔高阳氏有才子八人，苍舒、隤敳、梼戭、大临、龙降、庭坚、仲容、叔达"。杜预注："此即垂、益、禹、皋陶之伦。庭坚即皋陶字。"⑤ 庭坚为皋陶字，自与皋陶的人品有关。黄庭坚兄取名为大临，两位弟弟分别名为叔达、苍舒，很明显源自"八恺"。《史记·五帝本纪第二》云："皋陶作士以理民。帝舜朝，禹、伯禹、皋陶相与语帝前。皋陶述其谋曰：'信其道德，谋明辅和。'……帝禹立而举皋陶荐之，且授政焉。"⑥ 憨厚为"鲁"，忠正为"直"。《尔雅注疏》："庭，直也。"⑦ 鲁直为憨直之意。古人取字，字由名生，名与字相互间有联系。

以"字说"名篇的散文兴盛于宋代。我国现存编选最早的诗文总集《文选》中没有"字说"（字序、字解）名篇的散文。《文心雕龙》无"字说"文体一说。唐代古文大家韩愈、柳宗元没有留存"字说"类的散文。宋文六大家除苏辙外，都留存有"字说"类的散文。宋代影响最大的诗文总集《宋文鉴》，则至少收录了苏洵、刘敞和章望之的4篇"字说"类散文。据初步统计：《欧阳

---

① 郑玄注，孔颖达等正义：《礼记正义》，载《十三经注疏（六）》，第219页。
② 同上书，第55页。
③ 庄辉明、章义和：《颜氏家训译注》，上海：上海古籍出版社，1999，第70页。
④ 司马迁：《史记》卷一，北京：中华书局，1959，第35页。
⑤ 左丘明传，杜预注，孔颖达正义：《春秋左传正义（上）》，载李学勤主编：《十三经注疏（七）》，第577页。
⑥ 司马迁：《史记》卷二，北京：中华书局，1959，第77—83页。
⑦ 郭璞注，邢昺疏：《尔雅注疏》，载李学勤主编：《十三经注疏（十三）》，第39页。

修诗文集校笺》有5篇；《王安石全集》有1篇；《曾巩集》有2篇；《嘉祐集笺注》有2篇；《苏轼文集》有7篇，其中《讲田友直字序》与《黄庭坚全集》中《田益字说》内容大同小异，据文中"黄庭坚以谓不足以配名"，应视为黄庭坚所作。"字说"类散文创作在北宋颇为流行，这也反映出宋代散文创作的兴盛。

有宋一代"兴文教，抑武事"的国策，形成了尊重知识、优待士大夫的氛围，带来了文化的繁荣昌盛。这是"字说"类散文兴盛的重要原因。今人曾枣庄先生的《君子尚其字——论宋代的字序》[①] 对有宋一代的字序(又称字说、字解)从尊称、名与字的关系、字的用意和写作特色等方面进行了论述，认为"字序名实为杂说，以议论胜"。此文改写后列为其所著《宋文通论》"近世多尚字说"一节。[②]

宋代"字说"散文兴盛，而直至明代方正式确立"字说"一体。明人徐师曾《文体明辨序说》将"字说(字说、字序、字解、字辞、祝辞、名说、名序、女子名字说)"列为一种文体，曰：

> 按《仪礼》，士冠三加三醮而申之以字辞，后人因之，遂有字说、字序、字解等作，皆字辞之滥觞也。虽其文去古甚远，而丁宁训诫之义无大异焉。若夫字辞、祝辞，则仿古辞而为之者也。然近世多尚字说，故今以说为主，而其他亦并列焉。至于名说、名序，则援此意而推广之。而女子笄，亦得称字，故宋人有女子名辞，其实亦字说也。今虽不行，然于礼有据，故亦取之，以备一体云。[③]

宋代"字说"类散文创作对后人影响颇大，明人别集中保存的"字说"类散文较多。贺复徵有《文章辨体汇编》，"字说"类收录了宋人苏洵、苏轼、黄庭坚、游言九、真德秀的作品。清朝最有影响的古文选本是《古文辞类纂》，赠序类收有苏洵、归有光三篇"字说"类散文，如加上欧阳修《郑荀改名序》、

---

① 曾枣庄：《君子尚其字——论宋代的字序》，载《宋代文学与宋代文化》，上海：上海人民出版社2006，第125页。

② 曾枣庄：《宋文通论》，上海：上海人民出版社，2008。

③ 徐师曾：《文体明辨序说》，载《历代文话》，第2118页。

苏轼《名二子说》，则有五篇。

黄庭坚的"字说"类散文见于《黄庭坚全集》的有 55 篇。四部丛刊本《西山先生真文忠公文集》存有《跋山谷黄檗字序》，查《黄庭坚全集》和四部丛刊本《豫章黄先生文集》，均不存《黄檗字序》。黄庭坚散文中也有标题不具"字说"之文的，如绍圣四年（1097）作《答王观复》，云："承问所以尊名者，辄奉字曰'观复'。"① 可知，黄庭坚创作的"字说"类散文不止 55 篇。黄庭坚是把应用性"字说"当作文学性散文创作来看待的，其《跋老苏先生所作王道矩字说》云："此苏明允弄笔所成，犹有文章关键，所以子瞻之文震动一世，岂非所谓'积水成渊，蛟龙生焉'者乎！"② 黄庭坚从苏洵的这篇"字说"散文看出苏轼的文学家传渊源。

黄庭坚"字说"类散文，丰富多彩，形式多样，受儒家思想影响较欧阳修、苏轼为深，以儒为本，与释道融合，理论上主张"治心养性"，注重理想的人格培养，创作上以理趣为胜，说理透彻，情理事相融。

二、反身内求的外现

黄庭坚认同"字说"传统的"以字为尊""丁宁训诫"的功用，重视人生价值的取向。相比较其他各体散文，其"字说"类散文创作更为强调以"治心养性"为本，即关注自我修行和内心体悟，重视道德人格培育，从而超越"文以载道"的工具说，即功利主义的文学观，把散文创作提升到审美的高度。元丰六年（1083）作《黄育字说》云：

> 庭坚曰：古者生以字尊名，没以诔易名。易名之实，有宗也，有劝也，其治在后人；尊名之义，有宗也，有劝也，其治当其身。今日懋达，以配育名字则宜。③

① 黄庭坚：《宋黄文节公全集·正集》卷十九，载《黄庭坚全集（二）》，第 492 页。
② 黄庭坚：《宋黄文节公全集·别集》卷七，载《黄庭坚全集（三）》，第 1611—1612 页。
③ 黄庭坚：《宋黄文节公全集·正集》卷二十四，载《黄庭坚全集（二）》，第 628 页。

黄庭坚认为取字重在"治当其身"。"字"是用来阐明和补充名之意义，强调"宗"、"劝"之意。字与名相得益彰，通过自身的不懈努力，以培养完美的理想人格。欧阳修《胡寅字序》云："余以谓名者，古之人生而有别之称尔。……然考古人之命字者，则似若有义。"① 明人徐师曾说："（字说）虽其文去古甚远，而丁宁训诫之义无大异焉。"② 元符三年（1100）底，年已五十六的黄庭坚过江安（今四川江安县），江安守石谅信道挽留其过年，并与之结为秦晋之好。黄庭坚为石谅诸子改名字，训其字，引经据典，一气呵成。《石信道诸子字训》云：

> 石信道诸子求余更其名字，余且因且革，名之曰翼、毕、奎、参、亢。又作字训。其名曰翼之字曰气游，毕之字曰尽仁，奎之字曰秉文，参之字曰孝立，亢之字曰善长。翼者，南维朱鸟之翼也。夫存心养性，以与天地参也，则能御六气以游无穷，此人而有天翼者也。③

黄庭坚还在《赵安时字说》一文中，为学士大夫赵安时表字为"少庄"。庭坚发展了孟子"存心养性"之说，重视理想人格的培养，注重自我修炼，把儒家之道与庄禅的逍遥之境有机地联系起来。《训郭氏三子名字说》从《老子》、《书》、《淮南子》和孔孟语录中取名表字，体现了儒道思想的融合。黄庭坚强调道德修养的重要性，意在发扬光大传统的道德伦理秩序，并进一步将外在的伦理规范内化为自觉的需求。《书赠韩琼秀才》云："治经之法，不独玩其文章，谈说义理而已，一言一句，皆以养心治性。"④ 黄庭坚认为，学习儒家经典的意义在于化道德规范为内心的自觉要求，如《跋牛头心铭》云："范氏不学则已，学则必以治心养性为本。"⑤

黄庭坚主张的"治心养性"，其重要表现是对仪礼的诉求。"礼"是儒家道德修养的重要内容，具有规范教化功能。黄庭坚贬谪戎州后作《蒲大防字

① 欧阳修：《欧阳修诗文集校笺·外集》卷十四，第 1720 页。
② 徐师曾：《文体明辨序说》，载《历代文话》，第 2118 页。
③ 黄庭坚：《宋黄文节公全集·别集》卷四，载《黄庭坚全集（三）》，第 1531 页。
④ 黄庭坚：《宋黄文节公全集·正集》卷二十五，载《黄庭坚全集（二）》，第 655 页。
⑤ 黄庭坚：《宋黄文节公全集·别集》卷七，载《黄庭坚全集（三）》，第 1614 页。

元礼》，云：

> 安德蒲君大防，学问之士也。涪翁字之曰元礼。夫礼之使人左规右
> 矩，前瞻后顾，见德思义，见名思实，大为之防，如水之有所游泳，而决
> 不溢以为败者也。①

经历人生磨难的黄庭坚，表现出了内心对礼的自觉遵循。《陈氏五子字说》云：

> 陈氏五男子制名，以五行之物始于天一生水而止于金，盖因天道起于
> 北方，而成岁之序，曰崇、居、中、孚、宜；又以智、仁、礼、信、义媲
> 夫而字之。豫章黄庭坚曰：君子之名子也，以德命为义，于此合矣，故为
> 具其说。②

陈氏五男子以道教的"五行"命名，以儒家的"智、仁、礼、信、义"这"五常"取字。黄庭坚赞赏"以德命为义"，强调人的表字要以"德"为基准。"以德命为义"取自于《春秋左传》，其文云："公问名于申繻。对曰：'名有五，有信，有义，有象，有假，有类。以名生为信，以德命为义，以类命为象，取于物为假，取于父为类。不以国，不以官，不以山川，不以隐疾，不以畜牧，不以器币。周人以讳事神，名，终将讳之。'"③ 黄庭坚看重儒家道德伦理，以此作为取名表字的原则。宋人真德秀称赞黄庭坚的"字说"，其《跋山谷黄橐字序》云："东坡铭莲花漏曰：'惟无意无必然后可以司天下之平。'山谷此序，其称橐之德亦然，士大夫用心，当视以为法。"④ 黄庭坚不仅是"字以表德"，而且强调道德修养，顺应"内圣外王"的新儒学的发展，把古人对德的理解进一步深化。

黄庭坚不仅热心地为好友和家人亲属取字，而且为慕名而来的后学取字，宣扬其"治心养性"之说。陈师道在与黄庭坚相见之前，已创作了近千首诗

---

① 黄庭坚：《宋黄文节公全集·外集》卷二十四，载《黄庭坚全集（三）》，第1426页。
② 黄庭坚：《宋黄文节公全集·正集》卷二十四，载《黄庭坚全集（二）》，第618页。
③ 左丘明传，杜预注，孔颖达正义：《春秋左传正义（上）》，载《十三经注疏（七）》，第180页。
④ 真德秀：《西山文集》卷三十六，《景印文渊阁四库全书》1174册，第567页。

歌，但他一见黄庭坚就拜于门下，对其诗歌与人格极为景仰。黄庭坚作《陈师道字说》给予鼓励，云：

> 噫来陈子，在汝后之人，则不我敢知。我观万世，未有困于母而食于舅嫔，息巢于外舅，无以昏昼，文章满脰。士之号穷，屋瓦无牡，造物者报，而天无壁以为牖。不病其倾，维有德者能之。①

黄庭坚强调人的道德高于荣华富贵。贬谪戎州时期作《李大耕大猎字序》云："东川李任道，名其二子曰大耕、大猎。任道务学之良师，求益者之畏友也。以道耕而困无积粟，以德猎而庭无县肉，故用扬子云'耕道而得道，猎德而得德'者为之字。任道之命其子，不在于富贵荣显，而在于道德，可谓父父矣。"② 庭坚欣赏江安尉李任道为其子取名，并欣然为之表字。

黄庭坚还强调君子"养气"的重要性。这源于孟子的"养气"之说，意谓反身内求所产生的一种精神力量。《黄育字说》云："君子以直养气而已。气者，万物受命而效形名者也。"③《养浩堂铭》云："心者气之君，气者心之将。君之所忾，将应如响。心渊如渊，气得其养。"④ "心"是指思想。黄庭坚把"心"与"气"的关系揭示了出来，强调了"心"的主导性，即道德规范要化为内在的自觉行为。

黄庭坚在"字说"中还强调学问和功力，反映了黄庭坚集大成的自觉意识。元符二年（1099 年）作《名春老说》云："涪翁名之曰春老，盖其生直执徐之正月，东风解冻矣；又仲颖太夫人在堂，康强而抱孙，故并二义而名之。春之为气，万物皆动而成文，祝此儿怀文抱质。俾尔大母眉寿，而见其颀然在士君子之林也。"⑤ 黄庭坚为春后五日出生的新生儿取名"春老"，寓意未来"怀文抱质"，入"君子之林"。《张光祖光嗣字说》云：

---

① 黄庭坚：《宋黄文节公全集·正集》卷二十四，载《黄庭坚全集（二）》，第 620 页。
② 同上，第 631 页。
③ 同上，第 628 页。
④ 黄庭坚：《宋黄文节公全集·正集》卷二十一，载《黄庭坚全集（二）》，第 536 页。
⑤ 黄庭坚：《宋黄文节公全集·别集》卷四，载《黄庭坚全集（三）》，第 1539 页。

张公载之二孙，其仲曰光祖，其季曰光嗣，皆好文学。其季与山谷游，事贤而友仁，可好也。其仲因季而与山谷通书，而问字于山谷。……念祖不熙则责之学，遗后无晖则责之行。予以强学力行责二子，他日不使予为不知言可也。[①]

"强学力行"意在学与行相结合，注重道德实践的过程。《跋张龙阁家问》云："治平中，广帅龙图直阁张公公载威名盛于南海。父老追数，比之古人，常恨不知其所以为广州者。今见张公之孙出其家书，然后知公特以不贪，而蛮獠信服，风行草偃耳。"[②] 黄庭坚敬佩张公载的高风亮节，为其二孙取字载熙、载晖，意味深长。黄庭坚强调君子之道，在于"积学"。给周渊取字邃夫，"渊"与"邃"为同义互训。《周渊字说》云："盖君子之度，惟深而已。惟深也，故能通天下之志。渊之能深也，积水之极也；君子能深也，积学之致也。故字曰邃夫。"[③]

在"字说"类散文创作中，黄庭坚努力实践"治心养性"的主张，使得以往对立的文学创作与道德伦理达到和谐一致，竭力消除"文以载道"、"文以害道"对文学创作的不良影响。理学家所主张的是用道德性理抑制个性感情欲望。北宋古文运动确立了重道宗经的文统意识，重教化和重心性涵养。黄庭坚的"治心养性"主张，是对古文运动的发扬光大。

三、黄氏字说的理趣

在古文家欧阳修的引导和率先垂范之下，宋文形成了平易自然的特色。黄庭坚创作的"字说"类散文，自然秉承了这一特色。此外，还注重明理达意，以富有理趣而取胜。宋文尚理，这是宋朝士人日趋高涨的理性意识在文学创作中的体现。议论化是宋人拓展唐代诗文表现手法的重要途径，与宋学所倡行的疑古创新、思辨性内省精神相关联。

元人李淦《文章精义》云："《选》诗惟陶渊明，唐文惟韩退之，自理趣中

---

① 黄庭坚：《宋黄文节公全集·正集》卷二十四，载《黄庭坚全集（一）》，第623—624页。
② 同上，卷二十五，第650页。
③ 黄庭坚：《宋黄文节公全集·别集》卷四，载《黄庭坚全集（三）》，第1538页。

流出，故浑然天成，无斧凿痕；余子正是字炼句煅，镂刻工巧而已。今人言诗动曰《选》，言文动曰唐，何泛然无别之甚！"① 李淦所指的"理趣"之"理"，为义理之意。陶渊明、韩愈都是黄庭坚为之倾倒的文学大家。理趣是由形与神、情与理结合而产生出来的。黄庭坚在《与王观复书》之一中说，文章"但当以理为主，理得而辞顺，文章自然出群拔萃"。② 此文作于贬谪戎州时的元符三年（1100），黄庭坚反思了自己的文学创作历程，对文学创作有了进一步的认识和深化。"以理为主"中的"理"，主要是指义理和思想内容。黄庭坚丁忧时期所作的《答洪驹父书》之二云："凡作一文，皆须有宗有趣，终始关键，有开有阖。"③ 庭坚贬谪黔戎后，对生命有了新的体验，对文学有了深刻的思考，提出散文创作要有独创精神。他所认为的"趣"，主要是指审美趣味。

黄庭坚"字说"类散文的理趣，首先表现在理与情的有机交融，哲理性蕴于深厚的感情之中。洪氏四甥自幼失去双亲，黄庭坚关怀有加，谆谆教诲，承担起引路人的重任。"四洪"中除洪羽早逝外，"三洪"俱入《江西宗派图》。正因为对洪氏四甥的特殊感情，黄庭坚不满于"其友为之易名，往往不似经意"，而"发其蕴而字之"。这与苏洵《名二子说》有相似之处。苏洵为二子取名轼、辙，喻意深刻，情理交融。黄庭坚《洪氏四甥字说》云：

> 洪氏四甥，其治经皆承祖母文城君讲授。文城贤智，能立洪氏门户如士大夫。盖尝以义训四甥之名，曰朋、刍、炎、羽。其友为之易名，往往不似经意，舅黄庭坚为发其蕴而字之。江发岷山，其盈滥觞。及其至于楚国，万物并流，非夫有本而益之者众邪？夫士也，不能自智其灵龟，好贤乐善，以深其内，则十朋之龟何由至哉？故朋之字曰龟父。④

黄庭坚因为其妹受不公的对待，对洪氏四甥祖母文城君曾有不满，但是，还是给予了"贤智"的客观评价。黄庭坚以岷江为喻，用反诘句以肯定"有本而益

① 李淦：《文章精义》，载《历代文话》，第1185页。
② 黄庭坚：《宋黄文节公全集·正集》卷十八，载《黄庭坚全集（二）》，第470页。
③ 同上，第474页。
④ 黄庭坚：《宋黄文节公全集·正集》卷二十四，载《黄庭坚全集（二）》，第616页。

之者众"。"十朋之龟"取自于《周易正义·损》，云："或益之，十朋之龟，弗克违，元吉。"注云："朋，党也。龟者，决疑之物也。"正义曰："居尊而能自抑损，则天下莫不归而益之。……朋至而不违，则群才之用尽矣。"① 黄庭坚告诫作为"四洪"之首的洪朋要"好贤乐善，以深其内"。

说到洪刍，文云："刍之字曰驹父。""父"与"甫"同，男子之通称也。"甫"有开始之意。庭坚期待"飞黄骐耳之驹，一秣千里"。"飞黄"为传说中的神马，"骐耳"为周穆王八骏之一，用以譬喻洪刍前途无量。

关于洪炎，庭坚用典故"和氏之璞"，引出哲理之言"火不炎无以知玉，事不难无以知君子"。而后云："故炎之字曰玉父"。至于洪羽，在对"鸿云飞而野啄"加以阐述后，用了反诘句"何足以论鸿父之志哉？"以此来肯定"羽之字曰鸿父"。

《洪氏四甥字说》以"既字之，又告之曰"收尾。"舍幼志然后能近老成人，力学然后切问，问学之功有加然后乐闻过，乐闻过然后执书册而见古人。执柯以伐柯，古人岂真远哉！"全文条理分明，抒情达意，说理十分有力。

黄庭坚"字说"类散文的理趣还表现在说理与形象的结合，通过对人或物的议论、描写，说明事理，赋予哲理化的意味。《侍其鉴字说》云："侍其纯夫之孙曰鉴，骨秀而气清，应对机警。纯夫谓涪翁曰：'此老夫妇甚爱之，幸为我与之字，他日使知学问。'涪翁字之曰弥明。"② 开篇不直接点题，而是通过形象的描写，勾勒出侍其纯夫之孙的形象，展现其聪明伶俐，再借纯夫之口，引出主题，突出"字弥明"的意义。

《黄育字说》开端是对主人公身世的具体描写，云："会稽黄渥，与庭坚皆出于婺州之黄田，七世以上失其谱，以年相望，与渥相近也。故复以昆弟合宗。"③ 进而步步深入，生动地阐明"育"字的意义："谷之育苗也，达于粢盛；水之育源也，达于海。君子之闻道也，达于天地之大。"

《张说子难字说》则用了简洁的描写手法，把张子难求序的神态表露无遗。而对其"智"与"强"的描写，突出异于常人之处，中云：

① 王弼注，孔颖达疏：《周易正义》，载李学勤主编：《十三经注疏》，第 175 页。
② 黄庭坚：《宋黄文节公全集·正集》卷二十四，载《黄庭坚全集（二）》，第 636 页。
③ 同上，第 628 页。

南阳张说子难，尝以名字求余为序。余辞以不能，而求不已。子难，温成后家，门户方鞯鞯然，观子难折节僚友间如寒士，不可谓不智。予尝以人所不能甘之语犯之，而子难不怒也，不可谓不强。强且智，是将升君子之堂，孰能御之？①

元祐七年(1092)庭坚作《书赠余莘老》，为小孩取字莘老，表达了纪念之义、期待之情。其文云："余景中有子名曰天任，年甫六岁，成诵六经如流，挑试无一不通者。爱其举止似孙莘老，因以莘老字之，亦与其名叶也。"② 年仅六岁的天任有着惊人的早慧，以莘老字之，含意深刻。孙莘老为黄庭坚尊敬的岳丈。元祐八年(1094)庭坚年十七，跟随舅氏李公择学于淮南，始识孙莘老，并为其所看中，成了他的女婿。黄庭坚对岳丈有感恩之情。

此外，黄庭坚"字说"类散文的理趣表现在说理与叙事的结合，以叙事来阐明义理，颇具审美价值。《侍其鉴字说》云：

> 侍其纯夫之孙曰鉴……涪翁字之曰弥明，而说之曰：物材、美火齐得，然后成鉴，鉴明则尘垢不止。明虽鉴之本性，不以药石磨砻，则不能见其面目矣。况于下照重渊之深，上承日月之境者乎！学者之心似鉴，求师取友似药石。得师友，则心鉴明矣；求天下之师，取天下之友，则弥明矣。③

此文夹叙夹议，形象生动，颇具哲理。黄庭坚先由鉴之物说起，从鉴的制造至其物用，阐述鉴明之意义，进而上升到"学者之心似鉴"的高度，求取天下之师友，达到"心鉴明"的境界。这与欧阳修《郑荀属名序》和苏洵《仲兄文甫字说》异曲同工。欧阳修因郑荀之名，借题发挥，称赞荀卿："盖其为说最近于圣人而然也。"④苏洵以风水相遭之态，道尽文章妙理。

---

① 黄庭坚：《宋黄文节公全集·别集》卷四，载《黄庭坚全集(三)》，第 1533 页。
② 同上，第 1539 页。
③ 黄庭坚：《宋黄文节公全集·正集》卷二十四，载《黄庭坚全集(二)》，第 636 页。
④ 欧阳修：《欧阳修诗文集校笺》卷四十一，第 1067 页。

除了引经据典，设譬引喻外，采用主客对话形式也是黄庭坚"字说"类散文的特色，形象生动，循循善诱，给人以理性的感悟。戎州时期所作《宋完字说》云：

> 燹道宋君完曰："完也有志从学于先生之门，而未能自克。出从市井之嚣，莘然其有味，而常见侮于人。人闻先生之言，淡然其无味，而常见敬于人。二者交战，敢问其故？"涪翁字之曰志父，而命之曰："志父来前。士唯无志，则不可学；诚有志乎，不难追配古人矣。战市井之嚣，又何难哉！古之言曰：不以物挫志之谓完。季札、子臧不以国挫志，泰伯、虞仲不以天下挫志，是以搢绅先生于今尊之。"[①]

此篇"字说"完全是由两人对话构成。宋完有志于学，却常为人所欺侮。见黄庭坚被人所尊敬，而不得其解。庭坚为其取字"志父"，并着重对"不以物挫志之谓完"进行深入阐述。《觉民对问字说》也是通过黄庭坚和从弟仲堪的对话，逐层深入地说明"字之觉民"所蕴含的深刻意义："吾天民之先觉者也，吾将以此道觉斯民也。"[②] 并且以善琴、善篆来作譬喻，加深说理的力度，突出"治心"的重要性。《田益字说》则是由对话展开对取字为"友直"的探讨，由此揭示了"字说"的意蕴。云：

> 韩城田益字迁之，黄庭坚以谓不足以配名，更之曰友直。田子曰："益者三友，何独取诸此？"庭坚曰："夫友直者，三言之长也。千夫之诺，不如一士之谔。诚得直士与居，彼且不贷吾子之过，切嗟琢磨，成子金石，使子日知不足。"[③]

对话之中，有细致的说理，使人心悦诚服。

"字说"源远流长，由应用文变为文学性散文，特别是到了黄庭坚手里，

---

① 黄庭坚：《宋黄文节公全集·正集》卷二十四，载《黄庭坚全集（二）》，第 632 页。
② 同上，第 633 页。
③ 同上，第 627 页。

创作丰收。后人历来关注黄庭坚的诗歌创作，而忽视其散文创作，因而未能一窥其"字说"类散文创作的成就。黄庭坚以"字说"名篇的散文创作，强调以"治心养性"为本，重视理想人格的修养。其"字说"类散文不仅数量多，而且质量高，不拘一格，手法多样，富于哲理，具有文学审美趣味，极大地丰富了北宋的散文创作。

第八节　颂赞：多有变体

宋释惠洪《跋山谷云庵赞》云："临济正脉，使流通不断，乃无所愧，此赞其敬之哉。"[①] 惠洪所推崇的黄庭坚《云庵赞》，《黄庭坚全集》不存。今人曾枣庄《宋文通论》第十七章"颂惟典雅，辞必清铄"，下列一节"山谷之颂多变体"，云："多数的颂体，是前为散文序，后为四言颂。但宋人之颂多变体，黄庭坚作颂多达两卷，特以他为例，来说明宋人之颂多变体。"[②] 另列一节"东坡之颂多游戏之言"。

颂、赞二体起源较早。《文选》收颂文五篇，赞文一篇。刘勰《文心雕龙》"颂赞"云："颂者，容也，所以美盛德而述形容也。""赞者，明也，助也。"[③] "颂"是指舞蹈的仪容，以此赞美伟大的功德。佛经中的颂词称之为"偈"，是梵语"偈佗"的简称。"佛经中的诗体也是多种多样的，其中影响最大的是'偈颂'。"[④] 颂、赞文起初有所不同，但是在历史的发展中渐渐融合，都有赞美之意。明人徐师曾《文体明辨序说》指出："（颂）后世所作，皆变体也。""赞体有三：杂赞、哀赞和史赞。"[⑤] 清人姚鼐《古文辞类纂》云："颂赞类者，亦《诗·颂》之流，而不必施金石者也。"[⑥]《古文辞类纂》收录西汉扬雄、唐韩愈

---

① 惠洪：《石门文字禅》卷二十七，载《景印文渊阁四库全书》1116 册，第 516 页。
② 曾枣庄：《宋文通论》，第 530 页。
③ 王运熙、周锋：《文心雕龙译注》，第 67 页。
④ 侯传文：《佛经的文学性解读》，第 11 页。
⑤ 徐师曾：《文体明辨序说》，载《历代文话》，第 2113 页。
⑥ 姚鼐：《古文辞类纂》，第 16 页。

颂各 1 篇，柳宗元赞 1 篇，宋苏轼赞 2 篇。

《黄庭坚全集》收颂体文有 126 首之多，赞有 102 首之多，偈有 4 首，位居各体散文前列。《韩昌黎文集校注》收颂文 3 篇，赞文 2 篇；《柳宗元集》收颂文 1 篇，赞文 5 篇；《苏轼文集》收颂文 21 首，赞 81 首，偈 20 首。黄庭坚创作的颂、赞文数量超过了唐宋古文大家。

一、颂：句式多变，情趣盎然

宋人创作的颂体文兴旺繁荣，黄庭坚为突出代表。明人吴讷《文章辨体序说·颂》云："颂须铺张扬厉，而以典雅丰缛为贵。"① 明人徐师曾《文体明辨序说·颂》云："其词或用散文，或用韵语，今亦辩而列之。"② 黄庭坚的颂文大多是参禅问佛的心得，其次是与日常生活的器物有关，凸显心境的淡泊和平衡，多有议论说理和体裁变化。

黄庭坚所作传统的四言颂《具茨颂》云："帝省具茨，在国南屏。笃生韩公，辅天子圣。……公出抚师，王师矫矫。羌戎震惊，其薮泽是狩。复我王土，将筑于河之浒。……公治北门，有条有叶。夷根披节，蟊贼是伐。惠及鳏寡，日用饮酒。"韩公系韩琦。颂文开头气势不凡，"辅天子圣"突出了韩琦名相身份。接着刻画典型细节，彰显其功绩。结尾呼应开头，"帝顾具茨，公归庙堂。为天下师傅，于大块有光，于大块有光，公寿考无疆"③。全篇以四字句为主，杂以五字、六字句，末为四个五字句，已见变体。而欧阳修作《会圣宫颂》，前有句式参差的长序，但颂皆为四字句。熙宁五年(1072)至元丰二年(1079)，庭坚任北京(今河北大名)国子监教授。《宋史·韩琦传》："熙宁元年七月，复请相州以归。河北地震，徙判大名府，充安抚使，得便宜从事。……六年，还判相州。"④ 时为教授的黄庭坚崇敬韩琦，乐意为之作颂。《曹侯善政颂》也是四言颂，受到古文运动影响，序可独立成文且字数大大超过颂文，以文为颂，颂扬曹侯为益阳

① 吴讷：《文章辨体序说》，载《历代文话》，第 1627 页。
② 徐师曾：《文体明辩序说》，载《历代文话》，第 2113 页。
③ 黄庭坚：《宋黄文节公全集·正集》卷二十三，载《黄庭坚全集(二)》，第 587—588 页。
④ 脱脱等：《宋史》卷三百一十二，第 10227 页。

令的惠民之政。当然，庭坚有序之颂还是少数，除常用的四言体外，三言、五言、六言、七言以至九言体皆有，还有杂言体的，令人眼界大开。

苏轼与黄庭坚都有参禅问道的喜好，与禅师僧人来往较多。两人都作有"罗汉颂"。罗汉是佛经文学中的主要形象类型，在佛教中的地位仅次于佛和菩萨，介于神与人之间。罗汉原指小乘佛教修行所达到的最高果位。大乘佛教兴起后，将佛教修行目标定为成佛，罗汉成为佛教的护法神。"罗汉"是梵文的音译"阿罗汉"的简称。① 黄庭坚贬谪戎州时期作五言颂《铁罗汉颂并序》，云：

> 峨眉山之下，蟆颐津之渊，有百炼金刚，铸成二怖魔开士。人物表仪，随世尺度。其中空洞，不留一物。叩之铿然，应大应小。香涂刀割，受供不二。沉之水则著底，投之火则炽然。水火事息，二老相视而笑。涪翁曰："吴儿铁人石心，吾不信也，二老者真铁石耳。"乃为之颂曰：
> 人言怖魔像，非金亦非铁。若作世金铁，开士亦不现。禅坐应念往，一钵千家供。顺佛遗敕故，不宣示神通。有为中无为，火聚开莲花。无为中有为，甘露破诸热。魔子目怖畏，我无怖畏想。或欲坏镕之，为己富贵梯。赖世主慈观，虎儿失爪角。或得野狐书，有字不可读。狐涎著其心，字义皆炳然。却来观六经，全是颠倒想。今世青云士，慎莫作此解。②

前序和后颂字数相近，序中所述"铁罗汉"为百炼金刚而"铸成二怖魔开士"。"怖魔"在梵语中称"魔罗"。"开士"即菩萨，也是高僧的尊号。"青云士"喻指位高名显之人。庭坚面对"铁罗汉"，诘问道："吴儿铁人石心，吾不信也，二老者真铁石耳。""魔子目怖畏，我无怖畏想。"他坦然地表达自己的想法。"却来观六经，全是颠倒想"，此是治经崇儒，圆融禅学，经历人生磨难之后，面对现实发出的疑问。最后，他小心翼翼地提醒道："今世青云士，慎莫作此解。"

---

① 参见侯传文著：《佛经的文学性解读》第七章"罗汉形象透视"，第264页。
② 黄庭坚：《宋黄文节公全集·正集》卷二十三，载《黄庭坚全集(二)》，第605页。

苏轼《十八大阿罗汉颂》云：

> 蜀金水张氏，画十八大阿罗汉。轼谪居儋耳，得之民间。海南荒陋，不类人世，此画何自至哉！久逃空谷，如见师友，乃命过躬易其装标，设灯涂香果以礼之。张氏以画罗汉有名，唐末盖世擅其艺，今成都僧敏行，其玄孙也。梵相奇古，学术渊博，蜀人皆曰："此罗汉化生其家也。"轼外祖父程公，少时游京师，还，遇蜀乱，绝粮不能归，困卧旅舍。有僧十六人往见之，曰："我，公之邑人也。"各以钱二百贷之，公以是得归，竟不知僧所在。公曰："此阿罗汉也。"岁设大供四。公年九十，凡设二百余供。今轼虽不亲睹至人，而困厄九死之余，鸟言卉服之间，获此奇胜，岂非希阔之遇也哉？乃各即其体像，而穷其思致，以为之颂。

以下有十八罗汉介绍与颂语：

> 第一尊者，结跏正坐，蛮奴侧立。有鬼使者，稽颡于前，侍者取其书通之。颂曰：月明星稀，孰在孰亡。煌煌东方，惟有启明。咨尔上座，及阿阇黎。代佛出世，惟大弟子……①

苏轼与黄庭坚创作《罗汉颂》时，都是身处贬谪的蛮荒之地。两人笔下的《罗汉颂》是不相同的，前者不苟言笑，后者活泼生动。苏轼"穷其思致"，借题发挥。由跋得知，蜀金水张氏所作十八罗汉像，引发了一段传奇故事。苏轼自述其外祖父程公受僧十六人贷钱，由京师归蜀的经历，由衷地赞美罗汉。他另有《自海南归过清远峡宝林寺敬赞禅月所画十八阿罗汉》，各首均标出罗汉名称。

黄庭坚五言《禅颂》云："自古多如此，君今独奈何。可来白云里，教汝《紫芝歌》。"② 此歌是吴语区的传统民间歌曲，充满了柔情蜜意。此颂文字简洁平易。苏轼也作有一首杂言《禅戏颂》："已熟之肉，无复活理。投在东坡无碍

---

① 苏轼：《十八大阿罗汉颂》，载《苏轼文集》卷二十，第586—587页。
② 黄庭坚：《宋黄文节公全集·别集》卷三，载《黄庭坚全集(三)》，第1516页。

羹釜中，有何不可。问天下禅和子，且道是肉是素，吃得是吃不得是？大奇大奇，一盌羹，勘破天下禅和子。"①苏轼喜食红烧肉，流传至今的东坡肉即以他命名。他以红烧肉为对象来作禅颂，而黄庭坚却是以参禅的体验来颂禅，体现出两人对禅的不同看法和理解。苏轼特意在标题上加了个"戏"字，意谓游戏之言。黄庭坚《赠刘静翁颂四首》序云："郑明举赠刘静翁四颂，劝之舍俗出家。词旨高迈，玩之不能释手。然静翁在家出家，无俗可舍。因戏作四颂以赠行。"由序可知，黄庭坚对朋友出家与否表达了自己的看法。阐述了禅宗的观点：人人皆有佛性，自可在现实生活中实现人生的涅槃。其四最后一句"心若出家身若在，何须更觅剃头书"，点出此颂的意义，表达了黄庭坚秉持禅宗的"在俗超然"的观点，亦即平常心是道。②

贬谪前后，黄庭坚与禅师僧人交往甚多，其颂也多有歌颂禅师和名僧的。丁忧时期作七言颂《罗汉南公升堂颂二首》云：

宝积拾得漏贯钱，古佛堂前狗尿天。东山日出西山雨，露柱摋胸哭破船。黑蚁旋磨千里错，巴蛇吞象三年觉。日光天子转须弥，失眼众生问演若。③

"须弥"系梵文音译，意为"宝山"。罗汉南公是黄龙派的系南禅师，系南（1050—1094），俗姓张，汀州（治今福建长汀）人。曾至湘西道林寺参云居元祐禅师，并嗣其法，为临济宗传人。于庐山罗汉禅院弘扬禅旨。绍圣元年（1094）示寂。④慧南为系南之祖，故丛林呼师为小南，尊称慧南为老南。黄庭坚对罗汉南公升堂表示了由衷的颂扬，也显示了两人的亲密关系。丁忧时期又作四言颂《罗汉南公塔颂》云：

一点黑漆，元无缝䊸。罗汉云居，天上天下。出入奋迅，三界无家。

---

① 苏轼：《禅戏颂》，载《苏轼文集》卷二十，第595页。
② 黄庭坚：《宋黄文节公全集·正集》卷二十三，载《黄庭坚全集（二）》，第600页。
③ 同上，第608页。
④ 龙延、陈开勇：《黄庭坚禅林交游考略》，《重庆师院学报》2002年第2期。

以除恼禅，打鼓弄琵琶。沉却法船，留下庠斗。欲得不沉，庠干劁漏。①

黄庭坚与罗汉南公交情颇久且深，此颂采用禅宗话语，对罗汉南公给予深情赞颂。云居祐禅师与罗汉南公关系密切，黄庭坚作《云居祐禅师烧香颂》，此颂似有所托，云："一身入定千身出，云居不打这鼓笛。虎驮太华入高丽，波斯鼻孔撑白日。"② 最后两句伸展到了域外的高丽和波斯，开阔了颂的境界。

　　黄庭坚所作颂文之中，日常生活用品之颂占有一定的比例，这与其贬谪后的困苦生活有关。《答杨明叔送米颂》云："买竹为我打篱，更送米来作饭。用此回光反照，佛事一时成办。不须天下求佛，问取弄臭脚汉。"③ 杨明叔系庭坚贬谪黔州时的友人。此颂平易明了，颂扬平常心是道。杂言颂《筇竹颂》亦戎州时期作，云：

　　　　伟邛崃之美竹，初发迹于群柯。有山而不险，有水而无波。金声而玉节，故贯四时而不改其柯。郭子遗我，扶余涧阿。坐则倚胡床楳几，行则随青笠绿蓑。吾衰也久矣，视尔畏友，予琢予磨。百世以俟圣人而不惑，则涪翁不负筇竹。危而不扶，颠而不持，惟筇竹之负涪翁。④

"涪翁"系黄庭坚晚年自号。此篇是以文为颂，字数并不固定，短则四字，长则九字，文字平易通畅。先是叙述筇竹的来历，接着颂扬筇竹"金声而玉节"。庭坚得友人之赠，因为身体衰弱已久，"视尔畏友"。感叹自己不负筇竹，只是筇竹有负自己。怨而不怒中，暗含讥讽当政之意。庭坚以竹为颂的有数首，可谓情有独钟，如《再答静翁并以筇竹一枝赠行四首》、《觉范师种竹颂》等。《失紫竹柱杖颂》有序，也是序文字数超过颂文，自称"戏作颂"。还有五言《竹颂》："深根藏器时，寸寸抱奇节。遭时上风云，故可傲冰雪。"⑤ 竹成为

① 黄庭坚：《宋黄文节公全集·正集》卷二十三，载《黄庭坚全集（二）》，第 609 页。
② 黄庭坚：《宋黄文节公全集·别集》卷三，载《黄庭坚全集（三）》，第 1523 页。
③ 黄庭坚：《宋黄文节公全集·正集》卷二十三，载《黄庭坚全集（二）》，第 590 页。
④ 同上，第 594 页。
⑤ 黄庭坚：《宋黄文节公全集·别集》卷三，载《黄庭坚全集（三）》，第 1521 页。

"傲冰雪"的铁汉了。作于晚年的五言《葫芦颂》云：

> 大葫芦干枯，小葫芦行酤。一居金仙宅，一往黄公垆。有此通大道，
> 无此令人老。不问恶与好，两葫芦俱倒。①

黄庭坚在《渔家傲·踏破草鞋参到了》词序中引用了此颂，云："或请以此意倚声律作词，使人歌之，为作《渔家傲》。""金仙"系指"如来佛"，"黄公垆"借指酒家。黄庭坚贬谪后，因身体原因，以及气候潮湿，而开戒喝酒。他赞赏葫芦之美，并借大小葫芦的对比，暗喻自己困顿潦倒的生活。禅不离生活，黄庭坚认可自然平常心就是道。

二、赞：题材多样，文笔活泼

刘勰《文心雕龙·颂赞》云："赞者，明也，助也。……然本其为义，事生奖叹，所以古来篇体，促而不广，必结言于四字之句，盘桓乎数韵之辞，约举以尽情，昭灼以送文，此其体也。发源虽远，而致用盖寡，大抵所归，其颂家之细条乎？"② 刘勰把赞作为颂的一个分支。明人吴讷《文章辨体序说·赞》云："按赞者，赞美之辞。大抵赞有二体，若作散文，当祖班氏史评；若作韵语，当宗东方朔《画像赞》。"③ 吴讷认为赞体文即赞美之文。黄庭坚的赞具有变体的特点，其创作的赞文以人物居多，还有画像赞和写真赞，赞美和歌颂人格人品，赞美文人士大夫的日常生活喜好等。此外，黄庭坚还作有大量的佛禅赞文。赞一般是四字句，而庭坚的赞文，虽仍有四字句的，但七字句的不少，还是混用不同字句的杂言体最多。

观音是中国佛教中影响最大的菩萨。观音即观世音，是梵文的意译。观世音菩萨主要有两大特点，一是大慈大悲救苦救难，二是能够显化各种形象，为众生说法。因而在下层民众中最受崇拜。黄庭坚有关观音的赞文有多篇，其七

① 黄庭坚：《宋黄文节公全集·正集》卷二十三，载《黄庭坚全集(二)》，第606页。
② 刘勰：《文心雕龙》卷二，《景印文渊阁四库全书》1478册，第14—15页。
③ 吴讷：《文章辨体序说》，载《历代文话》，第1627页。

言《观世音赞六首》之一云：

> 海岸孤绝补陀岩，有一众生圆正觉。八万四千清净眼，见尘劳中华藏海。八万四千母陀臂，接引有情到彼岸。涅槃生死不二见，是则名为施无畏。八风吹播老病死，无一众生得安稳。心华照了十方空，即见观世音慈眼。设欲真见观世音，金沙滩头马郎妇。①

"马郎妇"为观世音的化身，引用典故以寄寓随俗之意。黄庭坚赞美大慈大悲的观世音，显现其仁爱精神。有"八万四千清净眼"，有"八万四千母陀臂"，即千手千眼的观世音形象，以此赞叹观世音的丰功伟绩。黄庭坚取材于亲身经历之事，作杂言赞《庞道者绣观音赞并序》序云：

> 道者侏儒，从山谷累年。自谓予云：家富于财，父母死，无兄弟，年三十不娶。闻山谷食素，遂尽散其赀与族人，作头陀从山谷。不衣帛，不卧榻，一斋之外，水亦不饮。②

赞云：

> 八万四千唯两臂，三十二应无来往。悲观一切造诸业，慈观诸业炽然住。清净观时无本根，幻影重重蒙古佛。有能出世自观音，即受老翁无畏施。③

序所描绘的道者侏儒，在父母死后即散尽家财与族人，甘愿跟随食素的黄庭坚作苦行的"头陀"，专心修行。黄庭坚不仅称赞千手观音，而且赞颂虔诚的佛教弟子。苏轼也作有观音之赞，其《观音赞并引》之引云：

> 兴国浴室院法真大师慧汶，传宝禅月大师贯休所画十六大阿罗汉，左

---

① 黄庭坚：《宋黄文节公全集·正集》卷二十二，载《黄庭坚全集（二）》，第571页。
② 同上，第573页。
③ 同上，第573—574页。

朝散郎集贤校理欧阳棐为其女为轼子妇者舍所用装新之。轼亦家藏庆州小孟画观世音，舍为中尊，各作赞一首，为亡者追福减罪。

赞云：

> 众生堕八难，身心俱丧失。惟有一念在，能呼观世音。火坑与刀山，猛兽诸毒药。众苦萃一身，呼者常不痛。呼者若自痛，则必不能呼。若其了不痛，何用呼菩萨。当自救痛者，不烦观音力。众生以二故，一身受众苦。若能真不二，则是观世音。八万四千人，同时俱赴救。①

苏轼所作的观音赞取材于现实生活，由感而发，写观音给予众生救苦救难的希望。苏轼所作观音赞，系为亡者"追福减罪"。而黄庭坚所作观音赞，则是赞美并期待观音的功德无量。

黄庭坚丁忧时期作杂言赞《黄龙南禅师真赞》云：

> 我手何似佛手，日中见斗。我脚何似驴脚，锁却狗口。生缘在甚么处，黄茆里走。乃有北溟之鲲，揭海生尘。以长嘴鸟啄其心肝肺，乃退藏于密。待其化而为鹏，与之羽翼九万里，则风斯在下矣。自为炉而熔凡圣之铜，乃将图南也。道不虚行，是谓无功之功。遍得其道者，一子一孙而已矣。得其一者，皆为万物之宗。工以丹墨，得皮得骨。我以无舌，赞水中月。②

黄龙慧南系临济宗黄龙派之祖，每以公案接化众徒，尝设三转语，勘验学人，世称"黄龙三关"。庭坚赞美黄龙南禅师，其宗风险绝凌厉，壁立千仞，表达了自己对"黄龙三关"的领悟。黄庭坚与黄龙派禅僧交往密切，如慧南的弟子保宁圆玑，黄庭坚作有五言《翠岩玑禅师真赞》云："一步一弥勒，一句一释

---

① 苏轼：《观音赞并引》，载《苏轼文集》卷二十一，第 620—621 页。
② 黄庭坚：《宋黄文节公全集·正集》卷二十二，载《黄庭坚全集（二）》，第 582 页。

迦。逢人虽不杀，袖里有青蛇。是翠岩则二，非翠岩则别。弥勒下生时，亦作如是说。"① 另作杂言《圆通玑禅师赞》云："诸法坐处坐，诸佛行处行。如来无简择，清镜坦然平。有人借问谁家曲，睫上眉毛何自生。"② 翠岩玑和圆通玑被认为同一人。圆通玑依慧南于黄檗。南公迁往黄龙，携以俱往。后出世翠岩，十年后移往圆通。阅世八十有三。《禅林僧宝传》称其为"保宁玑"。③

黄庭坚与苏轼亦师亦友，用赞体文创作，对苏轼的高尚人格和文学才华给予赞颂。戎州时期作杂言《东坡先生真赞三首》云：

> 子瞻堂堂，出于峨眉，司马班杨。金马石渠，阅士如墙。上前论事，释之冯唐。言语以为阶，而投诸云梦之黄。东坡之酒，赤壁之箫，嬉笑怒骂，皆成文章。解羁而归，紫微玉堂。子瞻之德未变于初尔，而名之曰元祐之党，放之珠厓儋耳。方其金马石渠，不自知其东坡赤壁也。及其东坡赤壁，不自意其紫微玉堂也。及其紫微玉堂，不自知其珠厓儋耳也。九州四海，知有东坡。东坡归矣，民笑且歌。一日不朝，其间容戈。至其一丘一壑，则无如此道人何。
>
> 发发堂堂，如山如河。其爱之也，引之上西掭銮坡。是亦一东坡，非亦一东坡。槁项黄馘，触时干戈。其恶之也，投之于鲲鲸之波。是亦一东坡，非亦一东坡。计东坡之在天下，如太仓之一稊米。至于临大节而不可夺，则与天地相终始。
>
> 眉目云开月静，文章豹蔚虎炳。逢世爱憎怡怡，立朝公忠炯炯。④

苏轼贬官黄州，回朝后为翰林学士，不料又远谪海南。庭坚高度评价了苏轼崇高的品格和不平凡的一生。他把苏轼与古代文豪"司马班杨"相提并论，还与正直无私、敢于进谏的冯唐并列。庭坚赞赏苏轼"嬉笑怒骂，皆成文章"，对所加"元祐之党"的罪名表示愤慨。"东坡归矣，民笑且歌。"平民百姓对苏轼

---

① 黄庭坚：《宋黄文节公全集·别集》卷三，载《黄庭坚全集(三)》，第 1512 页。
② 同上，第 1512—1513 页。
③ 参见龙延、陈开勇：《黄庭坚禅林交游考略》，《重庆师院学报》2002 年第 2 期，第 57—58 页。
④ 黄庭坚：《宋黄文节公全集·正集》卷二十二，载《黄庭坚全集(二)》，第 557—558 页。

是真诚的爱戴和拥护。庭坚由衷地钦敬苏轼"临大节而不可夺，则与天地相终始"，对苏轼的形象和文章，对其处世"爱憎"分明和"立朝公忠"给予高度的赞美。

作于馆职期间的《写真自赞五首》，黄庭坚把自己与兄弟比较，对自身进行无情解剖，体现了其儒道释融合，内圣外王的思想。《写真自赞五首》之一云：

> 饮不过一瓢，食不过一箪，田夫亦不改其乐，而夫子不谓之能贤，何也？颜渊当首出万物，而奉以四海九州，而享之若是，故曰："人不堪其忧。"若余之于山泽，鱼在深藻，鹿得丰草，伊其野性则然。盖非抱沉陆之屈，怀迷邦之宝。既不能诗成无色之画，画出无声之诗。又白首而不闻道，则奚取于似摩诘为！若乃登山临水，喜见清扬，岂以优孟为孙叔敖，虎贲似蔡中郎者耶！①

面对唐代诗人王维的画像，庭坚引用典故，以对比手法，说明自己不如安贫乐道的颜渊。既不能作出好诗，又不能白首闻道，与"诗成无色之画，画出无声之诗"的王维相去甚远。在自赞之二中，黄庭坚与自己的兄弟元明和知命相比较，谓"吏能精密，里行姻恤，则不如其兄元明"，"斟酌世故，铨品人物，则不如其弟知命"。② 在自赞之三中，更称自己"吏能不如赵、张、三王，文章不如司马、班、扬"。自赞之五云："似僧有发，似俗无尘。作梦中梦，见身外身。"③ 生活严于自律的庭坚在对比和反思中，谈玄说妙，自谦中不乏自矜，呈现出随缘安乐，逍遥自在的人生观。最重要的是，他以有趣的笔调来探索生命的真相。《戏题戎州作予真》与此对比，简短通俗，揭示自己的人性本真，赞云："前身寒山子，后身黄鲁直。颇遭俗人恼，思欲入石避。"④ 寒山子系唐代诗人，隐居于浙东天台山。

黄庭坚还作有骈文赞《李冲元真赞》，云："冶百炼之金，而中黄钟之宫；

---

① 黄庭坚：《宋黄文节公全集·正集》卷二十，载《黄庭坚全集（二）》，第559页。
② 同上注。
③ 同上，第560页。
④ 黄庭坚：《宋黄文节公全集·别集》卷三，载《黄庭坚全集（三）》，第1510页。

琢无瑕之玉，而成夜光之璧。可用飨帝，可用活国。师旷不世而无闻，韫椟藏之而无闷。士亦何得于山林，无勋而茇谷也故肥遁。"① 他用事用典，真诚地赞美李冲元，为官尽责，一心为民，退隐山林则修身养性。

黄庭坚另有散文赞《麟趾赞》云："麟有趾而不踶，仁哉麟哉！有定而不抵，仁哉麟哉！有角而不触，仁哉麟哉！今之人一朝之忿以触人，灭身辱亲。呜呼，人中有兽，兽中有人。"② 麟作为古代传说中的一种动物，被用来象征祥瑞，也用来喻指杰出人物。黄庭坚大胆地将兽与人比较，以强有力的排比句式，发一唱三叹之感慨。他不禁悲从心来，大声疾呼："人中有兽，兽中有人。"振聋发聩，不失为千古名言。

又有《画墨竹赞》云："人有岁寒心，乃有岁寒节。何能貌不枯，虚心听霜雪。"③ 赞颂墨竹的气节。《画牧牛赞》云："鼻之柔也，以绳牧之。心之柔也，以道牧之。纵而不蹊人之田，其惟早服之。"④ 以牧牛之道譬喻以道牧心。

黄庭坚不仅赞颂佛经中的菩萨，也赞美与之交往的禅师僧人，采用禅宗的话语，以平常心为道。他创作的颂多为歌功颂德，主要是抒发内在的思想情感，其次是与生活的日用器物有关，多有议论说理。所赞以人物居多，还有一些赞美书画的。其颂赞文有些较隐晦，采用禅师参禅和传承活动方式，如棒喝、话头和机锋等。他的颂、赞别具一格，对北宋颂赞文有拓展之功。

---

① 黄庭坚：《宋黄文节公全集·正集》卷二十二，载《黄庭坚全集(二)》，第 564 页。
② 同上，第 566 页。
③ 同上，第 569 页。
④ 同上，第 570 页。

第六章　黄庭坚与唐宋古文运动

宋人严羽云："东坡、山谷始自出己意以为诗，唐人之风变矣。山谷用工尤为深刻，其后法席盛行，海内外称为江西诗派。"[1] 黄庭坚和"江西诗派"对诗歌的影响绵延至民国时期的"同光体"。除了诗歌创作外，黄庭坚一生留下了近2 900篇的各体散文。严羽对前人诗歌多有批评："近代诸公乃作奇特解会，遂以文字为诗，以才学为诗，以议论为诗。夫岂不工，终非古人之诗也。"[2] "以文字为诗"与"以议论为诗"，有力地说明了唐宋古文运动对诗歌创作的影响。在中国文学史上，唐宋古文运动无疑是意义深远的文学革新，开创了古代散文创作的新天地。其中成就最高，为后人所推崇的是唐宋八大家。

唐代古文运动的杰出领导者韩愈、柳宗元在理论建树和创作上取得了突出的成就。唐代古文运动是宋代古文运动的榜样，极大地推动了由欧阳修和苏轼领导的宋代古文运动。宋人王十朋《读苏文》云："唐宋文章未可优劣。唐之韩、柳，宋之欧、苏，使四子并驾而争驰，未知孰后而孰先，必有能辨之者。不学文则已，学文而不韩、柳、欧、苏是观，诵读虽博，著述虽多，未有不陋者也。"[3] 韩、柳、欧、苏作为唐宋古文运动的领袖，他们的散文作品成为宋人学习的典范，而有宋一代的散文创作数量远远超过了唐代。

与古文运动领袖苏轼亦师亦友的黄庭坚，与唐宋古文运动关系如何？我们有必要探讨黄庭坚与韩、柳、欧、苏的关系等问题，以此彰显黄庭坚散文创作

---

[1] 严羽著：《沧浪诗话校释》，郭绍虞校释，上海：人民文学出版社，1961，第26页。
[2] 同上注。
[3] 王十朋：《梅溪集前集》卷十九，《景印文渊阁四库全书》1151册，第286页。

的文学意义和审美价值，以及对宋代散文发展的贡献。

第一节　黄庭坚与韩柳欧苏

　　宋太祖结束了五代十国七十多年的分裂，建立了新的封建王朝。中央集权制度进一步强化，经济发展，科举制度完善，优待文士。宋代士大夫多具有强烈的忧患意识和危机感，文人思想活跃，文学创作中多有议论化现象。宋代儒、佛、道进一步融合，旧儒学吸收佛道演变为新儒学，称道学或理学。禅学不断对文学产生重要的影响。传统经学由汉学发展为宋学，重训诂变为重义理，开一代新风。以复古为旗帜的宋代古文运动，是一场影响深远的诗文革新运动。

　　北宋古文运动反对时文，提倡韩柳古文。北宋前期作家在复古理论方面有着重道与重文的不同倾向，但在反对骈偶和提倡以文载道方面却是相同的。宋初，以柳开、王禹偁为代表的古文家，主要是反对五代文弊，纠正深僻难晓之风。后来倡导古文的穆修、石介、尹洙、苏舜钦等人主要反对以杨亿为代表的西昆体。嘉祐二年(1057)，欧阳修知贡举，打击太学体，反对古文运动中求深务奇的不良倾向。苏轼出于欧阳修之门，赞同欧阳修重道尊韩的文论，弘扬平易自然的文风。嘉祐以后，欧阳修、曾巩、王安石和三苏创作了大量经典作品，对改变文风起到了极大的作用。唐宋古文运动两百年，含北宋诗文革新前后近百年，在中国散文发展史上有着重大的影响。

　　黄庭坚强调儒家伦理道德修养，融合释道，治心养性，注重立身持节，倡扬文学当以人格修养为本的观点。从师友传承上看，黄庭坚与宋初诗文革新的联系不像苏轼那么直接，其学问文章之渊源虽与欧苏有所不同，但还是有密切的关系。《黄庭坚全集》所收诗文与韩愈有关的多达35篇之多，与柳宗元有关的10篇，与欧阳修有关的25篇，与亦师亦友的苏轼有关的则高达219篇。

　　黄庭坚给予唐宋古文运动以高度的评价，始终标举唐宋古文运动代表人物韩、柳、欧、苏。《杨子建通神论序》有"天下之学，要之有所宗师，然后可臻微入妙"云云。其中，黄庭坚所列举的"文章之工"者，有韩、柳、欧、苏，以及曾巩、王安石，这六人都进入后人所推崇的唐宋八大家之列。黄庭坚将唐代的韩、柳相提并论，谓"雄文酬江山，惜无韩与柳"①。又谓"文章盖自建安以来，好作奇语，故其气象衰薾，其病至今犹在。唯陈伯玉、韩退之、李习之、近世欧阳永叔、王介甫、苏子瞻、秦少游乃无此病耳"②。他对魏晋南北朝以来的文学发展进行了分析，赞同唐宋古文运动对横行文坛的骈俪之风的批判。他对初唐进行诗歌革新的陈子昂，开启唐宋古文运动的韩愈以及韩愈古文主要继承者李翱给予肯定，对同时代的欧阳修、王安石、苏轼和秦观的文学创作给予高度赞赏。

黄庭坚年龄与欧阳修相差近四十岁，他的七叔祖与欧阳修同年。庭坚没有与欧阳修直接交往的记载，但是钦佩欧阳修的高尚人格和文学才华，《跋欧阳公红梨花诗》云："观欧阳文忠公在馆阁时与高司谏书，语气可以折冲万里。谪居夷陵，诗语豪壮不挫，理应如是。文人或少拙而晚工，至文忠，少时下笔便有绝尘之句，此释氏所谓'朝生王子，一日出生一日贵。'者邪!"③黄庭坚认为欧阳修少时的文学创作就不同凡响，引用释氏之语"朝生王子"给予定论。《跋永叔与挺之郎中及忆滁州幽谷诗》云："其文章议论，一世所宗，书又不恶，自足传百世也。"④"一世所宗"、"传百世"是对欧阳修文学创作至高无上的评语，在黄庭坚诗文中很难见到如此高的评价。《答王周彦书》云："若欧阳文忠公之炳乎前，苏子瞻之焕乎后，亦岂易及哉?"⑤黄庭坚对欧阳修和苏轼这两位北宋文坛宗师无比崇敬，感叹他俩的才华是世人所不可及的。

黄庭坚传承和发扬光大了韩、柳、欧、苏的文学理论，认真学习他们的创作手法和技巧，并在实践中积极探索并指导后学。元丰三年（1080）赴太和作《从丘十四借韩文二首》云："吏部文章万世，吾求善本编窥。"⑥"吏部"指韩

---

① 黄庭坚：《宋黄文节公全集·外集》卷五《庚寅乙未犹泊大雷口》，载《黄庭坚全集（二）》，第977页。
② 黄庭坚：《宋黄文节公全集·正集》卷十八《与王观复书》，载《黄庭坚全集（二）》，第471页。
③ 同上，卷二十六，第691—692页。
④ 黄庭坚：《宋黄文节公全集·别集》卷八，载《黄庭坚全集（三）》，第1638页。
⑤ 同上，卷十二，第1709页。
⑥ 黄庭坚：《宋黄文节公全集·外集》卷十一，载《黄庭坚全集（二）》，第1132页。

愈，黄庭坚很早就注重学习古文大家韩愈，借来韩文善本进行学习和研究。《跋翟公巽所藏石刻》之十九云："文章獗骩而得韩退之，诗道敝而得杜子美，篆籀如画而得李阳冰，皆千载人也。"① 他认定古文以韩愈为代表，诗以杜甫为代表，而他俩正是以优秀作品成为"千载人"的。他自觉地把韩愈、杜甫当作诗文创作的榜样。

黄庭坚总结唐宋古文大家的文学创作经验，深刻理解文学创作继承和创新的关系。《跋韩退之送穷文》云："《送穷文》盖出于扬子云《逐贫赋》，制度始终极相似。而《逐贫赋》文类俳，至退之亦谐戏，而语稍庄，文采过《逐贫》矣。大概拟前人文章，如子云《解嘲》拟宋玉《答客难》，退之《进学解》拟子云《解嘲》，柳子厚《晋问》拟枚乘《七发》，皆文章之美也。"② 韩愈的《送穷文》学西汉辞赋家扬雄的《逐贫赋》，驱逐的是仕途穷困失意之鬼。用正话反说手法，所作似赋而非赋，自创新体。黄庭坚认为《送穷文》以文章之美著称，文学价值超出了前人。他认为《进学解》也是韩愈不可多得的美文，还多次书写《进学解》和《送穷文》，作为礼物送给友人，以示鼓励。同样，柳宗元的《晋问》也是仿照西汉辞赋家枚乘的赋《七发》而作，也列入了"文章之美"中。韩愈的《毛颖传》用寓言形式，把毛笔拟人化，有意仿效《史记》传记的笔法和口吻，讲述毛笔一生，处处双关，看似写人，实是写笔，格外传神。柳宗元《读韩愈所著毛颖传后题》云："且世人笑之也，不以其俳乎？而俳又非圣人所弃者。"③ 俳为戏谑之意。黄庭坚《笔说》云："韩退之叙述管城子毛颖及会稽褚先生、绛人陈元、弘农陶泓，皆以其有功于翰墨也。"④ 他对韩、柳优秀作品多有好评。

黄庭坚诗文中也有对欧阳修的好评。《与人》云："往年欧阳文忠公作《五代史》，或作序记其前，王荆公见之，曰：'佛头上岂可著粪？'窃深叹息，以为明言。"⑤ 此提及欧阳修所撰《五代史》，王安石认为给欧阳修所著史书作序

---

① 黄庭坚：《宋黄文节公全集·正集》卷二十八，载《黄庭坚全集（二）》，第 767 页。
② 黄庭坚：《宋黄文节公全集·别集》卷七，载《黄庭坚全集（三）》，第 1594 页。
③ 柳宗元著：《柳宗元集》，北京：中华书局，1979，第 569 页。
④ 黄庭坚：《宋黄文节公全集·外集》卷二十四，载《黄庭坚全集（三）》，第 1430 页。
⑤ 黄庭坚：《宋黄文节公全集·正集》卷十九，载《黄庭坚全集（二）》，第 492 页。

是不可取的，并以佛头上著粪作譬喻，借此表达对《五代史》的推崇。黄庭坚《书王元之竹楼记后》云："或传王荆公称《竹楼记》胜欧阳公《醉翁亭记》，或曰此非荆公之言也。"① 黄庭坚以此说明"荆公评文章，常先体制，而后文之工拙。"王安石是把文体放在首位来评判作品的。由此可知，黄庭坚对欧阳公《醉翁亭记》也是给予好评的。《书欧阳子传后》云："高安刘希仲壮舆，序列欧阳文忠公之文章，论次荀卿、扬子云之后。又考其行事，为《欧阳子列传》。余三读其书而告之曰：昔壮舆之先君子道原，明习史事，撰《十国纪年》，自成一家。今壮舆富于春秋，笔端已有史氏风气，他日当以不朽之事相传也。"② 黄庭坚通过为《欧阳子列传》作跋，赞赏刘希仲父亲刘道原的史学成就，以此来勉励刘希仲。黄庭坚三读刘希仲所作《欧阳子列传》，对欧阳修十分钦佩和赞美。《书林和靖诗》云："文章大概亦如女色，好恶止系于人。"③ 欧阳修赞赏林和靖诗句"疏影横斜水清浅，暗香浮动月黄昏"，黄庭坚却认为林和靖诗《咏梅》的一联更好："雪后园林才半树，水边篱落忽横枝。"然而，欧阳修赞赏的林和靖诗句在历史上更为有名。对文学作品的评判，确实有人为的主观因素。相传黄庭坚櫽括词《瑞鹤仙·环滁皆山也》是尽得欧阳修《醉翁亭记》原文原韵。这首词仅用一百余字就把四百余字名作《醉翁亭记》写了出来，词中通篇用"也"字作韵脚，且保持原作的艺术风格。④

张耒《上曾子固龙图书》云："而世之号为能文章者，其出欧阳之门者居十九焉。"⑤ 欧阳修所培养的杰出门生当数苏轼。欧阳修曾对苏轼说："我老将休，付子斯文。"⑥ 苏轼《答张文潜县丞书》云："仆老矣，使后生犹得见古人之大全者，正赖黄鲁直、秦少游、晁无咎、陈履常与君等数人耳。"⑦ 苏轼此文写于熙宁变法之后，他把文学的希望寄托在黄庭坚、秦观、晁补之、陈师道和张耒等身上。欧阳修、苏轼的古文上承韩愈、柳宗元，下传给了黄庭

① 黄庭坚：《宋黄文节公全集·正集》卷二十五，载《黄庭坚全集（二）》，第 660 页。
② 同上，卷二十五，第 663 页。
③ 同上，665 页。按：《黄庭坚全集》误作"林和静"，今改"静"为"靖"。
④ 黄庭坚：《黄文节公全集·补遗》卷二，载《黄庭坚全集（四）》，第 2150 页。
⑤ 张耒：《张耒集》，第 844 页。
⑥ 苏轼：《祭欧阳文忠公夫人文（颍州）》，载《苏轼文集》卷六十三，第 1956 页。
⑦ 同上，卷四十九，第 1427 页。

坚等人。

苏轼和黄庭坚是亦师亦友的关系，两人相差八岁，自从元丰元年(1078)庭坚写信拜于苏轼门下，直至先后被贬出京城，两人的友谊终生不渝。建中靖国元年(1101)，苏轼于常州去世。庭坚闻讯作《与王庠周彦书》，对后学王庠说："东坡先生遂捐馆舍，岂独贤士大夫悲痛不能已，'人之云亡，邦国殄瘁'者也，可惜可惜！立朝堂堂，危言谠论，切于事理，岂复有之？然有自常州来，云东坡病亟时，索沐浴，改朝衣，谈笑而化，其胸中固无憾矣。……如此奇才，今世不复有矣。"① 庭坚高度称赞苏轼的"立朝大节"，强调其心系朝堂不忘国事的精神。元符元年(1098)，庭坚作《东坡先生真赞三首》之一云："嬉笑怒骂，皆成文章。……九州四海，知有东坡。东坡归矣，民笑且歌。一日不朝，其间容戈。"之二云："计东坡之在天下，如太仓之一稊米；至于临大节而不可夺，则与天地相终始。"之三云："眉目云开月静，文章豹蔚虎炳。逢世爱憎怡怡，五朝公忠炯炯。"② 庭坚对名闻天下的苏轼一生作了全面评价，一是"嬉笑怒骂，皆成文章"，其辉煌的文学成就无可比拟；二是"临大节而不可夺"的高风亮节；三是"五朝公忠炯炯"。庭坚有诗题曰《湖口人李正臣蓄异石九峰，东坡先生名曰壶中九华，并为作诗。后八年，自海外归，过湖口，石已为好事者所取，乃和前篇以为笑，实建中靖国元年四月十六日。明年当崇宁之元五月二十日，庭坚系舟湖口，李正臣持此诗来。石既不可复见，东坡亦下世矣。感叹不足，因次前韵》③，此诗题正是"以文为诗"的表现，具有独创性，可单独成一叙事短文。黄庭坚以此表达对苏轼的无限思念之情。《次苏子瞻和李太白浔阳紫极宫感秋诗韵追怀太白子瞻》云："不见两谪仙，长怀倚修竹。"④ 此首次韵诗是对文豪苏轼和李白的深切怀念。诗题也是以文为诗，情意深深。

黄庭坚曾作《跋刘敞侍读帖》："至近世俗子亦多谤东坡师纵横说，而不考其

① 黄庭坚：《宋黄文节公全集·正集》卷十八，载《黄庭坚全集(二)》，第467—468页。
② 黄庭坚：《宋黄文节公全集·正集》卷二十二，载《黄庭坚全集(二)》，第557—558页。
③ 黄庭坚著：《黄庭坚全集辑校编年(中)》，郑永晓整理，南昌：江西人民出版社，2008，第1132页。校：殿本、光绪本此标题作"追和东坡壶中九华并序"，其序即此处之标题。殿本无"过"字。
④ 黄庭坚：《宋黄文节公全集·正集》卷三，载《黄庭坚全集(一)》，第62页。

行事果与纵横合耶，其亦异也！盖数十年前已有如此等语，今人又百倍于刘，此予不得不辨也。"① 他对"东坡师纵横说"的俗子之谤至为反感，予以辩驳。

苏轼把欧阳修比美"文起八代之衰，而道济天下之溺"韩愈，在《六一居士集叙》中，谓欧公云："其学推韩愈、孟子，以达于孔氏，著礼乐仁义之实，以合于大道。"② 苏轼赞同欧阳修的文与道俱的理念，发扬儒家"兴观群怨"的文艺观，在文学创作中反映现实，重视文学的社会功用。苏轼批评时政，关心国事，褒贬人物，因而多次被贬谪。黄庭坚认为："东坡文章妙天下，其短处在好骂，慎勿袭其轨也。"③ 黄庭坚的思想比苏轼更为正统，嘱咐洪驹父云，"自顷尝见诸人论甥之文学，它日当大成，但愿极加意于忠信孝友之地"④。他强调儒家伦理道德修养的重要性，谓"治经之法，不独玩其文章，谈说义理而已，一言一句，皆以养心治性"⑤。黄庭坚要求言行一致，养心探道，指出："诗者，人之情性也，非强谏争于庭，怨忿诟于道，怒邻骂座之为也。"⑥ 他认为诗教"温柔敦厚"，为不怨之怨。

黄庭坚强调读书学习，认为文学创作的前提是要"读书破万卷"，善于学习儒家经典，学习先辈文学大家。《跋东坡乐府》云："东坡道人在黄州时作。语意高妙，似非吃烟火食人语。非胸中有万卷书，笔下无一点尘俗气，孰能至此！"⑦《跋东坡字后》之二云："东坡简札，字形温润，无一点俗气。"⑧ 庭坚对苏轼的诗歌和书法艺术十分佩服，并以此强调了读书的重要性。元丰元年（1078），庭坚次韵苏轼诗《春菜》，从此开始了两人长达二十余年的诗歌唱和，成为"宋调"的领军人物。苏轼《书黄鲁直诗后》云："每见鲁直诗文，未尝不绝倒。然此卷语妙，殆非悠悠者所识能绝倒者也，是可人。"⑨ 他对黄庭坚的

---

① 黄庭坚：《宋黄文节公全集·别集》卷七，载《黄庭坚全集（三）》，第 1603 页。
② 苏轼：《六一居士集叙》，载《苏轼文集》卷十，第 315 页。
③ 黄庭坚：《宋黄文节公全集·正集》卷十八《答洪驹父书》之二，载《黄庭坚全集（二）》，第 474 页。
④ 黄庭坚：《答洪驹父书》之一，载《黄庭坚全集（二）》，第 473 页。
⑤ 同上，卷二十五《书赠韩琼秀才》，第 655 页。
⑥ 同上，卷二十五《书王知载朐山杂咏后》，第 666 页。
⑦ 同上，第 660 页。
⑧ 同上，卷二十八，第 771 页。
⑨ 苏轼：《书黄鲁直诗后》，载《苏轼文集》卷六十八，第 2135 页。

评价极高。庭坚有诗题曰《子瞻诗句妙一世，乃云效庭坚体，盖退之戏效孟郊樊宗师之比，以文滑稽耳，恐后生不解，故次韵道之》，云：“句法提一律，坚城受我降。”① 虽与苏轼齐名，黄庭坚还是以苏轼为师，赞叹苏轼的诗歌创作技巧。《跋子瞻送二侄归眉诗》云：“观东坡二丈诗，想见风骨巉岩，而接人仁气粹温也。”② 对苏轼的高尚人格钦敬不已。

黄庭坚对苏轼的书法也是赞不绝口，称赞苏轼的书法艺术达到了“韵胜”的最高境界。《跋自所书与宗室景道》云：“翰林苏子瞻，书法娟秀，虽用墨太丰，而韵有余，于今为天下第一。”③《跋东坡墨迹》云：“至于笔圆而韵胜，挟以文章妙天下，忠义贯日月之气，本朝善书，自当推为第一。”④ 在馆职时期，黄庭坚和同门与苏轼的唱酬是引人入胜的，以诗歌的唱和形式表达情感，交流思想，极大地提升了诗歌和书法艺术，作品有《次韵子瞻武昌西山》、《次韵子瞻以红带寄王宣义》等。分别之后，黄庭坚也有追和苏轼的诗歌，如《追和东坡题李亮功归来图》等。

黄庭坚向古文大家苏洵认真学习，悉心探究。《跋子瞻木山诗》云：“往尝观明允《木假山记》，以为文章气旨似庄周、韩非，恨不得趋拜其履舄间，请问作文关纽。及元祐中，乃拜子瞻于都下，实闻所未闻也。今其人万里在海外，对此诗，为废卷竟日。”⑤ 文中回忆早年向古文家苏洵学习，对散文创作的“作文关纽”进行了研究。苏洵《木假山记》为宋人“以论为记”的代表作之一，议论说理贯穿全文，以议论为胜，讲木材幸与不幸，亦谐亦庄，借以喻人，实为自况。庭坚戎州时期所作《与明叔少府书》之七云：“试更追韵作二颂，此亦曩时得之圣俞、东坡斧斤耳。欲知文章夺其关键而自为主出，其无穷如此也。”⑥ 庭坚善于向前辈学习与思考，很早就对散文创作的“斧斤”、“关键”进行学习和研究。

苏轼和黄庭坚都是富有创造性的文学家，两人都主张在前人的基础上创

---

① 黄庭坚：《宋黄文节公全集·正集》卷一，载《黄庭坚全集（一）》，第16页。
② 同上，卷二十五，载《黄庭坚全集（二）》，第659页。
③ 同上，卷二十六，第675页。
④ 黄庭坚：《宋黄文节公全集·正集》卷二十八，载《黄庭坚全集（二）》，第775页。
⑤ 同上，卷二十五，第659页。
⑥ 黄庭坚：《宋黄文节公全集·别集》卷十六，载《黄庭坚全集（三）》，第1817页。

新。苏轼以才气为诗文，以学问为诗文，黄庭坚也是紧紧相随。苏轼说"诗须要有为而作，用事当以故为新，以俗为雅。好奇务新，乃诗之病。"（《题柳子厚诗二首之二》）①黄庭坚则是发扬光大之，《再次韵杨明叔并序》序曰："盖以俗为雅，以故为新，百战百胜，如孙、吴之兵，棘端可以破镞，如甘蝇、飞卫之射，此诗人之奇也。"②

黄庭坚不仅在古代散文理论上积极探索，而且在创作上也是不遗余力。他认真学习和效仿唐宋古文大家韩、柳、欧、苏，思想和创作水平不断提高，而且还热心地教育和扶持年轻的文学青年。尤其是在遭受贬谪之后，经历了人生的大喜大悲，生活在困苦的边远之地，他深刻地体悟了人生，以其渊博的知识和丰富的人生经历坚持创作，在文学和书法创作上取得了非凡的成绩，当属古文运动的优秀成果。

无可讳言的是，黄庭坚的散文创作也存在着不足：一是缺乏对时政国事的关注，大多篇幅短小，有时显得琐碎，过于讲究技巧；二是与其诗歌创作相似，用事用典较多，如李淦《文章精义》所说"但作长篇，苦于气短，又且句句要用事，此其所以不能长江大河也"；三是喜欢禅宗和老庄哲学，行文不免受影响，有晦涩难懂之处。

第二节　黄庭坚拓展宋代文体

今人郭预衡说："文章到苏轼，是北宋之文趋于成熟，臻于极盛的时期。……黄庭坚、秦观等人，都是多才多艺的作者。他们在绍圣年间，多因党狱而遭受打击，形于文章，也多慷慨之辞。这几个人的文章也都有成就；但他们的文名往往为诗名、词名所掩。历来的衡文之士，对他们的文章，很少评及。"③苏轼和苏门弟子因文学而结缘，他们是宋代文学的杰出代表，应该看到，他们对宋

① 苏轼：《题柳子厚诗二首之二》，载《苏轼文集》卷六十七，第2109页。
② 黄庭坚：《宋黄文节公全集·正集》卷六，载《黄庭坚全集（一）》，第126页。
③ 郭预衡：《中国散文史》，第394页。

代散文文体的拓展和繁荣作出了杰出的贡献。

清蒋士铨《辨诗》云："宋人生唐后，开辟真难为！"① 但在宋人的努力下，却创造出了有别于唐诗的宋调，宋文创作更是繁荣昌盛，前所未有。清人李渔云："历朝文字之盛，其名各有所归，汉史、唐诗、宋文、元曲，此世人口头语也。"② 王水照先生主编《宋代文学通论》，专列一章"宋文题材与体裁的继承、改造与开拓、创新"，突出了宋代散文文体的地位和变化。其中，第一节为"记、序的长足发展与文赋的脱颖独立"，第二节为"拓展新领域与创造新体式"，分别阐述了"文艺散文的诞生、日记范式的确立、诗话与随笔的创造、题跋的开拓与创新"。③ 这是对文体在古文运动中的发展与变化进行的研究与总结。"宋代散文'抗汉唐而出其上'，取得了空前的卓异成就，其体裁样式的开拓与创新，是一个不容轻视的直接而重要的原因。"④ 杨庆存著《黄庭坚与宋代文化》第九章"山谷散文及其人文精神"，对黄庭坚赋、序、书简、题跋和日记进行了分类考察。⑤ 盖琦纾著《黄庭坚的散文艺术》云："杂记、赠序为唐人新体，字说、题跋则属宋代新体，至于书牍，唐宋古文家乃赋予新颖面貌，换言之，以上这些文体皆可谓唐宋古文运动的优秀成果。"⑥

明人张有德《宋黄太史公集选序》曰："鲁直文故稍逊子瞻，而清举拔俗，亦自亹亹。书尺题赞，大言小语，韵致特超。"⑦ 作为江西诗派领袖的黄庭坚不但是中国古代散文理论的探索者，而且在宋代体裁样式文赋、题跋、杂记、书简和字说的开拓创新方面亦有贡献。

本书第五章对黄庭坚辞赋等八体文的主要作品及其特色作了较详尽的分析。下面再做些简短的归纳。

关于辞赋，庭坚强调"赋欲宏丽"。其辞赋创作受到的评价最高，是继苏轼之后的重要作家。黄庭坚自称"心醉于诗与楚词"。骚赋占所存赋一半，抒

① 蒋士铨著：《忠雅堂集校笺》，邵海清校、李梦生笺，上海：上海古籍出版社，1993，第986页。
② 李渔：《闲情偶寄·词曲部》，第10页。
③ 参见王水照主编：《宋代文学通论》，第437—468页。
④ 杨庆存：《宋代散文研究》，第193—215页。
⑤ 杨庆存：《黄庭坚与宋代文化》，第238—281页。
⑥ 盖琦纾：《黄庭坚的散文艺术》，第35页。
⑦ 黄庭坚：《黄庭坚全集·附录三 历代序跋》，第2407页。

情真挚，达意自如，骈散相间，平易自然。宋代文赋产生于古文运动之中，出现一大批优秀之作。欧、苏对文赋的创立贡献最大。受他们的影响，庭坚文赋虽不多，但仍自具面目，或时有议论，富于情理之趣。其文赋以咏物赋和书画赋为主，具有情深意长、辞美格雅的艺术特征。喜化用经典，含蓄委婉，有所讽喻，显高古之特色。《休亭赋》、《江西道院赋》、《刘明仲墨竹赋》等为杰作。引人瞩目的是，有的辞赋，序文颇长，如《木之彬彬》，序的篇幅已超过赋文。总的看来，序的叙事和赋的议论相得益彰，序文似已成为可以独存而不乏精彩的散文了。

关于序跋，这是统称，其实庭坚序少而跋多。庭坚的序，谈文论艺和志人皆有。或阐述自己的诗学观，或叙说朋友曲折的人生及创作，显其文学天赋。题跋为宋代新兴文体，黄庭坚与苏轼一起促进了题跋创作的繁荣。庭坚题跋有六百多篇，内容无所不包，有人物记叙、谈艺论书画和漫说日常生活趣味等，篇幅短小，善于将记叙、描写、议论和抒情融合，变化多端。庭坚认为"韵胜"是艺术的最高境界。他激赏苏轼的"笔圆而韵胜"[①]。清人刘熙载《艺概》云："黄山谷论书最重一"韵"字，盖俗气未尽者，皆不足以言韵也。"[②] 庭坚的跋文对后世影响极大。晚明人喜欢苏、黄，更多的是喜欢两人题跋之类的小品。

关于杂记文，宋代是名家辈出。唐代杂记以亭台堂阁记、山水游记、书画记为主。到了宋代，亭台堂阁记成为名家最擅长的体裁。唐人以物为主，宋人则转变为以人为主，由记物转为记人，重在理性思辨。唐人游记尚实而含情，宋人尚理，将叙事、写景和议论融为一体，别具一格。书画记始于唐，盛于宋，灵活多样，议论纵横。庭坚的杂记以亭台堂阁记、山水游记和禅院寺观记为主，以人文为记、以情趣为记和以心性修养为记，重在议论说理。学记与藏书记为宋人新创。庭坚喜习禅问佛，与僧人交游甚多，以禅院僧塔为题材的杂记与众不同，较少叙述建筑本身，而是议论说理，反映禅宗的发展和影响，着墨于心性修养为多。庭坚以其诗人和书法家之长，创作了十多篇的题名记，

---

① 黄庭坚：《宋黄文节公全集·正集》卷二十八，载《黄庭坚全集(二)》，第 771 页。
② 刘熙载：《艺概》，第 161 页。

"大言小语"，富有诗意。其《宜州乙酉家乘》虽作于欧阳修《于役志》之后，但以长时段且成熟和定型的私人日记著称，其文体价值不言而喻。

字说(字序)是宋人创造的散文新体，黄庭坚促进此应用性文体的"字说"成为兴旺发达的文学性散文。唐代韩、柳没有字说类的散文，刘禹锡有一篇《名子说》。宋文六大家除苏辙外，都留存有字说类的散文。黄庭坚认同字说的"以字为尊"、"丁宁训诫"的功用，其创作强调以儒家为本，儒道释融合，"治心养性"，关注自我修行和内心体悟，重视道德人格培育，将外在的伦理规范内化为自觉的需求。其字说富于理趣，议论、描写和抒情之外，说明事理，赋予哲理化的意味。字说源远流长，到了庭坚手里，创作尤为兴盛，实现了由应用文向文学性散文的转变。其"字说"类散文数量多，具有文学审美价值，在拓展此类散文上有突出的成绩。

庭坚存书简1 200篇，数量居各体散文之首，流传甚广，享有盛誉。魏晋南北朝书简体散文开始成熟，唐宋时的创作达到高潮。庭坚书简不仅谈艺论书，与朋好交流，还指导后进读书治学，修身养性，也不乏对社会习俗的探讨。他直抒胸臆，又善于使事用典，"韵致特超"。庭坚与家人亲戚的书简，留存下来的较多，文字朴实，蕴涵深厚的亲情，真挚感人。他谆谆教导洪驹父读书作文，对后辈寄托着莫大的希望。与苏轼、苏辙的书简，真诚地表达了对文学大家道德文章的景仰。他与僧人交往密切，书简富有禅趣，开启禅意入世俗书简的风气。

庭坚碑志文创作数量较多，以民为本，关注底层。碑志文墓主主要为平民、下层官吏和妇女。叙事典型，情感真挚，讴歌平凡人物，发掘善良品性。他注重人物形象的塑造，突出墓主的思想情感、心理活动，深入刻画人物性格。行文婉转曲折、奇崛顿挫、变化多端，于简而有法中见别具一格，颇有引人入胜的效果。庭坚颂赞之文创作数量可观，超过了宋文大家苏轼。其文多有变体，多用禅宗之语，突破传统的束缚，表现手法多样，极具审美价值，创作上达到了新的高度。

综上所述，作为江西诗派领袖、苏门四学士之首的黄庭坚与唐宋古文运动有着一脉相承的关系。从传承上看，黄庭坚出自苏轼之门，而苏轼出自欧阳修门下，欧阳修和苏轼都是宋代古文运动的领袖。黄庭坚所存诗文中与欧阳修、苏轼有关的篇目甚多，充满崇拜之意。感情无限亲密。庭坚以韩、柳、欧、苏为学习的榜样，发扬光大古文运动的精神。《杨子建通神论序》一文列举了韩、柳、欧、苏，以及曾巩和王安石，都进入后人推崇的唐宋八大家之列。文赋、题跋、杂记、字说和书简是宋代散文的新兴文体，黄庭坚创作成果丰硕，为宋代散文文体的发展作出了重要的贡献。他的许多作品，属于宋代古文运动后期的优秀成果，可以说是当之无愧的。

参考文献

一、黄庭坚研究专著

[1]　白政民.黄庭坚诗歌研究[M].甘肃：宁夏人民出版社,2001.

[2]　陈志平.黄庭坚书学研究[M].北京：中华书局,2006.

[3]　程效.黄庭坚传[M].广州：广东人民出版社,2013.

[4]　盖琦纾.黄庭坚的散文艺术[M].新北：花木兰文化出版社,2010.

[5]　黄宝华.黄庭坚评传[M].南京：南京大学出版社,1998.

[6]　黄君.黄庭坚研究论文选[M].南昌：江西教育出版社,2005.

[7]　黄君.千年书史第一家：黄庭坚书法评传[M].北京：中国人民大学出版社,
2014.

[8]　黄启方.黄庭坚研究论集[M].合肥：安徽人民出版社,2005.

[9]　江西省文学艺术研究所.黄庭坚研究论文集[M].南昌：江西人民出版社,1989.

[10]　九江师专图书馆及古籍整理研究室.黄庭坚研究论文集[M].九江：修水印刷
厂,1985.

[11]　钱志熙.黄庭坚诗学体系研究[M].北京：北京大学出版社,2003.

[12]　邱美琼.黄庭坚诗歌传播与接受研究[M].南昌：江西人民出版社,2009.

[13]　王琦珍.黄庭坚与江西诗派[M].南昌：江西高校出版社,2006.

[14]　王宇根.万卷：黄庭坚和北宋晚期诗学中的阅读与写作[M].北京：生活·读
书·新知三联书店,2015.

[15]　吴晟.黄庭坚诗歌创作论[M].南昌：江西人民出版社,1998.

[16]　杨庆存.黄庭坚与宋代文化[M].开封：河南大学出版社,2002.

[17]　郑永晓.黄庭坚年谱新编[M].北京：社会科学文献出版社,1997.

二、学位论文

[1]　陈善巧.黄庭坚入蜀及蜀中创作研究[D].成都：四川师范大学,2007.

[2]　胡丽媛.宋代词题序研究[D].长沙：中南大学,2010.

[3]　金传道.北宋书信研究[D].上海：复旦大学,2008.

[4]　李强.庆历士风与文学[D].上海：华东师范大学,2005.

[5]　赖琳.黄庭坚题跋文研究[D].兰州：兰州大学,2007.

[6]　赖士贤.黄庭坚贬谪时期尺牍研究[D].福州：福建师范大学,2012.

[7]　刘青.黄庭坚诗歌自注研究[D].广州：暨南大学,2016.

[8]　吕锦.黄庭坚题跋美学思想研究[D].呼和浩特：内蒙古师范大学,2013.

[9]　毛雪.苏轼、黄庭坚题跋文研究[D].郑州：郑州大学,2003.

[10]　孙海燕.黄庭坚的佛禅思想与诗学实践[D].北京：北京语言大学,2008.

[11]　孙英.北宋诗序研究[D].重庆：西南大学,2012.

[12]　谭心悦.黄庭坚尺牍研究[D].南宁：广西大学,2017.

[13]　肖妩嫒.黄庭坚诗歌用典研究[D].哈尔滨：哈尔滨师范大学,2011.

[14]　徐建平.黄庭坚散文研究[D].上海：华东师范大学,2009.

[15]　张晓婷.宋代“名字说”研究[D].济南：山东师范大学,2017.

[16]　赵文焕.黄庭坚贬谪文学研究[D].南京：南京师范大学,2016.

[17]　朱丽华.黄庭坚的文化人格与佛禅思想[D].长春：吉林大学,2017.

三、其他

[1]　班固.汉书[M].颜师古,注.北京：中华书局,1962.

[2]　包弼德.斯文：唐宋思想的转型[M].刘宁,译.南京：江苏人民出版社,2001.

[3]　晁补之.鸡肋集[M]//永瑢,纪昀,等,编纂.景印文渊阁四库全书.台北：台湾商务印书馆,1975.

[4]　蔡江珍.中国散文理论的现代性想象[M].北京：中国社会科学出版社,2006.

[5]　晁公武.郡斋读书志校证[M].孙猛,校证.上海：上海古籍出版社,1990.

[6]　陈邦瞻.宋史纪事本末[M].北京：中华书局,1977.

[7]　陈必祥.古代散文艺术论[M].西安：陕西人民教育出版社,1994.

[8]　陈来.宋明理学[M].第二版,上海：华东师范大学出版社,2004.

[9]　陈模.怀古录校注[M].北京：中华书局,1993.

[10]　陈平原.中国散文小说史[M].上海：上海人民出版社,2004.

[11]　陈善.扪虱新话[M]//《续修四库全书》编委会.续修四库全书,上海：上海古籍

出版社,2002.

[12] 陈师道.后山诗注补笺[M].任渊,注.冒广生,补笺.北京：中华书局,1995.

[13] 陈晓芬.传统与个性：唐宋六大家与儒佛道[M].上海：上海古籍出版社,2002.

[14] 陈晓芬.中国古典散文理论史[M].上海：华东师范大学出版社,2011.

[15] 陈庆元,欧明俊编.中国古代散文国际学术研讨会论文集[M].南京：凤凰出版社,2011.

[16] 陈寅恪.金明馆丛稿二编[M].上海：上海古籍出版社,1980.

[17] 陈垣.中国佛教史籍概论[M].上海：上海书店出版社,2001.

[18] 陈振孙.直斋书录解题[M].上海：上海古籍出版社,1987.

[19] 陈植锷.北宋文化史述论[M].北京：中国社会科学出版社,1992.

[20] 陈柱.中国散文史[M].北京：东方出版社,1996.

[21] 程杰.北宋诗文革新研究[M].呼和浩特：内蒙古教育出版社,2000.

[22] 程千帆,吴新雷.两宋文学史[M].上海：上海古籍出版社,1991.

[23] 程毅中.宋人诗话外编[M].北京：国际文化出版公司,1996.

[24] 褚斌杰.中国古代文体概论[M].北京：北京大学出版社,1990.

[25] 释道融.丛林盛事[M].郑州：大象出版社,2015.

[26] 邓椿.画继[M]//永瑢,纪昀,等,编纂.景印文渊阁四库全书.台北：台湾商务印书馆,1975.

[27] 丁福保.历代诗话续编[M].北京：中华书局,1983.

[28] 方东树.昭昧詹言[M].汪绍楹,点校.北京：人民文学出版社,1961.

[29] 方立天.中国佛教哲学要义[M].北京：中国人民大学出版社,2005.

[30] 方笑一.北京新学与文学：以王安石为中心[M].上海：上海古籍出版社,2008.

[31] 方智范,邓乔彬,周圣伟,等.中国词学批评史[M].施蛰存,参订.北京：中国社会科学出版社,1994.

[32] 傅璇琮.黄庭坚和江西诗派资料汇编[M].北京：中华书局,1978.

[33] 傅璇琮.唐代科举与文学[M].西安：陕西人民出版社,2003.

[34] 高步瀛.唐宋文举要[M].上海：上海古籍出版社,1982.

[35] 高海夫.唐宋八大家文钞校注集评[M].西安：三秦出版社,1998.

[36] 龚延明.宋代官制辞典[M].北京：中华书局,1997.

[37] 顾易生,蒋凡,刘明今.宋金元文学批评史[M].上海：上海古籍出版社,1996.

[38] 郭璞,邢昺.尔雅注疏[M]//李学勤.十三经注疏.北京：北京大学出版社,1999.

[39] 郭庆藩.庄子集释[M].王孝鱼,点校.北京：中华书局,1961.

[40] 郭绍虞.宋诗话辑佚[M].北京：中华书局,1980.

[41] 郭英德.中国古代文体论稿[M].北京：北京大学出版社,2005.

[42] 郭预衡.中国古代文学史长编(宋辽金)[M].北京：首都师范大学出版社,2000.

[43] 郭预衡.中国散文史[M].上海：上海古籍出版社,2000.

[44] 韩愈.韩昌黎文集校注[M].马其昶,校注.上海：上海古籍出版社,1986.

[45] 何寄澎.唐宋古文新探[M].北京：北京大学出版社,2010.

[46] 何良俊.四友斋丛说[M].北京：中华书局,1959.

[47] 何蓬.春渚纪闻[M].张明华,点校.北京：中华书局,1983.

[48] 何文焕.历代诗话[M].北京：中华书局,1981.

[49] 何晏,邢昺.论语注疏[M]//李学勤.十三经注疏.北京：北京大学出版社,1999.

[50] 洪本健.欧阳修和他的散文世界[M].上海：上海古籍出版社,2017.

[51] 洪本健.欧阳修资料汇编[M].北京：中华书局,1995.

[52] 洪本健.宋文六大家活动编年[M].上海：华东师范大学出版社,1993.

[53] 洪本健.醉翁的世界：欧阳修评传[M].郑州：中州古籍出版社,1990.

[54] 洪迈.容斋随笔[M].上海：上海古籍出版社,1996.

[55] 洪兴祖.楚辞补注[M].白化文等,点校.北京：中华书局,1983.

[56] 洪修平.中国禅学思想史[M].北京：中国人民大学出版社,2007.

[57] 侯传文.佛经的文学性解读[M].北京：中华书局,2004.

[58] 胡祗遹.紫山大全集[M]//永瑢,纪昀等,编纂.景印文渊阁四库全书.台北：台湾商务印书馆,1975.

[59] 胡应麟.诗薮[M]//《续修四库全书》编委会.续修四库全书,上海：上海古籍出版社,2002.

[60] 胡仔.苕溪渔隐丛话[M].北京：人民文学出版社,1981.

[61] 黄鸣奋.英语世界中国古典文学之传播[M].上海：学林出版社,1997.

[62] 黄庭坚.黄庭坚全集[M].刘琳,李勇行,王蓉贵,校点.成都：四川大学出版社,2001.

[63] 黄庭坚.黄庭坚全集：辑校编年[M].郑永晓,整理.南昌：江西人民出版社,2008.

[64] 黄庭坚.黄庭坚诗集注[M].任渊等,注.刘尚荣,校点.北京：中华书局,2003.

[65] 黄庭坚.黄庭坚选集[M].黄宝华,选注.上海：上海古籍出版社,1991.

[66] 黄庭坚.山谷词[M].马兴荣,祝振玉,校注.上海：上海古籍出版社,2001.

[67] 黄庭坚.山谷集[M].永瑢,纪昀等,编纂.景印文渊阁四库全书.台北：台湾商务印书馆,1975.

[68] 黄庭坚.山谷诗集注[M] 黄宝华,点校.上海：上海古籍出版社,2003.

[69] 黄庭坚.豫章黄先生文集[M].张元济.四部丛刊初编,上海：上海商务印书馆,1922.

[70] 黄以周,等.续资治通鉴长编拾补：第一册[M].顾吉辰,点校.北京：中华书局,2004.

[71] 惠洪.石门文字禅[M]//永瑢,纪昀,等,编纂.景印文渊阁四库全书.台北：台湾商务印书馆,1975.

[72] 蒋伯潜,蒋祖怡.骈文与散文[M].上海：上海书店出版社,1997.

[73] 蒋士铨.忠雅堂集校笺[M].邵海清,校.李梦生,笺.上海：上海古籍出版社,1993.

[74] 蒋述卓,刘绍瑾,程国赋,等.二十世纪中国古代文论学术研究史[M].北京：北京大学出版社,2005.

[75] 孔凡礼.苏轼年谱[M].北京：中华书局,1998.

[76] 雷·韦勒克,奥·沃伦.文学理论[M].刘象愚,等,译.北京：生活·读书·新知三联书店,1984.

[77] 黎德靖.朱子语类[M].王星贤,点校.北京：中华书局,1994.

[78] 李道英.唐宋古文研究[M].北京：北京师范大学出版社,1992.

[79] 李剑国.宋代传奇集[M].北京：中华书局,2001.

[80] 李焘.续资治通鉴长编[M].上海师范大学古籍整理研究所,华东师范大学古籍整理研究所,点校.北京：中华书局,1992.

[81] 李调元.赋话[M]//《续修四库全书》编委会.续修四库全书,上海：上海古籍出版社,2002.

[82] 李渔.闲情偶寄[M].北京：作家出版社,1995.

[83] 李之仪.姑溪居士文集[M]//永瑢,纪昀,等,编纂.景印文渊阁四库全书.台北：台湾商务印书馆,1975.

[84] 刘辰翁.须溪集[M]//永瑢,纪昀,等,编纂.景印文渊阁四库全书.台北：台湾商务印书馆,1975.

[85] 刘大櫆,吴德旋,林纾.论文偶记·初月楼古文绪论·春觉斋论文[M].北京：人民文学出版社,1958.

[86] 刘尚荣.黄庭坚诗集注[M].北京：中华书局,2003.

[87]　刘熙载.艺概[M].上海：上海古籍出版社,1978.

[88]　刘勰.文心雕龙注[M].范文澜,注.北京：中华书局,1962.

[89]　刘勰.文心雕龙辑注[M].黄叔琳,注∥永瑢,纪昀,等,编纂.景印文渊阁四库全书.台北：台湾商务印书馆,1975.

[90]　刘勰.文心雕龙讲疏[M].王元化,讲疏.上海：上海古籍出版社,1996.

[91]　刘壎.隐居通议[M]∥永瑢,纪昀,等,编纂.景印文渊阁四库全书,台北：台湾商务印书馆,1975.

[92]　刘扬忠.中国古代文学通论·宋代卷[M].沈阳：辽宁人民出版社,2005.

[93]　刘义庆.世说新语[M].刘孝标,注.余嘉锡,笺疏.上海：上海古籍出版社,1993.

[94]　柳诒徵.中国文化史[M].上海：上海古籍出版社,2001.

[95]　柳宗元.柳宗元集[M].北京：中华书局,1979.

[96]　陆游.老学庵笔记[M].李剑雄,刘德权,点校.北京：中华书局,1979.

[97]　罗大经.鹤林玉露[M].北京：中华书局,1983.

[98]　罗家祥.朋党之争与北宋政治[M].武汉：华中师范大学出版社,2002.

[99]　罗宗强.魏晋南北朝文学思想史[M].北京：中华书局,1996.

[100]　吕祖谦.古文关键[M].上海：商务印书馆,1936.

[101]　吕祖谦.宋文鉴[M].齐治平,点校.北京：中华书局,1992.

[102]　马东瑶.苏门六君子研究[M].北京：北京大学出版社,2005.

[103]　马端临.文献通考[M].北京：中华书局,1986.

[104]　马积高.赋史[M].上海：上海古籍出版社,1987.

[105]　马茂军.宋代散文史论[M].北京：中华书局,2008.

[106]　毛亨,郑玄,孔颖达.毛诗正义[M]∥李学勤.十三经注疏.北京：北京大学出版社,1999.

[107]　毛晋,王士桢.汲古阁书跋·重辑渔洋书跋[M].上海：上海古籍出版社,2005.

[108]　茅坤编.唐宋八大家文钞[M].上海：上海古籍出版社,1993.

[109]　莫砺锋.江西诗派研究[M].济南：齐鲁出版社,1986.

[110]　宁俊红.20世纪中国古代文学研究史：散文卷[M].上海：上海东方出版中心,2006.

[111]　欧阳修.欧阳修诗文集校笺[M].洪本健,校笺.上海：上海古籍出版社,2009.

[112]　欧阳修.欧阳修全集[M].李逸安,点校.北京：中华书局,2001.

[113]　普济.五灯会元[M].苏渊雷,点校.北京：中华书局,1984.

[114]   钱锺书.管锥编[M].北京：中华书局,1986.

[115]   钱锺书.宋诗选注[M].北京：人民文学出版社,1989.

[116]   钱锺书.谈艺录[M].北京：中华书局,1999.

[117]   秦观.淮海集笺注[M].徐培均,笺注.上海：上海古籍出版社,1994.

[118]   任继愈.老子新译[M].上海：上海古籍出版社,1985.

[119]   沈松勤.北宋文人与党争[M].北京：人民文学出版社,1998.

[120]   沈约.宋书[M].北京：中华书局,1974.

[121]   水赉佑.黄庭坚书法史料集[M].上海：上海书画出版社,1993.

[122]   司马迁.史记[M].北京：中华书局,1982.

[123]   宋濂.文宪集[M].永瑢,纪昀,等,编纂.景印文渊阁四库全书,台北：台湾商务
         印书馆,1975.

[124]   苏轼.东坡题跋[M].屠友祥,校注.上海：上海远东出版社,1996.

[125]   苏轼.苏轼诗集[M].孔凡礼,点校.北京：中华书局,1982.

[126]   苏轼.苏轼文集[M].孔凡礼,点校.北京：中华书局,1986.

[127]   苏洵.嘉祐集笺注[M].曾枣庄,等,笺注.上海：上海古籍出版社,1993.

[128]   苏辙.苏辙集[M].陈宏天,高秀芳,点校.北京：中华书局,1990.

[129]   孙以昭,陶新民.中国古代散文研究[M].合肥：安徽大学出版社,2001.

[130]   孙望,常国武.宋代文学史[M].北京：人民文学出版社,2001.

[131]   谭家健.中国古代散文史稿[M].重庆：重庆出版社,2006.

[132]   陶尔夫,诸葛忆兵.北宋词史[M].哈尔滨：黑龙江教育出版社,2002.

[133]   陶潜.陶渊明集[M].龚斌,校笺.上海：上海古籍出版社,1996.

[134]   脱脱等撰.宋史[M].北京：中华书局,1985.

[135]   汪应辰.文定集[M].永瑢,纪昀,等,编纂.景印文渊阁四库全书.台北：台湾商
         务印书馆,1975.

[136]   王安石.王安石全集[M].秦克,巩军,标点.上海：上海古籍出版社,1999.

[137]   王弼,孔颖达.周易正义[M]//李学勤.十三经注疏.北京：北京大学出版社,
         1999.

[138]   王存.元丰九域志[M].王文楚,魏嵩山,点校.北京：中华书局,1984.

[139]   王岚.宋人文集编刻流传丛考[M].南京：江苏古籍出版社,2003.

[140]   王明清.挥麈录[M]//唐语林.上海：上海古籍出版社,1991.

[141]   王明清.投辖录;玉照新志[M].上海：上海古籍出版社,2012.

[142]　王若虚.滹南集[M]//永瑢,纪昀,等,编纂.景印文渊阁四库全书.台北：台湾商务印书馆,1975.

[143]　王十朋.梅溪集前集[M]//永瑢,纪昀,等,编纂.景印文渊阁四库全书.台北：台湾商务印书馆,1975.

[144]　王水照.鳞爪文辑[M].西安：陕西人民出版社,2008.

[145]　王水照.王水照自选集[M].上海：上海教育出版社,2000.

[146]　王水照.历代文话[M].上海：复旦大学出版社,2007.

[147]　王水照.宋代文学通论[M].郑州：河南大学出版社,1997.

[148]　王水照,朱刚.苏轼评传[M].南京：南京大学出版社,2004.

[149]　王晓路.西方汉学界的中国文论研究[M].成都：巴蜀书社,2003.

[150]　王行.墓铭举例[M]//永瑢,纪昀,等,编纂.景印文渊阁四库全书.台北：台湾商务印书馆,1975.

[151]　王运熙,顾易生.中国文学批评史新编[M].上海：复旦大学出版社,2001.

[152]　王运熙,周锋.文心雕龙译注[M].上海：上海古籍出版社,1998.

[153]　韦海英.江西诗派诸家考论[M].北京：北京大学出版社,2005.

[154]　魏道儒.宋代禅宗文化[M].郑州：中州古籍出版社,1993.

[155]　魏了翁.鹤山集[M]//永瑢,纪昀,等,编纂.景印文渊阁四库全书.台北：台湾商务印书馆,1975.

[156]　吴承学.中国古代文体形态研究[M].厦门：中山大学出版社,2000.

[157]　吴楚材,吴调侯.古文观止[M].洪本健,方笑一,戴从喜,等,解题汇评.上海：华东师范大学出版社,2002.

[158]　吴孟复,蒋立甫.古文辞类纂评注[M].合肥：安徽教育出版社,2013.

[159]　吴熊和.唐宋词通论[M].杭州：浙江古籍出版社,2001.

[160]　伍晓蔓.江西宗派研究[M].成都：巴蜀书社,2005.

[161]　萧华荣.中国古典诗学理论史[M].上海：华东师范大学出版社,2005.

[162]　萧庆伟.北宋新旧党争与文学[M].北京：人民文学出版社,2001.

[163]　萧统.文选[M].李善,注.上海：上海古籍出版社,1986.

[164]　熊礼汇.中国古代散文艺术史论[M].武汉：湖北人民出版社,2005.

[165]　徐复观.中国艺术精神[M].上海：华东师范大学出版社,2001.

[166]　徐明善.芳谷集[M]//永瑢,纪昀,等,编纂.景印文渊阁四库全书.台北：台湾商务印书馆,1975.

[167]　严可均.全上古三代秦汉三国六朝文[M].北京：中华书局,1958.

[168]　颜之推.颜氏家训译注[M].庄辉明,章义和,译注.上海：上海古籍出版社,1999.

[169]　杨庆存.宋代散文研究[M].北京：人民文学出版社,2002.

[170]　杨万里.杨万里诗文集[M].王琦珍,整理.南昌：江西人民出版社,2006.

[171]　姚宽,陆游.西溪丛语；家世旧闻[M].孔凡礼,点校.北京：中华书局,1993.

[172]　姚鼐.古文辞类纂[M].胡士明,李祚唐,标校.上海：上海古籍出版社,1998.

[173]　叶盛.水东日记[M].魏中平,点校.北京：中华书局,1980.

[174]　伊沛霞.内闱：宋代的婚姻和妇女生活[M].胡志宏,译.南京：江苏人民出版社,2004.

[175]　永瑢,等.四库全书总目[M].北京：中华书局,1965.

[176]　余英时.士与中国文化[M].上海：上海人民出版社,2003.

[177]　余英时.朱熹的历史世界：宋代士大夫政治文化的研究[M].北京：生活·读书·新知三联书店,2004.

[178]　俞元桂.中国现代散文理论[M].南宁：广西人民出版社,1984.

[179]　袁行霈.陶渊明集笺注[M].北京：中华书局,2003.

[180]　袁褧,等.庭帏杂录[M].丛书集成初编,北京：中华书局,1985.

[181]　岳柯.桯史[M].吴企明,点校.北京：中华书局,1981.

[182]　曾巩.曾巩集[M].陈杏珍,晁继周,点校.北京：中华书局,1984.

[183]　曾枣庄,李凯,彭君华.宋文纪事[M].成都：四川大学出版社,1995.

[184]　曾枣庄,刘琳.全宋文[M].上海：上海辞书出版社,2006.

[185]　曾枣庄,吴洪泽.宋代文学编年史[M].南京：凤凰出版社,2010.

[186]　曾枣庄.宋代文学与宋代文化[M].上海：上海人民出版社,2006.

[187]　曾枣庄.宋文通论[M].上海：上海人民出版社,2008.

[188]　张邦基,范公偁,张知甫.墨庄漫录；过庭录；可书[M].孔凡礼,点校.北京：中华书局,2002.

[189]　张兵.宋辽金元小说史[M].上海：复旦大学出版社,2001.

[190]　张伯伟.稀见本宋人诗话四种[M].南京：江苏古籍出版社,2002.

[191]　张高评.宋诗特色研究[M].长春：长春出版社,2002.

[192]　张耒.张耒集[M].李逸安,孙通海,傅信,点校.北京：中华书局,2000.

[193]　张少康.文赋集释[M].北京：人民文学出版社,2002.

[194]　张少康,刘三富.中国文学理论批评发展史[M].北京：北京大学出版社,2003.

[195]　张钧衡.适园丛书[M].刻本.乌程张氏,1913—1917(民国二至六年).

[196]　张毅.宋代文学思想史[M].北京：中华书局,1995.

[197]　张毅.宋代文学研究：上、下[M].北京：北京出版社,2002.

[198]　章太炎.国学讲演录[M].上海：华东师范大学出版社,1995.

[199]　章学诚.文史通义校注[M].叶瑛,校注.北京：中华书局,1994.

[200]　赵秉文.滏水集[M]//永瑢,纪昀,等,编纂.景印文渊阁四库全书.台北：台湾
　　　　商务印书馆,1975.

[201]　赵树功.中国尺牍文学史[M].石家庄：河北人民出版社,1999.

[202]　赵岐,孙奭.孟子注疏[M]//李学勤.十三经注疏.北京：北京大学出版社,1999.

[203]　赵义山,李修生.中国分体文学史：散文卷[M].上海：上海古籍出版社,2001.

[204]　真德秀.西山文集[M]//永瑢,纪昀,等,编纂.景印文渊阁四库全书.台北：台
　　　　湾商务印书馆,1975.

[205]　郑玄,孔颖达.礼记正义[M]//李学勤.十三经注疏.北京：北京大学出版社,
　　　　1999.

[206]　钟惺.隐秀轩集[M].李先耕,崔重庆,标校.上海：上海古籍出版社,1992.

[207]　周煇.清波杂志校注[M].刘永翔,校注.北京：中华书局,1994.

[208]　周裕锴.宋代诗学通论[M].上海：上海古籍出版社,2007.

[209]　周裕锴.文字禅与宋代诗学[M].北京：高等教育出版社,1998.

[210]　周作人,俞平伯.周作人俞平伯往来通信集[M].孙玉蓉,编注.上海：上海译文
　　　　出版社,2014.

[211]　朱弁,陈鹄,李廌.师友谈记;曲洧旧闻;西塘集耆旧续闻[M].孔凡礼,点校.北
　　　　京：中华书局,2002.

[212]　朱世英,方道,刘国华.中国散文学通论[M].合肥：安徽教育出版社,1995.

[213]　朱熹.楚辞后语[M].永瑢,纪昀,等,编纂.景印文渊阁四库全书.台北：台湾商
　　　　务印书馆,1975.

[214]　朱迎平.宋文论稿[M].上海：上海财经大学出版社,2003.

[215]　祝穆.方舆胜览[M].祝洙,增订.施和金,点校.北京：中华书局,2003.

[216]　祝尚书.北宋古文运动发展史[M].北京：北京大学出版社,2012.

[217]　祝尚书.宋代科举与文学考论[M].郑州：大象出版社,2006.

[218]　祝尚书.宋人别集叙录[M].北京：中华书局,1999.

[219]　祝尚书.宋人总集叙录[M].北京：中华书局,2004.

[220] 祝尚书.宋元文章学[M].北京：中华书局,2013.

[221] 庄辉明,章义和.颜氏家训译注[M].上海：上海古籍出版社,1999.

[222] 左丘明,杜预,孔颖达.春秋左传正义(上)[M]//李学勤.十三经注疏.北京：北京大学出版社,1999.

[223] 佐藤一郎.中国文章论[M].赵善嘉,译.上海：上海古籍出版社,1996.

附　录

附录一　黄庭坚两篇小说考

今人辑校的《宋代传奇集》收有黄庭坚《李氏女》和《尼法悟》，篇末注"据商务印书馆排印《宋人小说》本《投辖录》"。该集凡例曰："本书所辑录者系两宋传奇小说作品。"① 黄庭坚(1045—1105)字鲁直，自号山谷，是宋代影响最大的江西诗派领袖，也是享有盛誉的书法"宋四家"之一，散文和词创作也卓有成效。查阅收文颇全的《黄庭坚全集》和《黄庭坚全集：辑校编年》②，均未见此两文，在众多的黄庭坚研究论文中也鲜有提及。为此，本文拟对此两篇小说进行考证，并请方家指正。

一

《投辖录》为宋王明清所撰。王明清(1127—?)字仲言，颍州汝阴(今安徽阜阳)人，系著名的历史学家和小说家。宋陈振孙《直斋书录解题》卷十一"小说家类"云："《挥麈录》三卷、《后录》十一卷、《第三录》三卷、《余话》

---

① 李剑国：《宋代传奇集》，北京：中华书局，2001，第1页。
② 参见刘琳、李勇先、王蓉贵校点：《黄庭坚全集》(全四册)，成都：四川大学出版社，2001；黄庭坚著、郑永晓整理：《黄庭坚全集辑校编年》(全三册)，南昌：江西人民出版社，2011。

一卷。朝请大夫汝阴王明清仲言撰。明清，铚之子，曾纡公衮之外孙。故家传闻、前言往行多所忆。《后录》，跋称六卷，今多五卷。《投辖录》一卷，王明清撰。所记奇闻异事，客所乐听，不待投辖而留也。"① 王明清《投辖录序》云："《齐谐》志怪，由古至今，无虑千帙，仆少年时惟所着读，家藏目览，鳞集麋至，十逾六七。间有以新奇事相告语者，思欲识之，以续前闻，因仍未能。属者屏迹杜门，居多暇日，记忆曩岁之所剽聆，遗亡之余，仅存数十事，笔之简编。因念晤言一室，亲友话情，夜漏既深，互谈所觌，皆侧耳耸听，使妇辈敛足，稚子不敢左顾，童仆颜变于外，则坐客忻忻，怡怡忘倦，神跃色扬，不待投辖，自然肯留，故命以为名。后之仆同志者，当知斯言之不诬。绍兴己卯十月旦日叙。"② "《齐谐》志怪"出自《庄子·逍遥游》"齐谐者，志怪者也"。"投辖"典出《汉书·陈遵传》，喻主人留客的殷勤。王明清在《挥麈录》《玉照新志》中收有黄庭坚佚闻旧事。《李氏女》和《尼法悟》为何未收录至黄庭坚文集？四库馆臣云："投辖录一卷，内府藏本。宋王明清撰。是书乃其晚年所作。见于书录解题者一卷，与此本相同。其以投辖为名者，陈振孙谓所记皆奇闻异事，客所乐听，不待投辖而留也。所列凡四十四事，大都掇拾丛碎，随笔登载，不能及《挥麈录》之援据赅洽，有资考证。然故家文献，所言多信而有征。在小说家中，犹为不失之荒诞者。……则明清之老寿，可以概见。宜其于轶闻旧事，多所谙悉也。"③ 由此可见，后人对《投辖录》的评价远不及《挥麈录》，对小说的评价也不高。

在中国古代文学史上，小说因其不适合于"文以载道"，故处于边缘地位。《投辖录》近年来在中国古代小说史研究上受到关注。《宋辽金元小说史》云："此书（《投辖录》）作者标为'志怪'，然若将其视作志人小说似更恰当。"④ 邱昌员著《晋唐两宋江西小说史话》，单列一节为"黄庭坚《李氏女》和《尼法悟》"⑤，认为《李氏女》结构奇特，《尼法悟》采用倒叙手法，颇有新意。

① 陈振孙：《直斋书录解题》，第343页。
② 王明清：《投辖录·玉照新志》，上海：上海古籍出版社，2012，第7页。
③ 永瑢等：《四库全书总目》，第1198页。
④ 张兵：《宋辽金元小说史》，上海：复旦大学出版社，2001，第120页。
⑤ 邱昌员：《晋唐两宋江西小说史话》，北京：中国社会科学出版社，2011。

孙顺霖、陈协琹编著的《中国笔记小说纵览》认为，《投辖录》"作者往往能说明故事来源"。①

二

由《李氏女》《尼法悟》两文的篇末注可知，王明清是全文抄录黄庭坚之子黄相所书内容。元丰七年（1084 年），黄庭坚移监德州德平镇，其子黄相出生，小名小德。苏轼《次韵黄鲁直嘲小德。小德，鲁直子，其母微，故其诗云：解著〈潜夫论〉，不妨无外家》云："名驹已汗血，老蚌空泥沙。"② 黄庭坚元祐八年（1093 年）《答陈季常书二》之二云："小子相已十岁，颇顽壮，稍知读书。"③ 元符三年（1100）十二月，黄庭坚为江安守石谅挽留过年，并与之结为秦晋之好。《与元勋不伐书九》之六云："小子相今年已十七，诵书虽多，终未能决得古人义味。近喜作古诗，他日或有一长尔，未可量也。"黄庭坚对黄相还是寄予了希望。高宗绍兴元年（1131），官子孙各一人，并推恩及于其从弟黄廉之子黄叔敖和外甥徐俯。④ 这与篇末注"绍兴初献于御府"契合。而《投辖录》作于"绍兴己卯"，即绍兴二十九年（1159）。两者相距不远。

《宋代传奇集》辑校者按："本篇篇末原云'右二事黄太史鲁直子书云尔，不改易也。真迹在周渤惟深家，绍兴初献于御府。''子'字库本作'手'，是也。据《豫章先生传》，黄庭坚子名相，无闻于世，不当有御府收其墨迹之事。王明清采录此二篇，未加改易，犹为原文。"⑤ 四库馆臣将原篇末注的"子"字改为"手"字，原因如辑校者所云，但是黄庭坚此真迹未见任何文献记载，缺乏依据。黄庭坚与"周渤惟深"交往时间较长，其《周渤字序》云："辄奉子曰惟深，颇与名相称。沧溟渤澥，所以能无不容，惟其深而已。《传》曰：'惟深也，故能通天下之志。'"馆职期间（1086—1091）作《与周甥惟深》云："甥

---

① 孙顺霖、陈协琹编著：《中国笔记小说纵览》，上海：华东师范大学出版社，2013，第 243 页。
② 苏轼：《苏轼诗集》卷三十，第 1595 页。
③ 本文所引用黄庭坚诗文均出自黄庭坚著、郑永晓整理：《黄庭坚全集辑校编年》（全三册）。
④ 郑永晓：《黄庭坚年谱新编》，第 428 页。
⑤ 李剑国：《宋代传奇集》，第 255 页。

天资甚美，但恐读书未得其要。观古人书，每以忠信孝悌作服而读之，则得益多矣。亦不必专作举子事业，一大经，二小经，如吾甥明利之质，加意半年可了。当以少年心志，治君子之事业耳。学问当以不及古人为戒，勿以一日之长系主司得失为意，则世间疾苦不能入矣。"崇宁四年(1105)作《宜州乙酉家乘》云："(正月)八日丁丑，晴。发张载熙兄弟、冯当时、周惟深书。"直至生命的最后一年，黄庭坚还与晚辈"周渤惟深"来往。"真迹在周渤惟深家"是可能的。

三

《李氏女》和《尼法悟》篇幅不长，叙述的是佛教故事，体现了因果报应的思想。黄庭坚喜参禅问佛，援道释入儒，强调内圣外王，在文学创作中多有体现，且有禅理为文的特点，这与宋文大家欧阳修、苏轼不同。宋何薳《春渚纪闻》卷第七"苏黄秦书各有僻"云："东坡先生山谷道人秦太虚七丈每为人乞书，酒酣笔倦，坡则多作枯木拳石，以塞人意；山谷则书禅句；秦七丈则书鬼诗。余家收山谷所书禅句几三十余首。"[1] 南宋释普济所著《五灯会元》将黄庭坚列为临济宗黄龙派的居士，为黄龙心禅师的法嗣。现抄录《李氏女》如下：

　　昭德，赵郡李氏丙申女，初名如璋，往岁泊舟僧伽浮图下，梦人教改名曰昭德，遂依用之。熙宁甲寅岁春，随侍其先君司封在曲江，梦一妇人年三十许者，面正圆而身长，莫能省识，曰："汝负我命，岁在戊午，我得复冤。"是岁九月，梦一神女从空中而下，指昭德曰："汝不是汝母九五齐行遍，汝今正好修。"方梦时不知问"九五齐行"是何义，觉而问人，莫能训说。由此寄心香火因缘，不视世间事，且二岁余。母氏怒曰："女子无所归，他日吾目不瞑。"昭德惧，夙夜女工。元丰戊午仲冬十五夜戊子，梦曲江所梦之妇，曰："我来矣，汝偿我债。"以物正刺昭德之心而

---

① 何薳:《春渚纪闻》，第110页。

去。从此遂病心痛，针灸、艾药熨、卜祭鬼，尽世间法，楚毒增剧。家人莫知所为。庚寅日昳时，忽得寐梦一女子，从卫如贵人，熟视之，乃甲寅所梦见之神女也，曰："汝不感我语今奈何？"昭德曰："弟子愚暗，惟垂慈救。"女曰："此非吾可以为汝，惟佛能之。"即将昭德诣佛。仰见宫殿庄严，诣佛皆语。昭德拜且泣，道所以来。内一佛曰："冤对相逢，如世索债，须彼此息心，当自悟。"昭德曰："世业所熏，根索牢固，安能顿悟？"佛曰："当此危苦，如何不悟？"昭德复哀请百余语，佛曰："汝但发菩提心，尽此形寿，回向三宝，乃可以度脱出厄。不尔，二十五岁债偿复来，虽吾亦不能为汝。"佛乃为其作法，以手加昭德项后旋绕三匝，曰："吾为汝解冤意，汝归，心安矣。"既觉，病去十九，顷之遂平。昭德从此心绝华慕，口绝腥膻，身绝粉黛、绮绣、洗濯三业，亦不复善心诸梦，故追忆梦时，存其梗概。①

"李氏女"虽在《黄庭坚全集》中出现过，却不相符。"昭德"和"李如璋"则未记载。亦师亦友的苏轼留存《跋鲁直李氏传》② 《书黄鲁直李氏传后》云："无所厌离，何从出世？无所欣慕，何从入道？欣慕之至，亡子见父。"③苏轼概述黄庭坚的《李氏传》与《李氏女》内容相符，仅标题有一字之差，并且特别指出"李氏女"为"李如埙之妹"。"李如埙"不见文献记载。至此，《李氏女》系黄庭坚所作无误。

四

后人所编《黄庭坚全集》中仅有一篇人物传记《董隐子传》，疑有失传和遗漏的黄庭坚传类之文，《李氏女》可以为证。那么，另一篇小说《尼法悟》是否黄庭坚所作？现抄录全文如下：

---

① 王明清：《投辖录 玉照新志》，第13页。
② 苏轼：《跋鲁直李氏传》，载《苏轼文集》卷六十六，第2069页。
③ 同上，第2050页。

法悟，清源陈氏戊申女。早慧，能诵金刚经。尝许适其姑之子，姑爱之异常。元祐三年二月初一日，在本家道堂内，忽以剪刀断其髮。母见，持之而泣。顷刻兄嫂弟妹毕集，诱谕迫胁，无所不致。法悟神色怡然，笑而不答，曰："法悟自有境界，已发大愿，若遇明眼善知识或敢言其一二。"举家莫能为计，异日谋请建隆长老为举扬般若违恩义罪谴无边。语未竟，法悟直前拈香低头礼拜，言曰："正月一日晡时，在道堂坐，忽见眼前黑暗，见远处有火光，举身从之，约行数里入大门，榜曰'报冤门'，有绿衣判官持簿籍曰：'汝未可来，何为至此？汝有宿冤当报，知否？'法悟心悸，对曰：'得生人间，未曾为恶，何得有冤？'判官曰：'汝前世之妻乃汝今生之夫，以嫉妒故，伤汝左耳，因而致死。今反为汝之夫，合正其命。'法悟曰：'我虽有此宿冤，心不欲报。'判官曰：'此自当报，不由汝心。'法悟曰：'我若报冤，冤冤相报，无有了期。'判官曰：'不然，如世间杀人，若有不偿报者，其冤终在。'法悟曰：'我但不生嗔恨，冤自消释。譬如释迦世尊，昔为歌利王割截身体，节节支解，不生嗔恨，我今亦不生嗔恨。'法悟仍见世间冤对，尽载簿内，念得火炬焚却此簿，令一切冤仇尽得解脱。判官忽扬眉怒曰：'汝是何人，辄来乱吾法也。'叱之使去，震恐之际，不觉身在郊外，号泣曰：'是何恶业，却教杀人报冤，观世音菩萨来救取我去。'忽见一老僧云：'童子过来，汝须发愿。'法悟应声曰：'我若事人，愿碎身如微尘河沙劫，不生人道。'僧曰：'当听吾偈：万丈红丝结，何时解得彻。但修顿教门，那见弥勒法。'法悟知僧不凡，因前问前生父母何在。曰：'汝母已生天，父犹沈滞。可礼阿育王宝塔，一会与父。'法悟旋归，失足堕井中，惊不觉醒，乃见身在道堂内，约日色止逾一食时，而自初觉眼前黑暗，至入门与判官议论，及被叱见老僧语言，不啻如终日也。法悟既觉，心极惶骇，又重舍其姑之恩义，彷徨不决。至当月晦夜，忽梦前所见老僧，以手摩法悟顶。法悟确意，遂于翌日对佛发愿，愿云：'若果有出家缘分，愿剪髮时无人来见。'遂剪二十四刀，尽断其髮，再以剪刀齐其蓬。母忽见之。"建隆闻说，不复阻难，但云"不可思议"。先是，法悟之母某氏，学道参请已三十年矣，未有悟入。是日辰时，因举之而故犯因缘，恍然有省，乃知时因缘不约并至，非拟议所及。时在扬州北门居。

  右二事，黄太史鲁直子书云尔，不改易也。真迹在周渤惟深家，绍兴初献于御府。①

  "尼法悟"或"法悟"在黄庭坚全集中未出现过，而以"陈氏女"出现的是有婚嫁的，与此不符。从《李氏女》与《尼法悟》两文比较来看，两者都是志人小说，主人公为年龄相仿的女子，皆以梦为主线串联。前者记述了五个梦，后者主要叙述了一场梦幻。其次，李氏女和陈氏女的"觉悟"是相似的。且以对话为主。第三，两篇小说都是开门见山介绍人物，最后点明人物的现状。第四，《尼法悟》中的"建隆长老"应出自扬州建隆寺。《宋史》太祖本纪一："（建隆二年正月）戊申，以扬州行宫为建隆寺。"② 黄庭坚十五岁即从舅父李常游学淮南，一生创作有关扬州诗文多篇。最后，黄庭坚诗文互见，有相似之处。"在苏轼诗中多得不可胜数忧生叹老、感慨人生虚幻的内容，在黄庭坚诗中极为少见。从思想渊源来看，黄庭坚接收得更多的是禅宗的心性哲学，以本心为真知，追求主体道德人格的完善，以心性的觉悟获得生死解脱，使忧患悲戚无处安身。"③

  两篇小说的创作时间也可大致确定。《李氏女》文中所示"元丰戊午（1078）仲冬"，以及苏轼所作《跋鲁直李氏传》和《书黄鲁直李氏传后》，可确定《李氏女》作于苏轼与黄庭坚同在馆阁的时期，即元祐元年（1086）初两人相见，至元祐四年（1089）三月苏轼出知杭州期间。《苏轼年谱》云："是岁（元祐三年），尝为黄庭坚醖池寺书斋旁画小山枯木；尝为画丛竹怪石；尝为书字；庭坚避暑李氏园，尝欲邀苏轼来；庭坚尝欲求轼和其伯父祖善诗；庭坚尝在秘书省题轼所画竹石。"④ 黄庭坚元祐三年（1088）作《避暑李氏园二首》之二云："荷气竹风宜永日，冰壶凉簟不能回。题诗未有惊人句，会唤谪仙苏二来。"《尼法悟》

---

① 王明清：《投辖录 玉照新志》，第 14 页。
② 脱脱等：《宋史》，第 8 页。
③ 周裕锴：《梦幻与真如——苏、黄的禅悦倾向与其诗歌意象之关系》，载《文学遗产》2001 年第 3 期，第 72 页。
④ 孔凡礼：《苏轼年谱》，北京：中华书局，1998，第 854 页。

文中所显示的时间是元祐三年(1088)二月，其写作时间大致与《李氏女》同时或之后。

最后，"世传山谷道人前身为女子"的传说是值得参考的。《尼法悟》云："判官曰：'汝前世之妻乃汝今生之夫，以嫉妒故，伤汝左耳，因而致死。今反为汝之夫，合正其命。'"宋何薳《春渚纪闻》卷一"坡谷前身"云："世传山谷道人前身为女子，所说不一。近见陈安国省幹云：山谷自有刻石记此事于涪陵江石间。石至春夏，为江水所浸，故世未有模传者。刻石其略言，山谷初与东坡先生同见清老者，清语坡前身为五祖戒和尚，而谓山谷云：'学士前身为一女子，我不能详语，后日学士至涪陵，当自有告者。'山谷意谓涪陵非迁谪不至，闻之亦似愦愦……"① 如果苏轼与黄庭坚同见清老，这应是两人同在馆职时期。"何薳(1077—1145)，字子楚，晚号韩青老农，浦城(今属福建)人，何去非子。……其父为徐州学官时，薳得从陈师道学，又诵习苏轼文，故学有本源。"② 苏轼《南华寺》云："我本修行人，三世积精炼，中间一念失，受此百年谴。"③ 宋释慧洪《冷斋夜话》卷之八"梦迎五祖戒禅师"条云："坡曰：'轼年八九岁时，尝梦其身是僧，往来侠石。'"④ 黄庭坚《写真自赞》之五云："似僧有发，似俗无尘。作梦中梦，见身外身。"可见，"坡谷前身"的传说和记载并非空穴来风。这可能与《尼法悟》有关联。

综上所述，通过对王明清所作《投辖录》的历史评价，以及《李氏女》和《尼法悟》篇末注的考证，更有力的证据是苏轼的《跋鲁直李氏传》、《书黄鲁直李氏传后》，证实了《李氏女》系黄庭坚所作。在此基础上，根据黄庭坚两篇小说的文本，对比形式和内容以及思想渊源等，《尼法悟》可推断为黄庭坚所作。

（本文原发表于《九江学院学报》2016 年第 3 期）

---

① 何薳：《春渚纪闻》，第 5 页。
② 曾枣庄主编：《中国文学家大辞典·宋代卷》，北京：中华书局，2004，第 383 页。
③ 苏轼：《苏轼诗集》卷三十八，第 2060 页。
④ 张伯伟：《稀见本宋人诗话四种》，第 66 页。

附录二　黄庭坚部分散文系年考

与"唐宋八大家"相比，江西诗派领袖黄庭坚所创作的散文仅次于苏轼。郑永晓整理的《黄庭坚全集辑校编年》首次将黄庭坚作品按创作年月和时期编排。在前贤时彦整理成果的基础上，深入搜集历代黄庭坚文集、碑刻、书法、方志、笔记、诗话、谱录、类书、杂著等资料，进行了细致的整理，包括辑录、校勘、编年等，并对有关黄庭坚存疑作品、历代序跋、历代书目著录情况等作了梳理。与此前所出《黄庭坚全集》相比较，所收作品更为准确和全面，将黄庭坚研究推向了新的高度。《黄庭坚全集辑校编年》所收录的各体散文约为2 837篇，其中包含了划入诗歌类的辞赋，有编年的各体散文约为1 843篇，未编年的有1 000篇之多。本文拟在笔者以往对黄庭坚散文作品编年的基础上，对《黄庭坚全集辑校编年》未编年的黄庭坚各体散文进行系年考证，以助于深入和广泛的研究。本文采用的黄庭坚诗文出自郑永晓整理的《黄庭坚全集辑校编年》，并参考刘琳、李勇先、王蓉贵校点的《黄庭坚全集》等。

一

《李摅字说》

按：《李摅字说》云："予既字舅弟李摅曰安诗，而安诗请其说，尝试妄言之。吾读《诗》至《绿衣》……深于仁则安仁，深于《诗》则安《诗》矣。安之者，是乐之也。"① 李摅为黄庭坚舅李常长子。《宋史》本传："李常字公择，南康建昌人。少读书庐山白石僧舍。既擢第，留所抄书九千卷，名舍曰李氏山房，调江州判官、宣州观察推官。……熙宁初，为秘阁校理。……哲宗立，改吏

---

① 黄庭坚著：《黄庭坚全集：辑校编年（下）》，第 1495 页。

部，进户部尚书。"① 嘉祐四年（1059），黄庭坚从舅父李常游学淮南。② 嘉祐六年（1061）作《跋奚移文》曰："女弟阿通归李安诗，为置婢，无所得，乃得跋奚。"③ 此为黄庭坚诗文中首次提及李安诗。元丰八年（1085）作《和答莘老见赠》曰："往岁在辛丑，从师海濒州。外家有行役，拜公古邗沟。儿曹被鉴赏，许以综九流。仍许归息女，采蘋助春秋。"④ "辛丑"系嘉祐六年（1061），黄庭坚时年十七岁，孙觉以女许之。黄庭坚诗文中提及李安诗的不多。《宋粹父墓碣》云："……夫人管城张氏，生一男，子泽也。张夫人与余皆户部尚书李公择之甥，故泽谓余舅也。余少与龙城王达夫该、海昏洪德父民师、李安诗摅及粹父游，皆外兄弟也。"⑤ 元丰元年（1078）作诗《用明发不寐有怀二人为韵寄李秉彝德叟》其六曰："安诗无恙时，学行超辈侪。"⑥ 据此，李摅卒于元丰元年前。《李摅字说》应作于《跋奚移文》前，约作于嘉祐四年（1059）至嘉祐六年（1061）间。

《瘿尊铭》

按：《瘿尊铭》序曰："瘿尊，庭坚得之舅李公择，以献仲父圣谟。……仲父抚尊曰：'斯其以恶骇俗，汝为我铭以晓客。'"⑦ "瘿尊"即瘿木制的杯子。唐人李益有诗《与宣供奉携瘿尊归杏溪园联句》。黄庭坚因叔父圣谟当面要求，作此《瘿尊铭》。黄庭坚现存与黄襄唱和的诗均为治平三年（1066）所作。《次韵十九叔父台源》诗题注："叔父讳襄，字圣谟，号台源先生。"⑧《次韵叔父台源歌》云："茶甘酒美汲双井，鱼肥稻香派百泉。暑风披襟著菡苔，夜月洗耳听潺湲。时从甥侄置樽俎，此地端正朝诸山。"此诗生动地描述了叔侄俩夏日畅饮唱和的情景。《南屏山》题注："下八首俱次韵和台源诸篇。"另有《七台溪》、《次韵叔父圣谟咏莺迁谷》和《叔父钓亭》。黄庭坚元祐八年（1093）作《叔父十九

① 脱脱等：《宋史》卷三百四十四，第 10925 页。

② 郑永晓：《黄庭坚年谱新编》，第 8 页。

③ 黄庭坚著：《黄庭坚全集：辑校编年（上）》，郑永晓整理，南昌：江西人民出版社，2008，第 4 页。

④ 黄庭坚：《黄庭坚全集：辑校编年（上）》，第 396 页。

⑤ 黄庭坚：《黄庭坚全集：辑校编年（下）》，第 1436 页。

⑥ 黄庭坚：《黄庭坚全集：辑校编年（上）》，第 135 页。

⑦ 黄庭坚：《黄庭坚全集：辑校编年（下）》，第 1370 页。

⑧ 黄庭坚：《黄庭坚全集：辑校编年（上）》，第 7 页。

先生祭文》："呜呼！叔父孝恭慈仁，足以助乡官之化；明哲淑慎，足以追大雅之风。……昔在田里，侍坐从行。饱闻金玉之音，实入芝兰之室。"① 黄襄为退隐家园的隐君子。治平三年秋，黄庭坚再赴乡试，荣膺首选。次年春，赴礼部试，登许安世榜进士第，调汝州叶县尉。嘉祐四年(1059)至治平四年(1067)，黄庭坚从舅父李常游学淮南。《瘗尊铭》可归于治平三年(1066)作。

《题崇德君所画雀竹蜩螗图赞》

按：黄庭坚熙宁四年(1071)在叶县，作诗《观崇德墨竹歌》、《听崇德君鼓琴》、《酌崇德君寿酒》。《观崇德墨竹歌》序曰："姨母崇德君赠新墨竹图，且令作歌。"② 此后，元丰三年(1080)作《姨母李夫人墨竹二首》、《题李夫人偃竹》。米芾《画史》云："朝议大夫王之才妻，南昌县君，李尚书公择之妹，能临松竹木石画，见本即为之，卒难辨。"③ 黄庭坚姨母崇德君系李常之妹，嫁朝议大夫王之才，封南昌县君、崇德县君。黄庭坚元丰六年(1083)作《代祭王朝议文》云："赵郡李氏二姨，谨以清酌时羞之奠，致祭于故提举朝议姨夫之灵位。……岭南五郡，云思犹存。"④ 由此可知，王之才曾在岭南为官。黄庭坚熙宁四年所作诗称姨母为崇德君，而在元丰三年作诗却称姨母李夫人，故推断《题崇德君所画雀竹蜩螗图赞》⑤ 作于熙宁四年(1071)。

二

《代韩康公回韩魏公北京到任启》

按：黄庭坚熙宁六年(1073)为北京(大名)国子监教授，作有《代韩康公大名谢表》。《宋史》卷八十五《地理志》："北京，庆历二年建大名府为北京。"⑥《宋

---

① 黄庭坚：《黄庭坚全集：辑校编年(中)》，第697页。
② 黄庭坚：《黄庭坚全集：辑校编年(上)》，第83页。
③ 米芾：《画史》，《文渊阁四库全书》本。
④ 黄庭坚：《黄庭坚全集：辑校编年(上)》，第354页。
⑤ 黄庭坚：《黄庭坚全集：辑校编年(下)》，第1397页。
⑥ 脱脱等：《宋史》卷八十五，第2105页。

史》卷三百一十五《韩绛传》："韩绛字子华，举进士甲科，通判陈州。……神宗立，韩琦荐绛有公辅器，拜枢密副使。……明年，以观文殿学士徙许州，进大学士，徙大名府。七年，复代王安石相。……哲宗立，更镇江军节度使，开府仪同三司，封康国公，为北京留守。……元祐二年，请老，以司空、检校太尉致仕。明年(元祐三年)，卒，年七十七。赠太傅，谥曰献肃。"① 《续资治通鉴长编》卷二百四十二第 30、31 条："(熙宁六年二月)壬寅，知许州、观文殿学士、吏部待郎韩绛为大学士、知大名府，仍诏入觐，遇大朝会，缀中书门下班，出入如二府仪。""判大名府、淮南节度使、守司徒兼侍中韩琦判相州，从所乞也。琦乞解旄钺，不许。"② 黄庭坚元祐三年(1088)秘书省作有《韩献肃公挽词三首》。《宋史》卷三百一十二《韩琦传》："韩琦字稚圭，相州安阳人。父国华，自有传。琦风骨秀异，弱冠举进士，名在第二。……太后还政，拜琦右仆射，封魏国公。……熙宁元年七月，复请相州以归。河北地震、河决，徙判大名府，充安抚使，得便宜从事。……六年还判相州。……八年，换节永兴军，再任，未拜而薨，年六十八。……赠尚书令，谥曰忠献，配享英宗庙庭。"③ 黄庭坚熙宁五年(1072)至元丰二年(1079)任北京(大名)国子监教授。韩绛熙宁六年知大名府，第二年复代王安石相。黄庭坚与韩绛仅熙宁六年同在北京。熙宁六年，"判大名府、淮南节度使、守司徒兼侍中韩琦判相州"。《代韩康公回韩魏公北京到任启》应作于熙宁六年(1073)。

《代韩子华回韩魏公启》

按：《代韩子华回韩魏公启》曰："秘殿清班，陪京重地。……长城千里，犹获宝邻之依；泰阶六符，行即陶钧之赐。"④ 由此可知，韩绛(字子华)时在北京(大名)。"泰阶六符"为古星座名，即三台。上台、中台、下台共六星，两两并排而斜上如阶梯。《汉书》卷十五《东方朔传》："……愿陈《泰阶六符》，以观天变。"⑤

---

① 脱脱等：《宋史》卷八十五，第 2105 页。
② 李焘撰：《续资治通鉴长编》卷二百四十二，北京：中华书局，2004，第 5907 页。
③ 脱脱等：《宋史》卷三百一十二，第 10221 页。
④ 黄庭坚：《黄庭坚全集：辑校编年(下)》，第 1668 页。
⑤ 班固：《汉书》卷十五，第 2851 页。

此借指朝廷。"陶钧"亦作"陶均",制作陶器所用的转轮,此借以施展治国之才的权位。黄庭坚熙宁五年(1072)至元丰二年(1079)任北京(大名)国子监教授。韩绛熙宁六年(1073)知大名府,第二年复代王安石相。熙宁六年,"判大名府、淮南节度使、守司徒兼侍中韩琦判相州"。黄庭坚熙宁六年作有《代韩康公大名谢表》。《代韩子华回韩魏公启》应作于熙宁六年(1073)。

《代韩子华回王平甫问候启》

按:《代韩子华回王平甫问候启》曰:"……久纡雠校之勤,宜在论思之职。且膺殊拜,谅不旋时。残暑未清,自公多爱。"[1] 王安国(1028—1074)字平甫,王安石弟,熙宁四年(1071)授崇文院校书,改秘阁校理。卒于熙宁七年(1074)。《宋史》之《王安国传》曰:"熙宁初,韩绛荐其材行,召试,赐及弟,除西京国子教授。官满,至京师,上以安石故,赐对。……帝默然不悦,由是别无恩命,止授崇文院校书,后改秘阁校理。"[2] 韩绛熙宁六年(1073)知大名府,第二年复代王安石相。黄庭坚熙宁六年(1073)为北京国子监教授,作有《代韩康公大名谢表》。此启当作于熙宁六年(1073)。

《代韩子华回高阳刘待制启》

按:《代韩子华回高阳刘待制启》曰:"恭审进升延阁,往镇侯藩,伏惟欢庆。……长城千里,尚宽北顾之忧。过辱撝谦,远贻荣翰。但深铭感,莫既叙陈。"[3] 此启为庆贺和鼓励之意。刘待制不知何人。"凡带'待制'以上职名,均为侍从官标志,本为侍从、献纳之臣,实无职守,但为文臣差遣贴职。"[4]《元丰九域志》曰:"至道三年以瀛州高阳县隶军,熙宁六年省为镇,十年复为县。"[5] 高阳时属顺安军。大名府和顺安军同属河北四路安抚司治所及统属。"长城千里,尚宽北顾之忧。"可说明韩绛还任职于大名府。《代韩子华回韩魏公启》

---

① 黄庭坚:《黄庭坚全集:辑校编年(下)》,第 1668 页。
② 脱脱等:《宋史》卷三百二十七,第 10558 页。
③ 黄庭坚:《黄庭坚全集:辑校编年(下)》,第 1668 页。
④ 龚延明编著:《宋代官制辞典》,北京:中华书局,1997,第 139 页。
⑤ 王存撰:《元丰九域志》卷第二,王文楚、魏嵩山点校,北京:中华书局,1984,第 89 页。

也写有"长城千里，犹获宝邻之依"。《续资治通鉴长编》卷二百四十二第 29 条："延州言：'顺宁寨蕃部逃入西界，蕃官刘绍能以兵袭逐不及，反捕西人为质。'上曰：'自许夏国修贡以来，近边逃背生口皆送还，意极恭顺。今绍能即以兵出界，人情必须愤激，可严戒边吏，自今毋或生事。'"① 此后第 30 条即"壬寅，知许州、观文殿学士、吏部侍郎韩绛为大学士、知大名府……"。两条目与此启有关联。黄庭坚熙宁五年（1072）至元丰二年（1079）任北京（大名）国子监教授。韩绛熙宁六年知大名府，第二年复代王安石相。黄庭坚与韩绛仅熙宁六年同在北京。黄庭坚熙宁六年作有《代韩康公大名谢表》。此启应作于熙宁六年（1073）。

《代韩子华贺张璪修撰知杂启》

按：《代韩子华贺张璪修撰知杂启》曰："伏审拜命紫庭，提纲乌府。登正士于风宪，壮本朝之羽仪。……钦承嘉报，增忭愚衷。"② "紫庭"喻帝王宫庭，"乌府"指御史府。《宋史》之《张璪传》曰："张璪初名琥，字邃明，滁州全椒人，洎之孙也。早孤，鞠于兄环，欲任以官，辞不就。未冠登弟，历凤翔法曹、缙县令。王安石与环善，既得政，将用之，而环已老，乃引璪同编修中书条例，授集贤校理、知谏院、直舍人院。……朝廷既复河、陇，欲因势戡定夔、蜀、荆、广诸夷，璪言：'先王务治中国而已。今生财未尽有道，用财未尽有礼，不宜遽及徂征之事。'皆不听。以集贤殿修撰知蔡州，复知谏院兼侍御史知杂事。"③《续资治通鉴长编》卷二百四十三第 30 条："（熙宁六年三月）太子中允、集贤校理、同修起居注、直舍人院、知谏院张琥为集贤殿修撰、知蔡州。"④ 韩绛熙宁六年（1073）知大名府，第二年复代王安石相。此启应作于熙宁六年（1073）。

《代回谢文潞公启》

按：《代回谢文潞公启》曰："误蒙帝泽，出守宫符；远借台光，镇守藩

---

① 李焘：《续资治通鉴长编》卷二百四十二，第 5906 页。
② 黄庭坚：《黄庭坚全集：辑校编年（下）》，第 1669 页。
③ 脱脱等：《宋史》卷三百二十八，第 10568 页。
④ 李焘：《续资治通鉴长编》卷二百四十三，第 5922 页。

服。……在国北门，提封全魏。"① 文彦博(1006—1097)字宽夫，天圣进士。累迁殿中侍御史。嘉祐三年(1058)出判河南、大名、太原等府，封潞国公。熙宁六年(1073)出判河阳等地。元丰三年(1080)，再判河南。元祐五年(1090)复以太师致仕。《宋史》之《文彦博传》曰："彦博逮事四朝，任将相五十年，名闻四夷。"②《续资治通鉴长编》卷二百五十二第 56 条："(熙宁七年四月丙戌)河东节度使、守司徒、兼侍中、判河阳文彦博判大名府。"③ 韩绛熙宁六年(1073)知大名府，第二年复代王安石相。此启应为黄庭坚代韩绛熙宁七年(1074)四月离任所作，约熙宁七年(1074)初。

《代韩子华回定州薛密学启》

按：《代韩子华回定州薛密学启》曰："伏审进直中枢，镇临藩服。某官强毅中立，沉深内明。"④ 薛向(1016—1081)字师正，以荫入仕，历主簿、知州。《续资治通鉴长编》卷二百五十第 31 条："(熙宁七年二月)丁丑，三司使、龙图阁学士、右谏议大夫薛向为给事中、枢密直学士、知定州。"⑤ 《宋史》之《薛向传》曰："熙宁四年，权三司使。……辽人求代北地，北边择牧，加枢密直学士、给事中、知定州。高阳关募兵，敌阴遣人应选。向谍知之，主者觉，纵使亡去，向遣逻捕取之，械送瀛州，戮于市。"⑥ 韩绛熙宁七年(1074)四月前在北京。此启应为黄庭坚代韩绛熙宁七年四月前离任所作，此启约作于熙宁七年(1074)初。

《与庭诲监簿书》

按：《与庭诲监簿书》曰："经宿，伏惟安胜。闻有摹本《捕鱼图》，暂借。"⑦ 整理者有注，"《黄庭坚书法全集》第 83 页"。黄庭坚现存与郭庭诲唱和诗《和

① 黄庭坚：《黄庭坚全集：辑校编年(下)》，第 1667 页。
② 脱脱等：《宋史》卷三百一十三，第 10258 页。
③ 李焘：《续资治通鉴长编》卷二百五十二，第 6170 页。
④ 黄庭坚：《黄庭坚全集：辑校编年(下)》，第 1669 页。
⑤ 李焘：《续资治通鉴长编》卷二百五十，第 6089 页。
⑥ 脱脱等：《宋史》卷三百二十八，第 10585 页。
⑦ 黄庭坚：《黄庭坚全集：辑校编年(下)》，第 1485 页。

庭诲苦雨不出》、《和庭诲雨后》、《次韵庭诲按秋课出城》及《庭诲惠巨砚》均作于熙宁八年(1075)。盖庭诲为黄庭坚在北京时的同僚。庭诲不见文献记载。《和庭诲苦雨不出》曰：“端居广文舍，暑服似纯棉。绿竹尘蒙合，红榴日炙蔫。披襟风入幌，洒面雨连天。莫借角巾垫，勤来坐马鞯。”[1] 另，熙宁八年《和世弼中秋月咏怀》曰：“广文官舍非吏曹，况得数子发嘉兴。”两诗中的“广文舍”与“广文官舍”应为同一建筑。黄庭坚任北京国子监教授时与王纯亮(字世弼)等吟咏唱和，王纯亮后为黄庭坚的妹夫。推断此书作于熙宁八年(1075)。

《天钵禅院准禅师舍利塔记》

按：《天钵禅院准禅师舍利塔记》曰：“维东福胜，故号天钵。……文慧重元，海岱维清。如雷如霆，十州震惊。”[2]《五灯会元》卷第十六“天钵重元禅师”条目：“北京天钵寺重元文慧禅师，青州千乘孙氏子。……示寂正盛暑中，清风透室，异香馥郁。茶毗，烟焰到处，获舍利五色。太师文公彦博，以上赐白琉璃瓶贮之，藉以锦褥，躬葬于塔。”[3] 据此，文彦博时在北京(大名)。文彦博(1006—1097)字宽夫，天圣进士。累迁殿中侍御史。嘉祐三年(1058)出判河南、大名、太原等府，封潞国公。熙宁六年(1073)出判河阳等地。元祐五年(1090)复以太师致仕。《续资治通鉴长编》卷二百五十二第 56 条：“(熙宁七年四月丙戌)河东节度使、守司徒、兼侍中、判河阳文彦博判大名府。”[4] 黄庭坚元丰三年(1080)罢北京教授任，改官知吉州太和县。故推断此记应作于所任国子监教授后期，即北京(大名)时期(1072—1079)。

《祭李彦深文》

按：《祭李彦深文》曰：“呜呼彦深，荜路泥途，贤于驷马之驾；席门风雨，安于数仞之堂。……我观古而视今，信吾友之不亡。所以发文而掩涕，不忍痴孤与早孀。……托千里而羞奠，肴具洁而酒香。思曩时之笑语，同饮食之淋

---

① 黄庭坚：《黄庭坚全集：辑校编年(上)》，第 99 页。
② 黄庭坚：《黄庭坚全集：辑校编年(下)》，第 1640 页。
③ 普济著：《五灯会元(下册)》卷第十六，苏渊雷点校，北京：中华书局，1984，第 1041 页。
④ 李焘：《续资治通鉴长编》卷二百五十，第 6170 页。

浪。列樗蒲之花烛，呼五白而绕床。傥神理之不昧，以斯文而举觞。尚飨。"①
黄庭坚所存有关李彦深诗文不多，仅有元丰元年(1078)《竹轩咏雪呈外舅谢师
厚并调李彦深》《戏赠彦深》《赠李彦深》，以及元丰二年的《次韵师厚五月十
六日视田悼李彦深》。《戏赠彦深》题注："李源字彦深，厚之弟，居南阳。时
公在北京，因假至南阳。"②《赠李彦深》题注："李原，字彦深，厚之弟，居南
阳。"谢师厚字景初，庆历六年进士，博学能文，尤长于诗，系黄庭坚第二任
岳父。黄庭坚《次韵师厚五月十六日视田悼李彦深》题注"元丰二年北京作"。
诗曰："南雁传尺素，飞来卧龙城。……共游如昨日，笑语绝平生。此士今已
矣，宾筵老无成。"③由《祭李彦深文》中"托千里而羞奠"之句，可推断此祭
文与《次韵师厚五月十六日视田悼李彦深》作于同年，即元丰二年(1079)。

三

《与润甫贤宗书三》

　　按：《与润甫贤宗书三》之一曰："昨到城，虽得数相从以为慰，而烦溷主
礼良勤，惟多愧耳。……山中赋盐，遣人就县中，因人附问，草率。"之三曰：
"承颇寻绎旧学，不废文字之乐，甚善甚善！同僚中有能同此意者否？……老
夫阅世故来，益知三十年守此拙分为不错也。"④"甫"系古代在男子名字下加
的美称，也称"父"。由"赋盐""同僚""三十年"等可知，此书作于黄庭坚
知吉州太和县期间。黄庭坚诗《饮润父家》题注："元丰四年太和作。润父旧
名渥，字润父。后更名育，字懋达，会稽人，时为吉州司理。公以兄弟合宗，
见公所作《黄育字序》。"⑤《黄育字序》作于元丰六年(1083)，字序曰："今曰
懋达，以配育名则宜。"⑥由两文称呼可知，《与润甫贤宗书三》不大可能早于

---

① 黄庭坚：《黄庭坚全集：辑校编年(下)》，第 1430 页。
② 黄庭坚：《黄庭坚全集：辑校编年(上)》，第 142 页。
③ 同上书，第 169 页。
④ 黄庭坚：《黄庭坚全集：辑校编年(下)》，第 1449 页。
⑤ 黄庭坚：《黄庭坚全集：辑校编年(上)》，第 254 页。
⑥ 同上书，第 359 页。

元丰六年。黄庭坚诗文中涉及黄育的不多。另有元丰四年《次前韵寄润父》、《送酒与周法曹用赠润父韵》。元丰五年（1082）诗《四月戊申赋盐万岁山中仰怀外舅谢师厚》原校："……其下十数诗，皆述赋盐之苦，盖同时也。"[①] 黄庭坚元丰四年（1081）至元丰七年（1084）知吉州太和县。《与润甫贤宗书三》可归于太和时期（1080—1082）。

《王氏墓志铭》

按：铭曰："王氏女柔，字伯惠，年若干，嫁为京兆府栎阳尉朱春卿之妻。生一女而病，卒于外家。春卿归其枢，葬于岳州巴陵之原，祔于其姑。……柔父稚川，余友也。为余言：'……不幸短生，哭之哀甚，敢乞铭以纾痛。'则为作铭。"[②] 由"为余言"可知，此应是王稚川与黄庭坚当面诉求。黄庭坚所存与王稚川诗文均作于元丰三年（1080）。《次韵答叔原会寂照房呈稚川》原校："殿本、树经堂本题下史容注：'按山谷石刻《次韵王稚川客舍》题云：王岊稚川，元丰初调官京师。'前后集数篇，皆同时作。时山谷入京改官，盖元丰庚申岁。"[③]"元丰庚申岁"即元丰三年（1080）。"叔原"系晏几道（1038—1110）字，晏殊幼子，一生专意于词的创作。黄庭坚入京改官时，与晏几道数次唱和。《王稚川既待官都下，有所盼未归，予戏作〈林夫人欸乃歌〉二章与之。〈竹枝歌〉本出三巴，其流在湖湘耳。〈欸乃〉乃湖南歌也》原校⑥："'……又有跋云：宋时有女鬼，至人家歌花上盈盈，曲悲壮不可听。因附录之。林夫人，稚川妻也。'按殿本、树经堂本有任渊注：黄氏本后章曰：'卧冰泣竹母饥，天吴紫凤补儿衣。腊雪在时听嘶马，长安城中花片飞。'四句盖旧所作，后方改定，今附见于此，庶知前辈有日新之功也。"[④] 此跋作于元丰三年。此诗和跋与《王氏墓志铭》有关联，如"葬于岳州巴陵"与"《欸乃歌》乃湖南歌也"、"京兆府"与"长安城"、"宋时有女鬼"。综合推断《王氏墓志铭》应作于元丰三年（1080）。

---

① 黄庭坚：《黄庭坚全集：辑校编年（上）》，第 277 页。
② 黄庭坚：《黄庭坚全集：辑校编年（下）》，第 1415 页。
③ 黄庭坚：《黄庭坚全集：辑校编年（上）》，第 203 页。
④ 同上书，第 207 页。

《东禅长老梦偈》

按：《东禅长老梦偈》序曰："东禅长老以《梦说》累数百言示余，余因戏以禅语问之曰：上人前日之梦，若以为有邪？"① 黄庭坚所存诗文提及"东禅长老"的仅存此文。元丰四年（1081）《赠东禅惠老》云："惠老有才气，往来三十年。……相逢欲留语，此月别时圆。"② 原校："《年谱》卷一三《登赣上寄余洪范》黄𣌘注云：'按先生有此诗真迹……又有题名数行云：王诚之、柳诚甫……东禅惠老。及有诗一首云……'所引诗即此。今标题为点校者拟补。"与"东禅"相关的有作于元丰四年（1081）《题虔州东禅圆照师新作御书阁》《题槐安阁》。赣州即旧虔州。《题槐安阁》原校："殿本、树经堂本标题下史容注：东禅属虔州，山谷自太和考试南安过虔州作。"序曰："东禅僧进文，结小阁于寝室东，养生之具取诸左右而足。"③ 宋陈舜俞《都官集》卷十二诗有《寄虔州东禅惠长老》（景印文渊阁四库全书本）。于此可知，东禅长老与东禅惠老、东禅惠长老应为同一人。《宋史》之《张问传》附传："舜俞字令举，湖州乌程人。博学强记。举进士，又举制科第一。熙宁三年，以屯田员外郎知山阴县，诏俟代还试馆职。……青苗法行，舜俞不奉令……责监南康军盐酒税，五年而卒。……苏轼为文哭之。"④ 故《东禅长老梦偈》当作于元丰四年（1081）。

《毕宪父诗集序》

按：《毕宪父诗集序》云："河南毕公宪父，以事功知名，治郡甚得民，所去民思之。然不知其能诗也。宪父没后，其子平仲得其平生诗若干，以示豫章黄庭坚，且曰：'为我序其先后之次。'庭坚持归，读之三日，夜漏常下三十刻所，乃尽得其所谓。因以郡县为类，少壮耆艾为次，秩序为三卷。……庭坚既作铭诗，刻之下宫，又论其学问如此，载之家集。"⑤ 黄庭坚全集中与毕宪父有

---

① 黄庭坚：《黄文节公全集·别集》卷第三，载《黄庭坚全集》，第 1526 页。此偈不见于黄庭坚著、郑永晓整理的江西人民出版社，2008 年版《黄庭坚全集：辑校编年》。

② 黄庭坚：《黄庭坚全集：辑校编年（上）》，第 249 页。

③ 同上书，第 246 页。

④ 脱脱等：《宋史》卷三百三十一，第 10663 页。

⑤ 黄庭坚：《黄庭坚全集：辑校编年（下）》，第 1513 页。

关的诗文《喜太守毕朝散致政》《祭毕朝文》《朝请郎知吉州毕公墓志铭》均作于元丰五年(1082)。黄庭坚时为吉州太和县令。《朝请郎知吉州毕公墓志铭》曰："吉州太守毕公,以元丰五年冬十一月己丑殁于理所,属县皆来吊哭。……其孤平仲伏哭且言……镌诗丘宅,亶古今来。"① 诗集序末"刻之下官"与墓志铭末"镌诗丘宅"相符。故此序应作于元丰五年(1082)末。

《答晁元忠书》

按:《答晁元忠书》曰:"庭坚百拜元忠足下:未识足下之面,因诸昆弟得足下之诗。……不谓尧民即以奉寄,乃辱己未书及诗……南来拘窘吏事,虽江山相映发,心不在焉,如墙壁间作诗文,与俗俯仰,不足纪录。……无阶,合并十诗,仰报盛意,因以当面。愿自重。不宣。"② 原校:"此篇文字自'不肖于诸公之间'起至篇末,与光绪本《续集》卷一所收《谢运判朱朝奉》基本相同,兹两存之。"《谢运判朱朝奉》作于太和时期(1080—1083)。"尧民"系晁端仁字。黄庭坚与晁端仁为同年进士,两人在元丰二年(1079)交往颇多,留下多首诗篇。晁元忠通过晁端仁介绍,寄书及诗于黄庭坚。只是,黄庭坚南来后有机会作答。"宋代晁氏家族子孙繁衍,人数众多,厘分为东、中、西三眷,现姓名可考者尚有十数人不知其所出。"③ 晁元忠也属于不知其所出者。黄庭坚与晁氏家族三世交好,其中与叶县同僚晁端国、同年晁端仁等交往较早,与晁补之则是交往最深。"合并十诗"系指元丰五年(1082)所作《寄晁元忠十首》④和《次韵晁元忠西归十首》。黄庭坚全集所存有关晁元忠的诗文仅此三首。由此推断,《答晁元忠书》可归于元丰五年(1082)。

《晁氏四子字序》

按:《晁氏四子字序》曰:"物无不致养而后成器,况心者不器之器乎?其耳目与人同,而至于穷神知化,则所养可知矣。观颐自求口实,内外尽矣。合者行

---

① 黄庭坚:《黄庭坚全集:辑校编年(上)》,第 309 页。
② 黄庭坚:《黄庭坚全集:辑校编年(下)》,第 1439 页。
③ 刘焕阳著:《宋代晁氏家族及其文献研究》,济南:齐鲁书社,2004,第 61 页。
④ 黄庭坚:《黄庭坚全集:辑校编年(上)》,第 300 页。

之，不合者思之。思者作圣人之具也，舜何人哉！故字端颐曰圣思。"① "晁氏四子"分别为晁端颐字圣思、晁端临字教思、晁端常字永思和晁端晋字敏思。此晁氏四子不可考，生平事迹不详。黄庭坚与晁氏家族三世交好，与同门晁补之则是交往最深。黄庭坚所存《奉答圣思讲〈论语〉长句》题注"元丰六年太和作"。② "圣思"是晁氏四子中的长兄晁端颐。如此，则《晁氏四子字序》作于元丰六年(1083)或之前。

《罗中彦字序》

按：《罗中彦字序》曰："延平罗中彦问字于予，予字之曰茂衡。茂衡曰：'愿遂教之。'"③ 黄庭坚元丰五年(1082)作诗《奉答茂衡惠纸长句》，题注"茂衡，太和人"。诗句曰："春草肥牛脱鼻绳，菰蒲野鸭还飞去。故将藤面乞伽佗，愿草惊蛇起风雨。"④ 诗《杂言赠罗茂衡》题注有"元丰五年太和作"，诗曰："嗟来茂衡，学道如登。欲与天地为友，欲与日月并行。"两诗蕴含禅意。由两诗题注以及丁忧时期所作《答茂衡通判书》得知，"茂衡"为黄庭坚任太和县令时的友人或同僚。由诗与字序的称呼判断，《罗中彦字序》应作于此两诗之前，即元丰五年(1082)或之前。

《与茂衡通判简》

按：黄庭坚所存有关罗中彦诗文有《罗中彦字序》，元丰五年(1082)所作《奉答茂衡惠纸长句》《杂言赠罗茂衡》，以及丁忧时期的《答茂衡通判书》。另存一首的《与茂衡通判简》与《答茂衡通判书》，内容有诸多相联之处，可归为同期所作。《答茂衡通判书》云："然事亲之日可爱……弟妹婚嫁略已毕否？儿女几人，有成立者未？幸一一疏示。蒙斋诸诗，多有佳句，皆自得之言。不肖不复作诗已数年，当奉为作《蒙斋铭》，别信寄上。"⑤ 与此对照，

---

① 黄庭坚：《黄庭坚全集：辑校编年(下)》，第 1530 页。
② 黄庭坚：《黄庭坚全集：辑校编年(上)》，第 320 页。
③ 黄庭坚：《黄庭坚全集：辑校编年(下)》，第 1511 页。
④ 黄庭坚：《黄庭坚全集：辑校编年(上)》，第 299 页。
⑤ 黄庭坚：《黄庭坚全集：辑校编年(中)》，第 729 页。

《与茂衡通判简》云："经宿，伏想侍奉太夫人膳饮胜常，令弟子舍皆无恙。今旦干行李未办事，未得参诣。二语录各往一通，维心华发明者可以入此书尔。……"①两书简所述人和事相同和相关，如"事亲"和"侍奉太夫人"、"弟妹"和"弟子"、"诸诗"与"语录"。故可推断《与茂衡通判简》作于丁忧时期(1092—1094)。

《李冲元真赞》

按：黄庭坚诗《招隐寄李元中》题注"元丰四年(1081)太和作。元中，名冲元"②。同年作《龙眠操三章李元中》。元丰六年(1083)作《李元中难禅阁铭》。另涉及李元中的有元祐三年(1088)《跋净照禅师真赞》："龙眠盖庐山李伯时，顷与其弟德素、同郡李元中求志于龙眠山，淮南号为'龙眠三李'。"③戎州时期(1098—1100)《书江西道院赋后》："此赋往在江南所作。来黔戎之间已五年，不复记忆。会夔州李元中自内地来，得高安石本，故复得之。王周彦求作大字，遂书此赋。有民社者观之，或有补万分之一耳。"④《李冲元真赞》内容与《李元中难禅阁铭》比较相符。《李冲元真赞》曰："冶百炼之金，而中黄钟之宫。琢无瑕之玉，而成夜光之璧。可用飨帝，可用活国。师旷不世而无闻，韫椟藏之而无闷。士亦何得于山林，无勋而茹谷也故肥遁。"⑤《李元中难禅阁铭》序曰："龙眠道人李元中，为宜春决曹掾，尽心于犴狱，忠信慈惠于百度。……狱事既饬，于是筑阁以退听，已无憾而后安禅，而乞名于其友山谷道人。"⑥两文中"士亦何得于山林，无勋而茹谷也故肥遁"与"狱事既饬，于是筑阁以退听，已无憾而后安禅，而乞名于其友山谷道人"是紧密关联的。黄庭坚积极鼓励李元中"安禅"。黄庭坚所存与李冲元来往的诗文均作于太和时期。故《李冲元真赞》与《李元中难禅阁铭》作于同期，可归于元丰六年(1083)。

---

① 黄庭坚：《黄庭坚全集：辑校编年(下)》，第 1454 页。
② 黄庭坚：《黄庭坚全集：辑校编年(上)》，第 259 页。
③ 同上书，第 543 页。
④ 黄庭坚：《黄庭坚全集：辑校编年(中)》，第 1053 页。
⑤ 黄庭坚：《黄庭坚全集：辑校编年(下)》，第 1382 页。
⑥ 黄庭坚：《黄庭坚全集：辑校编年(上)》，第 358 页。

《题练光亭》

按：《题练光亭》曰："练光亭极是登临胜处，然高寒不可久处。……胜师方丈北挟有屋两楹，其一开轩，其一欲作虚窗奥室。余为名轩曰'物外'，主人喜作诗也。名室名曰'凝香'，密而清明，于事称也。"① 宋周应合撰《景定建康志》卷之四十六"寺院"："保宁禅寺在城内饮虹桥南保宁坊内。"② 卷二二"亭轩"："练光亭。在保宁寺，今废。考证：苏魏公颂有《游保宁寺练光亭》诗。……黄鲁直尝题云：练光亭极是登临胜处，然高寒不可久处。"③ 苏颂（1020—1101）字子容，庆历二年（1042）进士，为宿州观察推官，徙知江宁县，曾作诗《游保宁院练光亭同丘程凌林四君分题用业字韵》。④ 元祐初，除吏部尚书兼侍读。元祐五年（1090）拜尚书左丞；元祐七年（1092）拜右仆射兼中书侍郎；次年罢知扬州，绍圣末致仕。著有《苏魏公集》《新仪象法要》等。黄庭坚元丰七年（1084）移监德州德平镇，"岁初，过金陵，往访王安石于钟山"⑤。黄庭坚元祐四年（1089）《书赠俞清老》云："清老，金华俞子中也，三十年前与余共学于淮南。元丰甲子相见于广陵，自云荆公欲使之脱逢掖，著僧伽黎，奉香火于半山宅寺，所谓报宁禅院者也。予之僧名曰紫琳，字清老。……"⑥ 元丰甲子即元丰七年（1084）。清蔡上翔《王荆公年谱考略》云："旧载熙宁四年，山谷尉县时作新寨诗，传至都下。荆公见之，爱叹称赏。然未知相见在何年也。至元丰间，始亲见公于钟山。且云予尝熟观其风度。"⑦ 元丰七年（1084）作诗《金陵新亭》云："金陵风景好，豪士集新亭。"⑧ 此诗进一步证实了黄庭坚不仅拜访名人，而且参拜了金陵寺庙景观。元丰三年（1080），黄庭坚作诗《金陵》云：

---

① 黄庭坚：《黄庭坚全集：辑校编年（下）》，第 1512 页。
② 周应合撰：《景定建康志》卷四十六，载《宋元珍稀地方志丛刊甲编》，王晓波等点校，成都：四川大学出版社，2007，第 1903 页。
③ 同上，卷二十二，第 1032 页。
④ 苏颂著：《苏魏公文集》卷二，王同策、管成学、颜中其等点校，北京：中华书局，1988，第 16 页。
⑤ 郑永晓：《黄庭坚年谱新编》，第 145 页。
⑥ 黄庭坚：《黄庭坚全集：辑校编年（上）》，第 570 页。
⑦ 蔡上翔：《王荆公年谱考略》卷二十二，上海：上海人民出版社，1973，第 313 页。
⑧ 黄庭坚：《黄庭坚全集：辑校编年（上）》，第 366 页。

"豪士阴江海，瓜分域中权。"① 诗末原注："按时秀禅师在钟山寺。"黄庭坚此年罢北京教授，改官知吉州太和县，也有途经金陵的可能，但此诗只是借题抒发自己的复杂情感。而从黄庭坚元丰七年所作的《金陵新亭》可知，他到过保宁院并题词的可能性大。故《题练光亭》可归于元丰七年(1084)。

四

《与莘老帖》

按：《与莘老帖》之二："自公抚南床，士论翕然，每与深识者共叹仰也。"② 洪迈《容斋随笔》卷第十五"官称别名"："唐人好以它名标榜官称……侍御史为端公、南床、横榻、杂端，又曰脆梨。"③ 唐、宋御史台食坐之南设横榻，称南床。黄庭坚对莘老给予了高度评价。黄庭坚所存有关刘莘老诗文仅此帖二首。据《宋史》卷三百四十《刘挚传》④，刘挚(1030—1097)字莘老，嘉祐进士。哲宗立，召为吏部郎中，擢侍御史。元祐元年(1086)，拜尚书右丞，连进左丞、中书、门下侍郎，元祐六年(1091)拜尚书右仆射。哲宗亲政，累贬新州。绍圣四年(1097)，以疾卒。《与莘老帖》之一云："信公语录暂留遍观。若欲作序引，不敢辞，但恐不足以重之耳。七日后当投休告参候，谨上状。"黄庭坚元祐三年(1088)作《福昌信禅师塔铭》云："禅师名知信，出于福州闽县萧氏。……其深禅妙句，自有录。余尝书其后云：'维福昌信老，峭立万仞壁，于夹山影中印全提般若者也。'……元祐三年闰十二月乙酉，不升堂。庚戌，汤浴更衣，辛亥卧疾，问曰：'早晚？'曰：'正午矣。'起坐而逝。"⑤ "信公"与"福昌信禅师"应为同一人。据《五灯会元》，福昌信禅师系夹山遵禅师法嗣⑥。故《与莘老帖》应作于元祐三年(1088)。

---

① 黄庭坚：《黄庭坚全集：辑校编年(上)》，第 214 页。
② 黄庭坚：《黄庭坚全集：辑校编年(下)》，第 1445 页。
③ 洪迈：《容斋随笔》卷十五，第 795 页。
④ 脱脱等：《宋史》卷三百四十，第 10849 页。
⑤ 黄庭坚：《黄庭坚全集：辑校编年(上)》，第 544 页。
⑥ 普济：《五灯会元(下册)》卷十六，第 1035 页。

《十九弟新妇李氏祭文》

按：《十九弟新妇李氏祭文》云："呜呼！惟舅氏之玉女，徽柔顺政。归我季子，家人相庆。"[1] "十九弟"系黄庭坚叔父黄廉幼子黄叔敖，字嗣深，行十九。晁补之《李氏墓志铭》曰："前封丘县主簿豫章黄君叔敖字嗣深之夫人李氏……殁后四百六十八日，元祐癸酉九月甲申祔于分宁县之双井山其舅给事中韦廉之兆。"[2] "元祐癸酉"即元祐八年（1093）。由此可知，黄叔敖夫人李氏卒于元祐七年。秦观《故龙图阁直学士中大夫知成都军府事管内劝农使充成都府利州路兵马钤辖上护军陇西郡开国侯食邑一千一百户食实封三百户赐紫金鱼袋李公行状》云："南康军建昌县李常，字公择，年六十四。……女三人：……次适黄叔敖。"[3] 黄庭坚舅李常的幼女嫁给了从弟黄叔敖。故此祭文应作于丁忧时期的元祐七年（1092）或元祐八年（1093）。

《撰魏王祭文》

按：《撰魏王祭文》曰："维叔父令德孝恭，惟英宗、神考，嘉乃懿德，大启土宇，图宁我家。……今天降割，股肱其亏，何痛如之！"[4] 苏轼《论魏王在殡乞罢秋燕札子》曰："元祐三年八月二十一日，翰林学士朝奉郎知制诰兼侍读苏轼札子奏。臣近准钤辖教坊所关到撰《秋燕致语》等文字。臣谨按《春秋左氏传》，昭公九年，晋荀盈如齐，卒于戏阳，殡于绛，未葬，晋平公饮酒乐，膳宰屠蒯趋入，酌以饮工，曰：'汝为君耳，将司聪也。辰在子卯，谓之疾日，君彻燕乐，学人舍业，为疾故也。君之卿佐，是谓股肱，股肱或亏，何痛如之。汝弗闻而，是不聪也。'公说，彻乐。……今魏王之丧，未及卒哭，而礼部太常寺皆以谓天子绝期，不妨燕乐，臣窃非之。"[5] 《宋史》卷二百四十六列传："益端献王頵，初名仲恪，封大宁郡公，进鄂国公、乐安郡王、嘉王。所

---

① 黄庭坚：《黄庭坚全集：辑校编年（下）》，第 1424 页。
② 晁补之：《济北晁先生鸡肋集》卷六十六，《四部丛刊初编》集部 172，上海商务印书馆缩印明刊本，1922，第 523 页。
③ 秦观著，徐培均笺注：《淮海集笺注·后集》卷六，第 1548 页。
④ 黄庭坚：《黄庭坚全集：辑校编年（下）》，第 1426 页。
⑤ 苏轼：《苏轼文集》卷二十九，第 822 页。

历官赐，略与兄颢同。更武胜、山南西、保信、保静、武昌、武安、武宁、镇海、成德、荆南十节度，徙王曹、荆，位至太尉。元祐三年七月薨，年三十三，赠太师、尚书令、荆徐二州牧、魏王，谥端献。徽宗改封益王。"① 赵頵（1056—1088）系宋英宗第四子。好学，博通群书。黄庭坚所存诗文中仅此文与赵頵有关。此祭文当作于馆职时期的元祐三年（1088）。

《赵景仁弹琴舞鹤图赞》

按：《赵景仁弹琴舞鹤图赞》曰："无山而隐，不褐而禅。听松风以度曲，按舞鹤而忘年。铿尔舍琴而对吏，忽坒入而来前。察朱墨之如蚁，初不病其超然。"② 黄庭坚离戎州至荆渚时期（1101—1103）作《为邹松滋题子瞻画》："子瞻尝为赵景仁作竹筱怪石一纸，余赞之曰：'赵景仁，守宗祊。游轩冕，有丘壑。弹鸣琴，无归鹤。苏仙翁，留醉墨。李伯时为作松风流水，景仁弹琴舞鹤。余题之'无山而隐，不褐而。依松声以度曲，舞鸣鹤而忘弦。尔舍琴而吏，忽坒入而来，前察朱墨之如蚁，初不病其超然。'"③ 原校："李伯时为作……病其超然。原本脱此六十字，今据《遗文》补入，又，'不褐而'后似脱一字。"④ 其中"余题之"部分与《赵景仁弹琴舞鹤图赞》高度相似。苏轼存有《题李伯时画〈赵景仁琴鹤图〉二首》，《苏氏诗集》原注："〔合注〕《续通鉴长编》：元祐三年四月，赵岎〔应为"屼"〕为都官员外郎，寻改考功。先生题诗，正同在京师也。"⑤ 故推断此赞作于元祐三年（1088）。

《书秦觏诗卷后》

按：《书秦觏诗卷后》云："少章别来踰年，文字矍矍日新。不惟助秦氏父兄欢喜，予与晁、张诸友亦喜交游间当复得一国士。然力行所闻，是此物之根本，冀少章深根固蒂，令此枝叶畅茂也。"⑥ 《秦少游年谱长编》："（元祐五年）

---

① 脱脱等：《宋史》卷二百四十六，第 8721 页。
② 黄庭坚：《黄庭坚全集：辑校编年（下）》，第 1383 页。
③ 黄庭坚：《黄庭坚全集：辑校编年（中）》，第 1194 页。
④ 同上注。
⑤ 苏轼：《苏轼诗集》卷三十，第 1606 页。
⑥ 黄庭坚：《黄庭坚全集：辑校编年（下）》，第 1535 页。

是岁，黄庭坚题先生弟觏诗卷，称其文字矗矗日新。秦谱又案：'山谷是年《题少章诗卷》云：少章别来文字矗矗日新，不唯助秦氏父兄欢喜，予与晁、张诸友亦喜，交游间，当复得一国士。然力行所闻，是此物之根本，冀少章深根固蒂，令此枝叶畅茂也。'①《书秦觏诗卷后》与秦谱所记《题少章诗卷》系同一作品。故《书秦觏诗卷后》应为元祐五年(1090)所作。

《彭城叔母祭文》

按：彭城叔母系黄庭坚叔父黄廉之妻。黄庭坚早孤，颇得叔父黄廉及其夫人的教养。黄廉字夷仲，嘉祐六年(1061)进士。神宗时除监察御史里行。元祐初，除尚书户部郎中，治左曹。元祐六年(1091)，除给事中。次年五月捐馆舍。黄庭坚元祐八年(1093)五月某日作《叔父给事行状》云："娶刘氏，尚书屯田外郎致仕涣之女，封彭城县君，先公没十年。……诸孤将以今年九月，奉公及刘夫人之丧，合葬于分宁县双井之台平，大夫公之墓次。"②黄廉卒于元祐七年(1092)，则刘氏卒于元丰五年(1082)。《彭城叔母祭文》曰："呜呼！昔在叔母，有斋采蘩。媲德主馈，人无间言。娠子孝友，令承几筵。中身不考，何罪于天？天涯闻哀，不能骏奔。匶旐东来，哭于东门。迁次十年，客非吾土。双井之原，今复其所。某等幼小抚怜，备闻教语。音犹在耳，瞻仰无处。哭挽灵车，泪落樽俎。"③祭文中所述"迁次十年，客非吾土。双井之原，今复其所"与《叔父给事行状》中所述"今年九月，奉公及刘夫人之丧，合葬于分宁县双井之台平"相合，即于元祐八年(1093)九月，黄廉夫妇俩灵柩合葬于家乡分宁县双井。故《彭城叔母祭文》应作于元祐八年(1093)。

《写真自赞五首》

按：《写真自赞五首》序曰："余往岁登山临水，未尝不讽咏王摩诘《辋川别业》之篇，想见其人，如与并世。故元丰间作'能诗王右辖'之句，以嘉素写寄舒城李伯时，求作右丞像。此时与伯时未相识，而伯时所作摩诘，偶似不

① 徐培均著：《秦少游年谱长编》，北京：中华书局，2002，第422页。
② 黄庭坚：《黄庭坚全集：辑校编年(上)》，第680页。
③ 黄庭坚：《黄庭坚全集：辑校编年(下)》，第1423页。

肖，但多髯尔。今观秦少章所畜画像，甚类而瘦，岂山泽之儒，故应臞哉？少章因请余自赞。"① 由此可知，此赞应作于"元丰间"之后。元祐二年（1087）作有《晁张和答秦觏五言予亦次韵》《次韵秦觏过陈无己书院观鄙句之作》。《秦少游年谱长编》："（元祐三年）二月三日，试礼部进士，先生姑父李常宁名登榜首，弟觏与李廌并落第。在京时，先生尝与李廌论赋。秦谱：'苏公轼、孙公觉同知贡举，少章觏与李方叔廌并落。'"② 黄庭坚元祐三年（1088）作《次韵秦少章晁适道赠答诗》《次韵答秦少章乞酒》《次韵答少章闻雁听鸡二首》《书所作宫题诗后》《次韵子实题少章寄寂斋》。元祐四年（1089），黄庭坚作《送少章从翰林苏公余杭》。次年，秦少章别苏轼而归，苏轼作《太息》一篇以送之。③ 黄庭坚馆职间还作有《与秦少章觏书》《答秦少章帖》。元祐六年（1091）三月，秦少章进士及第，调仁和主簿。《苏轼年谱》："元祐三年九月……李公麟（伯时）为苏轼及自身画像，复为弟辙及黄庭坚画像，为跋。"④ 黄庭坚入馆职后，与试礼部的秦观弟秦少章来往密切，所存有关诗文系馆职间所作。故推断《写真自赞五首》作于馆职时期（1086—1091）。

《题荣咨道家高庙堂碑》

按：《题荣咨道家高庙堂碑》曰："今世有书癖者荣咨道，尝以二十万钱买虞永兴《孔子庙堂碑》，予初不信，以问荣，则果然。……"⑤ 原校："缉香堂本、光绪本标题下注：咨道名缉，号子雍。"黄庭坚元祐二年（1087）作《奉答谢公静与荣子邕论狄元规孙少述诗长韵（愔、辑）》曰："谢公遂如此，宰木已三霜！无人知句法，秋月自澄江。二子学迈俗，窥杜见牖窗。"⑥ 原校："愔辑，嘉靖本、光启堂本作'惜辑'。缉香堂本题下注：'公静即景温，子邕名辑。'标题中'谢公静'，光绪本作'谢公定'，并注云：'公定，即景温。子邕，名辑。'按殿本《内集诗注》原目此首下任渊注：'公静名愔，公定名悰，皆师厚之子。'

---

① 黄庭坚：《黄庭坚全集：辑校编年（下）》，第 1380 页。

② 徐培均：《秦少游年谱长编》，第 347 页。

③ 同上，第 422 页。

④ 孔凡礼撰：《苏轼年谱（中）》，北京：中华书局，1998，第 838 页。

⑤ 黄庭坚：《黄庭坚全集：辑校编年（下）》，第 1556 页。

⑥ 黄庭坚：《黄庭坚全集：辑校编年（上）》，第 493 页。

按景温为谢师厚，缉香堂本、光绪本注误。"谢师厚为黄庭坚第二任岳父。黄庭坚绍圣元年(1094)《题蔡致君家庙堂碑》："顷年观《庙堂碑》摹本……元祐四年在中都，初见荣辑子雍家一本；绍圣元年在湖阴又见张威福夷家一本；其十二月在陈留，又见蔡宝臣致君家一本。"① 拟推断《题荣咨道家高庙堂碑》作于元祐四年(1089)。

《潘子真深衣带铭》

按：《潘子真深衣带铭》曰："在车在寝，风雨颠沛。有其忘之，道不人外。"② 黄庭坚元祐五年(1090)《与洪氏四甥书五》之二："潘子真近有书来，倾倒甚至，亦未暇作报。"③ 馆职间作《书倦壳轩诗后(洪玉父轩名)》曰："因五甥又得潘延之之孙子真，虽未识面，如观虎皮，知其啸于林而百兽伏也。"④ "潘兴嗣(1021—?)字延之，号清逸居士，新建(今属江西)人。幼以父荫得官，授江州德化县尉，弃官归。熙宁间召为筠州推官，辞不就(《元丰类稿》卷三三《奏乞与潘兴嗣子推恩状》)。筑室豫章城南，日读书其中，吟颂以自娱，隐居六十年，年逾八十方卒。诗文俱工。"⑤ 黄庭坚馆职间作《与潘子真书二首》之一曰："庭坚叩头，子真足下：累辱惠书及诗，窃伏天材高妙，钟山川之美，有名世之资，未尝不叹息也。"⑥ 黄庭坚与潘子真有关诗文均为馆职间所作。此铭可归于馆职时期(1086—1091)。

《答广公阇梨》

按：《答广公阇梨》曰："庭坚顿首。承示喻，欲刻藏记小字，旧文拙恶，何烦特地？但且留旧本示人可也。今别写《永明智觉禅师示众语》一本，请令善工刻之。"⑦ 黄庭坚所存诗文中有关广公阇梨仅此书简。《五灯会元》卷第十

---

① 黄庭坚：《黄庭坚全集：辑校编年(中)》，第 715 页。
② 黄庭坚：《黄庭坚全集：辑校编年(下)》，第 1373 页。
③ 黄庭坚：《黄庭坚全集：辑校编年(上)》，第 580 页。
④ 同上注。
⑤ 曾枣庄主编：《中国文学家大辞典：宋代卷》，北京：中华书局，2004，第 975 页。
⑥ 黄庭坚：《黄庭坚全集：辑校编年(上)》，第 623 页。
⑦ 黄庭坚：《黄庭坚全集：辑校编年(下)》，第 1489 页。

"青原下十世·天台韶国师法嗣·永明延寿禅师":"杭州慧日永明延寿智觉禅师,余杭王氏子。总角之岁,归心佛乘。……开宝八年十二月示疾。越二日焚香告众,跏趺而寂。塔于大慈山。"① 黄庭坚馆职间作《与徐彦和》之二:"顿首。前附隆庆僧人回上状,并烦调护。刻永明示众语,计已兴工,若早得十数本,带向北亦佳。"② 此"永明示众语"系《永明智觉禅师示众语》。故《答广公阇梨》应作于馆职时期(1086—1091)。

《与徐彦和三首》

按:黄庭坚熙宁元年(1068)作《次韵戏答彦和》,题注:"彦和年四十,弃官杜门不出。"③《与徐彦和三首》④ 之一:"再拜。比因太和普觉院人回,寓书信,左右当已呈彻。专人辱手诲勤恳,审监郡草偃风行,又得从容文字。"之二:"顿首。前附隆庆人拜书,当已彻几下。自顷多病,不能嗣音,即日不审何如?……所寄诗文,久乃得熟观之,极见琢磨之功。"之三:"前所寄香,似与小宗不类,亦恐是香材不妙,使香材尽如惠苏合之精,自可冠诸香矣。意可尤须沉材强妙。"馆职间作《与徐彦和》之二:"前附隆庆僧人回上状,并烦调护。……前录上小宗香法,必已彻几下矣。"⑤ 由此推断,《与徐彦和三首》应与《与徐彦和》同期所作,即作于馆职时期(1086—1091)。

《洪驹父璧阴斋铭》

按:《洪驹父璧阴斋铭》序曰:"甥洪刍驹父,仕为黄之酒正。勤其官,不素食矣。又能爱其余日,以私于学。名其所居曰璧阴斋。余内喜之,曰:'在官而可以行其私也,惟学而已矣。'为之作铭。"⑥"酒正"指监黄州酒务。洪刍字驹父,元祐三年(1088)省试落第。后仕黄州酒正,作璧阴斋。黄庭坚元祐五年(1090)作《与洪氏四甥书五》之一:"驹父:别后惘然者累日,虽道途悠远,

---

① 普济:《五灯会元(中册)》卷十,第604页。
② 黄庭坚:《黄庭坚全集:辑校编年(上)》,第636页。
③ 同上书,第30页。
④ 黄庭坚:《黄庭坚全集:辑校编年(下)》,第1451页。
⑤ 黄庭坚:《黄庭坚全集:辑校编年(上)》,第636页。
⑥ 黄庭坚:《黄庭坚全集:辑校编年(下)》,第1366页。

鸿雁相依，颇不索莫。黄州人来，得平安之音，甚慰也。即日想安胜，太守书颇相知，更希善事之。尺璧之阴，常以三分之一治公家，以其一读书，以其一为棋酒，公私皆办矣。"① "尺璧之阴"与"璧阴斋"有关。馆职间作《与洪驹父四首》②中有二首均以"驹父知录外甥"称呼。"知录"即"知录事参军"简称。元祐六年(1091)作《与洪甥驹父》之二："驹父推官外甥：得去年十二月十日所寄书，审官下胜健为慰。近龟父自南昌来，相会数日。……璧阴日新之功，当不止于此。"③绍圣元年(1094)，洪刍得第，得官晋州州学教授。洪炎《豫章黄先生退听堂录序》："炎元祐戊辰、辛未岁两试礼部，皆寓舅氏鲁直廨中。"④ "元祐戊辰、辛未"为元祐三年、六年。"因为驹父元祐五年已为阶位更高之知录事，故知其为酒正当在此前。"⑤《洪驹父璧阴斋铭》应作于元祐四年(1089)。

《洪鸿父翛然堂铭》

按：《洪鸿父翛然堂铭》云："读书环列，竹石阴岑。有无言子，自钩其深。縠士挽弓，会予心术。敲朴问盗，慈惠哀恤。自公鞅掌，退食静渊。东窗置榻，蝉蜕翛然。"⑥洪羽字鸿父，洪氏兄弟四人中的四弟。"山谷四甥，也就是江西宗派中的四位洪州诗人：洪朋、洪刍、洪炎、徐俯。洪氏兄弟本四人，其中四弟洪羽元符上书入邪上尤甚，入崇宁三年元祐党籍，贬江州酒税，早卒，没有被《宗派图》收录。"⑦黄庭坚作《与洪甥驹父》之四："某承两外甥寄惠安康挽辞，悲摧感塞，无以为喻。……舅疾苦之余，幸能饘粥，唯苦废忘，亦是年将五十，不堪忧患耳。驹父、鸿父及此当富于春秋，各须强学，要须窥古人用心处，乃可少暇豫也。"⑧ "安康即安康太君，山谷母。大事之期，即葬母之期，来年二月初吉，即元祐八年二月一日。按据《山谷年谱》，山谷母葬于

---

① 黄庭坚：《黄庭坚全集：辑校编年(上)》，第580页。
② 同上书，第596页。
③ 黄庭坚：《黄庭坚全集：辑校编年(上)》，第592页。
④ 黄庭坚：《黄庭坚全集：辑校编年(下)》，第1753页。
⑤ 韦海英：《江西诗派诸家考论》，第61页。
⑥ 黄庭坚：《黄庭坚全集：辑校编年(下)》，第1368页。
⑦ 伍晓蔓：《江西宗派研究》，第218页。
⑧ 黄庭坚：《黄庭坚全集：辑校编年(上)》，第592页。

元祐八年二月一日。因而此书作于元祐七年山谷护丧归家之后。此书驹父、鸿父并言，则二人同在黄州。"①《与洪氏四甥书五》之二："龟父、玉父、盎父诸甥：皆得书，知侍奉太母县君安乐，甚以为慰。驹父常得近耗，代者已至否？鸿父在齐安否？""齐安"即黄州。洪刍（驹父）在黄州为官，洪羽（鸿父）亦在黄州。黄庭坚《与洪氏四甥书五》之四："得来书，知侍奉万福，进学不倦为慰。老舅霜露哀摧，比经祥练，追慕无冀，痛深屠割，奈何奈何！方此荼毒，百骸殄瘁，又闻给事叔父之讣，一恸欲绝，奈何奈何！……鸿父在太学，时得安问否？"黄庭坚叔父黄廉卒于元祐七年（1092）五月，洪鸿父已入太学。元祐八年（1093）《答何斯举书四》之二："外甥鸿父得托贵门，相与遂有瓜葛，良以为慰。"② 洪羽与何家女成婚，并于绍圣元年（1094）与洪刍俱进士及弟，历知台州（今浙江临海县）军。《洪鸿父翛然堂铭》与《洪驹父璧阴斋铭》应作于同时，可归于元祐四年（1089）。

《洪玉父照旷斋铭》

按：《洪玉父照旷斋铭》："万物一家，本无疎亲。……父慈子孝，兄友弟恭。占筮筮吉，卜龟龟从。子是之学，扩而心量。远之大之，是谓照旷。"③ 洪炎字玉父，"四洪兄弟"排行第三。洪炎《豫章黄先生退听堂录序》："炎元祐戊辰、辛未岁两试礼部，皆寓舅氏鲁直廨中。"④ "元祐戊辰、辛未"为元祐三年、六年。洪炎此两试礼部皆落弟。黄庭坚馆职间作《书倦壳轩诗后（洪玉父轩名）》云："潘邠老早得诗律于东坡，盖天下奇才也。予因邠老故识二何，二何尝从吾友陈无己学问，此其渊源深远矣。洪氏四甥，才器不同，要之皆能独秀于林者也。师川亦予甥也，比之武事，万人敌也。"⑤ 潘大临（1060—1107）字邠老，其弟大观，字仲达。曾祖曾任黄州通判。父潘鲠系元丰二年（1079）进士。苏轼因"乌台诗案"，元丰三年（1080）贬谪黄州，潘家父子皆从苏轼游。

---

① 韦海英：《江西诗派诸家考论》，第67页。
② 黄庭坚：《黄庭坚全集：辑校编年（中）》，第693页。
③ 黄庭坚：《黄庭坚全集：辑校编年（下）》，第1367页。
④ 同上书，第1753页。
⑤ 黄庭坚：《黄庭坚全集：辑校编年（上）》，第627页。

潘大临元祐年间入京应试，曾拜访黄庭坚。潘大临兄弟与洪刍兄弟在黄州交往密切。① 黄庭坚元祐五年《与洪氏四甥书五》之一："驹父：别后惘然者累日，虽道途悠远，鸿雁相依，颇不索寞。黄州人来，得平安之音，甚慰也。……玉父若且留黄，亦自佳，不矣能如此否？"② 据此，洪炎时在黄州。绍圣元年（1094），洪炎进士及第。③ 黄庭坚《与洞山道人邦公简》曰："外甥洪玉父往作谷城令，名士也，曾相聚否？"④ 洪炎进士及第后为谷城县令。黄庭坚作有《洪驹父璧阴斋铭》、《洪鸿父翛然堂铭》，推断《洪玉父照旷斋铭》作于同时，可归入馆职时期（1086—1091）。

《张益老十二琴铭》与《答张益老》（二首）

按：黄庭坚所存诗文中所涉张益老仅三首，都与琴有关。《张益老十二琴铭·涧泉》曰："二圣元祐岁丁卯，器而名之张益老。"⑤ "元祐岁丁卯"系元祐二年（1087）。黄庭坚馆职间《答张益老》："斲琴要须以张、雷为准，非得妙材，不加斧斤，故传百世耳。"另有一首同名的《答张益老》："科场中亦闻绪言。而从食南北，缺然音问不通者二十余年。忽奉来教，存问勤恳，慰此占思。承游意尘埃之外，得妙手于梓匠之斧斤，又过辱推许以学古之意，欲遍为诸琴品藻称述。"⑥ 黄庭坚与张益老"科场"后不通音讯二十多年。这应是馆职时期了。黄庭坚嘉祐八年（1063）"以岁贡进士入京师"，治平三年（1066）再贡于乡，荣膺首选。治平四年（1067）春赴礼部试，登许安世榜进士弟。此与馆职时期相差二十年，故《张益老十二琴铭》《答张益老》（二首）均作于馆职时期（1086—1091）。

《江氏芝木铭》

按：《江氏芝木铭》题注"为江懋相作"。铭曰："江望陈留，汉辕侯德。……

---

① 伍晓蔓：《江西宗派研究》，第 319—321 页。

② 黄庭坚：《黄庭坚全集：辑校编年（上）》，第 580 页。

③ 韦海英：《江西诗派诸家考论》，第 81 页。

④ 黄庭坚：《黄庭坚全集：辑校编年（下）》，第 1455 页。

⑤ 同上书，第 1371 页。

⑥ 同上书，第 1441 页。

宗子有孝子，使客归其宅。爰发其祥，緗芝紫茎。凡闽南北，孝思作则。"① 欧阳修嘉祐六年(1061)作《江邻几墓志铭》："君讳休复，字邻几。……子男三人：长曰懋简，并州司户参军；次曰懋相，太庙斋郎。次曰懋迪。"②《续资治通鉴长编》卷三百七十六"元祐元年(丙寅，1086)"四月辛亥："新知颍昌府韩缜言：'故集贤校理、同修起居注江休复子懋相，才质粹美，能守家法。……欲望许令朝谢，及量其材质，稍加擢用。'诏江懋相特许朝谢。"③ 江懋相之子江端礼。"江端礼(1060—1097)字子和，一字季恭，开封人，江邻几孙。十七岁游太学，考试常居上列。苏轼谪居黄州，倾慕之，以书与讲学。又学诗律于黄庭坚……事迹见晁说之《江子和墓志铭》。"④ 黄庭坚元祐二年作(1087)《陈留市隐》序曰："江端礼传其事，以为隐者。吾友陈无己为赋诗，庭坚亦拟作。"馆职时期作《题〈刀镮民传〉后》："陈留江端礼季共曰……。"⑤《与秦少章觐》："缺然数日，见季共简《春秋》之论，妄意其如此，岂敢为必？"⑥《答陈敏善》："陈君足下：因江季共辱勤恳，然笺敬逾礼，见处以丈人行，则不敢当。……季共来，趣报书，匆匆才能作此语。"⑦《与潘邠老三首》之一："承与季共日以讲学为事，甚善甚善。多谢季共，不果别作启。"⑧ 元祐七年(1092)《答何斯举》之二："江黄州遂至于此，令人气塞。中间虽见邸报，不悉季共护丧向何所，今定如雍丘邪？"⑨ "护丧"与江懋相逝世有关。《江氏芝术铭》应作于馆职时期(1086—1091)。

《江氏家藏仁宗皇帝墨迹赞》与《跋江记注墨迹》

按：《江氏家藏仁宗皇帝墨迹赞》赞曰："昭陵仁圣，与天同功。……遗黎怀仁，霣泣翰墨。"⑩ "江氏"系江邻几。《跋江记注墨迹》："往时见欧阳永叔、

① 黄庭坚：《黄庭坚全集：辑校编年(下)》，第 1378 页。
② 欧阳修：《欧阳修诗文集校笺》，第 885 页。
③ 李焘：《续资治通鉴长编》，第 9118 页。
④ 曾枣庄：《中国文学家大辞典：宋代卷》，第 227 页。
⑤ 黄庭坚：《黄庭坚全集：辑校编年(上)》，第 630 页。
⑥ 同上书，第 631 页。
⑦ 同上书，第 613 页。
⑧ 同上书，第 659 页。
⑨ 黄庭坚：《黄庭坚全集：辑校编年(中)》，第 666 页。
⑩ 黄庭坚：《黄庭坚全集：辑校编年(下)》，第 1369 页。

梅圣俞、石曼卿、苏子美诗，善称道江邻几，常想见其人。后二十余年，乃得起居君之孙端礼季共游。季共甚艺而强于学，盖前人之风声气习犹在也。今又得起居遗墨观得之，忠厚之气蔼然，江氏当宝传之。"① "遗墨"当包括"仁宗皇帝墨迹"。江休复字邻几，诗歌与梅尧臣、苏舜卿、尹洙齐名。其孙端礼元祐年间为元祐诸公所重，卒于绍圣四年（1097）。欧阳修嘉祐五年（1060）作有《江邻几墓志铭》②。黄庭坚与江端礼来往是在馆职时期，黄庭坚诗文中多有记载。《江氏家藏仁宗皇帝墨迹赞》《跋江记注墨迹》应与馆职时期《题〈刀镊民传〉后》作于同期，即馆职时期（1086—1091）。

《慧林冲禅师真赞》

按：《慧林冲禅师真赞》曰："廓然豁尔，师不自知。……维丹青不能新之，其孰能陈之。"③《五灯会元》卷第十六"慧林若冲禅师"条目："东京相国慧林院若冲觉海禅师，江宁府钟氏子。"④ 黄庭坚所存诗文均于馆职时期与慧林冲禅师来往有关，其《与王谨中环中昆仲二首》之一："三二日若未行，尚可约慧林一面邪？"⑤ 另作有《为慧林冲禅师烧香颂三首》《慧林斋僧疏》《送慧林明茶头颂》《慧林修寝堂僧堂疏》。《慧林冲禅师真赞》应作于馆职时期（1086—1091）。

《法云秀禅师真赞》

按：《法云秀禅师真赞》曰："法云大士，天骨岩岩。如来津梁，我实荷担。手提日月，断取庄严。国土入此佛土，位置城南。……后五百岁，亦莫予也侮。谁为请主，世界主女。"⑥ 苏轼《法云寺钟铭并叙》："元丰七年十月，有诏大长老圆通禅师法秀住法云寺。寺成而未有钟，大檀越驸马都尉武胜军节度观察留后张敦礼，与冀国大长公主唱之，从而和者若干人。元祐元年四月，钟

---

① 黄庭坚：《黄庭坚全集：辑校编年（下）》，第 1578 页。
② 欧阳修：《欧阳修诗文集校笺》，第 885 页。
③ 黄庭坚：《黄庭坚全集：辑校编年（下）》，第 1392 页。
④ 普济：《五灯会元（下）》卷十六，苏渊雷点校，北京：中华书局，1984，第 1039 页。
⑤ 黄庭坚：《黄庭坚全集：辑校编年（上）》，第 655 页。
⑥ 同上书，第 1392 页。

成，万斤……"①《五灯会元》卷第十六"法云法秀禅师"条目："东京法云寺法秀圆通禅师，秦州陇城辛氏子。"②黄庭坚元祐二年(1087)作《法云寺水头镬铭》曰："圆通师，大兰若。冀公主，捨脂泽，无量镬。慈悲杓，来者酌。闻尚檀，从智作。"③《法云寺金铜像铭》曰："在元祐元秋白露，檀越张侯、冀公主，法云秀公第一祖。"④馆职间作《小山集序》曰："余少时间作乐府，以使酒玩世，道人法秀独罪余'以笔墨劝淫，于我法中当下犁舌之狱'，特未见叔原之作耶！"⑤《法云秀禅师真赞》应作于馆职时期(1086—1091)。

《元勋字序》

按：《元勋字序》曰："散斋七日，致斋三日，而号之曰勋。则问字于太史氏，太史氏曰：……而字之曰不伐。"⑥"太史氏"系黄庭坚任馆职时自称。戎州时期(1089—1100)作《与元勋不伐书九》题注："勋，圣庚之子也。自元祐初从山谷游几二十年，终春陵太守。"据此，《元勋字序》当作于馆职时期(1086—1091)。

《宗室子沨子沆字序》

按：《宗室子沨子沆字序》曰："宗室子沨、子沆，问字于豫章黄庭坚。……故字子沨曰长文。……故字子沆曰彦泽。长文、彦泽，故东平侯景珍之子。景珍学问琢磨，能下师友。……长文、彦泽生晚，不及识其先君子之美，故因字而告之，尚其能似之。"⑦作此字序时，东平侯赵景珍已故。据宋杨杰《无为集》卷十四《宗室金紫光禄大夫检校太子宾客右武卫大将军秀州团练使赠郓州观察使追封东平侯赵公行状》⑧，赵景珍出生于皇祐元年(1049)八月，次年由仁

① 苏轼：《苏轼文集》卷十九，第561页。
② 普济：《五灯会元(下)》卷十六，第1037页。
③ 黄庭坚：《黄庭坚全集：辑校编年(上)》，第499页。
④ 同上书，第501页。
⑤ 黄庭坚：《黄庭坚全集：辑校编年(上)》，第619页。
⑥ 黄庭坚：《黄庭坚全集：辑校编年(下)》，第1512页。
⑦ 同上注。
⑧ 杨杰：《无为集》卷十四，《文渊阁四库全书》本。

宗赐名，逝世于元丰五年(1082)八月，追封东平侯。黄庭坚所存与赵景珍有关的诗文不多。熙宁五年(1072)北京作《次韵景珍酴醾》、《道中寄景珍兼简庾元镇》和《景珍太博见示旧倡和蒲萄诗因而次韵》。元祐四年(1089)作《出城送客过故人东平侯赵景珍墓》。馆职间(1086—1091)作《书赠宗室景道》："余与宗室越宫有葭莩故，曩时与宣州院公寿、景珍尝共文酒之乐。此时景道已能著帽在傍，今日相见，景道颀然立于朝班，予则将老矣。"① 由此推断，《宗室子汎子沇字序》作于馆职时期(1086—1091)。

《晁深道祝词》

按：《晁深道祝词》题注："后名咏之，改字之道。"《晁深道祝词》曰："吉月谷旦，晁氏深之，字尔深道，发书祝之：咨尔深道，圣学无早。……惟学无止，自深其本。"②《宋史》卷四百四十四"晁补之"条目："从弟咏之。咏之字之道，少有异材，以荫入官。……复举进士，又举宏词，一时传诵其文。为河中教授，元符末，应诏上书论事，罢官。……卒，年五十二，有文集五十卷。"③《曲洧旧闻》卷三"晁之道资敏强记"："东坡作《温公神道碑》，来访从兄补之无咎于昭德第。……东坡去，无咎方欲举示族人，而之道已高声诵，无一字遗者。无咎初似不乐，久之，曰：'十二郎真吾家千里驹也。'"④ 此为元祐中事。黄庭坚存有元祐四年(1089)《以梅馈晁深道戏赠二首》。由此可推断，《晁深道祝词》作于馆职时期(1086—1091)。

《跋王晋卿书》与《跋王晋卿墨迹》

按：《跋王晋卿书》曰："余尝得蕃锦一幅……今观晋卿行书，颇似蕃锦，其奇怪非世所学，自成一家。"⑤《跋王晋卿墨迹》曰："王晋卿画水石云林，缥缈风尘之外，他日当不愧小李将军。……近见书《戒坛院佛阁碑》，文句与笔

---

① 黄庭坚：《黄庭坚全集：辑校编年(上)》，第 628 页。
② 黄庭坚：《黄庭坚全集：辑校编年(下)》，第 1665 页。
③ 脱脱等：《宋史》，第 13112 页。
④ 李廌：《师友谈记》，第 124 页。
⑤ 黄庭坚：《黄庭坚全集：辑校编年(下)》，第 1575 页。

画皆顿进，所谓后生可畏者乎!"① 黄庭坚元祐元年作《便夑王丞送碧香酒用子瞻韵戏赠郑彦能》，元祐三年作《从王都尉觅千叶梅云已落尽戏作嘲吹笛侍儿》《大暑水阁听晋卿家昭华吹笛》《题王晋卿平远溪山幅》。绍圣元年（1094）《题北齐校书图后》："往时在都下，驸马都尉王晋卿时时送书画来作题品，辄贬剥令一钱不直，晋卿以为过。"②《跋王晋卿书》和《跋王晋卿墨迹》应作于馆职时期（1086—1091）。

《书赠王长源诗后》

按：《书赠王长源诗后》曰："王长源安贫好义，箪食瓢饮，妻孥不免饥寒，而未尝作可怜之色向人。……相见于京师，匆匆不得尽平生朋友之意，长源告行，会小人年来苦头眩，不能苦思，因而废诗，辄以旧诗十许为赠。长源若行，登山临水，亦可以代劳歌耳。"③ 黄庭坚诗文中仅此文与王长源有关。黄庭坚因身体不适，常苦头眩，元祐四年（1089）后极少作诗。《书赠王长源诗后》应作于馆职时期（1086—1091）。

《题陈自然画》

按：《题陈自然画》曰："水意欲远，凫鸭闲暇，芦苇风霜中犹有能自持者。予观李营丘六幅《骤雨图》，偶得此意。陈君以佛画名京师。戏作《秋水寒禽》，便可观，因书以遗之。"④ 陈自然此时可能在京师。元符三年（1100）《跋郭熙画山水》："郭熙元丰末为显圣寺悟道者作十二幅大屏，高二丈余，山重水复，不以云物映带，笔意不乏。余尝招子瞻兄弟共观之，子由叹息终日，以为郭熙因为苏才翁家摹六幅李成骤雨，从此笔墨大进。"⑤ "李营丘六幅《骤雨图》"即"六幅李成骤雨"。"李营丘"即北宋初画家李成。"余尝招子瞻兄弟共观之"，应是馆职间事。元祐二年（1087）作诗《题郑防画夹五首》之二："能

---

① 黄庭坚：《黄庭坚全集：辑校编年（下）》，第 1604 页。
② 黄庭坚：《黄庭坚全集：辑校编年（中）》，第 709 页。
③ 黄庭坚：《黄庭坚全集：辑校编年（下）》，第 1584 页。
④ 同上书，第 1544 页。
⑤ 黄庭坚：《黄庭坚全集：辑校编年（中）》，第 924 页。

作山川远势，白头唯有郭熙。欲写李成骤雨，惜无六幅鹅溪。"① 故《题陈自然画》作于馆职时期(1086—1091)。

《跋王立之诸家书》

按：《跋王立之诸家书》之一："昨见雍人安汾叟家所藏颜鲁公书数卷：《祭濠州刺史文》《与郭英乂论鱼开府坐席书》《祭兄子泉明文》《峡州别驾与李勉太保书》《为病妻乞鹿脯帖》。乃知翰墨之美，尽在安氏，藏古书于今为第一。"②《杂书》之五："余极喜颜鲁公书，时时意想为之，笔下似有风气，然不逮子瞻远甚。子瞻昨为余临写鲁公十数纸，乃如人家子孙，虽老少不类，皆有祖父气骨。近见安师文有《祭濠州刺史伯父文》，学其妙处，所谓毫发无遗恨，波澜独老成也。"③ "子瞻昨为余临写鲁公十数纸"应是馆职间事。《跋翟巽公所藏古石刻》之八："鲁公与郭令公书，论鱼军容坐席，凡七纸。而长安安氏兄弟异财时，以前四纸作一分，后三纸及《乞鹿脯帖》作一分，以故人间但传至'不愿与军容为佞柔之友'而止。元祐中，余在京师，始从安师文借得后三纸，遂合为一。此书虽奇物，犹不及《祭濠州刺史文》之妙，盖一纸半书，而真行草法皆备也。"④ "雍人安汾叟"与"安师文"应为同一人或一家人。黄庭坚任馆职时与王立之来往较多。由此推断，《跋王立之诸家书》可归于馆职时期(1086—1091)。

《跋苏子美帖》

按：跋曰："苏长史用笔沉实，极不凡，然四十年来，绝难得知音也。"⑤苏舜钦(1008—1049)字子美，绵州盐泉人。景祐元年(1034)进士，为光禄寺主簿、大理评事。工诗文，与欧阳修、梅尧臣辈相唱和。苏舜钦于庆历八年(1049)病逝，四十年后为元祐三年(1088)。《跋苏子美帖》可归于馆职时期

---

① 黄庭坚：《黄庭坚全集：辑校编年(上)》，第 468 页。
② 黄庭坚：《黄庭坚全集：辑校编年(下)》，第 1563 页。
③ 同上书，第 1514 页。
④ 同上书，第 1560 页。
⑤ 同上书，第 1594 页。

（1086—1091）。

《跋所写近诗与徐师川》

按：《跋所写近诗与徐师川》曰："徐师川奉议少成早立，余闻师川同学诸生言，师川胸中磊磊，殊不类童子。……因师川来乞书，故及此。"[1] 徐俯（1075—1141）字师川，号东湖居士，其母为黄庭坚从妹。徐俯受黄庭坚教诲甚多，是江西诗派的重要成员。元祐元年（1086），徐俯转奉议郎。此时，其年仅十二。[2] 黄庭坚母亲于元祐六年（1091）六月病故，黄庭坚九月护母丧归分宁。故此跋作于馆职时期（1086- 1091）。

《跋老苏先生所作王道矩字说》

按：《跋老苏先生所作王道矩字说》曰："此苏明允弄笔所致，犹有文章关键，所以子瞻之文震动一世。岂非所谓'积水成渊，蛟龙生焉'者乎！"[3] 苏洵（1009—1066）字明允，号老泉。后人将苏洵与子苏轼、苏辙合称为"三苏"，为宋文大家。馆职间作《与人》："前承谕作《木山记》跋尾。以明允公之文章，如天地之有元气，万物资之而春者也，岂可复刻画藻绘哉！"馆职间《与洪驹父四首》之二："学作议论文字，更取苏明允文字读之。"[4] 黄庭坚对苏洵文章评价很高。《跋子瞻木山诗》："往尝观明允《木假山记》，以为文章气旨似庄周、韩非，恨不得趋拜其履舃间，请问作文关纽。及元祐中，乃拜子瞻于都下，实闻所未闻。"苏轼元祐四年（1089）出知杭州。黄庭坚入馆职后，与苏轼来往密切。推断《跋老苏先生所作王道矩字说》作于馆职时期（1086—1091）。

《跋白兆语后》

按：《跋白兆语后》曰："此白兆语也，公能领此语，则筑室以自便，与使

---

[1] 黄庭坚：《黄庭坚全集：辑校编年（下）》，第 1598 页。
[2] 韦海英：《江西诗派诸家考论》，第 91 页。
[3] 黄庭坚：《黄庭坚全集：辑校编年（下）》，第 1601 页。
[4] 黄庭坚：《黄庭坚全集：辑校编年（上）》，第 596 页。

冠盖之士闻桃花岩之风期而来者有所息，岂遽相远哉！古人言心未通，触物成壅，而欲避喧求静者，尽世未有其方。前作《桃花岩诗跋尾》，自有会意处，士大夫多传之，不可改也。"① 黄庭坚元祐三年(1090)作《题白兆山诗后》："余闻士大夫尝劝白兆山僧重素，即岩下作桃花庵。素云：'桃花庵不难作，但恨无李白尔。'今彦顾乃欲砻崖石刻李白诗，并欲结草其傍，以待冠盖之游者。"② 此两文内容相关。《题白兆山诗后》与《桃花岩诗跋尾》有关联。疑此跋作于馆职时期(1086—1091)。

《生台铭跋》

按：《生台铭跋》曰："司马氏三子，竦为酒为市，且就学于京师；泰家居奉甘旨，虽事业不同，同于竭力以事其亲。其亲白氏乐用其财作佛事，以寿其子孙。初欲作寝庵于无等院之堧地，有道人在纯以告白夫人，白欣然饬财赋功，岁中以成。其贤于闭关谢客，客十至而九不见，丰其屋以为无赖子孙三年之费者远矣。"③ 戎州间(1089—1100)作《无等院生台铭》："司马竦、旦、泰，母夫人白氏，琢石作生台，以施无量，故获福亦无量。"④ 原校："句下有原注：'竦、旦、泰，司马氏三子名。'缉香堂本同。"黄庭坚所存诗文有关司马竦仅此两首。黄庭坚"(元符元年)六月抵达戎州。寓居南寺无等院。"⑤ 黄庭坚《游无等院题名》："元符始元重九日，同僧在纯，道人唐履，举子蔡相、张溥、子相、佺桓步自无等院，登永安门，游息此寺轴僧惟凤、修义、居泰、宗善观甘泉甃井回，乃见东坡老人题云。低回其下久之不能去。责授涪州别驾、戎州安置黄庭坚鲁直书。"⑥《生台铭跋》与《无等院生台铭》内容相关，应作于同一时期，即《生台铭跋》作于戎州时期(1089—1100)。

① 黄庭坚：《黄庭坚全集：辑校编年(下)》，第 1602 页。
② 黄庭坚：《黄庭坚全集：辑校编年(上)》，第 544 页。
③ 黄庭坚：《黄庭坚全集：辑校编年(下)》，第 1602 页。
④ 黄庭坚：《黄庭坚全集：辑校编年(中)》，第 1010 页。
⑤ 郑永晓：《黄庭坚年谱新编》，第 299 页。
⑥ 黄庭坚：《黄庭坚全集：辑校编年(上)》，第 840 页。

附录三 《历代文话》之话

想研究宋代文学，不读王水照先生的文章，可乎？

温文尔雅的王水照先生学识渊博、睿智幽默，是当今宋代文学研究的大家、全国宋代文学学会会长。先生这些年时有应邀在丽娃河畔主持博士论文答辩或作学术报告。我最近一次聆听先生的讲话，是在其主持的 2007 年岁末在暨南大学举行的第五届宋代文学国际学术研讨会期间。与会的海内外专家学者和研究生近两百人，提交论文的有一百五十篇，就宋词、宋诗、宋文，以及宋代观、宋学观，宋代地域文化、家族文化与文学关系研究等议题作了广泛、深入的交流和探讨。在小组研讨会上，一位教授直指会议论文的平庸之作，引起争议。王先生在闭幕式上说：本届研讨会比前四届整体有所提高，有新的特点，还要继续努力。要建设"和谐"的学术交流环境，"和"是有饭大家吃，"谐"是有话大家说。与会者报以热烈的掌声。王先生说："'和'是左'禾'，右'口'；'谐'是左'言'，右'皆'。""和谐"的平民化解读，令人回味。会上喜闻先生所编煌煌巨著《历代文话》出版，即在宋代文学国际学术研讨会归来后，于元旦赴复旦大学出版社获购《历代文话》。

王水照先生出生于"文献名邦"的浙江余姚，1955 年就读于当时古代文学研究的重镇北京大学中文系，和同学们一起编写《中国文学史》，负责宋元小组，从此与宋代文学结下了不解之缘。虽然处于"政治运动"的年代，先生却没有间断古代文学的研究。毕业分配至权威的中国社科院文学研究所工作，参加了《中国文学史》的编写工作，导师为学贯中西的钱锺书先生，发表了多篇论文。1978 年调入南方古代文学研究的中心复旦大学中文系。改革开放三十年来，先生在科学艺术的春天里，研究成果层出不穷。致力于宋代文学大家苏轼的研究，推动了滞后的宋代散文研究，并对有宋一代开创性的宋词进行了探讨。先生主编了别具特色的《宋代文学通论》，合著了《苏轼评传》，出版有《唐宋文学论集》《苏轼论稿》《苏轼选集》《宋代散文选注》《王水照自选集》

《苏轼其人和文学》(日译本)等。培养了一大批成绩斐然的弟子，在学术界有"王门"之美誉。先生所主持的首届宋代文学国际学术研讨会于 2000 年在复旦大学举办，与会者约 120 人，标志着起步较晚的宋代文学研究新纪元的开拓。迄今，新人在茁壮成长，研究队伍不断壮大；新的文献资料、研究方法不断被发现，新的成果源源不断，出现了一批较高水平的研究论著。王先生领宋代文学研究之先，开宋代文学研究之新路。

对古代散文研究有兴趣者，不读王先生编的《历代文话》，可乎？

如今所称的古代散文，以往称之为文章。日人佐藤一郎的《中国文章论》第一章《总论》云："中国古典文学的中心是文章。所谓诗文这个惯用词是有的，但这是后世的称呼，传统上认为文比诗更优越。文除了有韵文与散文合称的文章这一意义外，还与学问、礼乐制度、条理、礼仪等社会秩序的根本方面都有关系，几乎是囊括了所有的意义。"① 诗、词、文体制各殊。随笔式的诗话、词话和文话，均起源于华夏文化造极的宋代，为我国古代文学批评的重要载体。居宋文六大家之首的欧阳修《六一诗话》为诗话之鼻祖；此后，杨绘的《时贤本事曲子集》为词话的第一部；而南宋乾道六年(1170)成书的陈骙《文则》为文话专著第一部。诗话汇编有清代何文焕的《历代诗话》、丁保福的《历代诗话续编》和《清诗话》，近人郭绍虞的《宋诗话辑佚》等。词话汇编则有清代张宗橚的《词林纪事》、近人唐圭璋的《词话丛编》等。曲话、赋话，清人也有汇编。中国古代评论散文(或曰文章)之作甚多，但并不以"文话"命名，直到 19 世纪初(1830 年)始出现于日本，即斋藤正谦的《拙堂文话》。

王先生跨越世纪，和其弟子同事好友，搜集整理，费时十年编成《历代文话》，填补了我国文话汇编的空白，与《历代诗话》、《词话丛编》成鼎足之势，为古籍整理的重大成果，具有重要的学术价值和文化意义，实为中国散文史上的标志性成果。改革开放三十年来，诗、词、小说和戏曲研究不断深化和多元化，而古代散文的研究却是相对滞后。1996 年 9 月，全国首届古代散文学术研讨会在首都师范大学举行，古代散文研究有了长足的进展，梳理了散文发展的过程、流派，评判了作家作品的思想、情感内涵和艺术技巧。但是主要缺憾在

---

① 佐藤一郎著、赵善嘉译：《中国文章论》，第 1 页。

于古代散文理论的研究方面，深入一步地说，是在于基础性的散文理论资料的搜集整理工作未能系统和充分地展开，由此带来了一定程度上的批评话语的缺失。《历代文话》的出版，必将推动古代散文研究的进一步发展。

《历代文话》首先在于资料的丰富和完备，为中国文学史、中国文学批评史、中国修辞学史、中国语言学史等提供了基础性的文献资料。《历代文话》所搜集整理的宋代至民国时期（1916年）文评资料（专著和单独成卷者）有143种，620余万字，十册巨著精装。所收录的以论析古文为主，亦涉及骈文、时文与辞赋，按著者生卒年之先后排列。收书均作提要，介绍著者简历、该书内容和主要版本情况，予以新式标点。王先生《历代文话序》云："古文研究与批评之真正成为一门学科，文章学之成立，殆在宋代。其主要标志在于专论文章的独立著作开始涌现，且著作体裁完备，几已囊括后世文化著作的种类型。"宋代文话有原创性的系统专著，有随笔性质的著作，也有评点式之集，如陈骙的《文则》、李淦的《文章精义》、吕祖谦的《古文关键》、楼昉的《崇古文诀》、真德秀的《文章正宗》、谢枋得的《文章轨范》等，至今仍有影响力。后世的文话即是在此基础上的演变和发展。十卷《历代文话》约八卷为明清的文献，可见明清时期文话的繁荣，代表性的有明代吴讷的《文章辨体序说》、徐师曾的《文体明辨序说》，清代有刘大櫆的《论文偶记》、刘熙载的《文概》、林纾的《春觉斋论文》等。《历代文话》还收录了"五四"前后出现的三十种左右的著作，都是我国文评发展史上非常重要的但尚未为学界所重视的文献。这也是本书价值的突出之处。

其次，《历代文话》所收的各书底本，尽可能选取精刊精校之善本，其中部分传本世所罕觏，或未经研究者使用过，且考证精确，富于科学性。如从日本采入的陈绎曾《文章欧冶》、王守谦《古今文评》等六种，如从北京国家图书馆藏本中收录的《论学须知》《文诀》等。本次整理对此类珍版则尽加利用。因日本学者所撰评论中国古代文章的文话甚夥，故在附录部分除选录两种较有影响的文话著作以窥豹斑外，并附《知见日本文话目录提要》一文供参考。《朱子语类》有中华书局以光绪本为底本的校点本，但经核对，认为"文渊阁《四库全书》本实比光绪本为优"，故所收的《朱子语类》"论文"卷不取光绪本而改用四库全书本。影响很多目录书的《四库全书总目》《中国丛书综录》

均著录《文章精义》的作者为李耆卿，前者还肯定李耆卿为李涂。流行本为人民文学出版社出版的《文章精义》，即署作者名为李涂。《历代文话》认为李耆卿实为李淦，入元曾任国子监助教。此以元代程钜夫《雪楼集》卷二十《故国子李性学墓碑》、于钦《文章精义跋》为证。《文章精义》书成并刻于元，先前列于南宋为误。《历代文话》最后附有四角号码综合索引和笔画检字表，符合学术书的规范。

　　《历代文话》的出版，提供了自宋至近代的相当完整的文话发展的基本文献资料，无论是古代散文研究者、文学史工作者，还是古代文论研究者，在研究古代散文理论、作家作品或者中国古代文学理论时，都可以从这些系统的资料中了解到古代文学、古代散文理论观念的发展线索，了解到作家作品评论的不同见解，认识更为全面，定位更为准确，评判更为合理，而不至局于一隅。同时，《历代文话》将全面推进古代散文理论研究领域的发展。当然，金无足赤，如能充分采纳、裒集最新的研究成果等，则更为完美，但也是勉为其难的事。

（本文原发表于《文景》2008 年 4 月总第 44 期）

后　记

　　小学曾跳过级，中学十六岁毕业，农场种过地，做过教师和干部。恢复高考后，我成了荒废一代的幸运者。华东师范大学中文系(1981级)毕业，留校机关工作，"往来有鸿儒，谈笑无白丁"。在"华东师大作家群"之一的王晓玉教授指导下，我于2000年获文学(文艺学)硕士学位。2002年师从讲授唐宋文、尤着力于欧阳修研究的洪本健教授，攻读博士学位。学位论文开题报告是《苏门四学士散文研究》，南开大学张毅教授、中国人民大学诸葛忆兵教授给予审阅和指导。读完"苏门四学士"的别集，做完数万字的《苏门四学士活动年表》，我发现在有限的时间里难以完成学位论文。在导师洪本健教授的悉心指导下，我选择了居"苏门四学士"之首的宋诗代表人物黄庭坚，重点进行尚为空白的黄庭坚散文研究。对黄庭坚近2 900篇的各体散文加以编年之后，着手确定其散文创作的分期，接着深入探讨其散文理论和艺术特征，并对各体散文进行了分析和研究，力图较全面地展现黄庭坚散文的文学价值、历史地位和影响。

　　我因病延迟至2009年春通过了博士学位论文的答辩。很荣幸的是，答辩会由中国宋代文学学会会长、复旦大学中文系教授王水照先生主持，先生给我以亲切的指导，又赐我《自选集》，对我是莫大的勉励。参加答辩的有华东师范大学中文系陈晓芬、龚斌、赵山林、朱惠国教授和上海社会科学院文学所孙琴安研究员。我由衷感谢水照先生和各位师长的指导和帮助。此后从学位论文中抽出部分章节，分为数篇，发表在有关学术刊物上。

　　1980年代初，我和洪本健师同住在绿荫环绕的第一学生宿舍，那可住近千人的米黄色民国建筑现已拆除。丽娃河畔，五届天之骄子同校，弦歌不绝。著述丰厚的洪本健、陈晓芬、龚斌先生都是我大学时的授课老师。研究生已毕业的洪本健师还兼任我们年级的辅导员，他的导师是出生于桐城书香门第的叶百丰先生。叶先生与桐城派马其昶之孙、楚辞与唐诗专家马茂元先生为世交，师事任教于光华大学国文系的吕思勉先生。叶先生著有《韩昌黎文汇评》《书说》，还参加《新唐书》校点，合编《大学语文》等。时徐中玉、钱谷融、施蛰存先生等都已带教研究生。"高山仰止，景行行止"，学生虽不能至，然心向往之。本书在博士学位论文基础上作了修改加工，补充了"黄庭坚散文创作论""颂赞：多有变体"以及"黄庭坚与唐宋古文运动"等章节，删除了附录中的"黄庭坚简谱"，增加《黄庭坚两篇小说考》《〈历代文话〉之话》和参考文献中关于黄庭坚研究专著、学位论文的目录，将附录中的《黄庭坚散文作品编年》改为《黄庭坚部分散文系年考》。关于黄庭坚的"诗文互补"问题，本书中给予关注和论述，未作专题讨论。

身染沉疴，十年之久，两手背血管俱废。在博士生《国学概论》通识课上，已故著名学者邓乔彬先生曾说："博士生是国家队。"至今记忆犹新。书稿改完，有黄庭坚"痴儿了却公家事，快阁东西倚晚晴"的感觉，当然这里的"公家事"当改作"论文事"。惭愧的是限于学识和精力，本书尚有诸多不足和遗憾，盼专家和读者给予批评指正。

感谢尊敬的导师、领导以及亲爱的家人、同事、同学与朋友们！

感谢华东师范大学新世纪学术著作出版基金的资助！

徐建平

2018 年 10 月于沪上海鑫公寓